小温柔 7

春风榴火 著

中国广播影视出版社

目录 Contents

第一章	01
第二章	15
第三章	25
第四章	42
第五章	55
第六章	71
第七章	88
第八章	103
第九章	112
第十章	136
第十一章	152
第十二章	167
第十三章	177
第十四章	197
第十五章	216
第十六章	229
第十七章	251
第十八章	260

第 一 章

四四方方的铁窗框，附生着斑驳的铁锈。

霍烟轻轻关上了窗户，顺手将窗边的一盆多肉植物取了回来。

这盆多肉的品种名叫"熊童子"，长得就像小熊的手掌，浅绿色的掌身缀着细细白白的绒毛，前部边缘还有浅红色的点缀，宛如熊爪的指甲。

她将"熊童子"仔细包好，装进了玫红色的行李箱中。

霍烟身材娇小，只能提着笨重的行李箱，一步步艰难地挪出房间。

偌大的客厅没有人，她冲阳台喊了声："妈妈，我去学校报道了。"

母亲正在给姐姐霍思暖打电话，没空搭理她。

"暖暖啊，迎新晚会准备得怎么样了？"

"一定要好好表现，知道吗。"

"对了，傅时寒会来看吧？"

"你怎么会不知道，你们两个从高中到大学，一直都很要好，迎新晚会你要跳芭蕾，他当然得来看。"

"什么不是男朋友，只要你努力努力，他迟早都是你的男朋友。"

"……"

霍烟孤零零一个人站在门边，犹豫了会儿，还是决定等母亲打完电话。

"我女儿这么漂亮，多才多艺，脾气好，温柔善良，傅时寒有什么理由不喜欢你。"

"咱们家虽然条件比不上他们傅家，但这门亲事可是你爷爷定下来的，傅家老爷子和你爷爷是战友，过命的交情，他们家也是完全赞同这门亲事，这是千载难逢的机会啊。所以你现在要做的，就是牢牢抓住傅时寒的心。"

"你妹妹今天开学，别瞎操心了，好好准备今晚的演出，父母做了这么多，可都是为了你呢。"

母亲总算是打完了电话，回头瞥见小女儿霍烟，调子也降下来，淡淡道："东西都收拾好了？"

"收好了。"霍烟乖巧地点头。

母亲走到霍烟跟前，细声叮嘱她："到了学校，别给你姐姐添麻烦，凡事多顾着她一些，姐妹俩要相互照应，知道吗？"

"知道了。"

临走的时候,母亲将一款新手机递到霍烟手里。

"上大学也该有自己的手机了,以后有什么事情,多和家里联系。"

"谢谢妈妈。"

霍烟脸上没有特别欣喜的神情,提了行李准备出门。

母亲又像是想起来什么似的,叫住她:"对了,今晚你姐有演出,寝室收拾妥当了,就去给你姐姐加油。"

"好的,妈妈,那我走了。"

"去吧。"

霍烟提着笨重的行李,出门的时候,让门框给绊了一跤,趔趄着稳住身形。

"哎,小心着点,笨手笨脚的。"

母亲摇摇头,心说这姐姐和妹妹,真是没法比。

都说女儿是父母贴心的小棉袄,她想到去年送霍思暖念大学,大女儿都哭成泪人了,一个劲儿叮嘱她要注意身体,多么恋恋不舍啊。

小女儿却一点情绪反应都没有,一点也不暖心。

姐姐霍思暖从小聪明伶俐,学习成绩好,嘴甜,会说俏皮话讨大人开心,而且懂事又乖巧。

可是仅仅只小一岁的妹妹霍烟,五岁了才开口讲话,脑子不够灵活,也不机灵,成绩平平,还是个闷油瓶的性子。

有了这样明显的对比,姐姐霍思暖自然备受父母的宠爱,而霍烟……大概能养活就行吧。

父母对霍烟从来没抱什么希望,他们把全部的心思都花在了姐姐霍思暖身上,尤其是霍家和傅家曾经许诺的这一段大好的儿女姻缘,也是属于姐姐的。

而霍烟,他们只希望能嫁个老实本分的,好好过日子就行了。

今天是S大新生开学报到的日子。

霍烟提着不多的行李来到学校,顶着盛夏的烈日,报到登记,拿到寝室钥匙,收拾整理寝室……

回想起当初姐姐念大学的时候,母亲给她撑伞,父亲帮她提包,还有几个表兄妹屁颠屁颠跟在后面,拿着地图帮姐姐找宿舍楼,多热闹啊。

但这样的热闹从来不属于自己。

收拾完寝室之后,霍烟才想起她现在有新手机了,尽管这部手机只算中等档次,她还是视若珍宝,拿到校园手机店贴了膜,又套了一个胶质的外壳。

霍烟家境不算富裕,父母都是工薪阶层,这些年,家里所有的财力都集中地投在霍思暖的身上。

她要学习芭蕾、钢琴、仪态……当然,还要配上漂亮的衣服和首饰。

整个家庭倾尽全力,将霍思暖培养成了名媛小淑女,就是为了配得上那

第一章

位豪门贵子——傅时寒。

而二女儿霍烟的吃穿用度就节俭得多了，零花钱少得可怜，直到上了大学，才拥有自己的第一部手机。

对此，霍烟从来没有抱怨过。

小时候，年逾古稀的奶奶曾握着霍烟的手，说这么好的姑娘，一定会有最好的男孩子来疼爱的。傅家那男孩，奶奶早年见过，心性沉稳，品貌端正，一定配得上我们烟烟。

霍烟说："奶奶您糊涂了，和傅时寒订婚的是姐姐，不是我。"

奶奶牙齿都掉光了，哑吧着嘴，小小的三角眼疼惜地看着霍烟。

"有些孩子锋芒太露，福薄；但傻孩子也有傻孩子的福分，苦尽甘来，老天爷会眷顾的。"

奶奶是全家唯一喜欢霍烟的人，而奶奶去世的时候，姐姐霍思暖都哭得快要晕厥了，大家都说思暖是个有孝心的好孩子，和她对比起来，霍烟则显得平静很多，并没有哭天抢地。

但是在所有人呼呼大睡的时候，只有霍烟一个人跪在灵堂里，为奶奶守夜，直到黎明。

这一跪就是三天，她一刻也未曾合眼。

傍晚，霍烟从行李箱里将那盆"熊童子"多肉植物取出来。

"熊童子"两掌之间的土壤里，埋着一个约莫指甲盖大小的玻璃瓶，玻璃瓶里有一张卷起来的作业纸。

霍烟将卷起的作业纸取出来，纸张泛黄褶皱，上面写着一串电话号码。

她的记忆里出现一个男孩的轮廓，年少英俊，浓眉如剑。

那是去年八月，正值酷暑之际，男孩偷偷翻过院墙来找霍烟，扯着她的马尾辫儿，十万分的嚣张跋扈。

"霍丫头，我去念大学了，记得给我打电话，这是我号码。"

两人说了半刻钟的话，家里大人便回来了，男孩赶紧离开，爬上墙头，却还依依不舍地回头看她。

霍烟永远不会忘记墙头那少年，一双内勾外挑的桃花眼，何等动人。

那张写着电话号码的作业纸被她收了起来，现在她将这串号码输进了自己的新手机里，备注了三个字——傅时寒。

霍烟放下手机，寝室门"吱呀"一声被打开，室友林初语走了进来。

她手上提着三个保温瓶，风风火火，扯着大嗓门道："霍烟，我刚刚看到你的保温瓶搁楼下了，肯定是你粗心大意忘了提，所以我帮你提上来了！"

霍烟垂眸，看向她手上的绿色保温水瓶。

"谢谢。"

林初语笑眯眯挥手道:"不用谢,以后大家都是室友,相互照应,应该的。"

霍烟沉吟了片刻,说道:"还要麻烦你下楼,把保温瓶放回原位。"

"为什么?!"林初语愣住。

霍烟不忍地说:"因为那不是我的保温瓶。"

林初语:"……"

两人还不是特别熟悉,只有之前寥寥几次交谈,林初语给霍烟的印象最深刻的地方,就是她那硕大的胸部。

真是母性的光辉照大地啊,霍烟立刻就喜欢上了这个胸大力气大的热心肠女孩。

林初语和霍烟一块儿去了开水间,将别人的保温瓶放回原位。

排队打水,霍烟听到身后女们正在讨论迎新晚会的事。

"迎新晚会是艺术学院主办的,节目绝对好看。"

"最值得期待的,当然是艺术学院的院花霍思暖的表现啦。"

"她表演什么?"

"天鹅湖,据说她跳芭蕾的样子美呆了!"

"想看。"

"别想了,学生会放票,我没抢到。"

……

女孩们一片失望的哀叹。

林初语对霍烟说道:"我进校报道的时候,看到墙上贴着霍思暖的芭蕾海报了,她真的好漂亮啊!"

霍烟点了点头:"因为她跟我长得很像。"

林初语推了推她,笑道:"我发现你总喜欢一本正经地说胡话是怎么回事?"

霍烟抬起乌黑的眸子,坦诚地说:"我是实在人。"

林初语打量着霍烟娟秀的脸庞,见她皮肤白皙,五官精致而隽秀。

"还真有点像,你本来也挺漂亮的,不过像霍思暖那样校花级别,还跟傅时寒有婚约的女孩,和咱们不是一个世界的人啦。"

霍烟面无表情地道:"她是我姐。"

林初语哈哈一笑:"哦,你真幽默。"

霍烟:"……"

打完水,林初语提着两个水瓶,一路健步如飞,远远地把霍烟甩在身后。

真是个怪力萝莉!

霍烟提着自己的水瓶,加快了步伐。

林初语扯着嗓门,隔着半个操场冲霍烟大喊:"霍烟!你快点儿行不行,

第一章

再晚就赶不及看迎新晚会了！"

"哎，你先走吧，不用等我。"

霍烟还是决定慢慢走，她可不想摔跤。

她的反应力的确比别人慢半拍，也不如别人机敏灵活，所以万事小心，不要摔着了。

"霍烟，你快点啊！"

篮球场上，一场奋力厮杀的篮球赛即将进入尾声。计信学院的主力前锋却突然停下了步伐。

他抬起那双幽深如墨的眼眸，穿过一列痴迷的拉拉队女生，望向道旁踽踽独行的女孩。

女孩脸颊晕着盛夏特有的酡红，几缕碎发扫落下来，轻轻垂在她的脖颈上，脖颈的皮肤白皙干净。

她穿着一件白色短袖，细长的腰身格外显瘦。

她提着保温水瓶，一步一步慢慢地走着。虽然步履缓慢，却十分专注。

天色渐晚，暮色里的她，透着柔软。

"傅时寒，你看谁呢？"队友停下来，不解地问道。

傅时寒移开目光，重新接了球，一个起跳，三分进球，现场欢呼声响成一片。

他情不自禁再度抬眸望去，女孩的身影已经消失在暮色的人群中。

"还有点事。"傅时寒丢下篮球，头也不回地离开。

"哎，去哪啊？还没打完呢！"

身边队友疑惑不解，傅时寒素来高冷矜持，眼睛里从来搁不下任何人，刚刚是看见谁了？跟丢了魂似的。

S大的艺术大礼堂前，熙熙攘攘，挤满了各学院的同学。

霍烟本以为迎新晚会是给新生举办的晚会，新生都可以入内。然而到了现场才知道，有票才能进入礼堂。

礼堂座位有限，入场票是学生会在微信公众号上统一发送的，只有两百张。

霍烟和林初语排队到了检票口。

林初语开口恳求："学长帮帮忙，我们都是大一新生，特别期待这一届迎新晚会，能让我们进去吗？"

学生会干事摇头道："没有票不能入内，否则会破坏现场秩序。"

"我们就站在最后排，不吵不闹。"

"不行，如果我放你们进去，后面没有票的同学，也都会想要进去，礼堂容不下这么多人。"

林初语眼珠转了转："那你就说咱们认识。"

"那怎么行。"学生会干事皱眉,"再说咱们也不认识啊。"

"哎呀,加个微信不就认识了吗,来来,学长我扫你。"

学生会干事很无奈,说什么也不让她进去。

霍烟见林初语是真的很想进场观看演出,她犹豫了会儿,终于拿出手机,拨通了姐姐霍思暖的电话。

电话很快被接通了,霍思暖温柔的声音传出来:"喂,哪位?"

"姐,是我,这是我的手机号码。"

"烟烟啊,你到学校了吗,寝室收拾好了?"

"我都收拾妥当了。"

"那就好。"

电话那边传来嘈杂的人声,看来霍思暖正在后台忙着呢。

霍烟回头看了看林初语:"那个……姐,我想来看你演出,可是我没有票,被拦在门口不让进……"

"我还以为什么事儿呢。"霍思暖笑了笑,"你把电话给学生会的,我跟他说。"

霍烟将电话递给学生会干事。学生会干事听到霍思暖的声音,脸色变了变。半分钟后,他不近人情的态度陡然转变,脸上挂满了笑意,同时递给了霍烟两张票。

"原来你们认识我女神啊,真是不好意思,来来,进去吧,我这儿还剩了位置呢。"

霍烟拉着林初语走进礼堂,那位学生会干事还依依不舍道:"哎,学妹,扫码加个微信吧,下次帮我约女神出来吃饭啊!"

林初语难以置信道:"你好大的面子啊,看那个学长刚刚还凶巴巴的样子,一接了电话秒变狗腿,还女神呢……"

霍烟笑而不语。

"所以你刚刚给谁打电话了?"

"我姐啊。"

"你姐学生会主席啊,这么牛!"

"我说了,是霍思暖啊。"

林初语一脸不信:"呵呵,虽然你们都姓霍,不过霍思暖要真是你姐,我直播吃键盘。"

霍烟嘴角抽了抽:"那……一言为定。"

两人坐到了前排靠左的位置,这一排大概都是学生会预留下来的"友情位"。

学生会放票的时候,干事们会偷偷为自己的朋友、室友、同学预留座位,所以刚刚那位学长是把自己的"友情位"让出来,给了霍烟她们。

第一章

　　林初语还在猜测霍烟的姐姐到底是谁,究竟是不是学生会内部成员。
　　霍烟坚持她姐姐就是霍思暖,林初语则坚持不信。
　　礼堂里,同学陆陆续续入场,观众席位被填充得满满当当。没多久,后排的同学突然发出阵阵骚动。
　　"啊啊,傅时寒来了!"
　　"他是来看霍思暖的吗?"
　　"肯定是啦,霍思暖可是他的未婚妻!"
　　"真羡慕,我也好想当他的未婚妻。"
　　"哈哈,大晚上的你做什么白日梦呢。"
　　"讲道理,学校一半的女生都想当傅时寒的未婚妻好吗。"
　　"我不想当他未婚妻。"
　　"咦?"
　　"我只想上了他。"
　　……
　　隔着一列列倾斜的座椅,霍烟远远望见了傅时寒。
　　他那英俊的脸庞常年没有什么表情,薄唇抿着锋利的弧度,睫毛浓密修长,覆着那漆黑如墨的眸子,透着一丝丝的凉薄。
　　即便周遭再多崇拜和喜欢他的女孩,却一个都入不了他的眼,他那一双仿佛没有焦点的眸子越过了大多数人,似乎在礼堂里寻找着什么。
　　就在这时,傅时寒突然侧头,"嗖"的一下,锋利的眼神扫向霍烟。
　　桃花眼的眼尾微微一扬,深褐色的眼睛里突然闪过某种光亮。
　　霍烟猝不及防,心脏像是被飞来的刀子戳中,整个身子猛地往下挪,脑袋埋在林初语的胳膊下面,顺手抓起面前的节目单,遮住脸。
　　林初语被她突如其来的举动给吓了吓:"你干吗?"
　　霍烟躲藏起来,小声说:"我中招了。"
　　"神经病!"
　　就在这时,身后传来男人的声音:"阿寒,你推了体院那边的篮球赛,就为了来看这个晚会啊?"
　　"嗯。"
　　傅时寒的声音低醇而富有磁性。
　　"可是之前约你,不是说没兴趣吗?"
　　"现在有了。"
　　"哇,不会真的像他们说的那样,是为了来看你的'女朋友'吧。"
　　傅时寒顿了顿,"嗯"了声:"是,我来看她。"
　　他咬重了那一个"她"字,显得意味深长。
　　林初语兴奋地对霍烟耳语:"哇,傅时寒学长坐在我们后排呢,好紧张

好紧张!"

"我听到了,你小声点。"

"霍烟,你能不能坐好,别搁这儿葛优瘫,男神就在我们后面啊,你这也太丢脸了!"

"霍烟,我跟你说话呢,你别装聋作哑好不好。"

霍烟捂着脸,压低声音:"求求你高抬贵手,别叫我的名字,还叫得这么大声。"

"霍烟,为什么我不能叫你霍烟啊,对了,你别瘫着,真的,不开玩笑,霍烟,你这样很丢我的脸。"

霍烟叹了一口气,终于还是鼓起勇气挪了上来,不再躲避他。

应该是看到了吧,就算没看到,林初语这一口一个"霍烟"叫得半场都听见了。

他应该……也听见了。

但是他没有任何反应,霍烟一颗狂跳的小心脏渐渐也平静下来。

迎新晚会的节目开始了,开场是一串劲歌热舞的表演,将气氛推向高潮。

晚会上,唱歌和跳舞的节目交叉出场,精彩纷呈。

不愧是艺术学院主办的迎新晚会,每位登台的同学都是多才多艺,观赏价值很高。

霍烟完全不敢回头,更不敢看身后的男人,只觉得后背烫烫的。

节目的间隙,林初语捂着肚子对霍烟说:"好饿啊,待会儿出去吃宵夜。"

"呃,我不是很饿。"

"怎么会不饿呢,咱们为了赶这场比赛,晚饭都没吃啊。"

霍烟压低声音道:"待会儿表演结束,食堂都关门了。"

"后门小吃街,撸串儿去!"

霍烟纠结了很久,终于还是答应了:"好吧。"

虽然有点勉强,但她不想扫林初语的兴。

零花钱不多,所以霍烟很少去外面吃饭,一般就吃食堂,每顿十块钱以内。

虽然她不是特别缺钱,但也尽可能避免不必要的开支,这是她从小养成的节俭习惯。

就在这时候,幕布缓缓拉开,压轴节目是霍思暖的《天鹅湖》选段。

这一段节选自《天鹅湖》第三幕,最经典的黑天鹅奥吉莉娅独舞,贴身的黑天鹅服勾勒着霍思暖流利修长的腰线,她双腿轻踮着,一口气舞出了32个单腿独立的"挥鞭转",舞姿轻盈柔美,又极具力量感。

她那一头飘逸的长发全部挽在脑后,露出了饱满的额头,灯光下,精致的五官分外艳丽。

"真美啊!"

| 第一章 |

　　林初语发出歆羡的赞叹："我要是能有她一半的颜值，就好了。"
　　霍烟说："漂亮的女孩可不仅仅靠颜值，还有气质。"
　　自小就有人说她和姐姐长得很像，但是大家都夸姐姐漂亮，很少有人夸霍烟。
　　因为姐姐会跳舞，很有气质，霍烟大多数时候都闷不吭声，总是被人忽略。
　　"你说得没错，霍思暖不仅漂亮，还很有气质呢。"林初语叹息道，"算了，不和她比了，她和咱们不是一个世界的人。"
　　霍烟望向舞台上的姐姐。
　　她那样闪耀，而与她容貌相似的自己，却只是一个平凡而普通的女孩。
　　舞蹈落幕，全场起立鼓掌，霍烟也情不自禁地站起身来为姐姐鼓掌。
　　在坐下的时候，霍烟没忍住偷偷回了头，望向傅时寒。
　　本以为他也在看姐姐，不曾想回头刹那，竟撞上了他那双狭长的眼眸。
　　他眼角微勾，微微扬起下颌，似笑非笑地望着她。
　　好像他一直都在看她似的。
　　霍烟立刻回过头来，脸色绯红，手也在颤抖，吓得不轻。
　　林初语低声说："你偷看就偷看，但能不能别表现得这么明显，一点都不矜持，好像几辈子没见过帅哥似的，好丢脸哦。"
　　霍烟声音战栗："不是啊，是他在偷看我。"
　　林初语眯起眼睛，很无语："真幽默，一会儿霍思暖是你姐姐，一会儿傅时寒在偷看你，你以为你是玛丽苏小说女主角啊。"
　　霍烟："……"
　　《天鹅湖》落幕，迎新晚会也完美结束。
　　林初语拉着霍烟，顺着人流往外走，兴奋道："撸串儿去喽！"
　　霍烟笑道："慢点走，别摔着了。"
　　礼堂一共只有两个出口，同学们陆续出场，难免拥堵。
　　林初语突然像是发现了什么，低声对霍烟说："啊啊啊，傅时寒学长又在我们后面呢，今天真是走大运了！"
　　霍烟微微侧眸，果然，傅时寒就在她身后。
　　两个人一前一后地走着，时不时还能碰着，她能感觉到他身上那股子冷冽清高的气场。
　　距离也……太近了吧。
　　林初语低声说："千载难逢的好机会，我们慢慢走，蹭蹭他！"
　　霍烟："……"
　　刚刚是谁说的矜持！
　　林初语真的说干就干，用手肘推了霍烟一把，霍烟没稳住重心，猝不及防栽向了身后的傅时寒。

　　傅时寒眼疾手快，一把搂过霍烟。
　　她的腰很细，用一掌就能整个握住，与此同时，阵阵甜香扑入怀中。
　　傅时寒眼角微挑，勾起一抹轻佻的弧度。
　　周遭女生发出丝丝抽气声，议论纷纷。
　　鲜少能看到傅时寒主动碰触女生，还是以这样的姿势——他几乎将她一整个搂入了怀中。
　　夏日的衣衫布料单薄，霍烟隐约能触到他肌肉的轮廓。
　　霍烟手压在他的胸前，迅速稳住了身形，低低说了声："谢谢。"
　　声音软糯，就像弹弹的棉花糖。
　　傅时寒心头像是被一片羽毛扫过，鼻息间发出一声轻嗤，算是回应了。
　　林初语冲霍烟挤眉弄眼："哎哟，脸都红了，快感谢我吧，这么好的机会都给你了，边上多少人羡慕呢。"
　　感谢个鬼啊！
　　霍烟简直想一脚把她踹到墙上去。
　　就在她窘迫万分之际，突然感觉自己的手里被人塞进了什么东西，带着略有些尖锐的棱角，还有温度。
　　霍烟回头，对上了傅时寒平静的目光，他浅浅勾了勾嘴角，眸子里熠着光。
　　霍烟立刻会意，他给她递了东西。
　　像是秘密接头会晤似的，霍烟一言未发，收下了他悄悄递过来的东西。
　　从手感来看，应该是叠成了奇怪形状的硬纸条。

　　好不容易出了大礼堂，霍烟拉着林初语敏捷地穿过人群，一口气跑到校园后面的林荫道上，这才停下来，气喘吁吁。
　　林初语纳闷道："你这家伙做什么都慢吞吞的，就刚刚跑得跟兔子似的，怕学长因为那一摔，找你麻烦呀？"
　　"对呀！"霍烟大口喘息，望望身后，"他肯定得找我麻烦，说不定还要教训我呢，他这人很坏的！"
　　林初语揽着霍烟往后门小吃街走，浑不在意道："说得你好像认识他似的，还教训你，你知道吗，在学生会查寝的时候，好多女生故意把违禁电磁炉、大功率吹风机摆在明面上，想求他教训都求不来呢，他根本就不搭理女孩子好吧，你就别白日做梦啦。"
　　"我认识他。"霍烟坦诚地说，"他很坏，总喜欢捉弄人，有一次趁我睡着，还把我羊角辫儿剪了，不过那都是小时候的事了。"
　　"你吹，接着吹！"林初语戳了戳霍烟的脑袋，"你这丫头一本正经说大话的功夫，是怎么练出来的，怎么那么逼真呢？"
　　霍烟委屈巴巴道："我真的认识他，他刚刚故意走我后面，给我塞东西

第一章

来着。"

林初语抱着手臂，怀疑地问："给你塞什么了？"

霍烟这才想起来，摊开紧握的手掌，掌心里躺着一颗扁平的粉红色折纸桃心。

借着路灯仔细看来，这不是平常的纸，这是一张……百元的钞票！

林初语惊讶地说："钱？"

霍烟也愣住了。

傅时寒居然递给她一百元钱，还叠成了桃心的形状！如果刚刚发现的话，她是绝对不会收下的！

她以为傅时寒像以前一样，又给她传小纸条呢。

然而，等霍烟小心翼翼地将桃心给展开以后，赫然发现，这个鼓鼓囊囊的桃心不是由一张百元钞叠成的，而是……

五张！

现在霍烟手里，多出了皱皱巴巴的五百元钱，她眉毛也拧得皱巴巴。

林初语不敢相信："傅时寒偷偷塞给了你五百元钱？开什么玩笑！"

霍烟将钱折好放进口袋里，对她说："嗯，开玩笑的，我逗你呢。"

"你可忒坏了，我差点就要信以为真了！"

霍烟抿了抿嘴，不再多说什么。

回想起多年以前，第一次见到傅家的那个男孩，是在两方父母的宴席间。

彼时的傅时寒年不过十二，皮肤瓷白，年纪轻轻眉宇间便有了一股子少年英气，俊朗无双，一双灼灼桃花眼，内勾外翘。

他端端正正地坐在席间，一张小脸绷得严肃又正经，俨然一副小大人的模样。

霍烟看见他，就像见到天上的星星一样。

而那时候，霍思暖眼睛里也冒了星星。

因为从小的姻亲关系，双方父母一个劲儿将傅时寒和霍思暖往一块儿推。

初中、高中、大学，两个人都在同一个学校，同一个年级，而霍烟总比他们低一个年级。

傅时寒和霍思暖的相处，就像电视偶像剧里演的一样，举止端庄的淑女和礼貌帅气的绅士。

那时候霍烟觉得，傅哥哥和姐姐简直就是天造地设的一对。

据说从来不会和女生交往的傅时寒，高中时期唯一的女性朋友就是霍思暖。

那时候，霍烟听了妈妈的话，不要打扰傅家哥哥和姐姐的相处，别总屁颠儿屁颠儿跟着他们玩，要给他们留出独处的空间。

所以霍烟也总是躲着傅时寒，尽管他从来没有承认霍思暖是他的女朋友，

但是在霍烟心里,他就是姐姐的男朋友。

然而躲也躲不过,傅时寒时常来找霍烟,有时候是翻了墙来她家后院儿,有时候是在学校里无人的墙角截住她,也不干别的,就跟她插科打诨斗斗嘴皮子,或者捉弄捉弄她。

在霍烟面前的傅时寒,又是完完全全另外的一个人,什么矜持稳重,都是装出来的。

他丫就是一浑蛋、流氓、臭不要脸的小痞子!

当然,这样的傅时寒,也只有霍烟一个人见过,就算说给别人,别人也压根不信。

"什么?!你说傅时寒捉弄你、欺负你?"

"老天!他怎么不来欺负欺负我!"

"好了你别做梦了,快醒醒吧。"

反正说了别人也不信,霍烟索性也就不去到处告状了,反正好的那一面,他留给了其他人和霍思暧,Bad boy 那一面,他留给了霍烟。

霍烟心大神经粗,也懒得和他计较,不过纵使他有千般不好,但也不是全然的坏人。

譬如有一次,霍烟被坏男孩堵截在学校后门外,傅时寒看见了,眸子里像是结了冰似的,二话没说撸起袖管子孤身上前,三五拳便撂倒了所有人,揍得那些坏男孩嗷嗷大叫,再也不敢靠近霍烟。

霍烟是那种"只要你对我有一点好,纵使千般的坏,她也只记得那一点好"的女孩。

更何况,傅时寒对她可不止一点点的好。

譬如现在她手里这皱巴巴的五百块。

刚刚林初语约她出去撸串,她犹犹豫豫的态度被傅时寒看在眼里,大概是知道她手里拮据,才用这种方式接济她。

爸妈都没这么体贴过。

他关心她,大概因为她是霍思暧的妹妹吧。

不过这五百块,霍烟绝对不能要,一定得找机会还给他。

夜间,女生宿舍楼最不缺的就是热闹。阳台边,能听到女孩们叽叽喳喳的声音,要么是看见奇怪昆虫吓得尖叫,要么是谈天说地畅聊人生。

林初语洗澡的时候问霍烟借洗发水,另外一名室友苏莞特别大方地将自己的洗发水递给了她。

然而两分钟后,洗手间里的林初语却声嘶力竭地尖叫起来。

霍烟的位置距离卫生间最近,第一个冲过去:"怎么了?"

林初语颤声说道:"Alterna!三千六一瓶的洗发水!我的妈呀,我刚刚

第一章

这一挤,起码挤掉两百块!苏莞!我对不起你!"

霍烟松了一口气,还以为她摔跤了呢。

室友苏莞家里很有钱,从她的穿着打扮就能看出来,是富贵人家养出来的小姐。可是三千六一瓶的洗发水,还是让霍烟有些咋舌。

林初语虽然家境一般,但平时喜欢看一些时尚杂志,当然也是懂货的,难怪刚刚她发出那样惨烈的尖叫了。

"瞎叫唤什么。"苏莞毫不在意地说道,"不知道的还以为你在洗手间见鬼了呢。"

"这可比见鬼还让我小心脏怦怦跳好吗。"林初语夸张地说,"Alterna的洗发水,两百一次的头,我要洗二十分钟,谁都别拦我!"

"行行,你洗一个小时也没人拦。"

霍烟重新回到自己的座位边,拿起手机打开了通讯录,犹豫着想给傅时寒发条短信,谢谢他,也告诉他这五百块钱不能收。

半个小时后,林初语从洗手间出来,霍烟的短信还没发出去。

"我感觉,我的头发重获了新生。"

"有这么夸张吗?你要喜欢,那瓶洗发水送你了。"苏莞云淡风轻地说。

"我去,你说真的?"

"对啊。"

"苏莞有钱人!你还缺腿部挂件吗?瞅瞅我还顺眼吗?"

苏莞笑了笑:"行了,别开玩笑,大家都是室友,以后相互照应,应该的。"

林初语虽然这样开玩笑,不过洗发水还是没收,毕竟是别人的东西,价格还这么贵。

晚上女宿夜聊,林初语说起了迎新晚会上霍思暖的《天鹅湖》,啧啧感叹:"她真是太美了,简直就是我女神。"

苏莞却冷哼一声:"什么女神,霍思暖就是个打肿脸充胖子的女神经吧。"

"你说什么?"不等林初语开口,霍烟调子却冷了八度。

苏莞不屑地说道:"不是吗?她家也不算有钱,撑破天算中产阶级,她却穿名牌,提名包,整天和她们艺术学院那帮富家小姐当朋友,那种圈子我又不是没混过,攀比啊,势利啊,没一个好货,个顶个的虚伪……你说她图什么呢,为了这点虚荣,把自己的家都榨干了,是不是蠢,是不是女神经?"

霍烟的手,捏紧了床单,幸而现在熄了灯,看不见她脸上变化的神情。

林初语说:"她不是还有傅时寒吗,他们可是有婚约,全校都知道。"

"呵,有婚约又怎样,傅时寒会为她的吃穿用度买单吗?不可能的!"苏莞是个直肠子,继续说道,"更何况,我觉得傅时寒根本不喜欢她。"

林初语惊呼:"不喜欢?!怎么可能!"

"怎么不可能,傅时寒说过他喜欢霍思暖吗,既然俩人有婚约,又彼此

喜欢，为什么还没在一起？所以呀，我觉得这就是霍思暖一厢情愿，啧。"

霍烟终于生硬地开口："别人的事情，你不是当事人，这样子背后随意猜测议论，不大好吧。"

几个室友都没想到平日里人畜无害的霍烟会突然生气。

"随便聊八卦呗。"苏莞也没生气，"我敢说，就是现在，也不止我们一个宿舍议论她，既然要招摇，就要承受得起旁人背后的闲言碎语。"

"别说了，睡吧。"

一直没出声的室友洛以南止住了苏莞的话。

"睡了睡了。"苏莞打了个呵欠，"霍烟，别生气啊，我这人没事儿就喜欢八卦，要是得罪你了，给你道个歉。"

"嗯。"

女生宿舍重新陷入静谧的夜色。

霍烟握着自己的手机，屏幕光线将她秀美的脸蛋照出一圈暗光，犹豫了片刻，她还是删掉了给傅时寒的短信，关掉手机，辗转反侧。

苏莞的话，说得很难听。霍烟虽极不愿意承认，但她心里明白，她说的是事实。

霍思暖的吃穿用度，几乎榨干了这个家，父母省吃俭用下来的钱，全给她花销了。

傅时寒是不可能给她花钱的。

霍烟突然想到一个问题，傅时寒从来没有为霍思暖花过一分钱，那么他塞给她的五百块，到底算怎么回事？

/ 第 二 章 /

现在正值九月初,各学院新生报到之际,学校还没有正式上课,军训也还没有开始。

学生会和各大社团已经大张旗鼓地行动了起来,组织新生参加各种活动。其中有一项便是参观游览校园。

新生们在音乐广场集合,有一百来人。

按照学生会干事们的要求,他们分成十多列,排队整齐,每队由两名学生会干事带领,分开参观校园。

整队集合的时候,苏莞说:"霍小烟,这都多少天了,你要生气到什么时候?"

霍烟心眼实,并不擅长掩藏情绪,很多时候,喜恶都是表现在脸上的。

"我没生你的气。"

"口是心非!"苏莞噘起粉嫩的唇,"这几天,你就只跟林初语说话,不搭理我。"

霍烟无奈地看着她。

一开始,她的确是有些讨厌苏莞,因为她说了姐姐的坏话,还说得那么难听。但是事后仔细想来,其实苏莞只是把霍烟憋在心里的话说出来了而已。

都已经成年了,不再是小孩子,即便霍烟的脑子再不好使,也能够看明白,这些年,姐姐的确是在超额透支整个家庭。

可钱是父母挣的,父母想怎么用,给谁用,轮得到她来置喙吗?

霍烟只是因为想明白了这个,心情不大好而已。

苏莞和一般的富家女孩不同,她性格直爽,爱憎分明,交朋友不看有钱没钱,只看有趣不有趣。

她喜欢霍烟这个蠢丫头,觉得她憨态可掬的样子像只大熊猫似的,不虚伪不做作,喜欢就黏你,不喜欢就不搭理你。

这样的性格很合她心意。

所以这些日子,无论霍烟怎么冷落她,她都不生气,反而一个劲儿讨好。

"宝贝儿,别生气了,待会儿我请你喝奶茶。"

霍烟说:"你不要动不动就请我这个那个,想喝奶茶我自己会买,不要你请。"

林初语手里拿着可口可乐,义正词严地说:"靠万恶的金钱买来的……

都是塑料姐妹情。那个……待会儿我们去哪家奶茶店呀？"

"是，我们409伟大的革命友谊怎么能用金钱来衡量呢，呸呸！我真是太俗了！感谢霍烟同志批评指正！"苏莞立刻拿腔拿调道，"嗯，虽然金钱是万恶的，但奶茶是无辜的，我们就去coco吧！"

"好呀！"林初语欢呼。

霍烟终于莞尔一笑："其实我没有生你的气，都这么多天了，我又不是小气鬼。"

苏莞嘟嘟嘴，委屈道："那你就让我在太阳下面晒着？"

霍烟才发现，她给林初语撑着伞，把苏莞晾在边上了，于是乖乖走到她身边，挽住了她的手，踮起脚替她撑伞，柔声说道："以后我们还要相处四年，大家相互包容和平共处，不要闹矛盾，有什么事可以直说。"

苏莞是不喜欢听人说教的，可是霍烟这温柔的模样，即便是絮絮叨叨，都让她感觉如沐春风。

霍烟的太阳伞往她这边倾斜着，下意识地总是要照顾身边的人。

苏莞没遇到过这样乖巧又没心眼的女孩，心都要化了，真想当她的男朋友啊。

这样单纯的女孩，在渣男环伺的大学校园，真是很危险啊。苏莞暗下决心，大学期间一定要帮霍烟选个称心如意的男朋友，筛掉渣男，好好把关。

就在这时，周遭人声嘈杂起来，女孩子们发出兴奋的声音，交头接耳。

"傅时寒怎么来了？"

"他是学生会主席啊。"

"主席也要领队的吗？"

"哇！希望他能带咱们这一队！"

……

霍烟伸长脖子，朝队伍排头望去。

不远处，一道熟悉的身影款款走来。

他穿着一件单薄修整的白衬衣，身形线条流畅而笔直，眉峰如刃，挺拔的鼻梁宛如工刀刻画，一双黑眸冷冷清清，不带丝毫情绪。

傅时寒。

见他过来，学生会干事纷纷向他打招呼，傅时寒淡淡地回应，面无表情。众人早已经习惯了他的严肃和不苟言笑。

"寒总，你怎么来了，不是要待在实验组，没空吗？"

说话的人名叫沈遇然，是那晚陪傅时寒一起看迎新晚会的男孩，他也是傅时寒的室友，同时兼学生会实践部部长。

因为傅时寒是学生会主席，平日里几个要好的朋友总是开玩笑叫他一声寒总，傅时寒也随了他们，没计较。

第二章

"事情提前做完了。"

傅时寒说话之际，目光扫向人群。

"霍烟，你把伞檐抬高一点，你挡住我看男神啦！"林初语说。

霍烟索性将伞柄递给林初语，然后躲到苏莞身后。

苏莞望了望傅时寒，又看向霍烟："你躲谁呢？"

"傅时寒。"

"你躲他干吗？"

林初语插嘴解释："她总觉得人家傅时寒对她有意思，你说这人，自恋不。"

"我没说他对我有意思，而是他……他总找我麻烦！我得躲着些。"

"是是是，人家学生会主席，吃饱了没事儿干，就爱找你个不知名的新生麻烦，你这是偶像剧看多……"

然而，林初语话音未落，却赫然发现，傅时寒不知何时已经走到了她们面前。

与之前疏离冷漠的眼神全然不同，当他垂下细密的睫毛，深褐色的眼眸望向霍烟的时候，平静的眼眸涌起了波澜。

霍烟攥紧了苏莞的袖子，一个劲儿往她身后躲，宛如被猎鹰盯住的小兔子似的，瑟瑟发抖，更不敢和傅时寒正面对视。

"寒……寒……"

一声寒哥哥的蚊子叫，都还没叫出来，傅时寒便打断了她。

"很热？"

他调子微扬，嗓音宛若带了电流，极有磁性。

"还……还好。"霍烟低声回答。

"你看这里，还有第二个人撑伞？"

霍烟抬起头，果然广场上一百来位同学，没有人撑伞，她们的一柄花边小洋伞，一枝独秀啊。

"好吧。"

果然是找茬儿来了，霍烟不好意思地收了伞，抬眸看他。

他目光下敛，长睫毛微微扫下来，左眼睑处有一颗浅淡的泪痣。

小时候霍烟便觉得，傅家哥哥眼角那颗红痣，极美，像眼泪，也像星星。

后来长大了，读到张爱玲的《红玫瑰与白玫瑰》，那颗痣，也渐渐成了霍烟心头的朱砂痣。

高中的时候，班级里还有一个男孩，眼下也有一颗痣，但是颜色太深，比之于傅时寒那轻轻浅浅的一点红，差了三千里的风月。

而此刻，他垂眸看她，虽是责备，但眼角泪痣反而增添了几分温柔之意。

"寒总，我们要出发了，你跟队吗？"前排实践部部长沈遇然打破了两人的静默对视。

"跟。"

傅时寒离开的时候，随手拍了拍霍烟的脑袋，差点将她给带了个趔趄。

"我跟这队。"

前方，傅时寒和沈遇然两个一米八五的大男孩带队，幸运的第十组在无数女生刀子般歆羡又嫉妒的目光下，朝着今天参观的第一站——中心图书馆走去。

傅时寒手里，还拎着一柄刚刚没收的花边儿小阳伞。

苏莞和林初语两路夹击，将霍烟挤在中间，窃窃私语。

林初语："我去，他还真找你麻烦了，这踩的什么狗屎运啊！"

"我说过了嘛。"

霍烟擦了擦脸颊的汗珠，她可不觉得这是运气，她躲傅时寒都躲不及呢。

"谁让咱们腰间盘突出，人家不撑伞，偏偏咱们撑伞。"苏莞努努嘴，"看他刚刚拿腔拿调教训人的样子，还真有主席范儿。"

林初语道："听说他是唯一竞聘通过学生会主席的大二生。"

"长得贼拉帅了。"苏莞目光落到傅时寒背上，打量着，"这腰身，这翘臀，这线条，这气质，啧，小姐姐看男人眼光算高的了，这男人身上够劲儿，是一等货色。"

霍烟红着脸，压低声音："你们背后议论就议论吧，能不能小声点！他是狗耳朵啊，大老远都能听得见的！"

林初语望了望队伍，她们走在最尾端，中间还隔着三五个同学呢，听得见就怪了。

"傅时寒学长，我叫你一声，你听得见吗？"苏莞大着胆子问。

前面傅时寒没有回头。

"你看吧，听不见。"

霍烟无奈摇头，清了清嗓子，压低声音唤道："傅时寒，你收了我的伞，我好热好热啊。"

果不其然，前排的傅时寒骤然停下了脚步，转过身朝着后排的霍烟走来。

苏莞和林初语瞪大了眼睛，下巴都要掉地上了。

还……还真是狗耳朵啊！

傅时寒到霍烟身前，语调平淡："跟我喊热？"

霍烟害怕地往苏莞身后缩了缩，苏莞挺身而出，护住小丫头，脸上堆了笑："学长，我朋友开玩笑的，她一点都不热。"

"热吗？"他只望着霍烟。

这么多人，他还能拿她怎么样，人前的傅时寒可是个讲礼貌的谦谦君子！

于是霍烟决定固执一回，坚定决绝地说："热！"

第二章

傅时寒脸色冷沉，面无表情地看着她。

大家都以为霍烟肯定完蛋了。

然而，令所有人没想到的是，傅时寒竟然撑开了花边儿小阳伞，清秀的五官笼上伞影的阴翳。

只听他调子微扬，带了点别的意味："要不要我帮你撑伞？"

阴影顷刻罩住了霍烟。

"走吧。"

"哦。"

她乖乖地挪着步子跟在他身边，只感觉身边像是压了一座火焰山似的，周遭气温越发燥热起来。

苏莞和林初语见势不妙，连连闪躲，跑到了队伍前排去。

谁都能惹，傅时寒这尊大佬惹不得！自己作的死，就让她跪着作完吧。

于是这位冰山脸学生会主席，竟然真的替霍烟撑着伞，两个人磨磨蹭蹭走在队伍最后排。

"那个新同学好惨啊。"

"是啊，惹到了学生会主席傅时寒，没她的好果子吃。"

"可是莫名我竟然有些小嫉妒是怎么回事？"

"傅时寒在帮她撑伞啊啊啊啊！你们怎么回事，居然会觉得这是惩罚！"

"可能这是一种心理压迫战术？"

"如果傅时寒给我撑伞，我宁愿被压迫一万年！"

霍烟硬着头皮，顶着前面同学们异样的目光，真是感觉压力山大。

几次想要开溜，都被傅时寒攥住手腕给硬拉了回来，他温厚而粗砺的大掌，紧紧握着她纤细的手腕。

骨头很细，似乎稍稍用力就能捏碎似的，他很喜欢这一把娇小柔弱的身子骨。

"寒哥哥。"

她终于完整地叫出了对他自小的称呼："寒哥哥，你……你先松开我，好不好？"

傅时寒丝毫没有松开她的意思，眼眸深沉而明亮："我不牵着你，摔了怎么办？"

说这话的时候，他嘴角挑起一抹揶揄的淡笑，看上去有些邪气。

"不会摔了。"霍烟急切地说，"我不是小孩子了。"

"你在害怕什么？"傅时寒一手撑伞，另一手自然而然地牵着她。

霍烟甚至能感受到他的掌腹，柔软而温热。

"以前让我牵得少了？"

霍烟心头一跳："那不一样！"

她也不知道该怎么解释,只能一个劲儿把手往后挪,害怕被别人看出来。

现在和以前当然不一样,以前她还小,现在……

"现在我是大姑娘了。"她笨拙地解释,"不能再这样牵着了,别人会说闲话。"

傅时寒眼角微挑,嘴角渐染了笑意:"真是大姑娘了。"

在看哪里啊!

霍烟甩开他的手,加快步伐往前走。

真是坏,这种浑蛋,人前一副正人君子的模样,居然还被那么多女孩视作白月光男神。

难怪以前总听老人念叨,世道变了,人心坏了啊……

傅时寒被霍烟这副自顾自生闷气的模样给逗乐了,压抑了这么久的心情,因为她的到来,竟然也变好了许多。

这小丫头还跟以前一样蠢,见着她,他心里头就舒畅。

"不开玩笑。"傅时寒恢复了严肃的表情。

霍烟以为他要说什么正经事呢,于是也抬起头来,一脸认真地倾听。

"不开玩笑。"傅时寒再度握紧了她的手,道,"别说现在还是个毛丫头,就算将来真的长大了,我想牵你,也容不得别人置喙半句。"

他声音冷硬,透着一股子嚣张霸道的劲儿。

霍烟:"……"

第十组校园游览小队来到了图书馆正前方的桃鼎前。

沈遇然拿着一张宣传纸,拼命给自己扇风:"我这一路给你们当导游,讲得口干舌燥,寒总,要不这一站你来讲?"

傅时寒没有推辞,在女生们崇拜的目光下,径直走到了桃鼎正前方。

桃鼎有三四米高,端庄厚重,鼎身纹饰精美,上面镂刻着浮雕图纹,呈现出某种狞厉的美感,远远望去,神秘而威严。

傅时寒站在鼎前湖畔,徐徐讲述道:"桃鼎是学校六十周年校庆之际收到的珍贵礼物,由我们的优秀校友周泓先生捐赠,参照商墓出土的兽面纹虎耳铜方鼎放大十倍仿制而成……"

霍烟站在人群最后,远远望着傅时寒。

与方才的轻佻和戏谑全然不同,此时此刻的傅时寒衣着端正,站姿笔挺,脸上挂着严肃的神情,那双幽黑深邃的眸子也凝着疏离与冷淡。

不苟言笑的学生会主席,稳重自持,领导范儿十足。

如果他一直保持这个样子,说不定霍烟还会对他有几分敬畏和好感呢。

她心里猜测,傅时寒对姐姐,应该也是这个样子的吧,谦谦君子,温文尔雅。

反正他就对她坏透了。

傅时寒的讲解结束,女孩们还沉浸在他低醇的电嗓中,久久没能回过神来。

第二章

这时候,沈遇然说道:"我们给大家介绍学校的标志性建筑和地标,可不是随便讲讲的,过几天学生会招纳干事,面试的考题就是这些内容,如果有兴趣想要加入学生会,可要认真听。"

"啊,学长怎么不早说呢!"

"真是的,我都没有记下来!"

同学们恍然大悟,纷纷抱怨。

沈遇然继续道:"没关系,有个印象就成,考题不会很难,而且学校官网上也有介绍,大家可以提前做功课。"

林初语问霍烟:"学生会啊,有没有兴趣?"

霍烟想了想,摇头。

之前就听朋友说过,大学的学生会招纳干事,要求很高的,不仅要聪明机灵,还要会处理人际关系,经常和老师同学打交道,得懂得为人处世的道理。

"我肯定不行啦,通不过考核。"

苏莞道:"能不能通过考核,试试再说呗,学生会很锻炼个人能力的。"

林初语胳膊肘戳了戳霍烟:"你看前面几个女生,连笔记本都拿出来了,准备记下待会儿学长讲解的知识点。一准是冲着傅时寒去的。"

霍烟望向傅时寒,恰逢他隔着遥遥的人群,目光也扫向了她,一双漂亮的桃花眼透着藏不住的邪气。

吓得她赶紧避开。

一行人参观完桃鼎以后,进入了中心图书馆一楼的咖啡厅,稍事休息。

进入图书馆,扑面而来的冷气驱散了酷暑的燥热,同学们纷纷哀号,说要不我们就在图书馆内部参观吧,别在室外瞎折腾了。

沈遇然义正词严地说:"不行,咱们还得按照既定路线参观校园,这也是你们入校以后能最快了解学校路线的方式,将来要去哪儿也不至于找不着地方。"

霍烟发现,周围同学的脸颊都是红扑扑的,腾着热气,唯独傅时寒脸色淡定如常,冷着一张冰山佛爷脸,连一丝红晕都不起。

这人,还真是冰块做的啊。

趁着大家都在图书馆一楼大厅休息,霍烟想着将那五百块钱还给傅时寒。然而等她摸遍了全身,却发现口袋空空如也。

五百块,不见了!

怎么会,她分明记得是放在口袋里,怎么会丢了呢?

霍烟吓得脸色惨白,回想起刚刚一路过来,她几次从包里掏手机看时间,难不成钱就是在她掏手机的时候掉出去了?

来不及多想,她跟朋友简单解释了一下,便离开了图书馆,原路返回寻找。

傅时寒带了一小部分同学去参观阅览室,出来与沈遇然汇合。

"怎么少了三个？"他眉心微蹙。

沈遇然诧异道："寒总，厉害啊，少了几个人你都知道。"

"少废话，怎么回事？"

"霍烟说她丢了钱，她朋友跟她一块儿原路返回去找了。"

傅时寒心下一沉："丢了多少？"

"五百块，可把那丫头急疯了。"

"大数目了，我去看看。"傅时寒说完转身，大步流星走出了图书馆。

身后沈遇然"哎哎"地嚷嚷几声："寒总你跟我开玩笑的吧！"

五百块对于他傅时寒而言，算什么大数目！

霍烟和室友们沿着刚刚一路走来的路线，桃鼎、逸夫楼、艺术学院还有田家炳大楼，沿途找了个遍，都没有霍烟丢失的五百块。

林初语说："这一带那么多学生活动，肯定被人捡走了，红票子呀，落地上可比其他东西显眼多了。"

霍烟丧着脸，整个人像是被抽干了力气似的："完蛋了。"

苏莞拍着她的肩膀安慰："别难过，不就五百块吗，丢了就丢了，俗话怎么说来着，破财免灾，说不定那五百块钱帮你挡灾了呢。"

林初语赶紧道："没错！破财免灾，我姥姥经常这样说，所以呀，丢钱不是坏事。"

霍烟紧抿着唇，一言不发。

苏莞拍拍胸部，很讲义气："食堂吃饭跟着姐，反正饿不着你。"

"谢谢你们。"霍烟感激地说，"不过我还是得再仔细找找，你们先回去吧，不用管我。"

她说完，独自一人朝着田家炳大楼走去。

林初语还想追上去，苏莞一把将她的衣领揪过来："让她一个人待着吧，这丫头自尊心强得很，咱别去凑热闹了。"

霍烟在田家炳大楼兜了一圈，知道这五百块多半是找不回来了，她只是难受，想一个人待着，不想被别人看到自己的窘境。

五百块在别人眼里或许不算什么，但对于霍烟而言，真的不是小数目了，每个月父母给的生活费只有一千五，她这一丢，就丢了三分之一。

更何况，这还不是她的钱，是她要还给傅时寒的钱。

难怪家人忽视她，亲戚不喜欢她，她自己都讨厌这样蠢笨的自己。

霍烟蹲在树荫底下抹了几滴眼泪。

傅时寒心急火燎一路找回来，各个大楼兜了一圈，终于在田家炳四四方方的小花园里，看到了她孱弱的身影，只见她蹲在花园小径边，一个人偷偷抹眼泪。

第二章

柳叶儿般细淡的眉头紧蹙着,睫毛微微颤栗,牙齿死死咬着粉嫩的下唇,咬出些许发白的颜色。

伤心,却又极力压抑着。

傅时寒心里像是被刀子给猛戳了一道口子,细密的痛感从心脏慢慢扩散至全身。他身侧的手紧紧攥着,淡青色的经脉顺着泛白的手背一直延伸至袖下的小臂。

正欲上前,却听见霍烟的电话响起来。

她擦干了眼泪,接起电话,用尽可能平静的语气,说道:"哎呀,我没事的,也不是很多钱。"她红扑扑的小脸染着泪痕,却还强颜欢笑,安慰朋友,"不用担心我,像你们说的,破财免灾嘛。"

傅时寒终究还是没有过去。

他比任何人都更了解霍烟,她看似柔弱,自尊心却很强,绝对不希望让别人看见自己脆弱的一面。

小丫头已经站起身,用衣袖擦掉了脸上的泪花,深呼吸,缓缓走出了田家炳大楼。

当天下午,五舍的男生寝室楼前掀起了一阵骚动。

男孩们纷纷从阳台上探出头去,冲楼下的女孩吹口哨。

"哇,女神今天穿得好漂亮啊!"

"是来找傅时寒的吗?"

"反正肯定不是来找你的。"

五舍楼下的梧桐树荫底下,站着一个穿白裙子的女孩,正是霍思暖。

沈遇然从阳台回来,冲傅时寒道:"寒总,你未婚妻等你呢。"

傅时寒顺手拾起沈遇然桌上的赛亚人手办,掂了掂,作出一个投篮抛掷的动作。

沈遇然眼疾手快,连忙扑过来抱住傅时寒的手臂:"大佬我错了,我嘴贱,我胡扯,她不是你未婚妻,是……是我未婚妻,这样行了吧。"

傅时寒抿抿嘴,这才放下沈遇然的手办,算是给他个教训。

沈遇然还纳闷呢,这家伙今天怎么回事,从游览校园回来就一直冷着脸,头上悬着低气压,生人勿近,谁惹谁倒霉。

便在这时,傅时寒的手机里进来一条短信,是霍思暖发来的:"关于学生会招新的宣传海报,想给你看看,方便下楼吗?"

沈遇然忐忑地看了看傅时寒:"那啥,寒总,要去吗?"

傅时寒鼻息间发出一声轻嗤,虽不情愿,但还是下了楼。

女孩乌黑浓密的长发垂挂在肩头,宛如绸缎,樱桃般的红唇涂抹着莹润的唇膜,白皙的肌肤也抹着一层淡淡的粉底液,看上去越发透亮。

霍思暖提着自己的白裙子边角，走到傅时寒面前。

其实讨论宣传海报是假，买了新裙子迫不及待穿给傅时寒看是真，还因此精心化了个能衬得上这条白裙子的淡妆。

"时寒，你看看这海报，还有什么需要修改的？"

虽然她掩饰得很好，并不刻意，但被傅时寒凌厉的目光轻轻一扫，还是感觉有些窘迫，仿佛她什么样的小心思，都逃不过傅时寒那双深邃的眸子。

傅时寒没有看海报，目光在她身上遛了一圈，淡淡道："新裙子？"

"是啊。"霍思暖索性大大方方承认，捏着裙角，冲他嫣然一笑，"好看吗？"

傅时寒目光越发冷冽，脑海中浮现出小女孩抱着膝盖哭泣的画面。

为了五百块，她顶着烈日慌慌张张找寻了一上午，没找到，一个人偷摸躲着哭。

此刻霍思暖身上这条价值不菲的白裙子，有些刺了他的眼。

他脸色越发冷沉了下去，生硬地说："不好看。"

霍思暖愣住了，察觉到傅时寒心情似乎并不好，于是立刻回归正题："你看着海报有什么需要修改的吗？"

傅时寒瞥了海报一眼，轻描淡写道："宣传海报过于花哨，简单一点。"

"我知道了。"

"开学见过霍烟吗？"他突然开口问。

霍思暖愣了愣："之前忙迎新晚会的事，现在又弄招新海报，还没能顾得上那丫头呢，她在电话里说她挺好的，让我不用担心。"

"所以你就不用担心了？"

霍思暖突然语滞，反应了几秒之后，她连忙问道："是不是那丫头闯祸了？"

傅时寒隐在袖下的手，突然紧了紧。

良久，他冷淡地说："还有事，走了。"

也不等霍思暖回应，他转身回了宿舍楼。

看着傅时寒的背影，霍思暖心头升起异样的感觉。

这些年，因为家庭的缘故，傅时寒对她也还算礼貌，不会像对待其他女生一样，冷眉冷眼。但是要说热情，也是半点没有，顶多就是平平淡淡的朋友关系。

未婚妻……呵，也只是旁人口中的光鲜而已。

她很难相信傅时寒会真的娶她为妻。

不过话又说回来，傅时寒不娶她，娶谁呢，他可从来不和女生交往。

或许他的性格天生就是如此吧。

霍思暖相信，精诚所至，金石为开。

第三章

S大表白墙是一个QQ空间公众号，S大同学们都会关注这个公众号，平台上每隔两个小时，就会发布各式各样的信息组成图片九宫格。

这些信息有的是找男女朋友，有的是校园卡丢失找回，有的问选修课或者问某某老师的联系方式，也有寻找小伙伴一起上自习或者夜跑健身的，还有校内小狗、小猫、小仓鼠领养启事……

林初语刚进校就关注了表白墙公众号，只要上面发布了找女友的信息，她都会试着加人家的QQ，脱单的心愿可以说是非常迫切了。

那天她无意间发现一条信息如下——

"墙，麻烦帮忙发一条失物招领，9月13号我在田家炳大楼捡到五张红纸，请丢失红纸的同学联系我的小号：2716489162，加我请备注'丢纸的同学'。"

这组九宫格的评论下面也很热闹。

【五张纸？说不定是人家随手扔的，干吗还要找主人？】

【楼上，我觉得没那么简单，肯定另有玄机。】

【是什么样的红纸啊，上面有写字吗？】

【突然被勾起好奇心。】

【满满都是悬疑情节的既视感。】

林初语纳闷地看着这条信息，掐指一算，13号不就是她们参观校园的那天，霍烟丢了五百块钱，她为此闷闷不乐了好久，每天省吃俭用，看上去可怜极了。

有人在田家炳大楼捡到五张红纸，红纸……

林初语突然瞪大了眼睛，连忙将手机递到霍烟面前："哎！烟儿，你看看这会不会是你丢的五百块？"

霍烟还没反应过来，苏莞先接过了手机看了看，说道："不是说五张红纸吗？"

"肯定不能直说是五百块钱啊，否则大家都去找他招领，怎么确定钱是谁丢的，钱又不会自己认主人？"

苏莞点点头："也是，如果说成是五张红纸，真正的失主肯定会注意到，那人还挺聪明的呢。"

霍烟已经拿出了自己的手机，打开QQ输入了他的号码："不管怎么样，先加了试试。"

如果真的是拾金不昧的好心人，那可真是老天保佑了。

几分钟后，那人通过了霍烟的好友申请。

一个小号："？"

霍烟："我在田家炳丢了五张纸，听说你捡到了。"

一个小号："什么纸张？"

霍烟发了一张面值100的rmb给他，那人发了一个微笑的表情，说道："还记得有什么特征吗？"

霍烟："因为那五张纸之前叠过桃心，所以有些皱了。"

一个小号："约个时间，我把钱还给你，或者直接给你转账。"

霍烟还是跟他约了晚上见面，顺便好好感谢一下对方。

"哇，这是什么运气啊！丢掉的钱都能找回来！"林初语感叹道，"烟儿，这下开心了吧！"

霍烟心情舒畅，嘴角有抑制不住的笑容溢出来："这世上果然还是好人多啊。"

连着这几天阴郁的心情都一扫而空了。

"什么啊，这是因为在学校，你要放社会上试试，分分钟就被人捡走花光了，学校里面的同学素质比较好，但也不是全部，只能说你遇到好人了。"苏莞说。

霍烟连连点头，心情好，苏莞说什么都对。

下午，她和那人在食堂见了面，男孩头发有点长，却是自来卷，刘海几乎把眼睛都遮住了，看上去瘦津津的，穿着一件白色工作服。

他似乎不善言辞，五百块皱巴巴的钞票，递给霍烟之后转身便走，霍烟连忙叫住他："喂，我请你吃个饭吧，感谢你捡到我的钱。"

"不用。"他脸色淡淡的，声音也很平静，"食堂晚上包餐。"

霍烟这才注意到，他穿的是食堂员工的服装，可是看他的年龄分明与她相差无几，应该是在食堂兼职的学生。

"那好吧，再次感谢。"

男孩话不多，只冲他合手点头，念了声"善哉"，便离开了。

奇奇怪怪的。

霍烟也没多想，拿着五百块钱仔细打量起来，五百的钞票之前被傅时寒折了桃心，现在折痕都还在，应该就是她掉的那几张。

她重重地舒了一口气，将钱仔细地揣好，可千万不能再掉了，下一次就没这么好的运气能够被人送回来了。

男孩进了食堂以后，便拿出他的诺基亚给傅时寒打了个电话。

"收下了，没有怀疑。"

电话那边，傅时寒说道："谢了，和尚，晚些时候请你吃夜宵。"

许明意点了点头，又发现傅时寒看不见，于是应道："贫僧有些看不懂

第三章

你的操作。"

"看不懂什么?"

"自掏腰包去填人家的坑。"许明意揉揉松软的卷毛,好奇地说,"这还是第一次见你这样。"

为了一个女孩子。

傅时寒淡淡道:"和尚今天你的话有点多。"

许明意信佛不吃斋,于是冲他说道:"阿弥陀佛,红尘苦多,希望施主不要沉沦美色,如果你愿意,今夜贫僧可彻夜与你讲经,渡你成佛,资费按小时计算,只需288,接受支付宝转账。"

傅时寒淡淡一笑:"和尚今天已经说谎破戒,拿什么渡我?"

许明意抿了抿嘴,依旧一本正经道:"善哉善哉,为了兄弟之义,贫僧也不得不破戒一次,想必佛祖会谅解的……"

话音未落,电话那边传来嘟嘟嘟的声响。

许明意挂掉电话,摇了摇头,打开支付宝,向傅时寒发出一笔收款请求。

霍烟拿到钱便立刻给傅时寒转了账,知道还给他现金,他肯定不会收,这家伙比鱿鱼还滑,而且能说会道,肯定扯一堆歪理,堵得她哑口无言。

霍烟反正在口头上从来就没赢过傅时寒,她索性就直接转账,傅时寒收也得收,不收也得收。

转账信息过去很久,他都没有回复,霍烟不确定他有没有收到,于是给他去了一个电话。

电话那边似乎人声嘈杂,他的嗓音依旧温柔而富有磁性:"什么事?"

"你好,我是霍烟。"

那边似乎发出一声轻嗤:"知道。"

"就是……那五百块钱我给你转过去了。"她倚着冰冷的大理石石壁,手在墙上画圈圈,"你确认一下,看有没有收到。"

那边沉默了片刻。

"傅时寒?"

"我现在在实验组,有些忙,晚点见个面。"

"哦,见……见面干什么。"

"有事。"

"哦,那好,那就在……"

"见面的地点我待会儿发你手机。"

挂掉电话以后,霍烟感觉好不容易轻松下来的心情,好像又七上八下不得安宁了。

她和傅时寒的交往其实再正常不过了,傅时寒一直以来都把他当成小妹

妹,一边戏弄又一边照顾着。

可是霍烟心里头却总感觉怪怪的,到底是哪里怪,她也说不上来,反正见着他,她就紧张,他一凑近,她就喘不过气。

傅时寒约她在大学生活动中心的二楼学生会办公室见面。

霍烟轻轻推门进去,白炽灯照得整个办公室分外明亮。傅时寒站在原木色的办公桌前,修长的指尖拎着几份文件,专注地看着。

此刻他眉宇平整,目光下敛,平静的眸子在灯光下显出几分深榛色。

这男人认真起来的模样,迷人至极。

霍烟不敢打扰他,像小兔子一样蹑手蹑脚走进来。

"门带上。"

傅时寒头也没回,却知道她已经进来了。

"关门干什么?"霍烟脚步一顿,心惊胆战。

傅时寒放下手里的文件,微勾的一双桃花眼望向她:"怕我?"

"我才不……不怕你呢,你有什么好怕的。"

"关上门,是不想有什么无聊的人打扰。"傅时寒还是解释了一下。

霍烟走过去关上了门,相比于傅时寒,她更不愿意被人发现。

然而等她回身的时候,傅时寒不知何时出现在她身后,吓得她连连后退,背靠着门,退无可退。

如同过往独处时那样,他总爱与她近距离说话,好像不凑近就听不见似的,非得要讲点悄悄话。

"走的时候,我有让你给我打电话。"他湿热的呼吸拍打在她的耳畔,酥酥痒痒,"左耳进右耳出,嗯?"

去年盛夏,他翻墙来找她,递出自己的号码。

所以,这是要找她秋后算账了?

"我给你打了啊。"霍烟小心脏扑通扑通直跳。

"什么时候?"

"刚刚……"

她甚至都不敢看傅时寒的眼睛,已经能够预料他脸色有多难看。

"刚刚?"他嘴角勾起一抹冷笑,"霍丫头,你要这样敷衍我?"

霍烟咬着下唇,唇肉都有些发白了,踟蹰道:"其实……是因为没有手机。"

傅时寒冷嗤:"还是敷衍。"

霍烟又挣扎了一下:"想过借同学的电话给你打一个,可是又不知道打过来说什么。"

傅时寒调子扬了扬:"说你的学习,你的生活,遇到什么麻烦,学校有多少男孩跟你告白,最近开心还是不开心……这些话题还需要我来提醒你?"

第三章

"可这些无聊的事,你想听吗?"霍烟秀气而又浅淡的眉头往中间聚拢,抬头看他,"姐姐总说你很忙,你会有时间听我讲这些事吗?"

傅时寒突然语滞了,咄咄逼人的他竟还被这丫头无意识地反将了一军。弄得他现在反而回答也不是,不回答也不是。

霍烟一双幽黑单纯的眸子凝望着傅时寒,不知道是不是错觉,她竟然感觉他有些脸红。

"时间总会有的。"傅时寒不自然地轻咳一声,"人际交往就是这样,久了不联系关系会淡,你整年音信全无,再见到我就会生疏,再建立值得信赖的关系,又需要重新相处。"

"哦。"霍烟仔细琢磨傅时寒的话,觉得有道理,所以是不希望关系生疏,才让她给他打电话。

"那……那对不起哦。"

傅时寒嘴角又挑起了一抹笑意,意味深长道:"来日方长。"

他们有得是时间。

霍烟发现,其实傅时寒挺爱笑的,他平日里总是冷着脸,私底下和她独处的时候,总是要笑的。

他笑的时候,眼角会不自觉上挑,那一颗浅淡的泪痣分外动人。

还不等霍烟细看,傅时寒重新回到办公桌边,他拾起笔,在指尖转了转:"霍烟,你当我是什么人?"

霍烟想了想,小碎步挪到他对面,乖乖地喊了声:"寒哥哥。"

傅时寒真像个大哥哥一样,循循善诱:"那哥哥给你的钱,该不该收?"

可毕竟不是亲哥哥呀。

霍烟纠结了一小会儿,突然灵机一动,笑道:"如果你是我姐夫,这钱我就不还你了。"

"啪"的一声,傅时寒指尖的中性笔突然被他按在桌上,吓得霍烟小心脏都颤了颤。

"你想让我当你姐夫?"他嗓音低沉得可怕。

霍烟心想,这人还真是变脸跟变天似的,脾气也太阴晴不定了吧。

她觉得不能总是被他压制着,于是反驳道:"这不是我想不想的问题,我的想法重要吗,你们是父母订下的……"

不等霍烟把剩下的话说出来,傅时寒认真地凝望着她的眼睛:"你的想法,对我来说很重要。"

霍烟在他的脸上,看到了人前那一丝不苟的严肃神情。傅时寒不开玩笑的时候,认真的表情迷人至极。

他那黑色的眸子里熠着光,背后窗台漫入的暖阳都显得黯然失色。

还不等霍烟反应,"咔嚓"一声,门把手转了转,办公室大门被人推开了。

实践部的部长沈遇然提着一口袋绝味鸭脖走了进来。

"寒总,我买了藤椒味的鸭翅,你要不要来一……"

话音未落,沈遇然便望见了规规矩矩站在桌前的霍烟,长长地"哟"了一声——

"这不是那天丢钱的小学妹吗?"

"沈学长好。"霍烟模样乖巧,温温柔柔地向他问候。

沈遇然端出学长的姿态,关切地问道:"钱找回来了吗?"

"找回来了。"霍烟说道,"一个同学拾金不昧,把钱还给我了。"

沈遇然看了看傅时寒,笑说道:"那就好,你不知道,你丢钱,倒是把咱们寒总给急坏了,当时二话没说就追出来……"

一枚粉笔不偏不倚,竟然直接落入了沈遇然的鸭脖袋子里。

沈遇然目瞪口呆:"我去!寒总,过分了啊。"

"不想吃就别吃了。"

傅时寒气定神闲,又拾起一枚粉笔掂了掂,沈遇然连忙背过身护住自己的绝味鸭脖:"傅时寒,别以为你投篮准我就怕你!有本事咱们球场上battle!"

霍烟掩嘴笑了笑:"那你们忙,我就先走了。"

"怎么见着我就要走了。"沈遇然八卦地笑起来,"你刚刚跟我们主席说什么悄悄话呢?"

"啊,不是悄悄话,就是寒哥哥问我为什么不……"

傅时寒淡淡道:"我们说什么,你不需要跟他汇报。"

"哎哟哎哟,寒哥哥都叫上了,什么情况啊这是,咱们整个学校所有女生里,我还是第一次听到有人敢当面这样叫他。"

沈遇然眉毛一上一下地歪着:"你俩认识?"

"唔……"

霍烟也不知道傅时寒到底怎么想的,她可不想在这里给他添乱,只能三十六计走为上。

在霍烟正要开溜的时候,傅时寒叫住她。

"等一下。"

他拉开抽屉,从里面取出一瓶金黄色外壳包装的防晒乳,扔到霍烟手里:"学生会发的。"

"啊?"霍烟打量那瓶防晒乳,上面全是日文,她也看不懂是什么牌子,"你们还送这个啊?"

"我们还送这个啊?"沈遇然也有些蒙。

傅时寒颇具威胁地瞪了沈遇然一眼,沈遇然顷刻变脸,胸脯一拍:"送送送!学生会跳楼大放送,防晒霜见者有份!"

第三章

原来如此，霍烟点点头，将防晒霜放回书包。

傅时寒提醒："明天军训记得涂上，别晒得跟狗熊似的。"

霍烟撇撇嘴："那谢谢了。"

等霍烟离开办公室，替他轻轻关上门，沈遇然这才惊讶地趴到傅时寒面前："什么什么什么情况啊寒总，这女孩跟你什么关系，你对她也太不一般了吧！"

傅时寒抬起幽黑的眸子，凉凉地睨他一眼，反问："没听到她刚刚叫我什么？"

寒哥哥。

沈遇然挑挑眉："你是初中生吗？还搞哥哥妹妹这一套，幼稚不！"

傅时寒微微扭了扭脖颈，咔嚓作响，他起身走出了办公室："今晚值班到九点。"

"喂！别以为你是学生会主席就可以随便压榨劳动力！"

盛夏的骄阳火辣辣地炙烤着大地，军训如火如荼地拉开帷幕。

第一天军训结束的晚上，整个409宿舍除了洛以南以外，其他三人基本都瘫了。

林初语躺在床上，有气无力地嚷嚷着："累惨了，这才第一天，接下来的十多天，怎么熬啊。"

苏莞敷了一张晒后修复面膜："不行，我得去校医院搞一张病假条，再这样下去，小姐姐辛苦保养的皮肤，全毁了。"

这时候霍烟接到了姐姐霍思暖的电话，约她下楼见个面。

这还是开学这么多天以来，霍思暖第一次主动联系霍烟。

霍烟下楼之后，并没有发现霍思暖的身影，她在宿舍楼前的小花园里拐了几个弯，才在一个隐蔽的石径边找到霍思暖。

霍思暖穿着一件漂亮的小白裙，脸上化着精致的妆，格外漂亮。

"姐。"霍烟小跑过去，"找了你好久啊。"

霍思暖伸手拉住她，脸上堆起笑意："让姐看看，个子长高了不少嘛。"

"嘻。"

霍烟看自己的姐姐，总感觉就像看电视里的明星似的，不管她穿什么样的衣服，怎样打扮，霍烟都觉得她好有气质。

她打小最崇拜的人，就是姐姐了。

"姐，你找我什么事啊？"

"你到学校这么多天，我也没抽出时间来看看你。"霍思暖愧疚地说，"你不会生我的气吧？"

"怎么会。"霍烟摆摆手，"我知道姐姐很忙，没关系啦。"

她本来还想像小时候一样，挽着姐姐的手，跟她聊聊天，可是看姐姐穿着这一身漂亮的小白裙，再看看自己，一件洗旧的长T恤配一条小花裤，灰头土脸，她便自觉地和姐姐保持了距离。

不记得从什么时候开始，姐妹之间莫名生分起来，很难再像从前那样亲密无间。

也许……是她想太多了吧，从上了大学之后，她总爱胡思乱想。

"对了，你跟傅时寒有联系吗？"霍思暖突然问道。

霍烟莫名心脏砰砰直跳："啊？"

"你不知道吗，他也在S大，跟你一个学院呢，是你的直系学长。"霍思暖盯着霍烟的眼睛，疑惑地问，"你见过他吗？"

"哦，就是之前参加学生会组织的活动，见……见过面。"霍烟没由来地忐忑和心虚起来，"姐怎么突然问这个？"

霍思暖笑了笑："他那天提起你，我还以为你这丫头又闯祸了呢。"

"才没有。"

霍烟撇了撇嘴，难不成傅时寒还跑到姐姐跟前告状去了吗，这家伙，有劲没劲……

"我给你带了一些防晒霜和面膜乳液。"霍思暖将手里的口袋递给霍烟，"你看看你，这才军训第一天呢，脸就晒得这样红，如果不好好修复，十天军训结束，你铁定变成非洲人。"

霍烟不好意思地笑了笑，接过霍思暖的口袋："谢谢姐，不过防晒霜我已经有了，就是学生会……"

霍烟话还没说完，霍思暖看了看手表："我晚上还要去舞蹈教室排练，就先走了，有什么事你给我打电话。"

"哦，好。"

霍思暖提着白色的小裙子，匆匆离开了石板小径，消失在夜色里。

霍烟心想，姐姐对她真的很好，她心里却对姐姐生出隔阂，大概或多或少还是嫉妒吧，这样真的不应该。

她深呼吸，暗下决心，一定要好好调整心态。

就在霍烟正要离开的时候，身后突然有人出声。

"原来她真是你姐。"

霍烟诧异地回头，发现不远处树荫下，一个女孩走了出来。

正是洛以南。

她穿着紧身运动装，勾勒出傲人的曲线，脸色红扑扑的，应该正在花园夜跑。

洛以南是寝室里个子最高挑的女孩，平时特立独行，每天早出晚归忙着自己的事情，据说她街舞跳得特别好，还拿过奖。

第三章

她性格高冷，连最张扬无忌的苏莞都不敢拿话怼她，她就像寝室的大姐姐一样，颇有威信。

没想到第一个撞破霍烟和霍思暖关系的人，竟然会是洛以南。

"难怪那天晚上苏莞说她坏话的时候，你会那么激动。"洛以南抱着手肘，似恍然大悟。

既然被撞破，霍烟也不隐瞒，大大方方地承认："霍思暖是我姐姐。"

"她给你送东西？"洛以南注意到霍烟手里的口袋。

"送了一些护肤品。"

"她对你不错。"

"是啊，我姐姐对我很好……"

霍烟话音未落，却被洛以南打断："不过姐妹俩见面，需要偷偷摸摸约在这种人烟稀少的小花园吗？不知道的还以为是小情侣幽会呢。"

霍烟皱了皱眉："什么意思？"

"就是随便胡说啊。"洛以南耸耸肩，坦诚道，"给你送东西，寝室楼下不是很好吗？躲躲藏藏，是怕被人看见你们的姐妹关系，面子挂不住，还是觉得你这个妹妹，给她丢人了？"

霍烟的心突然像是被钢针给猛地刺了刺。

洛以南说完这番话，见霍烟没什么反应，摇了摇头，继续夜跑去了。

霍烟提着沉甸甸的口袋回宿舍，一路上感觉脚下千斤重。

"是怕被人看见你们的姐妹关系，面子挂不住，还是觉得你这个妹妹，给她丢人了。"

一路上，她耳边都回响着洛以南的话。

的确，约见面的话，宿舍楼下不是很好吗，霍思暖那样娇贵又精致的女孩，从小最怕蚊子咬，刚刚在小花园里可喂饱了不少蚊子。

是因为自己让她觉得没面子？

霍烟回想起高中的时候，霍思暖甚少对旁人提及自己有这样一个低年级的妹妹。

难怪开学这么久以来，霍思暖都没有来见过她，只是偶尔打打电话。

若说忙的话，傅时寒比她更忙，但是开学几天，他可是天天在她眼前晃悠。

不愿意承认，其实也很正常吧，她那样耀眼而优秀，自己这样平凡而普通，还有些笨笨的。

任谁都不会愿意承认……

寝室门打开，林初语抱着脸盆正欲出门，却发现霍烟闷闷地站在门口，不知道站了多久。

"哎哟，你站这儿发什么呆啊？"林初语看看周围，没别的人，便把她拉进寝室，"出去这么久，回来还失魂落魄的，老实交代，见谁去了？"

"出去买东西了。"

霍思暖既然不想被别人知道,霍烟便不敢说霍思暖是她姐姐了。

苏莞也来了兴趣,从床上翻身而起,接过霍烟手里的口袋:"买什么了?"

霍烟这才从自己的情绪里出来,有气无力地说:"面膜和防晒。"

苏莞在口袋里捣鼓一阵,扔下口袋说道:"学校外面大卖场买的吧?"

霍烟眨巴眨巴眼睛:"这都能看出来?"

"不是有标签吗?"

果不其然,面膜上面印着标签呢。

苏莞将口袋一扔:"警告你啊,脸上的东西得仔细,别乱用,要用就用好的,这种十块钱一盒的面膜,用了也是白用,还有这防晒,便利店都有卖,涂身上可以,千万别涂脸。"

"哦。"

苏莞继续自顾自地说道:"你看看人家霍思暖,那小脸儿,保养得多好,你跟她长的还挺像,不过你的皮肤跟她就差了几个美白的维度。"

霍烟看着桌上的这一口袋被苏莞疯狂 diss 的护肤品,她感觉有些难受。

但无论如何,姐姐给她送东西,尽的不是本分,是情分,她不应该因为东西不好而抱怨姐姐。

到底……还是意难平。

"对了,你桌上不是有一瓶资生堂吗?那可是小红书爆款产品,你用那瓶防晒就得了,这些乱七八糟的扔了算了。"

苏莞说的,是傅时寒给霍烟的那瓶防晒乳。

霍烟晃了晃那瓶金色的防晒乳:"这是学生会发的。"

苏莞挑挑眉:"呵,你还挺幽默,学生会搞慈善,怎么没给我发一瓶几百块的防晒霜。"

霍烟瞪大了眼睛:"你说这个,几百块?"

霍烟知道,傅时寒不会这么轻易妥协。明面上,那五百块钱他是收下了,不过反手又骗她收下这一瓶昂贵的防晒乳,还不能退还,因为她已经用过了。

从来只要傅时寒想做的事情,就没有做不成的。

霍烟给他发了长长的一条短信,真诚地感谢他的好意,同时也严肃地告诉他,不要再这样做了,不然她会良心难安。

那条短信傅时寒一直没回,直到晚上忙过了,拿着手机躺在床上,仔细阅读着小丫头纠结的心思,嘴角微微上扬,回了她一个【猪头】的表情。

烈日当空,运动场上铺着几堆方方正正的翠绿豆腐块。同学们正在教官的口令下,整齐地站着军姿。

计信学院的队列里,以霍烟班级来看,女生不算多,总共不过十来人,男生却有四十几人。女孩子们就像一朵朵娇花似的,被男生围聚在中间。

第三章

夏日炎炎，同学们或多或少都会分心或者偷懒，霍烟却很认真，每一个动作都尽善尽美，做到最好，她的反应不够机灵，好在勤能补拙。

霍烟被教官点名表扬，同时，教官还揪出了几个动作格外不标准的女生，进行对比。

"冯青青，你听不懂口令是不是？我说的是向左转，不是向右转！"

"江婉柔，你走的是军姿吗？走猫步还差不多吧！"

"你们要是再不认真，我就让你们到排头来，单独做！"

冯青青嘟着嘴，嗲声嗲气说："教官，太阳好大，头都热晕了，根本听不见你的指令。"

教官粗犷的嗓子呵斥道："同样是女生，人家霍烟怎么没喊热，就你们娇贵是吧？"

霍烟敏锐地感觉到，身后有两道不善的目光同时向她扫来，她小腹微收，自然地挺了挺胸，让身形站得更加笔直。

休息的时候，冯青青和江婉柔几个女生聚在一起，低声议论："那个霍烟，可把她厉害坏了。"

"教官眼前的红人呢。"

"哼，最讨厌这样的人，争表现也太明显了吧，图什么呢？"

"还能图什么，教官这么喜欢她，估计最后大检阅咱班的标兵肯定是她。"

"据说当标兵可以加操行分呢。"

"还能在全校同学面前露脸。"

……

霍烟知道冯青青和几个女生在背后议论她，不过她不想和这些人计较。

不远处操场边缘，学生会的干事们已经搭好了伞棚和木桌，准备给同学们发放矿泉水和清热的菊花茶。

苏莞的手在霍烟眼前挡了挡："眼珠子都望出来了，别想太多，人家可是主席团的大忙人，送水这些小事肯定都是交给底下人去做。"

霍烟呼吸一顿："我……我又没望他。"

看着她急得脸红脖子粗的模样，林初语拍拍她肩膀："不用解释啊，半个操场的女生都在巴巴地望着傅时寒呢，这又不丢人，我就期待着他能过来，看着那张盛世美颜冰山脸，我凉快啊。"

霍烟无言以对。

教官一声哨响，队伍重新整队集合。

这一次练习踢正步，冯青青和江婉柔相互对视了一眼，似乎酝酿了什么坏点子。

果不其然，在整个队列转身原地踏步的时候，冯青青突然伸腿绊了霍烟一下。

霍烟往前趔趄,扑倒在了前排的洛以南身上,整个队列彻底散乱了。

"怎么回事?"教官中气十足的斥责声传来,"走个路都走不好!"

江婉柔捏着嗓子说道:"报告教官,是霍烟没走好,连带着队伍都散架了。"

霍烟让冯青青绊这一下,险些摔倒,幸好洛以南稳住了她:"当心!"

霍烟回身愤愤地看了冯青青一眼,冯青青抱着手臂,嚣张地冲她挑了挑眉。

教官道:"霍烟,你怎么回事,经不起表扬吗,刚刚还说你走得好,这就膨胀了?"

"不是,是她绊我。"霍烟立刻解释道,"冯青青伸腿绊我!"

"你有证据吗,谁看到我绊你了?"冯青青气场很强势,调子也立刻拔高了八度,"自己没走好,就把过错赖到别人身上,原来你是这样的人。"

江婉柔也添油加醋道:"我看你是想当标兵想疯了吧。"

周围同学窃窃私语,望向霍烟的目光也多了几分深意。霍烟面薄,脸颊涨红不已。

然而就在这时,洛以南突然上前一步,面对嚣张跋扈的冯青青,她二话没说,走过去抬手就是一巴掌。

"啪"!

清脆的一声响,冯青青脸颊留下绯红的巴掌印,包括江婉柔在内的所有同学,都惊呆了。

谁都没想到洛以南会突然动手打人,就连霍烟都愣住了。

冯青青脑子蒙了几秒之后,脸上的痛感这才细细密密地传到心脏,她整个人就像一只炸毛的老母鸡,指着洛以南尖声大喊:"你凭什么打我?"

洛以南冷冷觑她:"你绊了她,撞了我,打你一巴掌,很公平。"

霍烟知道洛以南心高气傲,做事干净果断从不拖泥带水,平日里总是独来独往,从不多管闲事,却没想到今日会为她出头。

"我只是绊了她一下,她又没受伤,你居然动手打人!"冯青青气急败坏,"我……我不会放过你的!"

"哦,那你是承认绊了她喽?"洛以南气定神闲地反问。

冯青青这才发觉自己说漏了嘴,方才还像膨胀的气球,顷刻偃旗息鼓,只是眼神恶毒地瞪她。

"闹什么!"教官大吼一声,"冯青青,洛以南,出列!"

两人被教官揪了出来,冯青青委屈巴巴地哭了:"教官,从来没有人打过我,我爸妈都没有打过我,呜呜呜,教官,你一定要好好惩罚她。"

而洛以南面无表情,冷漠的眸子里透着几许轻蔑。

教官是个直男,最见不得女孩子哭,还哭得这么委屈,只能说道:"洛以南,背上沙袋,五公里负重跑!"

第三章

洛以南一言未发，捡起边上的沙袋背在背上。而这时候，霍烟突然出声："报告教官，我不服！"

洛以南诧异地回头，只见霍烟已经走出了队列："我……不服！"

她声音战栗，可是语气却十分坚决。

教官看别的班都好好训练着，就他这一班，状况不断。

他面子上有些挂不住，于是凶巴巴地吼道："谁让你出来的，归队！"

然而霍烟没有动，她站在原地，目光坚定，似乎笃定了要帮洛以南说话。

"我让你归队！不听命令是不是？！"

"是！"

"你归不归队？！"

"不！"

霍烟此刻脚都在抖，这是她生平第一次这样不听话，从小到大她顺从父母、顺从老师，别人说什么就是什么，她不会反抗。

可是就在刚刚，洛以南那一巴掌打在冯青青的脸上，也重重打在她的心上。

如果没有洛以南给自己出头，今天的委屈，她又要独自咽下。

就是因为自己好欺负，所以别人都要欺负她？

霍烟现在脑子很不清楚，头昏脑涨，但她还是坚定不移地站了出来。

"她绊了我，洛以南打了她，教官您惩罚洛以南五公里负重跑，那她呢？"霍烟指着梨花带雨满脸泪痕的冯青青："难道因为她会哭、会掉眼泪，就可以逃避惩罚吗？"

冯青青哭得更加大声，上气不接下气，看上去真真是委屈极了，实在让人不忍心施加任何惩罚。

"我不服！"霍烟看着教官，一双幽黑的杏眼透着无比坚毅的神色。

有的女孩生来会撒娇会黏人，也会抹眼泪，有的女孩安安静静，受了委屈自己咽下，不哭不闹，亦无人问津。

人啊，都是偏向弱者。

不远处的伞棚下，傅时寒刚过来，便见证了霍烟和教官对峙的这一幕。

她眉宇间的坚定决绝，他倒是第一次见。

他觉得，或许那个女孩不是在为同伴伸张正义，她只是为自己鸣不平，哪怕这样做不能改变任何结果，但她还是毅然决然地站了出来。

傅时寒眼角微微挑了挑，一丝异样的情绪自他眼底闪过。

操场这边的教官面子有些挂不住了："霍烟，我最后再说一遍，归队！"

"除非您惩罚冯青青。"霍烟的态度同样坚决。

冯青青呼吸急促，指着霍烟大喊："你为什么非要跟我过不去！我不就绊你一下吗，你又没有摔倒受伤！"

霍烟没有理会她，只定定望着教官。

同学们低头窃窃私语,居然敢公然违抗教官的命令,这还是那个爱挣表现的好学生霍烟吗?

都是年少意气,她的行为反倒赢得了不少好感。

"这样顶撞教官,她不想当标兵了吗?"

"人家就从来没说过要当标兵,一直都是某些心胸狭窄的人的猜测。"

"自己做不好,就见不得别人优秀。"

"会哭了不起吗,弱者还有理了,真可笑。"

……

教官发现这一届的新同学,真是一个比一个难管,还有好几天呢,如果今天威信不立起来,接下来就更管不了这帮小兔崽子了。

"冯青青你就在太阳下站军姿直到太阳下山食堂关门,好好反省!"

"霍烟,你和洛以南一起,五公里负重跑,立刻!"

霍烟毫不犹豫背起了沙包,跟着洛以南一起围着操场跑了起来。

洛以南看着身边气喘吁吁脸色绯红的霍烟,笑道:"刚刚挺酷。"

霍烟抿抿嘴,没有说话。

"真不想当标兵了?"她又问。

霍烟平静地说道:"我就没想当标兵。"

"不想当标兵,那你干吗这么努力?"

霍烟垂了垂眸子,淡淡道:"我只是觉得,既然要做一件事,那就做到最好,我虽然脑子有些笨,但是只要专心致志,肯定能够做得好。"

高考的时候便是如此,所有人都不相信她能够考上名牌大学,家人对她没抱希望,走个二本就差不多了。

可是霍烟偏偏最后一年突然发力,每天晚上复习到凌晨,勤能补拙,笨鸟先飞。

当她查到高考分数的时候,母亲还以为是系统出了错,霍烟的分数居然比去年霍思暖还要高!这怎么可能呢!

可是霍烟就是做到了。

她知道自己不聪明,所以她宁肯蒙头往前冲,就算摔个头破血流也在所不惜!

洛以南嘴角抿了抿,说道:"我突然有点喜欢你了。"

"唔。"霍烟抬起头,对她这样子大胆的表述有些不好意思。

还从来没有人说过喜欢她呢。

洛以南却说道:"这个世界上能让我欣赏的女孩不多,你算一个。"

霍烟不知道该怎么回应,只能害羞地笑道:"谢谢。"

教官终究还是没让她们把这五公里的负重跑给跑完,跑了四五圈便让人叫她们回来了。这盛夏酷暑的天,站在太阳底下都热得够呛,更何况是负重

第三章

跑步。

霍烟脸颊晕着不自然的酡红,脑袋晕晕乎乎,有些胸闷恶心。

而女生们全部涌向了学生会定点供水的摊棚,不为别的,傅时寒竟然真的顶着这炎炎烈日过来了,她们早在整队集合的时候就已经躁动起来。

这不,一解散,她们便立刻跑过去,借着倒水的机会,多看傅时寒一眼。

傅时寒气定神闲地站在桌前,热腾腾的沸水被他从保温瓶中倒出来,滚进面前的透明水杯里,几朵干瘪的白色小雏菊一遇滚水,立刻铺展开来,旋旋上升。

随即,他用勺子又从边上泡沫箱里捡出两枚冰块,倒入杯中,冰块顷刻融化,将水温消散下去。随后,他又从自己的乐扣盒里挑出两片柠檬放了进去,又加了几块冰糖。

他的手纤细白皙,骨节分明,有条不紊地侍弄着桌上的配饮。

一杯温度适中清热消暑的柠檬菊花茶便做好了。

而从始至终,傅时寒认真泡茶的模样,比他手里的菊花茶还要清热解暑。

女孩子们都看呆了。

这男人动作轻缓,从容不迫。

洗手做羹汤的模样,简直帅到没有朋友!

女孩们渴望地看着他亲手泡制的那杯菊花茶。

傅时寒抬起寡淡如水的目光,望向了坐在不远处托着腮帮子休息的女孩。

没有犹豫,他端起杯子,朝着树荫底下的霍烟走了过去。

霍烟坐在树荫底下乘凉,感觉脑袋晕晕乎乎的,似乎有点中暑的征兆。

林初语接了水回来,兴奋地说道:"傅时寒居然真的来了!难以置信,这么热的天,他在这儿一站就是两个小时,这也太反常了吧!"

苏莞倒没有林初语那么激动,只说道:"学生会给同学们提供饮水,人家干事都能坚守岗位,他虽然是主席,但也没有高人一等之说,在这儿待两个小时,正常吧。"

"不正常!"林初语道,"他是咱们的直系学长,我听朋友说,他除了每天繁重的课业,还加了AI机器人编程实验组,特别忙。而学生会主席团也要参与策划学生活动,所以这些小事,根本用不着他亲自出马。"

苏莞没话反驳,回头望向霍烟,见她面色不是很好,关切地问道:"烟烟,你没事吧?"

霍烟有气无力地说:"刚刚热着了,休息一会儿就好了。"

林初语拍拍裤脚上的草屑,拿起霍烟的保温杯:"我去给你接点水来。"

然而她话音刚落,便望见傅时寒端着水杯,朝着她们走来。

林初语瞪大了眼睛,看着傅时寒错开她,径直走到霍烟面前。

　　她甚至都忘了去接水，跑到苏莞边上，俩人隔着不远的距离，目不转睛地盯着傅时寒和霍烟。
　　霍烟抬头，见傅时寒站在她面前，居高临下的身影显得格外挺拔。
　　他替她挡住了灼目的阳光，将她笼入阴影中。他的容颜因为逆光的缘故，显得有些模糊，不甚真切。
　　霍烟眯了眯眼睛，觉得脑袋越发晕乎乎的。
　　傅时寒拎了拎裤子，自然而然地坐在她身边，将手中的杯子递给她。
　　霍烟看见杯中漂着几瓣白色小雏菊，分外可爱。
　　"谢谢。"
　　霍烟接过了水杯，浅浅抿了几口。
　　柠檬茶带了菊花的清香，因为热水加了冰块的缘故，现在不凉也不热，温度刚刚好，入喉甘甜，又带着菊花的清新和柠檬的酸爽，非常解暑。
　　"慢点。"傅时寒低沉的嗓音入耳，温柔缱绻。
　　"嗯。"
　　他侧眸睨她，汗津津的头发丝黏在脸侧，白皙的脸蛋透着被太阳晒过之后健康的绯红，宽大的军绿色迷彩T恤将她瘦弱的身子包裹着，露出一对漂亮的锁骨，纤细而小巧。
　　这乖巧的女孩，自小到大总是被旁人无视，但是不知为何，傅时寒总是能在人群中一眼便望见她。
　　久而久之，这抹小小的身影，便在他的心头留下了一道印记。
　　一饮而尽，霍烟感觉精神好多了，她用袖子擦了擦嘴，低声道："谢谢寒……谢谢学长。"
　　她半路改口，也是考虑到身边苏莞和林初语两人正专心致志、目不转睛地盯着她呢。
　　姐姐霍思暖不想让别人知道霍烟是她的妹妹，而霍烟闹不准傅时寒对此到底是什么想法，所以就再也不对人说她认识他了。
　　傅时寒倒是没想这么多，只关切地问道："难受吗？"
　　"现在好多了。"
　　"如果撑不住，就请假回去休息，没必要逞强。"
　　咦？今天的傅时寒和以往不大一样，这么温柔，还给她送了水。
　　良心发现？
　　霍烟抬头，却见傅时寒眉心微蹙，薄唇轻抿，只有在他分外严肃并且着急的时候，才会不自觉露出这样的神情。
　　刚刚霍烟跑步的时候就看见他了，本以为他会讥诮她一番，所以她才一直忍着，没有去学生会的供水棚那边接水。
　　想来倒是自己小人之心了。
　　霍烟看着手里空空见底的水杯，白色菊花趴在杯底。

| 第三章 |

她自小被人忽视已成习惯,所以格外珍惜旁人待她的好。几分真心几分假意,其实她心里跟明镜似的。

霍思暖平日里对她笑脸相迎,电话里嘘寒问暖关怀备至,但是真要说起来,作为亲姐,她却比不上这位八竿子打不着的傅家哥哥。

傅时寒虽然喜欢捉弄她,总说她笨,以后嫁不出去,但他是真心待她好。

霍烟眼睛一下子就红了。

别人对她再坏、再嫌弃,她都不会哭,唯独受不住旁人待她好。

她特别容易满足,也容易被感动,如若将来有一颗真心能让她捧在手里,铁定是要当成最最珍贵的宝贝。

跟着就要掉眼泪了,于是傅时寒夺过她手里的杯子,沉着脸凶巴巴地说:"行了,以后做事儿放聪明点,别跟人硬碰硬,受了委屈搁我这儿装可怜,懒得管你。"

他以为霍烟是因为刚刚受委屈才红了眼睛,心里莫名难受至极。他最受不住的便是她对他哭,感觉五脏六腑都扭到一起,这比杀了他还难受。

很快,集合的哨声吹响了。

"寒哥哥,我要过去了。"霍烟起身说。

傅时寒拍了拍她的脑门顶,没好气地安慰道:"我在这儿盯着,没人敢欺负你了。"

"嗯。"霍烟走了两步,忍不住回头,"我以后能当着别人,叫你寒哥哥吗?"

傅时寒侧头,目光下敛,掩住眸子里一片柔情似水,嘴角微微扬了扬。

"我从来都没有不准你这样叫,是你自己想太多。"

"唔。"

她的确想太多,瞻前顾后,害怕让人指指点点说闲话,但她更深的害怕……是霍思暖。

现在她不怕了,傅时寒对她好,所有人都见着了,没什么需要遮掩的。

坦坦荡荡一声"寒哥哥",从今往后,他就是她亲哥!

女生们眼睁睁地看着傅时寒做了一杯柠檬菊花茶,亲自送到了霍烟的手里,而沈遇然眼疾手快,立刻又做了一杯送给了洛以南。

这几天傅时寒的反常他看在眼里,可以说,自从霍烟这丫头入校以来,傅时寒就没消停过,没事儿的时候,拿着手机逛各种美妆店,购物车都加满了,三天两头取快递。

他既是傅时寒的室友又是哥们儿,自然便心知肚明。

为了避免这一杯柠檬菊花茶给霍烟拉来全校女生的仇恨,沈遇然便又做了一杯,给刚刚跑了步的洛以南送过去,说是剧烈运动之后容易中暑,得清火祛热,学生会服务到家,不让任何一个新生生病缺席。

这让女孩们眼睛都要红出血了。

早知道……早知道被惩罚跑步还有这样的福利,她们也都愿意顶着烈日多跑几圈啊。

/ 第四章 /

军训结束以后,各大社团便忙碌起来,每天在音乐广场定点摆摊,招纳新成员。

林初语加了各式各样的社团,说是要多尝试,试过才知道喜不喜欢。

而洛以南则加入了街舞社,却没想到街舞社的社长,居然是冯青青的好朋友。

因为那一巴掌之仇,街舞社社长对洛以南总是百般刁难。

洛以南是个暴脾气,直接约社长来了一场斗舞,就在操场,好多同学都去看了。霍烟和409的伙伴们也去给洛以南加油打气。

洛以南跳了一段热辣的爵士舞,火爆全场。听说她在高中的时候就赢得了全国高中生爵士舞比赛季军,这位社长当然不是她的对手。

而经过这一场battle,洛以南名正言顺地在社团里扎根立足,成了团里的领舞,而那位社长也没脸再继续干下去,所以自行辞职了。

洛以南这个名字被许多人知道,那段惊艳全校的舞蹈,让她直接成了今年S大新生校花的人选,她本身身材好,模样又漂亮,最重要的是气质好,很多人说她把霍思暖都给比了下去。

虽然芭蕾和爵士属于完全不同的舞种,但是看热闹的人民群众可不管这么多,什么好看他们就喜欢什么,于是洛以南的人气日渐提升,人们提到霍思暖,总要拿洛以南跟她进行对比。

每天也会有好多男生出现在女宿楼下,当众对洛以南表白,花样百出。

洛以南性格直爽,做事也不顾分寸,几盆凉水浇下去,男生们的热情被浇得奄奄一息。

这朵性格火爆的霸王花,还真没人能轻易攀折。

林初语那叫一个嫉妒啊,跟洛以南表白的男生里,有一个她心仪已久的学长,现在人家学长正专心致志地在女宿楼下挂气球,摆蜡烛,准备告白事宜。

林初语捶胸顿足,对洛以南说:"如果你不喜欢,跪求把学长让给我啊,你看他站在蜡烛里面手捧玫瑰花的样子,多英俊啊。"

洛以南挑挑眉,道:"能不能出息点,那位学长当众点蜡烛摆桃心,策划这种创意全无的告白活动,顶多也就感动感动他自己,傻帽才会被打动呢。"

林初语拧了拧眉,反应了很久,问霍烟:"她是不是骂我傻帽了?"

霍烟实在人,于是点头:"是,她拐着弯骂了,你快反击。"

| 第四章 |

林初语指着洛以南，憋了良久，憋出三个字："我反弹！"

洛以南气定神闲："反弹无效。"

几个女生正闹腾之际，楼下学长摆完了桃心，拿起了话筒，对着女宿开始了一段深情款款的表白演讲。

"409计信学院的霍烟同学，也许你不认识我，但是我却对你的一切都很了解，我有一段话要对你说。"

霍烟一个激灵，手里的水杯都抖了抖。

洛以南和林初语相互对视一眼，没想到，这位居然是冲着霍烟来的。

"从军训结束之后的大检阅，你成为标兵的那一天开始，我就注意到你了。"

"那天你飒爽的英姿，巾帼不让须眉，深深地镌刻在我的心里，午夜梦回，我总是情不自禁地想起你。"

苏莞正喝着果汁呢，闻言直接喷了出来，面前的电脑算是遭了殃。

她哈哈大笑："妈呀，好恶心！"

学长的告白活动还在继续——

"我发现你总是一个人去三食堂吃饭，打一碗饭，一盘青菜，偶尔加一个鸡腿。"

"你晚上会去田径运动场跑步，跑个四五圈，酣畅淋漓。"

"没事的时候，你也会去图书馆，一个人安安静静地看会儿书，阳光从落地窗倾泻进来，照着你白皙又可爱的小脸。"

……

这位学长将霍烟所有的日常行动通过高音喇叭全曝了出来。

霍烟脸色酱紫，没有感动，反而鸡皮疙瘩落了一地，阵阵后怕。

难道她所有的行动，都被这个人看在眼里吗，他跟踪过她吗？！

这也太……太吓人了吧！

而周围的女生竟然没有觉得这有什么不妥，反而花痴地说道："哇！好感动哦！"

"太深情了吧。"

"快答应啊！"

学长完全沉浸在自我营造的浪漫氛围中，以他自以为极有磁性的温柔嗓音，含着宠溺的调子，说道："其实我在你看不见的地方，注意你很久了，将来，我希望你不再是一个人，我希望我能陪着你，陪你吃饭、陪你跑步、陪你去图书馆看书……"

洛以南已经接了满满一盆水，回头对霍烟说："这种二货，不浇真的对不起观众了。"

霍烟本来觉得浇人这种事，很不礼貌，可是这个男生真的让她很生气。

她性格内向,最讨厌的就是被人曝光隐私,这个男生竟然在大庭广众之下,把她的日常行踪抖落得干干净净。

霍烟毫不犹豫接过了洛以南手里的水盆,气势汹汹地走到窗台边,正要浇下去。

男生的声音却戛然而止了。

楼下一片混乱,闹哄哄的,不知道发生了什么事。

只听阳台上有女生兴奋地说道:"学生会过来查寝,说那男生深夜扰乱寝室秩序,话筒都被人拔了!"

"拔话筒的人是学生会主席傅时寒!"

"从没见过他生那么大的气!"

"哇,那人要倒霉了!"

女宿前围聚了不少看热闹的同学。

霍烟匆匆下楼,拨开人群,探头朝门口望去,只见那位表白的学长站在蜡烛摆成的爱心中,分外狼狈。

蜡烛大多已经燃尽,地上满溢着蜡油,狼藉不堪。

而傅时寒站在一个倒置的黑色音响前,扔掉了插头。

他穿着一件干净利落的白衬衫,领口微松,随意乘在他脉络分明的脖颈间,显出几分疏懒意态。

衬衫下摆微折,露出一小节垂在黑裤外面,勾勒着他匀称的腰身以及身下两条修长的腿。

霍烟恍然想起来,今天他好像是要主持学生会的会议,难怪穿得这般正式。

而那位学长,因为表白的缘故今天穿扮同样正式。白衬衣配黑西裤,还特意整了发型,若是单放一边,也还算俊朗。但惨就惨在他身边有了一个傅时寒作为对比,整个人便矮瘦一大截,没什么精神,俩人的气质也差了十万八千里,没法儿比。

学生会的人突然闯出来,毁了学长的"深情告白",学长看上去似乎怨愤不已,瞪着傅时寒:"学生会主席有什么了不起,还真拿自己当大官呢!老子最看不惯你们学生会一个个仗势欺人的样子,大学这盆清水就是让你们这些官僚主义者给搅浑了!管天管地,连别人告白都要管,谁给你们的权力?!"

周遭同学们窃窃私语,议论纷纷。

显然,这位学长是要拉仇恨,想要利用同学们对于学生会的偏见和误解,为自己壮大声势。

果不其然,立刻就有同学站出来说道:"是啊,他告白好好的,也没有做违反校规的事情。"

"你们这样子打断人家,真的很不尊重人。"

"就算是学生会,也不能为所欲为吧。"

| 第四章 |

……

学长见有人帮他说话,更是盛气凌人,指着傅时寒:"今天你必须给我一个交代!不然我就去校领导那里举报你滥用私权!"

傅时寒一言未发,弧线锋锐的轮廓晕染着淡淡的疏离和冷漠,那一双黑白分明的眸子里波澜不起。

仿佛从始至终,便没将这人放在眼底。

"讲完了?"他下颌微微扬起,嗓音冷淡。

学长被他这双冷眸一扫,感觉底气瞬间消散了大半。

傅时寒的气场太强,任何人在他眼底,仿佛都如过街老鼠一般,无所遁形。

"第一,告白没问题,弄这满地的垃圾,只要事后收拾干净,也没问题,但是晚上十点以后,音响扰民,不可以!"

这满地的蜡烛摆成的桃心,竟被傅时寒视为垃圾,学长脸上十分挂不住,但他句句在理,他无从反驳。

"第二,你要表演,没问题,但是跟踪和泄露隐私,不可以!"

他眼角肌肉微颤,勾起一抹危险的意味。

"第三,跟别的女生表白,没问题,但是她,不可以!"

他修长的指尖所指的方向,霍烟穿着一条齐膝的棉布小花睡裙,乌黑浓密的长发如瀑布般垂挂在肩头,一双杏眼宛如水洗过一般,清澈透亮。

她眨巴眨巴眼睛,愣愣地看着傅时寒,本来以为这会是一场学生会主席教训违规同学的吃瓜大戏。

没想到他会突然把矛头指向自己。

顶着一众吃瓜群众好奇猜测的目光,霍烟感觉头皮发麻,压力山大。

那学长冷哼一声:"哼,前面说那么一堆大道理,结果还是公报私仇,凭什么别人就可以,她就不可以?这些天在楼下表白的人也不少,也没见你个个都管,我看就是你学生会主席摆官威,仗势欺人!"

傅时寒冷冽的眉目扫他一眼,唇角勾起若有若无的一抹笑意,调子微扬:"欺负你,我需要仗势?"

此言一出,学长整个人脸色涨得通红不已。

明明白白的鄙夷和不屑,带着某种清高自傲。

而这种自傲并非一般人故作姿态,而是经年累月里的优秀与卓越,养出来的一份从容气魄。

"于公,你在这里大吵大闹,影响了同学们正常的休息;于私,你动我的人,这让我不爽!"

傅时寒坦坦荡荡地说:"所以我不找别人的麻烦,却偏要找你的麻烦。"

相比于找各种理由和借口整治,傅时寒明明白白直截了当——

那个女孩,是我的人,你不能动。

倒是让别人无话可说。

学长还是有些不甘心，讪讪地说："所以你跟她到底什么关系，管得也太宽了些吧？"

还不等傅时寒开口，霍烟突然站出来，说道："傅时寒是我哥哥。"

她嗓音脆生生的，一声哥哥喊得有些突兀。

众人的目光聚集在她身上，这让她脸颊微微泛红，但她还是鼓起勇气走到傅时寒身边，对那位学长说道："谢谢你说喜欢我，但是很抱歉我根本不认识你，所以希望你以后，不要再跟着我，刚刚你说的那些话，让我感觉很不舒服。"

学长结结巴巴地说："我……我只是想让你知道我的心意……"

傅时寒直接牵起了霍烟的手腕。

"你把这里的残局收拾干净。"他冷冷望向那学长，"都是成年人了，不要让宿管阿姨为你的'浪漫'收拾残局。"

这一句教训人的话，倒是官威十足，然而没人会觉得傅时寒说的不对。

作为成年人，最大的教养就是不要给任何人增添不必要的麻烦。

他说完这句话，牵着霍烟转身离开。她肌肤冰滑，纤细无骨，这让他不禁加重了力道。

傅时寒走得很快，霍烟被他牵着，步履迟缓有些跟不上，整个人跟跟跄跄的，简直就像是被这男人给拖着走似的。

"寒哥哥。"她一边低声哀求，"你慢些，慢些走。"

傅时寒听不得她这般低言絮语，于是放慢了步伐，捏着她的手也减轻了些许力道，倒像是正常的牵手散步一般。

他带着她来到无人的宿舍楼后小径边，这才松开了她。

"你带我来这儿做什么？"霍烟像兔子一般瞅瞅周围，寂静无人，感觉有些害怕，"都这么晚了。"

傅时寒这才注意到，她还穿着花边的小睡裙，裙子有些旧了，但是洗得很干净，甚至有些脱色。

他眼底划过一丝怜惜之色，却又立刻不自然地别开脑袋，闷声开口："以后长点心，别总是不在状态，被人跟踪了都不知道。"

"唔。"

她知道他是为了她好，于是连连点头应承："我以后就知道了。"

这般温顺，倒让傅时寒一时间不知该说什么，于是伸手捏了捏她的脸颊。

被他捏起了嘟嘟肉，霍烟拼命挣扎："啊，你松开，疼……"

傅时寒闹够了，这才松开她，见她气急败坏的模样，他嘴角渐有笑意晕染开来，随口问道："钱还够不够用？"

"够的！"霍烟不假思索便立刻答道，"你别再乱给我钱，也不准给我

| 46 |

第四章

买什么了。"

她可上了他不少当，绝对不会轻易相信他。

"现在他们都知道你和我的关系，以后遇到不能解决的事情，随时来找我，肚子饿，想吃好吃的，也来找我。"他顿了顿，"还有，如果学校有男生骚扰你，来找我。"

霍烟口头上应承着，心里想的是，要真的什么事都来找他，傅时寒肯定被她给烦死。

"那我就先回去了。"

"嗯。"

霍烟面对着他，倒着走了几步，然后转身准备离开。

"站住。"他又叫住了她。

霍烟立刻便又顿住脚步，战战兢兢地回头，仿佛这男人真是能制她的天敌。

"又……又怎样？"

傅时寒凝望着她，薄唇轻启："刚刚你叫我什么，再叫一遍。"

霍烟想了想，脱口而出道："寒哥哥？"

"嗯，再叫一声。"

霍烟拧起眉头："以前不是一直这样叫吗，百八十遍了都。"

他还能听出什么新鲜劲儿？

"一年多没见面。"他提醒她，"你一年多没叫我了。"

霍烟撇撇嘴，索性"寒哥哥""寒哥哥"叫了好几声，调子婉转，声线清脆，叫到他满意为止。

"我现在可以走了吧，你也早些回去休息，晚安。"

霍烟这次脚底生风，一溜烟儿就没了影儿。

看着她远去的背影，傅时寒嘴角不自觉地扬了起来，那抹渐渐加深的笑意，经久不散。

舞蹈教室，一排排白天鹅翩跹起舞。

小踢腿练习，以脚带动腿向空中提起，同时抽回脚，动作迅速而敏捷，使得地面发出不整齐的碎响。

全班只有霍思暖能够漂亮完美地完成小踢腿的局部动作。

她鬓间带着汗，脸颊红扑扑的，甩开了周围失败的同学，独自一人进行着后面的动作。

几个女生团坐在一起，偷偷打量她，眼神相互交流。

一个女生清了清嗓子，以霍思暖能够听见的音量，说道："你们知道吗，前天晚上，傅时寒在女三宿楼下狠狠教训了一个男生。"

"听说那个男生深夜扰乱女寝秩序。"

"我当时在现场，扰乱秩序是真的，但不是最重要的原因。这些日子，

隔三差五就有男生在楼下表白,也没见学生会插手管过。"

"那是为什么呀?"

"是那个女孩。"那女生故意放大了嗓门,"听傅时寒自己亲口说的,其他女孩可以,但是动她,不行。"

"哇!"女生爆发出一阵羡慕的感叹,"就跟偶像剧似的,那女生是傅时寒的女朋友吗?"

"不知道呢,但是两个人关系肯定不一般。"

说话间,女孩们时不时拿细长的眉眼去瞅霍思暖,不过让她们失望的是,霍思暖从始至终面色如常,没有丝毫异样。

直到霍思暖跳完了这一组动作,取了毛巾擦擦脸,好事的女生不依不饶追问她:"哎,思暖,你们家傅时寒怎么回事啊,怎么又跟大一的学妹……嗯……纠缠不清?"

霍思暖眼角闪过一丝冰冷不善的情绪,但转瞬即逝,回身的时候,嘴角勾勒出笑意,漫不经心说:"哦,那女孩叫霍烟,是我妹妹。"

"啊!"

这回轮到周围一女同学惊诧了:"原……原来那个女生是你的妹妹呀,难怪傅时寒会这样护着她了。"

"是呀,以前都没听你说过,还有个亲妹妹呢。"

"看来傅时寒是看在思暖的面子上,才这样维护那个女生。"

"对了,我还听那女生叫傅时寒哥哥呢。"

"看来是没问题了,哎呀你们真八卦,想多了吧。"

女生们嘻嘻哈哈地说着,明面上奉承着霍思暖,几分真心几分假意,霍思暖已经不想去计较,她径直去了更衣间,转身的时候,嘴角晕染的笑意,顷刻间烟消云散。

学生会纳新在即,林初语拉着霍烟报了名。

本来霍烟没想加入学生会,但是耐不住林初语苦苦哀求,说两个人加入学生会将来一起才好有个伴,学生会里肯定是个顶个的人尖儿,自己一个人怕被人生吞活剥了。

霍烟无奈地说:"大家都是同学,哪有这么夸张。"

"有,真的有!"林初语挽着她的手哀求着,"学生会水深似海,我一个人真的有点小忐忑啊。"

虽然以前也听人说过,大学的学生会是非常官僚的机构,势利又会巴结人的同学能混得如鱼得水,刚正秉直的人反而会被排挤……

但这些都是道听途说,具体如何,霍烟也不知道。

不过她也相信,既然傅时寒能成为学生会的主席团成员,说明其实人言

第四章

不可尽信。

傅时寒的人品，众人有目共睹，几乎可以说是毫无瑕疵。

霍烟还是陪着林初语报了名，就像林初语所说的，大学就应该多多尝试，才会知道自己真正想要的是什么，擅长的是什么。

她们不像洛以南，非常明确自己喜欢的就是街舞，所以毫不犹豫参加了街舞社；也不像苏莞，总是参加一些比较稀奇古怪的社团，譬如冷笑话社团、特异功能研究社团，还有校园大冒险社团，等等。

霍烟和林初语，算是寝室里比较正常而普通的大学生了。

学生会纳新的初试考题还算简单，但是霍烟在考试前夕也做了不少功课，她将学校官网里对于校园的简介概况全部摘抄了下来，写了满满三大页纸，记录了详细的知识点和重难点。

林初语见状，惊讶万分："你怎么做了这么多笔记，你……这是参加期末考试啊！"

"反正都是考试，既然是考试就要好好准备啊。"

林初语点点头："听说你是我们学院新生高考的最高分，真厉害啊。"

等候室外面，有男生听见林初语的话，闷哼一声："这年头，会考试不代表实际能力强，学生会招人可不是要那种只会考试的书呆子。"

霍烟记得他，刚刚干事念复试的名单，他是最后一个站出来的，好像叫蒋俊凯。

林初语不满地撇撇嘴，小声说道："笔试考最后一名，险些就被淘汰的家伙，有什么资格说人家。"

霍烟让她别说了，将来很可能一起共事，不好撕破脸皮。

最终的面试在几个不同的办公室，因为学生会下面有宣传部、组织部、策划部、实践部，还有后勤部等诸多不同的部门。

林初语会手工画和PS的技能，所以报了宣传部，霍烟挑来捡去，觉得还是实践部比较适合自己，不需要什么特长技能，只要认真做事就可以了。

同时面试实践部的有二十多个同学，每次四人同时面试。霍烟没想到，那个名叫蒋俊凯的男生，也在这一组。

陆续进入面试厅，蒋俊凯看了霍烟一眼，眼神带着明显不屑和轻视的意味。

面试厅是学生会的会议室，正前方横亘着深褐色木质的长形办公桌，桌前坐着组织部的几位干事和部长。

虽然都是学姐和学长，但是他们穿着正式，严肃正经，这一番作态俨然与职场面试并无二致。

这种氛围，也让之前抱着玩一玩的心态来参加面试的同学感到紧张不安。

而霍烟发现，左边第一个座位上正襟危坐的男生，竟然是主席团的傅时寒。

他衣着正式，坐姿端正挺拔，比边上的男生高出了一个脑袋。

　　日光从后方窗棂斜入,明亮的光线衬得他皮肤如纸般白皙,垂眼,睫毛覆住幽深的眼眸,他手里捏着面试同学的资料,仔细地扫视着。

　　高挺的鼻梁上,还架着一个小框的金丝眼镜。

　　眼镜是平光的,他根本没有近视。不知道为什么,霍烟从他这姿态里读出些许衣冠禽兽的意味。

　　听边上女生窃窃私语,说傅时寒以前就是实践部出来的,所以这一次实践部面试,他也参与旁听。

　　面试正式开始,由正中间的实践部部长沈遇然开始提问。

　　问题并不难,譬如加入学生会的理由,为什么选择实践部,你对实践部了解多少,而后面的问题,则是关于一些应激问题的处理。

　　"你们高中各自担任过什么职务?"这个问题是由沈遇然提出的。

　　前面两个女生如实回答,有的是课代表,有的是班长,而蒋俊凯面带得意,自信地朗声道:"我在高中的时候就是学校的学生会会长,任职三年,所以我对于加入学生会以后要做的事情,了如指掌,能够轻松上任。"

　　几位干事点了点头,表示满意,唯独傅时寒,几轮面试他连头都没有抬一下,也没有提问。

　　他本就是旁听,主要提问和决策还是交给沈遇然等人。

　　轮到霍烟的时候,她只能如实回答:"我没有担任过任何职务。"

　　傅时寒抬起头来,幽深如寒潭一般的眸子,直直望向她,提出问题:"那你凭什么认为,自己拥有足够实力能够担任实践部的干事?"

　　霍烟没料到傅时寒竟然会为难他,明明之前还那样护着她的寒哥哥,对别人都不置一词,偏偏对她提出这样尖锐的问题。

　　不过霍烟很快就想通了,傅时寒不是以公徇私的人,霍烟的能力本来比旁人就要差一些,他对她严格要求,也是应该的。

　　霍烟措辞答道:"我没有经验,但是想要试一试,我……我保证,如果能顺利通过,我一定会尽自己最大的努力,做好手里的每一件事。"

　　她态度诚恳且真挚,并不似说假话的样子,这让几位干事很满意。

　　而蒋俊凯鼻息间却发出一声不屑的冷哂:"有的事情不是光靠努力就能做好,而是要靠脑子,这年头会考试的人多了去了,但是真正会做事的又有几个人?"

　　沈遇然尴尬地笑了笑:"同学,请不要打断其他同学的回答。"

　　蒋俊凯随意地耸耸肩:"不好意思啦。"

　　这时候傅时寒的目光,才缓缓移向了蒋俊凯,眼底泛起一丝寒意。

　　接下来沈遇然又提出了问题:"你们想要加入学生会的动机是什么呢?"

　　前面两个女生的回答是希望借助这个机会锻炼自己,或者能够通过实践活动多多认识新朋友。

| 第四章 |

轮到蒋俊凯的时候,他显然是有备而来,所以格外自信:"我希望能通过自己的力量,改变学生会内部的不良风气,让学生会能够真正地为学生办实事。"

沈遇然和旁边的干事对视一眼,眉毛挑了起来,显然没料到他会有这样的回答。

蒋俊凯轻咳一声:"你们可能不知道,我以前在高中担任学生会主席的时候,进行了三大改革,肃清了组织内部的官僚主义作风,让学生会的面貌焕然一新,具体是哪三大改革,在我的简历资料里有详细提到,我就不加赘述了。我相信我的领导能力和组织能力,是你们需要的。"

傅时寒的手中正好捏着蒋俊凯的简历单,后面加了几页,密密麻麻写着他过去大刀阔斧的改革情况。

"挺详细的哈。"沈遇然接过了他的简历单,仔细看了看。

"那是当然。"蒋俊凯脸上泛着自信的光芒。

霍烟偷瞥了蒋俊凯一眼,没看出来,他真的是有本事在身的,难怪气焰这样嚣张。

不过全无经验的自己和他比起来,明显要弱势了很多。

不过这时候傅时寒却突然开口:"最后一个问题,能回答出来的人,可以直接加入实践部。"

蒋俊凯摩拳擦掌,跃跃欲试。

却见他眸色无波,薄唇轻启:"团委办公室在哪里?"

此言一出,所有人都愣住了,就连沈遇然都诧异地抬起头望向傅时寒:"寒……寒总,你问这么简单的问题?"

不是故意在给那小丫头放水的吧!

当然蒋俊凯更是没有想到,他嚷嚷道:"这算什么问题!你至少也问个稍微有难度有技术的问题吧,情景问题甚至脑筋急转弯也可以啊。"

傅时寒面无表情地望着几人,似乎并不打算更改问题。

沈遇然捂着脑袋,铁定了傅时寒是在给小丫头放水:"你们就回答吧,能答上来就算被录取了。"

然而,原本以为每个人都知道的问题,前面两个女生踟蹰着,却始终回答不上来。

"这个……我不知道。"

"抱歉,不知道。"

沈遇然拧了拧眉,想来也明白过来,新生刚刚入校,又接触不到行政事务,对于团委办公室的位置不清楚也很正常。

而傅时寒挑眉望向蒋俊凯,调子里带着揶揄的意味:"蒋大主席,你能回答吗?"

蒋俊凯脸色很是难看:"这种小事我怎么会知道。"

于是傅时寒的目光款款扫向了霍烟:"你知道吗?"

霍烟毫不犹豫答道:"团委办公室在行署楼三楼308。"

之前她准备初试,把学校的各个大楼的行政职能摸清楚了。

沈遇然挑了挑眉:"不错嘛,既然我们寒总都开口了,恭喜你,通过了面试。"

此言一出,蒋俊凯立刻变了脸色:"你们学生会招人都这样草率吗?她明显能力不如我啊!"

"同学,话不能这样说。"沈遇然神情有些尴尬,"霍烟同学虽然没有经验,但是进来之后可以慢慢学,没人天生就什么都会。"

"我不服。"蒋俊凯愤愤地说,"因为这个破问题,就把我淘汰,那只能说是你们学生会的损失。"

傅时寒目光略冷,声线下沉:"不服?"

"当然不服,这种问题,一点技术含量都没有。"

傅时寒淡淡一哂:"那就用你的方式,再来一次。"

蒋俊凯攥了攥拳:"来吧。"

霍烟心头有些忐忑,不过傅时寒睨她一眼,那双黑白分明的眸子带了几分安抚的意味,这让霍烟稍稍定了定心。

只听他缓缓开口:"请说一说我不该录用你的理由,随便说,至少三条。"

傅时寒话音刚落,蒋俊凯立刻自信满满地说道:"首先,我以前担任过高中的学生会主席,我有任职的经验;第二,我脑子灵活,能力很强,经常会有新奇的idea冒出来;第三……"他顿了顿,说道,"哎呀,反正不用我是你们的损失啦!就这样。"

说完之后他还自信满满地看了看霍烟,似乎已经稳操胜券了。

然而沈遇然却无奈地摇了摇头:"蒋同学,别怪我们寒总不给机会,这次是你自己没有把握住。"

蒋俊凯愣了愣:"你什么意思?"

"寒总提的问题是,说一说我不该录用你的理由,是不该!"沈遇然笑道,"你刚好回答反了吧?"

蒋俊凯愣了愣,好像……他真的回答反了。

"你这……这明显就是故意刁难!"蒋俊凯嚷嚷道,"哪有人提这种问题的?"

"为什么要刁难你,我认识你吗?"

"我……"

傅时寒随口一声反问,蒋俊凯竟无言以对。

傅时寒不紧不慢,气定神闲地说道:"能认识到自己的不足和缺点,才

第四章

有可以改进的空间,别的部门怎么样我不管,但是我们实践部,要的是能脚踏实地的干事,而不是眼高手低目空一切的'主席'。"

他嘴角微勾,眼底不带半分笑意:"当然,除非你有本事把我从这个位置拽下来。"

"那她又有什么本事?"蒋俊凯气呼呼地指着霍烟,"就因为她知道团委办公室在哪里?你们招人这么草率吗?"

傅时寒挑挑眉,问霍烟:"除了团委办公室,你还知道什么?"

"唔。"

霍烟望向傅时寒,一个眼神,她便明白了他的意思。

傅时寒似乎对她很有信心啊。

霍烟当然不能让他失望,于是道:"学校的行政机构,我大概都了解一些。"

她当然是谦虚的说法,而沈遇然却有些不信:"你都知道?不是吧,包括学院的各个行政办公室,好几十个呢。"

霍烟抿了抿嘴,她之前准备考核的时候,有做过这一块儿的准备,所以只要他们问,她应该能答上来大半。

"你知道财务处在哪里吗?"一位学姐干事问。

"在行署楼A栋508。"

"政教处呢?"

"田家炳大楼203和204。"

沈遇然偏不信邪了:"化工学院的实验室在哪里?"

霍烟想了想:"四教五楼,整五楼都是。"

沈遇然和几位干事目瞪口呆,又连珠炮似的问了好几个问题,有的甚至连他们自己都不知道,可是霍烟就像个活地图似的,居然全都能答上来。

蒋俊凯闷哼一声:"有什么了不起的,不就是记忆力好吗,记这些有什么用。"

沈遇然道:"当然有用,学生会的干事经常会去学校行政部门递送文件,或者到财务部报账,学校这么大,干事知道这些部门在哪里,岂不是比到处询问要来得省时高效?"

终于也有学姐干事忍不住说道:"有些人眼高手低,连最基本的小事都不一定做得好,谁给你的自信,还想大刀阔斧改革我们学生会!"

蒋俊凯偃旗息鼓,无话可说了。

沈遇然望向傅时寒,从始至终,他未发一言,目光却没有从面前的女孩身上挪开,那双狭长的眼眸中,泛着某种骄傲的意味,就像看着自己的宝贝被众人欣赏才会流露出来的慈父般的神情。

这……这还是一贯冷清的傅时寒该有的表情吗?

沈遇然有些凌乱。

这一轮面试结束，霍烟被学生会的实践部顺利录取。

林初语喜滋滋地告诉霍烟，她也被宣传部录取了，而且面试的时候还见到了她的女神霍思暖。

霍烟知道霍思暖是宣传部部长，招新面试她肯定会来。

"女神不愧是女神啊，坐在办公桌前，美得跟朵白莲花儿似的，一看见她，我都差点忘了自己是在面试了。"

苏莞扑哧一笑："什么白莲花，我都要怀疑你是霍思暖的高端黑了。"

林初语笑着说道："那不能，还是女神开口收了我呢，我告诉她，我会画画，还会ps，能熟练运用各种办公软件，她还冲我微笑呢。"

"可别高兴得太早，你会这么多，当心被人当驴使唤了。"

林初语高兴，懒得跟她计较："你这人，满肚子的阴谋论。"

苏莞转向霍烟："你怎么一言不发？"

作为舍长的霍烟正在填写宿舍人员的表格，闻言，抬头问道："说什么？"

"以前我骂霍思暖的时候，你总是忍不住替她辩解，现在怎么不吱声了？"

"哦，我没听见，你们刚刚说什么坏话啦？"

苏莞摆摆手："算啦算啦。"

唯独洛以南，深邃的眸子睨着霍烟，嘴角渐渐浮起了一丝微笑。

恐怕不是没有听见，而是心底已经生了罅隙吧。

第 五 章

十月之后,社团招新活动也收尾了,学校开始正常行课。大一新生课程不多,以马原等公共课为主,同学们自行安排的时间比较多。

霍烟看到三食堂有招聘学生兼职的告示,于是便应聘报名。

这种学生兼职不限制时间,每周只需要去四天就可以,自由安排,上下班打卡计时,按小时结算工资,时间安排不过来随时可以辞职。

有时候跟苏莞、林初语她们去市中心商圈逛街,她也有想要买的漂亮衣裙,只是奈何手头拮据,大部分时候只能试穿过过瘾。

父母给的生活费有限,所以霍烟也想自己挣一些零花钱。而且最重要的是,傅时寒的生日就在十一月份,她想趁此机会,给他准备好一些的生日礼物,还他之前多次相助的人情。

三食堂,经理看着霍烟这瘦瘦小小的模样,很怀疑她究竟能不能干下来。

"在食堂兼职很辛苦,我们一般都只招男孩子。"

"我不怕辛苦。"

经理见她这般坚持,也只能说道:"好吧,我先带你去窗口学打饭,试用几天,看能不能干下来。"

几分钟后,食堂窗口,一个高高瘦瘦的男孩站在霍烟面前,他戴着帽子和口罩,穿着白色的工作服,一双幽黑透亮的眸子打量着霍烟。

"是你?"

霍烟也认出了他那一头自来卷,正是那日拾金不昧捡到她五百块钱的男生。

男生平静的眸子没有丝毫波澜,淡淡说道:"开始吧,先教你打菜。"倒像是不记得那日的事情似的。

霍烟见他不怎么喜欢说话,于是也不再瞎聊,跟着他认真学习。

平日里食堂吃饭,看着阿姨们打饭打菜挺容易,可是一到自己上手,霍烟才发现其实没那么简单。

首先,勺子是铁质的,太重,霍烟需要单手端盘,单手执勺,这就需要用到手腕的力道。

其次,打菜的时候,不能太多,也不能太少,量度需要好好把握,最好一勺就能适中。

因为打太少了就需要补勺,耽误后面排队同学的时间,打太多了,总不

能从人家同学的碗里再把食物抠出来吧。

总之,这看起来容易的食堂打饭的工作,霍烟发觉,其实并没有那么简单。

许明意一开始其实并没有好好教她,因为以前也来过不少兼职的女生,说什么要体察生活的艰辛,来食堂兼职赚取生活费,然而一天不到,她们就全都打了退堂鼓。

然而霍烟却是认认真真地学了一整天,到晚上开饭时间,竟然也能够亲自上手为同学们打饭了。

这让许明意不禁对她刮目相看。

"我叫许明意。"他主动对她说了自己的名字。

"哦,我叫霍烟。"霍烟浅浅一笑,"谢谢你今天教我。"

"善哉。"

霍烟见他脖颈间系着红绳,悬了一枚玉观音,才知他信佛。

许明意一边打饭,一边漫不经心地说道:"你是来体验生活的?"

今天一整天,这位自来卷都没说一句话,难得现在主动找她说话。

"我是来赚钱的。"霍烟毫不掩饰地回答,"谁吃饱了撑的来体验生活,有这时间我倒不如多背背四级英语单词。"

"你倒是坦诚。"

"嘻,谢谢。"霍烟微微一笑,窗口顶端高墙的光映射在她的脸蛋上,皮肤白皙通透,一双杏眼水盈灵动,清澈坦诚。

"不过有那人在,你还需要干活儿赚钱?"

"谁?"

许明意脱口而出才发现自己失言了,于是又喃了声:"善哉。"

上次的事情算他帮傅时寒一个忙,傅时寒千叮万嘱,绝不能让她知道,那五百块钱是傅时寒掏的腰包。

许明意认识傅时寒这么长时间以来,还没见他这般紧张过谁,可见他有多在意这女孩。

"你到底在说什么?"霍烟不解地问。

许明意立刻补救:"你没有男朋友吗?他如果知道了,能同意你来食堂兼职?"

霍烟粲然一笑:"我没有男朋友啊。"

许明意眉毛上下歪了歪:"当贫僧没问。"

他心说,傅时寒也够可以了,一张张红票子掏出去,居然还没泡到妹子,他都替他心疼。

"不过……"

霍烟神秘兮兮地说道:"我有个凶巴巴的哥哥,现在也是我的顶头上司,如果他知道肯定不会放过我,我都能猜到他会说什么。"

第五章

说到他，霍烟的眉眼情不自禁柔和了许多。

许明意好奇地望向霍烟："哦？"

霍烟放下铁勺子，拧着眉头，清了清嗓子，学着傅时寒严肃的调子朗声道："是我平时给你派的活儿太少了，还是你这大学念着太无聊了？为了这点钱浪费时间，现在就给我辞职，立刻，马上！"

许明意没忍住，嘴角勾起了笑，很难想象，一贯冷静的傅时寒也有这么不讲道理、气急败坏的时候啊。

不过，她学得还真是挺惟妙惟肖的，那男人就喜欢拿腔拿调地说话。

虚伪至极，佛祖都救不了他。

许明意说："既然有个心疼你的哥哥，何必来吃这种苦？"

"不是亲哥哥，虽然他很照顾我。"霍烟的手捏紧饭勺柄，"但是我不想依靠任何人。"

就像苏莞说的，霍思暖为了与他相配，把自己生生活成了另外一种人，丧失独立人格就是丧失自我的开始。

霍烟不喜欢霍思暖那样。

许明意欣赏地看着她："你不怕被你那凶巴巴的哥哥发现？"

"他平时都在距离男五宿更近的二食堂吃饭，很少来这边。"霍烟摊摊手，无奈地说，"所以我才来三食堂的嘛。"

她真不敢让傅时寒知道自己在这里打工。

许明意说："那你可要小心。"

"我会的。"

许明意说完，低头便给傅时寒发了一条信息："贫僧有一条重要情报欲售于有缘人，只要68.88。接受支付宝转账。"

晚饭时间，傅时寒沉着脸出现在霍烟打饭的窗口，看向她的目光宛如刀刃一般，带着阴恻恻的寒意。

霍烟目瞪口呆，手里的饭勺都差点滑落。

"许明意你帮我顾一下窗口！"

霍烟说完拔腿就跑，从食堂后勤的员工通道溜之大吉。

被傅时寒发现了还得了，肯定得把她生吞活剥了！

不想她刚溜出小门，手肘就被一股力量拉了过去，后背重重地靠在了墙上，面前的男人如山一般挡住了她的去路。

霍烟后背紧贴着墙壁，他整个人都压了过来。

两个人如此近距离地紧贴着，傅时寒英俊的五官呈倍数放大，眉梢带怒，不似往常的清远疏淡，而是呈现出一种乖张和锋锐之感。

她甚至能感受到他略带愤怒的灼烫呼吸，就拍打在她的脸畔，一吸一沉。

生大气了啊！

霍烟像兔子似的蜷缩了一下，向侧旁移开目光，脑袋埋进他的颈窝位置，根本不敢看他。

"寒哥哥。"她战战兢兢，声音软得不成样子，"你弄得我好痛。"

傅时寒垂眸，果然见他紧扣她的手腕，红了一圈。

少女皮肤白皙身娇肉嫩，经不得半点力量的压迫。

这让傅时寒胸口紧了紧，眼底泛起某种说不清道不明的欲望，一瞬间愤怒的情绪突然变了味儿，暗涌奔走。

只是这暧昧的气息，似乎只有他嗅到了。

他稍稍松了松手，霍烟趁此机会从他身下溜走，滑得跟条鱿鱼似的。

然而傅时寒并没有给她这个机会，反手落在她的肩膀上，又将她揽了回来，抵在墙边。

"还想跑。"

"没没没，我没想跑。"霍烟矢口否认，小胸脯一起一伏的样子，看起来吓得不轻，"寒哥哥，你……你放开我，咱们好好说话。"

傅时寒鼻息间发出一声冷斥："见了我就跑，这是想跟我好好说话的态度？"

"那我不是害怕嘛。"霍烟嘟哝一声。

"你还知道害怕？"

霍烟感觉傅时寒落在她肩膀的手加重了力道，简直要把她骨头都捏散架了似的，她浑身使不上劲儿，只能软软地瘫着。

"是我平时给你派的活儿太少了，还是你这大学念着太无聊了？"傅时寒冷声质问。

霍烟瞪大了眼睛，心说还真是和自己预想的台词一模一样啊！

"那你接下来是不是要让我辞职，立刻，马上？"

傅时寒微微一愣，同时伸手扯了扯她的马尾辫，没好气地说："这时候跟我抖什么机灵。"

见他调子缓和下来，霍烟讨好地捏捏他的衣角："寒哥哥，你别生气好不好？"

傅时寒最受不住这小丫头憨傻可掬的软言相求，火气降了大半，嫌弃地睨她一眼，问道："没钱了？"

"有的！"霍烟生怕他又摸钱包，一把抓住他的手臂，连声道，"我这不是体验生活来的嘛，网上都说，没兼过职，没挂过科，没谈过恋爱，大学算白念了，所以我是为了不虚度大学时光。"

"歪理那么多，平时没见你这般聪明透顶。"

傅时寒被她抱着手臂，心里还挺受用，带了点责备的调子，严肃道："少

第五章

上网看那些没营养的东西,没事儿多跑跑图书馆,或者参加社团活动锻炼自己,兼顾学业的同时发展自己喜欢的兴趣爱好,明确未来人生的道路,这才是充实的大学生活。"

果然是从小到大老师心目中的优等生,父母眼中的别人家的孩子,同学口里正派的学生会主席。

教训起人来,道理都是一套一套的,霍烟完全无从反驳,只能闷闷地应下来,嘟哝着说:"我知道了,寒哥哥。"

"去把兼职辞了。"傅时寒像拎兔子似的要把她拎走,"将来毕业有你工作的时候。"

"哎,好吧……"

她这般顺从,倒让傅时寒有些意想不到,不过没两分钟,小丫头又忐忑道:"我朋友还跟我打赌,说我坚持不到一个月就会败下阵来,结果没到一天呢,就打退堂鼓了,她们肯定嘲笑我。"

"自作自受。"傅时寒冷哼,懒得理她。

"寒哥哥,让我把这个月的工资领了再辞职,好不好?"

见傅时寒没吭声,霍烟又连忙道:"本来我也只打算干一个月,十月份课程少,社团也没什么活动,我就想趁机锻炼锻炼自己。"

她可不敢跟傅时寒提关于钱的事儿,更不能说要为他下个月的生日做准备,只能一口咬定了是要锻炼自己。

"每周上四天的班,工作时间是在饭点,不会影响学习的。"

她偷偷观察他的脸色,见他眉心稍展,闷不吭声的样子,霍烟知道这就算是默许了,正要松一口气,却听身边男人冷声问道:"累不累?"

霍烟赶紧拧着眉头装可怜:"累死了,胳膊肘都快要抬不起来了。"

傅时寒冷冷说:"自讨苦吃。"

哎,她就是自讨苦吃,不知道是为了谁呢,没心没肺。

霍烟默默地在心里吐槽,等这家伙生日那天,她可要让他为今天的幸灾乐祸感到羞愧!

霍烟脑子里正想着要怎么让这男人无地自容的时候,傅时寒却握住了她的手腕。

"哎?"

他牵着她,朝着小花园走去。

小花园有横椅石凳,他按着她坐在椅子上,然后按住她的大臂,轻轻地按摩起来。

霍烟愣愣地望着他。

他还冷着一张冰山脸,目光从始至终没有与她对视,而是望着她的胳膊肘,力道适中地拿捏着。

眉目如画,明眸动人,紧抿的锋利薄唇让人有抑制不住想要吻上去的冲动。

这颜值,不混娱乐圈简直可惜,网络上诸多流量小鲜肉与他相比,恐怕都会黯然失色。

从小时候见他的第一面,她便被他的英俊容貌给窒息了好久。霍烟自觉,自己的眼光格外客观公正,因为他是姐姐的"未婚夫",所以她绝对不会戴着有色眼镜去看他,不存在"情人眼里出西施"的可能性。

傅时寒,是真的美啊!

"嗷。"

傅时寒下了狠手,用力捏了她一下,霍烟本能地往后缩了缩手臂:"干吗?"

"看够了?"傅时寒嘴角勾起一抹浅淡的笑,邪气得很。

"谁在看你。"霍烟咕哝说,"哎哎,你轻一点。"

傅时寒放轻了力道,替她揉捏着酸疼的臂膀,骨节分明的一双手白得跟葱玉似的,尤其手指分外颀长,好看至极。

这男人浑身上下,完美得无可挑剔。

霍烟是真的忍不住看了他一眼,又偷看他第二眼,被他目光撞上,她便立刻移开,假装看别的。

傅时寒鼻息间发出一声闷哼。

傅时寒揪着她的胳膊将她拉近,两个人面面相贴,鼻尖都要碰到一块儿了。

霍烟猛然瞪大眼睛,呼吸急促,小心脏不可抑制地怦怦怦狂跳起来。

他英俊的五官模糊了又清晰,近在咫尺,浓密而纤长的睫毛几乎要与她相触,她甚至能感受到他体表的温度。

"若喜欢看我,就正大光明地看。"

他嘴角微扬,一双桃花眼灼灼动人,霍烟白皙的脸颊"刷"地一下子变得通红,挣扎着站起来,转身跑掉了。

看着她落荒而逃的背影,傅时寒还没忘出言提醒:"慢点儿,别摔了。"

话音刚落,某人身形就踉跄了一下子,稳住之后,回头狠狠地瞪了他一眼。

傅时寒站在槐树之下,展眉微笑,清隽动人。

最近学校的女生们敏锐发现,傅时寒每天中午露面的阵地从二食堂转到了三食堂,于是连带着一波走,原本生意兴隆的二食堂一下子门庭冷落,而三食堂渐渐开始热闹起来。

而人流的增加,也加大了员工们的工作量。

所以许明意最近总是拧着眉毛,话语更少了,不知道的还以为他在思索宇宙真理。

下课之后,许明意拉住傅时寒,脸色难看:"老四,跪求雨露均沾,每

第五章

个食堂都临幸一遍,别总惦记着我们三食堂,贫僧这胳膊肘最近都酸得快抬不起来了。"

傅时寒拿着书,面无表情地走出教室:"朕精力有限。"

许明意追上傅时寒:"我帮你看着妹子,你就这样回报我的?"

"我自己会看着,不劳你这假和尚费心了。"傅时寒似乎心情不错的样子,用手里的书敲了敲许明意的脑袋,"做好你自己的事情。"

边上沈遇然看着许明意吃瘪的样子,不由得笑了起来:"我们一贯万事妥当的许二爷,也有搬起石头砸自己脚的这一天。"

许明意活动着自己酸疼的手臂,愤愤离开:"阿弥陀佛,善哉善哉,人贱有天收,贫僧马上让他哭着来求我。"

食堂打饭窗口,霍烟正一盘接着一盘地为同学们盛菜,专心致志的模样让边上的阿姨都不禁啧啧赞叹。

"霍烟,你学得真快,一般人至少得半个月,才能掌握分量一勺妥帖,你这才来几天啊,居然比老师傅还熟练。"

霍烟不好意思地抿嘴笑了笑:"哪里,我还差得远。"

阿姨露出慈爱的微笑:"你也甭谦虚,我在食堂工作这些年,带过不少兼职的学生,大多不是嫌脏就是嫌累,你是最沉得下性子的一个,就连这看似简单的打饭,你都肯花心思去学、去琢磨,阿姨看得出来,你将来肯定有大出息。"

霍烟受宠若惊,更加不好意思,她很少受到别人的夸奖,大多数亲戚包括父母,都只会在夸奖霍思暖的时候,连带夸一夸霍烟,说她老实本分懂规矩。

食堂阿姨这样的赞赏,听得霍烟心里美滋滋的,不过像她这样笨笨的女孩,能有什么大出息呢,真正有本事的应该是姐姐那样的人吧。

许明意换了工作服,走到她隔壁的窗口,一直欲言又止,似乎有话要讲。

"小和尚吞吞吐吐的到底想说什么?"霍烟都察觉到了他的异样,这可不像是平时闷不吭声静心参禅的许明意。

"有件事我得告诉你。"许明意神秘兮兮地望向她,"就之前那五百块钱,其实不是贫僧捡的……"

霍烟一边打菜,一边好奇地问:"那是谁捡的?"

"对啊,那是谁捡的?"

窗口边,一个低醇而富有磁性的嗓音传来,吓得许明意手里的铁勺抖了抖。

只见傅时寒将自己的盘子递到霍烟的窗口,眼角微勾,似笑非笑望向许明意:"同学,怎么不说话了?"

许明意一个哆嗦之后,重新镇静下来,面不改色地说道:"是我同学捡到,说今天老天开眼咱们见者有份,于是我严肃地批评了他,告诉他拾金不昧是大学生的优良品格,我们要做对社会有用的人,他终于被我感化,落下了悔恨的

眼泪，终于决定交出钱财，重新做人！"

他以二倍语速说完这一切的同时，狠狠瞪了傅时寒一眼。

霍烟目瞪口呆地看着许明意，这个平时少言寡语惜字如金的小和尚，竟然一口气说了这么一大堆……屁话。

傅时寒抽回目光，懒得理他，只将盘子递给霍烟，柔声道："丫头，我饿了。"

于是霍烟给傅时寒打了满满一大勺的蒜薹牛肉，还偷摸给他加了两个鸡腿。

盘子递出去的时候，隔着蒸腾雾气的窗玻璃，她还没忘冲他清甜一笑，甩了个你知我知的眼神。

自从霍烟在三食堂打工以来，班里的同学，还有她的室友们，全都喜欢到她的窗口来打饭。

霍烟见着是同班同学，勺子总是下得重了些，她心地善良，人缘好，食堂里的师傅阿姨看见了也当没看见，只是慈眉善目地对她笑笑，包容了她的小偏心。

霍烟渐渐发现，周围喜欢她的人越来越多了，每次去上课，进了教室之后都有很多同学招呼她，希望她能坐到自己身边来。

这跟初中和高中完全不一样，那个时候大家好像都不怎么喜欢她，觉得她蠢蠢的，笨笨的，跟她玩是拉低自己的智商。

可是大学的时候，同学们好像都很愿意和她交朋友。

傅时寒告诉霍烟，迈入大学就等于进入半个社会，人跟人之间或多或少存在那么点儿利益关系，像你这样人畜无害不会算计的家伙，当然成了大家愿意交心的香饽饽。

霍烟闷闷地说："那你还是变着法儿说我傻。"

傅时寒揪着她的马尾辫儿说："大智若愚，未尝不好。"

霍烟皱眉，离他远了些："你能不能别总是扯我头发，我又不是小孩子了。"

傅时寒嘴角微绽，松了力道，卷起一簇细滑的发尖，在指尖缠绕了一圈又一圈，乐此不疲地把玩着，她的发丝质地不硬，分外柔软，也没什么弹性，安安分分地就这样缠绕着他的手指。

发随了主人，柔软听话，不闹腾。

傅时寒自小家教严苛，爷爷是扛枪上过战场的一代将豪，而父亲也是军区首长，对儿子的管束分外严格，要求他规行矩步，不能顽皮，不能胡闹。

所以从很小的时候开始，傅时寒便学会端着一股子严肃认真的姿态，待人接物无不尽善尽美。

所有人都夸奖，傅家的儿子是栋梁之才，人中之龙。

| 第五章 |

那年，他认识了霍家姐妹。

姐姐端庄大方，小小年纪偏要操着大人的姿态模样与他讲话，傅时寒当然也以此回应，两个人你来我往，皆是无趣的场面话，半刻钟便觉得没了意思。

偏偏边上的小丫头，翘着高矮不一的羊角辫儿，托着腮帮看着他们，眼神透着茫然，却又听得兴致勃勃。

单纯的模样让傅时寒顿生亲近之感。

一来二往，傅时寒跟霍烟很快热络熟悉起来，小丫头心眼实诚，天真憨傻，在她面前傅时寒可以全然卸下伪装，释放天性。

因为她不会用诧异的目光盯着他看，仿佛他变成了一只怪物。

傅时寒不想成为一只怪物，跟霍烟在一起的时候，他能做回自己。

小时候拿她当朋友、当哥们儿，戏弄玩笑，霍烟经常被他弄哭，梨花带雨，委屈巴巴地瞪他。

不过小丫头心眼实，生气不过三秒，傅时寒变着花样哄人的技术丝毫不亚于他捉弄人的技术，所以她总是没出息，分分钟便破涕为笑。

渐渐长大了，傅时寒心底却隐隐生出了些别的心思，他时常梦见这丫头，梦里的旖旎自然不足为外人道，有时候又觉得罪恶。

但总也忍不住，一次又一次翻过墙去找她，逼迫她叫他哥哥，以前这声哥哥，是真的哥哥，后来的寒哥哥，在他听来便有了别的意味。

曾经在饭桌上听到父母聊起与霍家的婚约，说起霍思暖，端庄得体，温柔婉约，是儿媳妇的上佳人选。

过问他的意思，傅时寒直言拒绝，父亲生了雷霆之怒，说这门亲事是你爷爷定下来的，没有转圜的余地，那也是傅时寒自小到大第一次违逆父亲的意思。

"谁也不能逼我娶不爱的女人。"

谁也不能逼他，放弃心爱的姑娘。

后来这件事便搁置下来，谁也不提，父亲的态度看似退让，实则以退为进，将霍思暖安排在傅时寒身边，初中、高中乃至大学。

父亲是极为固执并且孝顺的人，爷爷当年订下的婚盟，父亲必定不会违抗，同时霍思暖方方面面，也无可挑剔。

傅时寒对霍思暖一直保持着不冷不淡的关系，没有太过疏离冷淡，毕竟是从小认识的情分，即便小时候什么都不懂，但好歹也叫过一声妹妹。

后来不知道为什么，不管高中还是大学，全班全校好像都知道他的未婚妻是霍思暖。

聪明如他，当然知道消息是怎么传出去的。

他从不承认谣言的真实性，若有人来问，自然矢口否认。

他对霍思暖，从始至终没有半分情意，虽然年少的时候也试过与她认真

相处，但是总感觉浑身上下都特别不自在。

这个女孩完美得不可挑剔，但他就是喜欢不起来。

"你在想什么呀？"少女脆生生的嗓音打断了傅时寒的沉思，傅时寒垂眸，见她黑漆漆一双杏眼，毫无防备地望着他。

他突然明白了为什么，为什么不喜欢霍思暖，偏偏喜欢这丫头。

因为在她的眼睛里，他看见的自己，不是一个怪物，而是原原本本的傅时寒。

"你又心不在焉。"霍烟放下手里的笔，明明说好给她补习高数，这家伙总是断片儿走神，显然是没用心。

"不在状态就算啦。"她将草稿纸夺过来，自顾自地演算着，"我自己做。"

阳光从教室天窗倾洒而下，恰将她笼在一片光雾中，她微红的耳垂隐隐可见细白的绒毛。

"霍烟。"

"嗯？"

她头也没抬，专注地做着习题。

"你想让我当你哥哥吗？"

霍烟手里的笔触微微一顿，漫不经心道："挺好的呀。"

"什么挺好的，想，还是不想？"傅时寒恢复了严肃的神情，似乎要在这个问题上纠缠到底。

"现在你是我哥哥，以后是我姐夫，这有什么问题吗？"霍烟这才抬起头来，"你今天怎么怪怪的？"

姐夫。

傅时寒喃着这两个字，眼底泛起一层冷色："你想让我当你姐夫？"

又是这个问题，他都问了多少遍了。

霍烟放下笔，重申："不是我想不想的问题，是你想不想的问题，好吗，以后不要再问我啦，我能左右你的想法吗？"

"我不想。"

霍烟突然愣住："你……说什么？"

傅时寒眼神冷然，微微侧过身，松了松衬衣领口："我从来没有说过，要当你的姐夫。"

霍烟还没回过神来："你不喜欢我姐啊？"

傅时寒看她的目光柔和了许多，没好气道："我从来没说过喜欢她。"

"那你也没说不喜欢呀。"霍烟挠挠头，还是疑惑不解。

傅时寒理了理袖口，淡淡道："她没跟我表白，找我的时候，不是学习的事，就是学生会的事，反正总有缘由，你让我怎么开口。"

霍烟思忖琢磨着，也是哦，姐姐那样骄傲的人，在男生开口表白之前，

64

第五章

她绝对不会承认自己的心思。而傅时寒这般谨慎之人，则更加不会主动牵起这个话题了。

原来他们之间还没有相互表明心迹啊。

这都多少年了，还真能折腾。

霍烟心说，要是换作自己，如果喜欢一个人，肯定憋不了这么久，这可不得憋坏了吗。

她忐忑地说："那……那我姐知道了肯定要伤心，你真的不喜欢她吗？"

她话语里还希冀他能有所转圜，然而傅时寒却一口咬定："不喜欢。"

不能更笃定。

霍烟叹息一声："好吧，那咱们就没缘分当一家人了。"

傅时寒见这丫头眼里竟然还有些许不舍之意，忍不住道："你是真傻还是装傻？"

"什么？"

"谁说一定要当姐夫才能做家人。"

"不然呢，虽说是哥哥，总不是亲哥哥，你跟我做家人，就只有……"

霍烟似乎灵光乍闪，悟出了什么，话也卡在了喉咙里。

除了姐夫，他若要当她的家人，还可以成为她的……丈夫。

他嘴角勾起一圈淡淡的弧度，趁她不备之际，手落到了她的后背，直接将她揽了过来，两人贴身相对，霍烟双手放在胸前，抵住他坚硬的胸膛。

他眉眼下敛，长而浓密的睫毛半掩着，危险至极。

夕阳的霞光笼罩着他英俊的脸，周遭的空气里涌动着暧昧的气息。

傅时寒垂眸看她，她的耳朵已经红得晶莹通透，紧紧抿着唇，全身瑟缩着，微微颤抖。

本来只是开个玩笑，但她的反应，却让他心头真的升起了旖旎的波澜。

霍烟本能地伸手推搡他，却被他反握住手腕，按在一边。

霍烟全身的血液直冲脑门顶，脸红得跟烧红的烙铁似的："傅时寒，你不是讲……讲真的吧，我……我没有这个想法，你不要乱开玩笑……"

傅时寒见她惊慌失措，结结巴巴的样子，越发惹人怜惜。

怎么感觉，自己变成了禽兽？

傅时寒并不想吓坏她，旋即松开了手："不逗你了。"

霍烟乍得自由，立刻往边上挪了挪，与他拉开一段安全距离。

对面衣冠楚楚的男人笑得越发没了章法。

霍烟才知道自己是被他戏弄了，果然，这家伙在她面前就从来没有正经过，小时候不知道上过多少回当，这次居然还是着了道。

她憋闷着，背起小书包气呼呼地离开。

望着她的背影，傅时寒嘴角笑意渐渐收敛，中性笔灵活地转了一圈，掌

心还留有她的触感。

霍思暖将几本书装入手提包里，走出了教室，身后崔佳琪追出来，一把挽住了她的手腕，笑吟吟说道："思暖，一块儿去吃晚饭呀。"

霍思暖脸上挂了微笑："好啊。"

崔佳琪身边还跟了几个小姐妹，都是霍思暖平日里玩得比较好的女孩子。

霍思暖的班上家境富裕的女孩不少，平日里总去奢侈品商圈逛街，或者高档餐厅吃饭，今天你买了一瓶爱马仕香水，明天我拎了一个LV的包包，相互攀比炫耀的同时，也彼此奉承。

这个年纪，这个圈子里的女孩，背地里白眼都快翻到天上去了谁也不服谁，但是见了面依旧笑嘻嘻，总能玩到一块儿去，关系倒也融洽。

霍思暖平日里也跟她们一块儿玩，没别的原因，她们是上流阶层的淑女名媛，得到她们的青睐和好感，可以提升自己的身价。

至于她们为什么愿意跟她交往，霍思暖知道，是因为傅时寒的缘故。

即便现在她的消费水平是在打肿脸充胖子，但是她们依旧愿意和她接触，仅仅只是因为……

她是傅时寒的未婚妻。

当然，这些念头她从来没有对任何人说起过，也绝对不会承认。

"思暖，你买了新包包啊。"崔佳琪一眼就看出了霍思暖的白色手提包，"你之前用了快一年的Chanel，终于换新包了。"

霍思暖脸色沉了沉，不悦只是一晃而逝，她立刻道："上课的时候用的，可以装很多书。"

"我认得，这是韩国的潮牌啊。"

"嗯，是挺受欢迎的。"霍思暖得体地微笑道。

"是挺好看的，不过……"

崔佳琪话还没说出口，霍思暖立刻接过了她的话头，说道："平时出门肯定不会背这包，就上课的时候用一下，我就是觉得它容量大，可以装很多书。"

崔佳琪脸上堆起伪善的微笑："是啊，我正要提醒你呢，平时跟我们出去逛街，你就别提这包了，还是拎你的Chanel吧。"

霍思暖心头像是被针刺了一下。

Chanel那款包是她大一的时候让妈妈帮她买的。可怜天下父母心，妈妈二话没说，就给她汇了几万块过来，让她自己买，不够再说。

后来这个包就成了霍思暖的招牌，她也换不了第二个了，转眼大二，她觉得是时候再换一款包，和父母打电话商量，父母却说因为妹妹刚念大学，家里交学费开支很大，暂时拿不出几万块来。

霍思暖为此和家里闹了几天的脾气。

后来母亲说出去借钱，霍思暖生气地说："不准出去借，还嫌不够丢脸吗，

第五章

一个包都买不起。"

于是她决定先买一款几千块的包包暂时拎着,省得崔佳琪她们总背地里说她拿得出手的只有Chanel那一个包包。

然而霍思暖没想到,这包今天刚刚拎出来,就被崔佳琪她们给认出来了,说是韩国的潮牌,证明她们知道价格,跟她们背的包比起来,自然上不得台面,所以霍思暖只好说是上课才用的。

但是她们看她的眼神,却让霍思暖感觉心里刺刺的。

因为晚上还有课,霍思暖她们去了距离教学楼最近的三食堂。

在打饭窗口看到霍烟的时候,她还愣了一下子,没反应过来,霍烟冲她微微一笑,还给她的盘里多添了一勺子。

霍思暖端着盘子,愣愣地走到崔佳琪她们身边坐下来,魂不守舍。

崔佳琪问霍思暖:"刚刚打饭的那个女孩,一个劲儿冲你笑呢,怎么,你认识?"

霍思暖微微一惊,连忙说道:"不认识,我怎么可能认识那种人。"

"也对。"崔佳琪点了点头,"可能是你的小迷妹吧,毕竟你在我们学校是风云人物。"

霍思暖低头吃饭,不再说话。

她们又讨论起新秋上市的几款时尚衣裙,霍思暖没有加入她们。

而这边阿姨让霍烟提早下班,她见姐姐还没走,也打了饭菜准备跟姐姐一块儿吃饭,闲聊家常,毕竟俩人快半个月没见了。

霍烟端着餐盘迎面朝霍思暖走来,脸上堆满了笑意,然而霍思暖抬头看到她的时候,脸色却骤然起了变化。

霍烟从她的眼眸中竟然读出了些许惶恐的意味。

这不禁让她顿住了脚步。

霍思暖立刻埋头继续吃饭,就像是不认识她一般。

霍思暖身边有一个空位,可是放着她的潮牌手提包,霍思暖没有将它挪开。

她的身边,没有霍烟的位置。

"思暖,我看中了这款包包,你觉得怎么样?"身边的女孩将手机递到霍思暖眼前,霍思暖看了看,说道:"这是新款吧,不过你要仔细,别找代购,代购容易买到假货。"

"当然不找代购,我爸最近从法国回来,我让他帮我买。"

霍烟只是稍稍顿了两秒,便立刻明白过来,这些打扮时尚靓丽的女生,都是霍思暖的朋友。

霍烟低头看了看自己这一身还没来得及换下的员工服,明白了什么,径直错开了霍思暖,坐到了她前面的位置,假装不认识她。

霍思暖重重地松了一口气。

"思暖，我听说你还有个妹妹啊。"崔佳琪一边吃饭，一边说道，"上次傅时寒在女生宿舍楼下闹出那么大的事情，好像就是为了维护你的妹妹。"

霍思暖闷闷地"嗯"了声。

"傅时寒对她可真好啊。"女生们感慨地说道，"从那以后，好像都没有男生敢深夜在女宿门前表白了。"

崔佳琪说道："你们懂什么，那叫爱屋及乌，还不是看在我们思暖的份上。"

霍思暖脸上挂着一抹勉强的微笑，并未回答。

崔佳琪又说道："思暖，下次带你妹妹出来让我们见见呗。"

"是啊，思暖，下次带她出来咱们一块儿玩啊。"

霍思暖极不自然地应着："行啊，没问题。"

她抬头看着前方女孩的背影，霍烟垂着头，一筷一筷地吃着饭，一言未发。

吃过晚饭以后，霍思暖先告别了崔佳琪，说自己还有些事，不和她们一块儿了。

霍烟刚刚将剩余的饭菜喂完学校的流浪猫狗，回来的时候便在食堂后门处见到了霍思暖，她似乎在等她。

见她过来，霍思暖连忙迎上去："烟烟，你怎么在这里打工呢，刚刚吓我一跳。"

"锻炼自己。"霍烟面无表情地说道。

霍思暖忐忑地看了看她："刚刚我没有跟你打招呼，你不会怪我吧。"

霍烟抿抿嘴，没有说话。

"你不要生我的气，好不好？"霍思暖拉着她的手，撒娇道，"你不知道，那些女生特别势利，如果她们知道我妹妹在食堂打工，第二天肯定传得整个学院都知道了。"

"我给姐姐丢脸了吗？"霍烟压抑着声音，质疑地看着霍思暖，"我凭自己的劳动挣钱，姐姐觉得这让你没面子吗？"

"当然不是。"霍思暖连声否定，循循善诱道，"凭自己的劳动挣钱当然没什么不好，但就是……你也知道，那些女孩都是富家小姐，她们可不会管你是在锻炼自己还是手头拮据，她们只会说霍思暖的妹妹在食堂给人家打饭，说得可难听了，咱们跟她们的思想不一样，很难解释明白的。"

"那你还和她们当好朋友？"霍烟甚是不解，"姐，你这样不累吗？"

"有什么办法，她们是我在班上唯一的朋友，你总不能让我没有朋友吧？"霍思暖可怜兮兮地拉了拉霍烟的手，"人长大了，很多事情是身不由己的。"

霍烟虽然不太能够理解霍思暖，但是心里憋闷的火气也消散了不少，只闷声说道："那你以后就不要来三食堂吃饭了。"

"烟烟，你是不是缺钱了？"霍思暖从自己的手包里摸出三百块递给霍烟。

"不要，姐，我有钱，昨儿刚发了工资。"霍烟推掉了那三百块，"这

第五章

是爸妈给你的,留着吧。"

跟那帮富家小姐在一块儿,免不了有花钱的地方。

"行,要是生活费不够了,随时告诉我,别一个人硬撑,晚上我还有课,先走了。"霍思暖说完,仔细地看了看周围,好似做贼一般,确定没有认识的人,她才放心地离开。

霍烟心里很不是滋味,一转身便看见许明意斜倚在后门的墙边,额间几缕卷毛遮住他的眼睛,不知道在那里站了多久。

"和尚,你偷听我们讲话!"

"这里谁都能来,何谈偷听?"许明意振振有词,"我是光明正大地听。"

霍烟心情不爽,也不想和他纠缠,转身正要离开,却听身后许明意悠长的声音传来:"命由己造,相由心生,世间万物皆是化相……"

"故弄玄虚。"霍烟听不懂他的话,也没在意。

几天后,学生会实践部的干事们聚餐。

饭桌上,傅时寒首先开宗明义地跟大伙儿摆明了态度。

"今天是第一次,我请客。以后部门聚餐,无论大餐小食,均由干事们自掏腰包,AA制,不可以挪用部门公款一分一厘。"

几位新干事听话地点头。

沈遇然却说道:"寒总,团委每个学期都会根据活动组织情况,给学生会拨下一笔款项,落实到每个部门。办活动其实花不了多少钱,我听说其他部门聚餐,很多都是用的这笔钱,反正不用,放那也是放着,何必呢。"

傅时寒脸色顷刻便冷了下来:"哪个部门,说清楚。"

沈遇然为难道:"这……这个我可说不好,但是我知道的情况就是这样,大家都这样干,心照不宣啊。"

那些部门三天一小聚,五天一大聚的,具体他也不是很清楚情况,只是听说没让干事们拿一分钱。

"别的部门如果这样做,被我知道了,我不会轻易放过,但实践部绝对不允许这样的事情发生。"

傅时寒眉峰高挺,剑眉斜梢,眼眸清澈如水,生得便是一派正义凛然、光明磊落的模样,霍烟不觉想起许明意说的面由心生。

霍烟也知他自小便是正人君子。

只是桌下,他的膝盖总是有意无意地靠到霍烟的腿边,跟她肌肤紧贴着,剐剐蹭蹭,没一刻消停。

她挪开一寸,他便进了一尺,摆脱不得。

霍烟皱眉抬头,傅时寒依旧在和沈遇然讨论学生会经费滥用的问题,严肃又正经,甚至都没有多看她一眼。

这男人,总藏着两副面孔。

霍烟狠狠踩了他一脚,力道可不轻,而傅时寒面不改色,甚至连眼睛都没有眨一下,对沈遇然说:"平时留意一下,哪些部门聚餐挪用过公款,知道了告诉我。"

"行,我可以帮你打听打听。"

随即,傅时寒阴恻恻的目光扫向了霍烟。

霍烟这才松开脚,挑衅地抬起下颌,算是给他一个教训。

饭后,大家伙提议去KTV唱歌,反正今天是周五,既然都已经出来了,不如玩个痛快。

傅时寒没什么意见,于是众人兴致勃勃来到了KTV,却在大厅里遇到了宣传部的同学。

林初语最先望见霍烟,连连冲她招手,惊喜地问道:"烟烟,你们怎么也来了?"

"真巧啊。"

不过……霍烟目光一转,便望见了刚从服务台开了房间过来的霍思暖,以及她身边的几个小姐妹,其中就有崔佳琪。

见到熟悉的面孔,霍思暖一时间也没反应过来,她先看到的是傅时寒,随即又望见了跟在他身后的霍烟。

崔佳琪是学生会宣传部的副部长,见到傅时寒等人,连忙招呼一声:"你们实践部也来了啊,真是巧了。"

沈遇然笑说道:"咱们部门刚刚在聚餐,这不,学弟学妹们又想唱歌,便带他们过来了。"

崔佳琪的目光,望向了傅时寒身畔的霍烟。

她对霍思暖说:"咦?那位小学妹好面熟啊,是不是三食堂窗口打饭还冲你笑的那个?"

霍思暖的脸色难看到了极点。

霍烟也感觉到了霍思暖眼睛里射出来的寒凉之意,她本来还想继续装作不认识姐姐,低下了头没敢看她。

然而身边的傅时寒是何等伶俐之人,自然一眼就看清楚了姐妹俩之间的暗流涌动。

他顺手便将霍烟揽到自己身边,抬眸挑了挑霍思暖,嘴角溢开一抹凉薄的笑意。

"怎么,亲妹妹都认不出来了?"

第六章

傅时寒眼角勾了笑，漆黑的眸子里却泛着冷冰冰的寒意。

那天在食堂发生的事情，许明意原封不动地告诉了他，虽然姐妹俩的事情，照理说不应该由他一个外人来插手，但今天既然碰巧撞上了，他就没有办法坐视不理。

霍思暖的反应极快，笑吟吟地走了过来，牵起了霍烟的手："跟大家正式介绍一下，这是我妹妹，霍烟。"

林初语瞪大了眼睛，难以置信："我的妈，真……真是姐妹啊！"

崔佳琪眼底浮现了一抹轻蔑的笑意。

霍烟偏头望着霍思暖，她脸上同样挂着微笑，但看得出来，这抹微笑分外勉强。

谎言就这样被残忍地揭穿，还要在自己的小姐妹和下属面前强颜欢笑，控住全场。

霍思暖就是霍思暖，霍烟觉得自己是永远无法成为姐姐这样的人。

霍思暖落落大方地说："既然遇见了，干脆就不要多开房间，两个部门联谊好了，时寒，你觉得怎么样？"

傅时寒眼底一片冷色，没有说话，甚至都没有看她。

现场气氛有些尴尬，几个女孩低声窃窃私语。

霍思暖面子已经快要绷不住了，体面的笑容终于收敛，脸色低沉。

霍烟轻轻拉了拉他的衣角，力量微弱，但他依旧能感受到小丫头此刻心底单纯善良的想法。

当着这么多人，请给姐姐一点体面。

傅时寒深呼吸，克制了情绪，回头对沈遇然道："你是部长，你来决定。"

沈遇然捂了捂额头，伤脑筋，什么球都往他这儿踢啊！

"行啊，既然宣传部长邀请联谊，那大家一块儿玩吧，新生也正好熟悉熟悉，方便以后开展工作。"

同学们热热闹闹进了KTV的包房，霍烟选择坐在林初语身边，周围还坐了几个新生干事，大家不是很熟悉，也有些放不开。

傅时寒和沈遇然他们几个男生坐在一起，霍思暖则和崔佳琪还有宣传部大二的干事们坐在一边。

崔佳琪观察着霍思暖，她脸上再也挤不出半分笑意来，只一个人闷闷

地坐着,时不时瞥向傅时寒,手指不安地搅动着提包的流苏线。

于是崔佳琪故意拉长了调子说:"思暖啊,咱们可是最好的朋友,你连我都隐瞒,真是太不够意思了,我那天问你,你还说不认识3号窗口打饭的女生呢。"

霍思暖解释道:"她当初穿成那个样子,又戴着口罩,我没认出来。"

"原来如此呀。"崔佳琪嘻嘻一笑,"不过你妹妹也真是的,怎么会到食堂那种地方去打工呢,又苦又累。"

"我也不知道她脑子里在想什么。"

崔佳琪捂了捂嘴,惊讶地说:"该不会是因为缺钱用吧?"

"怎么可能!"

霍思暖立刻否定了崔佳琪的猜测,故作轻松道:"食堂打工能挣几个钱,她只是想锻炼自己,体验生活罢了。"

"说的也是啊。"崔佳琪继续意味深长地说,"她可是你霍思暖的亲妹妹呀,怎么可能缺钱用呢。"

霍思暖平静地说:"不只是我的亲妹妹,就连时寒都是把她当成妹妹一样照顾呢。"

提到傅时寒,崔佳琪便讪讪地咧了咧嘴,闭口不言。

刚刚他这般顾念那小丫头,看起来关系是真的很好。

傅时寒是霍思暖手里攥紧的一张王牌,他们的婚约让周围女孩们羡慕又嫉妒。哪怕霍思暖家境一般,手头寒酸,但是有傅家的豪门婚约,霍思暖将来绝对是一飞冲天的命。

霍烟目光有意无意落到对面的霍思暖身上,她和身边女孩正开心地聊着天。

她听苏莞说起过,这些女孩的关系很复杂,一面相互奉承笼络,一面又相互攀比拈酸。

霍烟看着姐姐嘴角荡漾的微笑,不知道这份微笑里到底包含了几分真,几分假。

她已经认不出姐姐的模样了,只觉得比起进屋便不曾与她说过一句话的亲姐,身边的林初语反倒要亲近许多。

对于霍烟就是霍思暖亲妹妹的事,林初语震惊不已:"完全看不出来,你丫藏得够深啊!"

霍烟无奈地说道:"开学第一天,我就告诉你了,是你自己不相信。"

"我以为你开玩笑呢!"

"我像是随便开玩笑的人吗?"

林初语看着她,郑重地点了点头:"你就是一只被开水烫过的皮皮虾。"

第六章

霍烟："为什么是被开水烫过？"
林初语："软啊，又软又皮。"
霍烟："……"
不过旋即林初语又道："你和你姐姐，虽然长得有点像，但是各方面真的是千差万别啊，所以我压根就没往你俩是姐妹这方面去想。"
霍烟翻翻白眼："知道了知道了，你女神什么都好，我这么普通，哪能跟她比啊。"
林初语摇了摇头："你可别自暴自弃，虽然女神姐姐光彩照人，但是吧……"
她顿了顿："你跟她，像又不像。"
霍烟不明白："什么像又不像的。"
"说不上来，明明你们俩模样这么相似，可是这些日子以来，不只是我，连苏莞都没把你俩联系在一起，你要问她，她肯定说你俩不像。"
"那到底是像，还是不像呢。"霍烟被她给绕晕了。
"就是……"林初语想了想，说道，"你俩都很漂亮，但是她的漂亮，是那种很刺眼的漂亮，给人的感觉就是高不可攀，很难交心当好朋友的那种。你不一样，明明是相似的容貌，你却能给人很舒服的感觉，让人情不自禁想亲近，甚至想把你搂在怀里当宝贝。"
霍烟嫌弃地"咦"了声，离她坐远了些。
林初语努努嘴："你看，傅时寒都喜欢瞅你呢，说不定他跟我是一样的感觉。"
霍烟望了望傅时寒，他清浅的目光，果然似有若无地往她的方向扫过来。
"霍思暖是那种高不可攀的女神，可是你却是我最好最好的朋友。"林初语抱紧了霍烟的手臂，"你放心，我永远站在你这边！"
霍烟微微蹙眉，说得跟她要和霍思暖宫斗似的，还表明立场开始站队了。
从小到大，最好的都是霍思暖的，但是霍烟从来就没想过要和霍思暖争什么。
正在这时，一道柔美的女声响起来。霍思暖拿起了话筒开始唱歌，她的声音婉转清丽，拥有一副无与伦比的好嗓子。
自小她便是一个多才多艺的女孩，大方得体，每年学校的艺术表演，她总是能够拔得头筹，光彩照人。
即便是在KVT里，只要霍思暖拿起了话筒，所有人目光的焦点都会落到她的身上。
霍烟情不自禁望向傅时寒。
室内光线昏暗，屏幕将他的侧脸镀上一层微光。
他的目光也凝注在霍烟身上，那双漆黑深邃的眸子透着几分倦怠慵懒。

在她撞上他的目光之后,他坦坦荡荡与她对视,竟还抬了抬下颌,嘴角绽开一抹浅笑。

他的微笑杀,可不是谁都能轻易消受得起,霍烟莫名心虚,赶紧挪开目光,不再看他。

姐姐唱得那么好,他不好好听,总是望她做什么,莫名其妙。

不一会儿,男生们已经开始了轮番地敬酒。走完了在场的所有男生,他们端着酒杯又来到女生这边。

傅时寒来到霍烟身畔坐下,替她挡下了所有的敬酒,柔声道:"她不能喝,我帮她。"

霍烟本来想说,啤酒的话,她其实可以喝一点。

傅时寒瞪了瞪她,颇有家长的威慑力,于是她话到口边,又给咽了下去。

崔佳琪凑近了霍思暖耳畔,笑说道:"傅时寒真的挺照顾你妹妹的呀,帮她挡了好多杯酒,以前可从来没见过他对女孩子这样上心过。"

包括霍思暖自己。

霍思暖没有看她们,兀自端起酒杯尝了尝,淡定地说道:"我妹妹脑子笨,不会拒绝别人,他打小就很照顾她。"

"哦,原来是这样。"崔佳琪挑了挑眉,"不知道的,还以为傅时寒喜欢的人是她呢。"

霍思暖端握酒杯的手紧了紧,骨节泛了白,不过她面上依旧气定神闲:"怎么可能呢,你想太多啦,我们三个一起长大,他一直拿她当妹妹,我还能不知道吗?"

崔佳琪笑嘻嘻道:"看来真是我想多了。"

学生宿舍晚上十点便要关门,大家九点便散了场一块儿回学校,走到大厅,霍思暖正要去柜台边结账,毕竟是她开的包间。

霍烟提议:"大家AA吧。"

"不用。"宣传部一位新人干事说道,"咱们不用出钱,聚餐和唱歌都是用的部门的资金。"

此言一出,实践部的成员,同时变了脸色,望向了前面的傅时寒。

现场的气氛一度尴尬。

宣传部的同学你看看我,我看看你,不明白空气突然的安静到底是怎么回事。

而实践部的同学则不约而同地噤了声,一起望向傅时寒。

他们还记得刚刚聚餐的时候,傅时寒说的话——

绝对不允许学生会任何部门出现私用公款聚餐的事情。

现在事情就发生在眼皮底下,这么多人看着,偏偏就是宣传部踩到雷区,要知道宣传部部长可不是一般人,是傅时寒的未婚妻啊!

第六章

傅时寒脸色顷刻间冷了下来，眼角微颤，没有任何犹豫，他正要开口，却被沈遇然一把拉住手腕。

沈遇然压低声音对傅时寒说："如果现在闹开了，大家都不好看，给她姐姐留点颜面吧。"

给她姐姐留点颜面。

沈遇然强调的是"她姐姐"。

这几个字倒像是真的有魔力一般，傅时寒的话果然就被生生地堵截在了喉咙里。

而这话，恰被身后的霍烟听见了，她抓着背包带子的手蓦然紧了紧。

傅时寒的为人，霍烟再了解不过，他绝对不是那种以公徇私的人，当着两个部门的新人，如果今天这件事情不了了之，恐怕将来要杜绝这种滥用公费的现象，会变得更加艰难。

别人会说他双标，撞到眼前的事情，因为关系亲近便不予处理，又如何要求别人。

他会难以服众。

霍烟脑子一突，望向霍思暖，脱口而出道："姐，这次出来玩的钱，为什么不让大家AA？"

傅时寒和沈遇然同时诧异回头，女孩精致的杏眼在大厅暗沉的灯光之下，显得温软动人，但眼神里却透出某种坚毅的味道。

她的目光仿佛在霍思暖身上生了根。

霍思暖一下子就反应过来，脸色霎时间变得惨白不已，狠狠瞪了刚刚脱口而出的那名"不懂事"的新干事。

新干事早已经吓得不敢讲话了。

"哎呀，搞得这么严肃干吗？"副部长崔佳琪立刻站出来说道，"不就是钱的事嘛，谁给还不是一样，今天你们霍思暖学姐请客，不用AA。"

当然，她也不是什么善茬，虽然帮霍思暖化解了尴尬，但是却把这笔账目全部推到了霍思暖的头上。

霍思暖有了台阶，立刻顺阶而下，摸出了自己的寇驰钱夹，咬牙说道："没错，今天是学姐请客，不用你们AA了。"

她转身去前台，原本笑意迎面的脸蛋顷刻间沉了下去。

这一晚上又是酒又是饮料又是果盘的消费，少不得要上千块钱，本来以为可以用部门的活动经费，没想到这不懂事的新干事，竟然当着傅时寒的面将这件事和盘托出。

挪用活动经费，学生会好几个部门聚餐都是这样操作的，大家心知肚明，却不会这样明目张胆地说出来。

这不是公然……打傅时寒的脸吗？

新干事们面面相觑,有的看清楚了这几人之间的暗流涌动,还有的简直一头雾水,怎么又是公费又是请客又是AA的,他们都被绕晕了。

傅时寒看着面前一群新干事迷惑不解的脸庞,胸腔里仿佛有一团火焰在涤荡和燃烧着。

他又回头望了望霍烟,而霍烟那幽深的目光同样也看着他,眉目清明,似乎在告诉他,做你想做的事,不需要有任何顾虑。

于是傅时寒甩开了沈遇然紧紧捏着他的手,对霍思暖的背影斥道:"站住。"

霍思暖就这样僵在原地,一动不敢动。

傅时寒声音冷硬,目光如带了寒意的刀刃,半点不留情面:"学校拨给学生会各部门的经费,必须用于组织学生活动,一分一毛都不可以滥用,霍思暖,你不仅没有以身作则,反而带头违反规定,你这个部长是怎么当的?"

干事们被傅时寒这番斥责的阵仗吓得瑟瑟发抖,一句话都不敢多说,甚至都不敢看他。

平日里的傅时寒虽然看似冷冰冰的,但是待人还算温和,也很少见他发脾气。

就连沈遇然,都是第一次见他这般发火的模样,心说果然是将门之子,这一身凛然的正气,真是不怒自威,邪祟退避。

"没……没这么严重吧。"崔佳琪反正是看热闹不嫌事儿大,说道,"又不止我们宣传部,其他部门都是这样做的啊,傅时寒你揪着我们算怎么回事啊……"

傅时寒冰冷的目光扫了她一眼,她剩下的话便卡在喉咙里说不出来了,讪讪地退到一边。

"从今天以后,哪个部门还敢滥用学校的活动资金,我绝对不会轻易放过。"

新干事们连连点头。

霍思暖背对着众人,手紧紧攥着拳头,倏尔,她回过头来,脸上挂了一丝勉强的笑容,说道,"今天是我的错,我也是看其他部门这样做,所以才动了这样的念头,给新干事们造成了不好的影响,我在此向大家郑重道歉。"

霍思暖说完,竟然向众人鞠了一个九十度的躬。

这是让所有人都没有想到的,就连崔佳琪都愣住了,霍思暖是何等骄傲的女人,今天竟然能够腆得下脸当着新干事的面,鞠躬道歉?

不过崔佳琪顷刻间便明白过来,如果不这样做的话,她和傅时寒的关系就算完了。

傅时寒何等疾恶如仇的一个人,他怎么可能容忍自己的未婚妻滥用公款。

霍思暖这不是在道歉,是在保住她和傅时寒的婚约啊。

第六章

这样来看，崔佳琪心里头倒是对霍思暖生出几分敬佩之情了，这女人挺能忍的啊。

不过既然霍思暖已经当众道歉了，傅时寒见好就收，也没有再为难她，今天的花费由众人 AA 制，没人再敢多说一句话。

而这件事情很快就在学生会内部传开了，傅时寒连自己的未婚妻都不肯放过，当众让她颜面扫地，对其他部门恐怕更加不会手软，于是几个部长也不敢再拿公费聚餐。

而在这周的例会里，傅时寒让人统计了每个部门剩余的活动经费数目，要求每位部长每周例会里上报经费使用情况，务必做到公开和透明，每一笔钱的去向都必须清清楚楚。

开完例会的下午，傅时寒收拾了文件准备离开，却被霍思暖叫住。

"时寒，你还在生我的气吗？"

这连日来除了工作的事情以外，傅时寒没有跟霍思暖说过别的话，倒不是因为别的缘故，的确没话好说。

"事情过去就算了。"傅时寒将文件装进透明的文件口袋，转身走出会议室。

霍思暖情急之下，伸手拉住了他的衣袖。

傅时寒垂眸，一双明亮的榛色眸子波澜不惊地看着她，丝毫不带任何情绪。仿佛她便是一个无关紧要之人，这让霍思暖的心，宛如针刺一般难受。

傅时寒缓缓将自己的衣袖从她手中扯了出去，平静地问道："还有事？"

"没事啊，就是想约你周末一起看个电影。"霍思暖脸上勾起和煦的微笑。

"周末跟人约了打球。"傅时寒说，"大概没有时间。"

"那……等你有时间。"

"可能不会有。"

傅时寒这句话，等于宣判了死刑，他对她……不会有时间。

霍思暖控制着自己的情绪，沉声道："以前的你，不是这个样子的。"

狭长的走廊通道里，光线暗了下来，有两个同学拿着书快速从他们身边经过。

霍思暖等那两人走开以后，这才压着声音说道："以前高中的时候，我们好歹算是可以一起吃饭看电影的朋友，现在呢，你对我就像一个陌生人，比普通同学都不如，我到底哪里做的不好，让你一而再再而三地冷淡我。"

她的眼睛微微有些泛红，看得出来，是鼓起了很大的勇气来找傅时寒聊这个事。

几缕阳光自天窗边射入，一块光斑掐落到他高挺的额际，将他的眸子收入阴影中。

"你想知道原因？"他淡淡开口，不带一丝感情，"我傅时寒朋友不多，

合得来才会交往，平生最厌恶的便是虚与委蛇。"

"所以你跟我的交往，已经变成了虚与委蛇吗？"霍思暖依旧微笑着，让自己保持良好的风度。

傅时寒眼角微挑，反问："跟我说话，你自在吗？"

如若两人的交际没有最舒适、最自在的状态，便是一种消耗。

"我觉得还好啊。"霍思暖耸耸肩，故作轻松，"长辈的观念你可以不用放在心上啦，我们就像朋友一样相处就好了，你不要有负担。"

她说完这句话，轻盈地转身离开，然而却传来傅时寒平静淡漠的嗓音："婚约的事我从来没有考虑过，也希望你不要想太多，至于朋友，你有很多，大概也不会缺我这一个。"

霍思暖藏在袖子下面的手都在颤抖，她没有回头，害怕自己绷不住，情绪失控。

傅时寒已经把话说到尽头了，再也没有转圜的余地，这相当于是将她推向了悬崖的边缘。

关于婚约那件事，他从来没有考虑。

一切都是她自作多情的奢望，甚至连朋友都当不了。

霍思暖紧紧攥了拳头，这些年她的坚持、她的执着，这所有一切的光环，都是她努力挣来的，她绝对不会轻言放弃！

宽敞明亮的自习室里，霍烟正在跟高等数学死磕较劲儿，桌上堆叠着好几张草稿纸，上面密密麻麻写满了算式。

她一旦沉下心来做一件事情，就会格外专注，甚至有时候遇到难题，能纠缠好几个小时。

一双温热的手掌从后面伸出来，轻轻捂住了她的眼睛。

"我是谁？"

骨节修长，掌心柔软，唯独指腹略带硬质的茧，除了经常和机械电脑打交道的傅时寒，还能有谁。

霍烟放下笔，无奈地说道："这游戏都玩了几年，你不腻吗？"

"不腻。"傅时寒嘴角微挑，"快猜，猜出来有奖励。"

霍烟只能懒懒道："是傅时寒，好了吧。"

"没大没小，该叫什么。"

她又听话地叫了声寒哥哥，傅时寒这才放开她。

霍烟重新睁开眼睛，却见傅时寒坐到她的对面，低头看着手机，买了两张电影票。

他额间垂着几缕刘海，鬓间剃着小茬子，典型的蓬松短发，却能处理得清爽又干净。

第六章

她情不自禁伸手捉住他的刘海，扯了扯。

傅时寒头也没抬，啧了声："胆肥了？"

嗓音虽然柔和，却带了那么点儿警告的意味。

霍烟吓得连忙松开手，不敢再碰他的头发了，傅时寒有轻微洁癖，不喜欢被人触碰。

不过霍烟这人，偏偏有个小癖好，总是对头发这种柔柔的、软软的、滑滑的东西，情有独钟。

小时候她和妈妈睡觉，喜欢攥着妈妈的头发入眠，长大了一个人睡，她也会摩挲自己的头发。

"你说猜对了要给我奖励的。"霍烟想起这茬来。

傅时寒淡淡应了声："有奖励，周五晚上一起看电影。"

霍烟皱了皱眉："这算什么奖励呀。"

傅时寒放下手机，挑眼望向她，左眼角一抹浅浅的泪痣分外勾人。

"那你想要什么奖励？"

霍烟突然玩心大起，搓着手问道："我能……摸摸你的头发吗？"

傅时寒愣了几乎十秒钟的时间。

那精致的脸庞，神情似乎格外阴沉。

霍烟本来也只是试探试探，说着玩，摆一张臭脸真是要吓死人哦。

在霍烟正要说"算了"的时候，傅时寒面无表情道："别弄乱了。"

说完他翻开书，垂首阅读了起来，脑袋也压低了不少，方便她能够到。

霍烟如临大赦，兴奋地用力攥住傅时寒头顶的一抹短发。

傅时寒眉头微微一蹙，啧了声："轻点。"

"抱歉。"霍烟不好意思地吐了吐舌头，食指和拇指的指腹摩挲着他的发丝。

他的头发并不软，每一根都带着柔韧的弹性。因为是短发的缘故，所以发质特别好，摸起来格外舒服，有细致的颗粒感。

霍烟对这种感觉完全抵抗无能。

傅时寒的头发是她摸过的最舒服的头发，没有之一！

"答应我，永远不要剃小平头！"霍烟大把大把地薅着他头顶的发丝，郑重其事地说，"就保留这个长度，刚刚好！"

傅时寒拧了拧眉毛："好玩？"

"嗯！"霍烟诚挚地点头，一双水盈盈的眸子贪婪地望着他的头发，"特别有质感，好舒服。"

傅时寒也闹不准她这到底是什么癖好，不过既然喜欢，就随了她的意思，想摸就摸吧。

霍烟似乎觉得隔着一个位置还不满足，干脆直接坐到了傅时寒的身边，

胳膊肘撑着他的肩膀，将所有的力量都压在他身上，一边看书，一边摸他的头发。

傅时寒甚至能嗅到她小臂散发出来的淡淡甜香，问道："上瘾了？"

霍烟攥着他的短发，但是只够在手指头缠绕一圈，她意犹未尽地说："快了。"

"上瘾了怎么办？"傅时寒又问她，并且补充道，"我这里只此一次，下不为例。"

霍烟撇撇嘴："小气，摸你几根头发，又没让你剪下来送给我。"

傅时寒嘴角浅浅地抿着，眼梢间都勾起了快意，不再说话，任由她的小巴掌在他头上薅着。

阳光从透明窗边射入教室，烘得整个教室暖意融融，十月底的微风格外凉爽怡人。

某些人也格外心旌荡漾。

五分钟后，霍烟长而满足地喃了声："好舒服呀。"

傅时寒偏头瞥了瞥她，她眼梢弯着，嘴角也绽开难以抑制的微笑，餍足的神情挂在她的小脸上，一览无余。

果然是爽了吗。

傅时寒淡淡一笑，漫不经心地又翻了一页纸："霍烟，你知道你现在的神情，像什么？"

"什么？"霍烟问道。

"臭坏蛋！"

她立刻松开他的头发，拿着自己的课本离他远了些："早晚有一天，我要把你的真面目公之于世！"

傅时寒蛮不在意地耸耸肩："随便。"

"大坏蛋，真不知道我姐喜欢你什么。"

傅时寒喜欢看霍烟这副想吃了他又嚼不动，胀鼓鼓气呼呼的模样。

"我本来就不是什么好东西。"

他坦荡承认，霍烟倒没有了槽点，于是说道："搁我这儿说什么意思，你敢不敢当着全校同学的面，承认自己不是好东西？"

"倒是没有什么不敢，但是无利不起早，我这样做，有什么好处？"

霍烟真的很想当着所有人，揭穿他衣冠禽兽的真面目，于是说道："你要什么好处？"

傅时寒想了想，说道："答应我三件事。"

霍烟求胜心切，别说三件，十件她都答应。

"周五看电影。"

"没问题。"

"至少每两天给我打一个电话，汇报学业还有生活。"

| 第六章 |

霍烟心说，他不是每天都在自己面前晃悠吗，还费这功夫干吗，但是不管了，打就打吧。

她点头："没问题。"

"最后一个，十二月圣诞节，跟我出去过，两个人。"

"没问题。"

说完之后，霍烟才反应过来："什……什么，等等，你说圣诞节怎么着？"

他说得太快，以至于她甚至都来不及思考就应承了下来，本以为是像之前两个条件一样，都是小事，没想到他居然说什么出去过圣诞节？

傅时寒笑道："落子无悔，你已经答应了。"

"不是，你说什么出去过，出去哪里过，过夜吗？"

霍烟脑子一片凌乱，想的全是乱七八糟的段子。

傅时寒站起身，用书本轻轻拍了拍她的小脑袋："你这小脑袋里装的什么乱七八糟，放心吧，单纯出去玩，要不了你的命。"

他说完走出了教室，身后，霍烟冲他大喊道："傅时寒，记住你说的！我拭目以待了！"

傅时寒没有回头，扬起手做了一个 OK 的手势。

不得不说，这家伙连背影都是那么帅。

两天后，黄昏。

校园广播的音乐背景声里，传出一个男人低醇而富有磁性的嗓音。

"我是傅时寒。"

此言一出，无论是操场上打球的男生，还是坐在教学楼前的小花园里聊天的女生，都不约而同放下了手中的事情，被这一声电嗓给吸引了。

霍烟和林初语从公共洗衣房里走出来，手里端着洗好的衣服。

听到这个声音，霍烟差点一脚踩空摔倒在地，幸好林初语扶住她："瞎激动什么。"

这两天傅时寒一直没有动静，霍烟仔细想了想，其实当时本来也是一句玩笑话，她自己都没当真，就更没想让傅时寒去兑现自己的承诺。

这个时候，他出现在校园广播里，是要闹哪样！

宿舍楼里，女生们全部探出了脑袋，侧耳倾听，生怕漏掉校园广播里傅时寒的半点音讯。

他清了清嗓子，以一种颇为无奈的语调说道："答应了某人，要当着全校同学的面，承认我自己不是什么好东西。"

此言一出，全校同学都炸了。

"天啊！学生会主席大人你是不是被绑架了？！"

"有人现在拿刀架在你的脖子上吗？"

"需不需要我打110？"

"没关系，你说的我一个字都不会相信的！"

广播里传来傅时寒一声轻嗤，格外勾人。

即便没有当面见到，但大家能够在脑海中描摹出他这霁月风光的一笑。

"当然，我承认自己不是好东西，但仅限于在你面前。"

他话语里的人称突然变化，霍烟猝不及防。

某人，直接变成了"你"。

她心下隐隐预感到了些许不妙。

而傅时寒继续说道："这些年，你被我欺负和捉弄了很多次，但我傅时寒就这德行，在你面前改不了，大概以后也不会改。"

霍烟撇撇嘴，正要说这家伙真是半点诚意都没有，然而他却继续说道："不过我可以保证的是，我傅时寒在你身边一日，便不会让任何人欺负你。"

陡转的话锋让所有人都没能反应过来，霍烟直接愣在了当场，手里的水盆"哐"的一下，掉落在地。

与此同时，全校女生都沸腾了起来，激动得就好像傅时寒这番话是对她们说的一样。

"我去！这是表白吗？"

"妈呀，有生之年，居然能听到傅时寒的告白！"

"天呐，甜炸我了。"

"不一定是表白好吗，又没说什么，别想太多啦。"

"非得要我爱你，你爱我这才算表白吗？多俗气啊。"

"真的，我这辈子都没听到过这么认真、这么甜的情话。"

"是讲给她的未婚妻的吗？嗷嗷嗷！"

"讲道理，我觉得有可能是讲给他兄弟的。"

……

男生宿舍611，沈遇然坐在下桌的椅子上，听完了校园广播，眉头已经扭成了一个川字。

他蹭了蹭自己的平头茬子，叹息了一声："寒总太冲动了。"

许明意跷着二郎腿仰躺在上铺，手里拿着一本地摊淘来的言情小说。

"没看出来，寒冰山竟然也是性情中人，善哉善哉。"

沈遇然唉声叹气："他都没考虑到再见面的时候会多尴尬，唉，让我今晚怎么面对他。"

许明意放下言情小说："关你啥事？"

"你听不出来他那番话，是对我说的吗？"

许明意嘴角抽咧了咧："贫僧还真没听出来。"

"他肯定是良心发现，觉得平时老欺负我，对我太苛刻，所以当着全校

第六章

同学的面跟我道歉。"沈遇然固执地哼哼,"不然还能有谁,他这些年为人处世无不尽善尽美,半点挑不出毛病,只有对我,他……他才于心有愧,昨天晚上我让他陪我看球赛,都不乐意呢。"

"您老高兴就好。"

舞蹈教室里,霍思暖一个回旋转,险些扭伤腿。

她独自坐在墙边休息,脑海里回闪着刚刚傅时寒说过的话。

"我傅时寒在你身边一日,便不会让任何人欺负你。"

手紧紧抱着自己白皙的小腿,指甲将皮肤摁出深深的印记,而她竟浑然不觉。

崔佳琪走到她身边,笑眯眯地说道:"思暖,真羡慕你,刚刚傅时寒在广播里说的那番话,感动死我了。"

霍思暖立刻松了手,站起身来,对崔佳琪挤出一个笑脸:"我也吓了一跳,他真是太突然了,都没跟我商量一下。"

"是吗?"崔佳琪盯着霍思暖的脸,企图从她的眼神里看出些什么来。不过让她失望了,霍思暖眼里眉梢流露的都是满满的幸福感。

崔佳琪摇摇头,借口有事离开了,看着她离开的背影,霍思暖死死咬住下唇,拿出手机给霍烟打过去。

手机响起来的时候,霍烟正在阳台上晾晒洗好的衣物,低头便看见,楼底小花园里,傅时寒斜倚在路灯下,抬头冲她扬了扬手。

男生侧脸的笑容越发乖张肆意,整个人笼在柔和的灯光之下,轻淡散漫。

"下来。"

祖宗啊!

霍烟挂掉了霍思暖的电话,匆匆跑下楼去。

傅时寒抬头,便见面前的女孩穿着秋日里棉质的长衣睡裤,衣服上印着小兔子纹样,外面草草地笼了一件长外套,脚上踮着一双夹板拖鞋,大脚丫子张开着。

这丫头,下来见他就不能稍稍规整一点,在宿舍里什么熊样,搁他面前就什么样?

这是没拿他当外人,还是没拿他当男人?

傅时寒牵起她纤细的手腕,避开周围同学的耳目,将她拉到小花园僻静处。

"找我有事吗?"霍烟问他。

"明天的电影,别忘了。"

霍烟说:"记得呢,我说到做到。"

傅时寒抬眼望了她半晌,她眉目柔婉,目光清澈,坦坦荡荡就站在他面前,没有一丝异状。

反倒一贯风轻云淡的傅时寒，率先沉不住气。

"刚刚你没听广播？"

"听了呀。"

"你听了……"

那样的表白，她竟毫无反应。

傅时寒那双幽深的瞳仁显得有些暗淡，清俊的面孔泛起一层凉薄之意。

霍烟不知道他为何会突然如此失落，于是朝他走了两步，轻轻扯了扯他的衣袖："我很感动，没想到你真的会当着全校的同学那样说。"

其实她事后想想，也觉得自己有点过分了，一时任性，竟然让傅时寒当着全校同学承认自己不是好东西。

"对不起呀。"她先跟他道歉，"是我瞎胡闹，没考虑这件事可能对你造成的影响。"

傅时寒低头望她，霍烟眉心微敛着，眸子里含着歉疚，看来心里是特别过意不去。

挺会反省自己，不过她到底会不会抓重点。

"你没听其他女生怎么说？"他问。

"我还没回宿舍呢，不过大家肯定都在讨论这件事。"

霍烟吐了吐下唇："你也真任性，竟然真的这么做了。"

他鼻息间发出一声轻哼："傅时寒从来不是言而无信之人。"

"你正人君子，言而有信，我听宿舍走廊的女生说，你在跟某人表白呢。"

霍烟那双漆黑的杏眼突然亮了亮，脸上绽开一抹狡黠的笑意："她们完全猜不到，这只是我们之间的玩笑。"

傅时寒没了脾气，抱着手肘倚在树边，望着她眉飞色舞的小样，心说原来这小丫头脑回路绕到这儿来了，压根没把他的表白当真。

也是，以霍烟这种直来直去的性子，还真得你爱我我爱你，小葱拌豆腐，一清二白地说个透彻。

"虽然你以前总是欺负我，不过算啦，小姐姐大人有大量，既然你都当着全校同学的面跟我道歉了，我就不和你计较了。"

霍烟果真表现出一副宽容大度的模样，踮起脚又薅了薅他的头发："这件事情就这样过去吧，答应你的事情，我会办到的。"

傅时寒拧了拧眉毛："你哪只耳朵又听见我给你道歉了？"

"咦？你不是说以后都不让别人欺负我，这就是道歉了呀。"霍烟大大方方说出来，没有扭捏与羞涩，"我特别感动。"

"算了。"傅时寒无奈地轻笑一声，也懒得跟她计较。

知道感动就行了，最怕便是某人铁石心肠，对他的贴心贴意无动于衷。

"那我回去了。"

第六章

"嗯,明天电影,别忘了。"

"我记性没那么差。"霍烟嘟哝着,却还有些恋恋不舍地望着他,"那拜拜了。"

"拜拜。"

"拜拜之前,我还有点想……"她那一双水盈盈的大眼睛,落到他清爽的头发上,满是渴望。

傅时寒无奈地叹了声,微微附身,将脑袋凑过来:"只一下,不准弄乱。"

"嗯!"

她一把攥住他额前几缕刘海,乐得跟条狗似的,得了便宜便一个劲儿摇尾巴:"你真好。"

"才知道。"

傅时寒不自然地别开目光,耳垂渐渐起了温度。

傅时寒回了宿舍,沈遇然立刻从床上蹦起来,正准备跟他说道说道下午广播站的事呢,结果看到傅时寒乱糟糟的头发,歪了歪眉毛:"你这脑袋怎么变成鸡窝了?"

傅时寒没搭理她,取了换洗衣物去洗手间。

沈遇然对边上的许明意道:"他害羞呢。"

许明意翻着白眼摇了摇头。

等傅时寒一身清爽地走出来,他的手机屏幕上横着一条短信,来自霍烟:"明晚的电影,我室友也想去看,能一起吗?"

傅时寒眉心微微一蹙,然后抬头对沈遇然道:"明天一起看电影。"

沈遇然和许明意同时抬眼对视,许明意一脸惊愕,而沈遇然则露出胜利者一般的微笑,故作姿态道:"嗯,这个……人家考虑考虑。"

"算了你不用考虑。"他转向许明意,"老二明天有时间?"

许明意宛如菩萨一般,满脸慈悲,轻轻闭眼点头:"若你请客,自然是有时间的。"

沈遇然:"……"

怎么这样!

霍烟走进寝室,林初语说:"你的手机一直在响,最后一次我实在忍不住,帮你接了。"

"哦,谢谢你。"

"是你姐打来的,我跟她说,傅时寒把你叫小树林去了。"

霍烟:"……"

林初语看着霍烟拿电话的手:"咦,你哆嗦什么?"

霍烟的确是哆嗦了一下子,当她看到手机屏幕上的七八个未接来电,全

是霍思暖打来的，心里突然升起一丝不好的预感。

她的小手紧攥着电话，来到阳台上，给霍思暖拨了过去。

"姐，出什么事了吗？"

可是霍思暖的声音听起来一如往常："没什么事呀，就问问你最近学习生活怎么样？"

"我很好啊。"

霍烟心里有些疑惑，一连七八个夺命连环call，这可不像霍思暖的风格。

"对了，你跟你时寒哥最近怎么样？"霍思暖问道。

霍烟毫不避讳地说："挺好的呀，我刚刚还见了他呢。"

霍思暖似乎发出一声低笑："我今天听到他在校园广播里说的那些话，一听就是你的鬼主意吧。"

霍烟连忙解释："啊，那个是我跟他打的一个赌，开玩笑的，没想到他真的会当着全校同学那样说。"

"姐还能不了解你吗？"霍思暖声音依旧温柔，"你跟你时寒哥，从小就很投契，将来等他成了你姐夫，你就能每天跟他玩了。"

霍烟听霍思暖这调子，还拿她当小孩子一样哄着，其实她现在已经长大了，脑子里想的可不仅仅是玩。

"姐，其实……"

其实傅时寒并不想当我姐夫。

傅时寒之前言之凿凿地说过了，他不喜欢霍思暖，不想当她姐夫，可这话霍烟怎么都说不出口，她怕姐姐听了会伤心难过。

"怎么了？"

"没……没什么。"

"你怎么吞吞吐吐的，有什么就说呀。"

霍烟定了定心绪，说道："姐，你真的很喜欢傅时寒吗？"

电话那端沉默了许久，然后传来霍思暖坚定的声音："我一定会成为他的妻子。"

霍烟无言以对，有时候太执着并非是一件好事，她有些为姐姐担忧。

"烟烟，你知道，成为傅时寒的妻子是我从小的梦想，你不会眼睁睁看着我梦想落空吧？"

霍烟想了想，说道："我以为跳芭蕾舞才是你的梦想，你以前还说，想要跳到世界的舞台上去。"

那时候，霍烟是多么羡慕和崇拜姐姐啊，姐姐跳芭蕾舞的样子，就像一只蓬勃展翅的天鹅，抖动着洁白的羽翼，美艳而骄傲。

却听霍思暖冷笑一声："跳芭蕾不过是为了增加我嫁给他的筹码，毕竟像他那样的男人，怎么可能喜欢一个身无所长的普通女人呢。"

第六章

霍思暖这话其实也有暗示霍烟的意思。

可是奈何霍烟脑子转得不够快,根本听不懂姐姐话里有话,于是道:"啊,我还以为你很喜欢芭蕾呢,原来是为了这个原因,不过如果是我,肯定选择学画画,还不用每天练舞这么辛苦。"

霍思暖有些无语,她发现自己话语里的某些机锋,对于霍烟这死脑筋来说,真是一点伤害力都没有。

一拳打在棉花上的感觉,让霍思暖很憋屈,于是说道:"所以啊,姐姐这么辛苦才走到今天,你不会让姐姐竹篮打水一场空吧?"

霍烟感觉有些奇怪,姐姐的竹篮空不空,是她和傅时寒的私事,跟自己有什么关系。

霍烟苦口婆心劝道:"还是希望你好好的,不要太把傅时寒放在心上啦,男人都是大猪蹄子,做好自己的事,每天开开心心才是最重要的。"

霍思暖语气缓和下来:"烟烟,以前姐姐忽视你了,现在姐姐想要弥补,周末咱们一起去逛街好吗?我给你买新衣服。"

霍烟说道:"不用了姐,我不缺衣服。"

"好吧,那你早点休息,记住姐姐今天说的话。"

"哦,晚安。"

霍思暖又似想起什么来:"对了,下次傅时寒约你出去玩,记得把姐也带上,咱们仨一块儿玩呗。"

"好的。"霍烟点头答应,"明天我和朋友看电影,你要跟我们一块儿吗……"

"明天我没时间,好了,挂了。"

霍烟还没说完,霍思暖已经挂断了电话,生生把霍烟后面的那句"傅时寒也会来"给卡在了喉咙里。

/ 第 七 章 /

次日,苏莞心血来潮,要拿霍烟那一头乌黑的长发练手,给她编了一个马尾麻花辫儿。

"哟,技术还不错嘛!"

镜子前,林初语啧啧叹道:"等我头发蓄长了,请你当我的私人发型师。"

"想请本小姐设计发型,那可不便宜。"

霍烟要起身,又被苏莞按了下来:"既然编好了辫子,不如再化一个淡妆。"

她说干就干,拿出自己那一套价值昂贵的水乳和化妆品,开始在霍烟脸上捣鼓。

林初语也搬着小板凳坐过来,好奇地看着苏莞这一系列浩大的工程。

"霍烟,你这皮肤也太好了,白白嫩嫩还水润,根本连粉都不用上。"

就连一直很注意保养的苏莞,都忍不住羡慕霍烟水嫩的肌肤:"说实话,虽是姐妹,我觉得你比你姐漂亮多了,她那张脸啊,涂的粉估计能有一墙厚吧,我猜,卸妆之后肯定是个黄脸婆。"

霍烟当然见过霍思暖卸了妆的样子,的确皮肤要暗沉许多,但黄脸婆绝对不至于。

霍烟正要开口为姐姐辩解几句,林初语却好奇地问道:"烟儿,你平时怎么保养皮肤的?"

"没保养啊。"霍烟诚实地说,"心情好,不熬夜,皮肤自然也好。"

林初语连连点头:"说得没错!我这几天熬夜 p 图,明显感觉到皮肤变粗糙了!"

霍烟回想起来,这几天晚上林初语都是凌晨三四点才睡觉,坐在电脑前动也不动,鼠标咔嚓咔嚓。

"你到底在做什么,熬夜这么晚?"

说起这个来,林初语就是满腹委屈:"还不是学生会宣传部,我们部长把所有海报的绘制工作全部交给了我一个人做,你想想,十一月社团活动季马上就要到了,全校的黑板墙有十多个,每个墙上的海报都要我来做,是神仙也忙不过来呀,只能熬夜了。"

苏莞说:"你们宣传部就招了你一人啊?"

"当然不是,不过那些同学不会用 ps 软件,而且部长说,这是为了锻炼我。"

| 第七章 |

苏莞冷笑："说不定还想提拔你当下一届的部长呢。"

林初语："我怎么听你这话，不像好话呢。"

苏莞卷了卷霍烟的睫毛，继续道："对那女人，我本来就没好话，估摸是在公报私仇，你在她手下做事，长点心吧。"

林初语立刻抱住霍烟的手臂："不能吧，她妹妹还是我室友呢，就冲这关系，她不会整我吧！"

苏莞睨她一眼，悠悠扬扬道："就冲你们这关系，熬几天几夜都算轻的了，小心下次把你卖了，还要你帮她数钱呢。"

"啊！"林初语吓得花容失色，"霍烟救命！"

霍烟说："别听她吓唬你。"

"我可没吓你。"苏莞冲坐在床上看书的洛以南道，"以南，你怎么看？"

洛以南头也没抬，扶了扶大框眼镜，面无表情道："你智商终于在线了一次。"

霍烟望向洛以南，她气定神闲地翻了一页书。

所以苏莞和洛以南都觉得，霍思暖是在公报私仇，欺负林初语，而且……是因为她的缘故。

"等晚些时候，我给姐打个电话，问问清楚。"霍烟拍拍林初语的肩膀，"如果真有这回事，我帮你讨回公道！"

林初语可怜兮兮地说："抱紧大腿！"

"起开起开！"苏莞嫌弃地说，"别打扰我工作。"

因为霍烟本身底子好，所以她只给霍烟化了一个很清淡的日常妆，但是出来的效果却奇佳。

林初语不禁掩嘴惊呼："哇！这也太美了吧！"

"非常完美，小姐姐化妆最成功的一次。"

甚至就连一直在看书的洛以南，都忍不住打量了霍烟好几眼。

霍烟的美是属于收敛型的，安安静静，你要是不注意，轻轻瞟一眼还真不一定能注意到她，但是今天上了眼线，描了眉，涂了唇膏，她那股子收敛的劲儿消失了，就像含苞的花骨朵终于舒展盛开，尽态极妍。

还是她自己本来的清丽模样，却能美得让人挪不开眼。

万达影城门口，傅时寒望着迎面而来的穿牛仔背带的女孩子，一双桃花眼的眼尾微扬，榛色的瞳仁里，闪着某种熠熠的光亮。

霍烟走到他面前，伸手在他眼前挥了挥："哎，木头人了？"

傅时寒一把握住她的手腕，将她往自己身前拉了拉，两个人身体迅速紧贴在一起，傅时寒甚至还嗅到了她耳后的甜香。

他近距离地打量她的脸蛋。

精致的杏眼被黑色线条勾勒出眼角来，睫毛更加浓密卷翘，嘴唇莹润动人，

是花瓣的粉红色，让人忍不住想要……吻下去。

"傅时寒，你的心跳得好快啊。"霍烟把手推挡在他胸前，都摸到他的心跳了。

傅时寒立刻松开了她，别开目光："你今天和以前不一样。"

"苏莞拿我当试验品，要练她化妆的技术。"霍烟解释，"这样好看吗？"

傅时寒扯了扯她的麻花辫儿，笑道："丑。"

"喊。"霍烟嘟哝道，"那你是因为我丑到你了，所以才心跳这么快的吗？"

"可以这样理解。"傅时寒环顾四周，"你的朋友呢？"

"她们在楼下便利店买零食，我怕你等急了，所以提前上来了。"

话音刚落，苏莞和林初语她们便从电梯里出来，与此同时，身边还跟着许明意和沈遇然。

"刚刚在电梯里遇见了。"沈遇然手里捧着女孩们买的爆米花。

傅时寒道："既然都认识，不用介绍了吧。"

苏莞指许明意和他身边的男人，笑说道："还不认识他们呢。"

沈遇然立刻说道："来，我来介绍一下，这两位都是我们的室友，我们按年龄排序，这位是我们寝室的老大，向南。"

名叫向南的男孩冲女孩儿们点点头，他个子高高瘦瘦的，言语很少，被女孩子们看久了还会脸红。

"这位是许明意，排老二，信佛，是个假和尚。"

"善哉。"许明意看了看苏莞，"姑娘我瞧你是大富大贵的面相，只是眉间一颗藏珠痣，恐怕挡了姻缘，我这里正好有一招破解之法，只需299，扫我加个微信详谈？"

苏莞还没反应过来，沈遇然一把将许明意拉开，笑着补充道："假和尚以及江湖骗子，请无视他。"

林初语问霍烟："他第一次见苏莞，怎么知道她大富大贵？"

霍烟和许明意在食堂共事这么久，还能不了解他吗，她低声对林初语解释："苏莞拎的包不便宜，这家伙眼睛贼亮。"

沈遇然又说道："我叫沈遇然，在我们宿舍年龄排老三。"

苏莞好奇地说："那傅时寒就是最后啦？"

"对，他是老四，我们的小弟。"沈遇然看了看傅时寒，"瞪我也没用，谁让你年龄最小。"

向南道："寒总虽然年龄小，但各方面都是全能，不管是功课还是实验，或者换灯泡、修电脑，甚至还会疏通下水道，无一不精……"

傅时寒淡淡道："疏通下水道以及刷马桶，那是老二的绝活，谢谢。"

许明意立刻给女孩们递名片："宿舍有什么问题，譬如电磁炉、电饭锅坏了，

第七章

或者下水道堵塞,都可以给我打电话,友情价八五折,善哉。"

几人插科打诨逗得女孩们笑声一片,没多久,电影开场,大家检了票一块儿进了电影院。

原本一开始只有傅时寒和霍烟两个人买的票,结果七凑八凑,两个寝室的人都全体出动了。

林初语从洗手间出来,对霍烟说:"傅时寒他们611寝室可是咱们学校的男神宿舍,咱们能跟他们宿舍联谊看电影!简直棒呆了啊!"

"男神宿舍?"

霍烟就好奇林初语是哪里得来这么多校园八卦的,她怎么就没听过所谓的男神宿舍。

"四个男生凑一块儿颜值还这么高,身高没一个低于185CM,只有他们611宿舍了,而且个顶个学习成绩还好,学院每年全额奖学金都被他们宿舍包揽了,最重要的是,四个人都在学院的AI机器人实验组,经常拿到国家奖项,学校官网每隔一段时间,就会滚动播报他们宿舍的获奖喜讯。"

霍烟惊呼:"这么厉害!"

"可不是嘛,你看,向来对男人完全没有兴趣的洛以南,不是一直盯着他们宿舍的向南看吗?"

果不其然,边上的洛以南,一直望着向南的背影怔怔地出神,和她平时的佛系模样全然不同。

"洛以南,向南,你别说他们的名字还真是挺像的呢。"霍烟像是发现了什么新大陆,"他们不会认识吧?"

林初语摇摇头:"认识的话,为什么要装陌生人呢?"

霍烟也很费解。

苏莞从洗手间出来,大家一块儿去了放映厅。

男生们四人一排早已经坐在了正中间的位置上。

四个颜值在线的高个儿男孩坐一排,格外惹眼,不管是前排还是后排的女孩子,都纷纷侧目看向他们,甚至还有大胆的女生,想要上前问他们要联系方式。

霍烟算是真的相信了林初语的话,全校女生宿舍都想和他们611联谊。

她们几人低着头,顶着全场女生目光,坐到了男孩身边空余的四个位置,顷刻间感觉,好像满场女生的仇恨值都被她们给拉了过来。

几人顺着位置坐了下来,剩余的那四个位置旁边就是傅时寒。林初语大大方方说,她要和她男神傅时寒坐一块儿,于是霍烟坐在了苏莞身边。

苏莞见状,立刻说道:"喂,林初语你过来,到我这边来,我还要吃你的爆米花呢。"

林初语不乐意:"我把爆米花给你了。"

"不行,你坐过来。"苏莞坚持,"跟霍烟换位置。"

"为什么?"

"我那瓶 la mer 精华液,你还想不想蹭了?"

林初语立刻向金钱势力低头,站起身说:"霍烟,我们换位置!"

"你们真能闹腾。"霍烟无奈地跟林初语换了位置,坐到了傅时寒身边。

林初语低声问苏莞:"干吗让我换位置啊,我想和傅时寒坐一块儿,明天上课我还能跟同学吹吹牛皮。"

苏莞说:"你没瞧见,刚刚你抢了霍烟的位置,傅时寒整张脸都垮了。"

林初语宛若受到惊吓一般,瞪大了眼睛,苏莞拍了拍她的脑袋:"可长点心吧。"

接近电影放映的时间,观众们陆陆续续走进放映厅。

霍思暖和崔佳琪几个小姐妹迈入放映厅,落座以后,她一眼便望见了第四排正中间男人熟悉的背影。

心头微微一惊。

他与自己隔了大约三四排的距离,而她身旁便是霍烟,以及她的朋友们。

崔佳琪也望见了傅时寒,惊讶地说:"他也在这儿,还是和你妹妹一块儿,怎么都没叫你啊?"

霍思暖微笑着说:"他今天早上特意给我打电话,问我要不要看电影,我这不是都答应陪你了吗,所以拒绝他了,让他找我妹妹看电影去。"

"可真巧,这都能遇上。"崔佳琪捏着调儿说道,"思暖,你可真好,一点都没有重色轻友。"

霍思暖不再说话,望着霍烟的背影,眸子里升起一丝冷冽。

回想起昨晚霍烟约过她,可是她忙着和自己的小姐妹交际,哪有时间陪这丫头看什么鬼电影。

却没想到,傅时寒竟也来了。

霍思暖懊悔不已,本来想利用霍烟来增加和傅时寒相处的机会,却没想到,好好的机会却被自己亲口断送了。

这时候,崔佳琪又说道:"他们好像是两个寝室在搞联谊呢,思暖,之前我们也有让你跟傅时寒说说,咱们宿舍和他们 611 一起搞联谊,你总说他们忙,你看,怎么今天就不忙了?"

霍思暖冷冷道:"我怎么知道。"

"哎呀,该不会是你这未婚妻的面子,还不如你妹妹大吧。"

霍思暖的手紧紧攥着手提包带子,直到电影开演,都没有松开。

霍烟丝毫没有察觉到姐姐就坐在自己身后,她手捧一盒甜甜的爆米花,专心致志地看电影。

第七章

咯吱咯吱，她就像一只小仓鼠，发出细微的声响，除了全部注意力都停留在她身上的傅时寒，没人能听到。

借着电影银幕的微光，傅时寒的视线聚点渐渐下移，落到女孩儿粉嫩的唇瓣上。

鼻息间是爆米花的奶甜香，而那粉莹的唇瓣，此刻定然也沾了甜。

傅时寒感觉嗓子莫名有点燥热。

就在这时，霍烟将自己手里的爆米花递了过来。

他微微一愣，随即道："我不吃甜食。"

男生似都不爱甜食，这都成了他们扎根于信仰的某种坚持，好像爱吃甜食的男生特别不酷似的。

霍烟见他盯着自己吃爆米花，都盯了半个小时了，那渴望的模样实在让她于心不忍，这才依依不舍地让出自己的"口粮"。

她的眼神剔透而无害，低声对傅时寒说："偷偷吃，我不告诉别人。"

霍烟的半盒爆米花，全部落到了傅时寒的手里。

咯吱，咯吱。

平日里他的确不怎么爱吃甜食，但是此刻不知道为什么，那盒充斥着浓郁奶甜味的爆米花对他有了某种奇怪的吸引力。

他拾起爆米花粒，放进口中，齿间碾碎，感受丝丝甜意在舌尖蔓延。

霍烟充满期待地望着他："好吃吗？"

傅时寒淡淡"嗯"了声。

霍烟宛如一只乖巧的猫咪，讨好地坐在他身边："我都把爆米花让给你了。"

傅时寒看见她那狡黠的小眼神，就知道她在酿着什么坏心思。

"吃了爆米花，手脏死了。"傅时寒虽然这样说，但是调子里却没有半点嫌弃之意。

霍烟见有希望，连忙从包里摸出湿纸巾，擦拭自己的手指："我保证擦得干干净净。"

傅时寒垂眸，见她认真地用湿纸巾擦拭手指，他犹豫了一下，还是接过了她手里的纸巾，牵起她的手，帮她仔细擦拭。

"喊，你还怕我擦不干净吗？"

傅时寒鼻息间发出一声轻嗤："嗯，我怕脏。"

霍烟便将手递给他，让他擦拭检阅。

她的手指纤细却短浅，指头饱满圆润，给人一种善良无害的感觉。

傅时寒一根指头一根指头，替她仔细擦拭干净，然后微微坐得低矮些，方便她能够到。

霍烟立刻将手肘搭在他的肩头，正要碰到他发丝的时候，又被傅时寒捉

住了小手。

他捏了捏她柔软的掌心肉，带了点严肃的调子："不能弄乱了。"

"嗯嗯！"霍烟连连点头。

傅时寒牵着她的手，摸到自己后脑位置，霍烟一把攥住他的头发丝，开始摩挲把玩了起来，满满的幸福感都在指尖缠绕着，她满足极了。

这一次傅时寒也感觉到她不再像之前那样，在自己的头顶薅完一簇又一簇，而是乖乖捏着那一把，不乱动了。

因为待会儿出去还要见人，他知道霍烟是不想把他的头发弄得一团鸡窝。

因为有霍思暖珠玉在前，霍烟自小便一直处于被忽视的状态，也让她懂得处处为别人着想。

而这份懂事，此刻却让傅时寒感觉分外心疼。

"不用克制。"

"嗯？"

霍烟不明所以地望向傅时寒，他侧脸轮廓锋锐而清隽，银幕的光芒投射在他的眼睛里，闪动着熠熠的光辉。

他似乎不带任何情绪，说出来的话语却极尽温柔。

"在我面前，可以不用那么懂事，想做什么，都可以。"

霍烟眨巴眨巴眼睛："都可以？"

"嗯。"

于是某人的狗爪子，从他的发丝间缓缓退了下来，一把拽住了他冰冰凉的耳垂。

傅时寒眼睛猛地睁了睁。

这又是什么癖好！

霍烟用柔软的指腹揉捏着傅时寒的耳垂，弄得他痒痒的又不好意思躲，只能红着脸硬撑着。

过了会儿，似乎是被嫌弃了一般，霍烟松开了傅时寒的耳垂，又重新攥住了他的头发。

"还是这个舒服。"

傅时寒："……"

真的被嫌弃了。

电影结束，几人走出放映厅，林初语提议，大家难得出来玩，不如合影一张。

苏莞知道这家伙是想发朋友圈炫耀一番，不过这点小小的虚荣心无伤大雅，而且男生们也很愿意，索性大家就站在钢铁侠的超大手办前自拍，用的是林初语的手机。

"脸大的人没有资格站前面，来来，谁的脸最小拿手机。"

"我的脸也大。"沈遇然说，"和尚，你最瘦，前面去。"

第七章

　　许明意用那双无精打采的单眼皮睨他一眼:"善哉,我的肖像版权按面积收费,每一平方厘米收费五元,童叟无欺,支持微信支付宝转账……"
　　沈遇然:"走开。"
　　最终老老实实的霍烟被推到了屏幕最前面,男孩女孩们全部站在她后面,各自摆好了搞怪的 pose。
　　"那我要拍喽。"
　　众人齐声喊道:"茄子!"
　　拍完之后,林初语兴奋地接过手机检查成品。
　　霍烟拍了好几张,前面几张都没有问题,而着最后一张……
　　最后一张,原本一直站在霍烟身后、面无表情望着手机镜头的傅时寒,那一双深褐色瞳仁的焦点,却落在了霍烟的身上,眼底带着前所未见的柔情和宠溺。
　　林初语悄咪咪将手机递到苏莞眼前,手指尖敲了敲屏幕,用饱含深意的眼神使劲儿给她传递"信息"。
　　而苏莞早已经心下了然,戳了戳林初语的脑袋。
　　喜欢一个人,无论装得多么不在意,但是眼神是无论如何都藏不住的,更何况,这男人根本连藏都懒得藏,满心满眼,只有他面前的女孩。
　　林初语为了不给傅时寒和霍烟惹麻烦,便没有选那一张照片,而是另外选了一张傅时寒面无表情的照片,发了朋友圈。
　　那张照片,她发给了霍烟,但是什么也没有说。
　　别人说出来就没意思了,这种事,需要当事人自己去感觉,那才好玩呢。
　　马路边,众人准备拦车回学校,而就在这时,崔佳琪尖锐的声音从后面传来:"真巧啊,你们也来看电影。"
　　霍烟回头,望见了脸色并不好看的霍思暖。
　　路灯之下,霍思暖穿着高腰裙,外搭一件丝绒小坎肩,化着精致的妆,美艳动人,却带着一点高冷凌厉的气质。
　　不像学生。
　　当然,崔佳琪这一帮小姐妹同样是这类的打扮,仿佛生怕别人不知道她们是富家女似的。
　　苏莞面含鄙夷地摇了摇头。
　　"姐,你也来看电影啊。"霍烟看见霍思暖,微微有些讶异,她昨天有邀请她来着,结果她推说有事,原来是为了陪朋友。
　　"嗯。"霍思暖神情不是很自然,"那个,我们待会儿还要去逛街,先走了。"
　　"哦。"
　　崔佳琪似乎并不想轻易放过霍思暖,于是说道:"哎呀,傅时寒真对不

住了,思暖这人吧,一直都是以姐妹为先的,为了陪我们,她才拒绝你看电影的邀请,你不会生我们的气吧?"

此言一出,霍思暖脸色变得惨白。

霍烟好奇地望向傅时寒:"原来你也邀请了姐姐呀。"

本来傅时寒是不打算搭理崔佳琪的,但是听到霍烟这样问,虽然她纯粹只是好奇,但是傅时寒却不想她有一星半点的误会,于是说道:"我没有邀请她。"

我没有邀请她。

这六个字,彻底将霍思暖打入冰窖,她身体轻微地战栗着,脸色难看至极。

崔佳琪宛如欣赏好戏一般,欣赏着霍思暖的反应。

然而失态只是一瞬间的,不消片刻,霍思暖便恢复如常,甚至脸上还勾起了笑意:"是我没有说清楚啦,邀请我的人是烟烟。"

霍烟连忙点头:"是我邀请姐姐的。"

苏莞是真的看不下去了,抱着手肘冷嘲道:"学姐,亲妹妹邀请你看电影都没时间,结果却有时间陪你的小姐妹,我都要怀疑,到底谁才是你的亲姐妹喽。"

霍思暖看了看面前的霍烟,又看了看一脸得色的崔佳琪,沉声说道:"我是因为事先答应了佳琪。"

傅时寒不想再纠缠下去,只对众人说道:"走了。"

霍烟担忧地看了看霍思暖:"姐,那我们先回去了,你也不要在外面待太晚,早点回去。"

霍思暖现在一句话都说不出来,只能疲倦地点了点头。

霍烟一步三回头,不是特别明白到底发生了什么事,但是看着姐姐的身影,莫名觉得有些可怜。

洛以南将她的脑袋掰回来:"别看啦。"

"感觉姐姐好像不是很开心。"

她这段时间,一直都不开心的样子。

"这个世界上,哪有一直开心的成年人啊。"洛以南略带烟嗓的声音,淡淡道,"是自己选的路,磕得头破血流也要走下去,怨不得别人。"

林初语发了朋友圈的那张八人的合影,当天晚上就被好事的同学搬运到了校园论坛。

分分钟,就被顶成了加"hot"的热帖。

同学们在帖子里纷纷留言,表示羡慕嫉妒恨。

"天啊,611男神寝室居然和女生寝室联谊了!"

"而且还一起去看电影。"

第七章

"还拍了合影的照片,我去,老子好嫉妒。"

"那个站在傅时寒后面的女生,你的手搁在哪里呢?"

"嘤嘤嘤,暴风哭泣。"

林初语躺在床上刷评论,笑得稀里哗啦,过了会儿,她对床下的霍烟说道:"烟烟,下次你再帮我们约傅时寒他们宿舍吧。"

霍烟叼着牛奶吸管,放下手里的书:"为什么?"

"我想脱单,如果能从他们宿舍里选一个,哇,想想都刺激。"

苏莞敷着面膜,闷声问道:"看上谁了?"

林初语还真仔细地思考了一下:"傅时寒是肯定不可能的,他那样的男神我可高攀不起,唔,沈遇然还不错,挺阳光的,就是话太多了,有些皮,我也不喜欢这款。"

"许明意的话,那一头自然卷,跟卷福似的,酷是挺酷的,就是有点……"

"可拉倒吧。"霍烟打断了林初语的话,"许明意那家伙,掉钱眼里了,你要是和他谈恋爱,约会的时候,估计还会按分钟跟你收恋爱费。"

林初语哈哈一笑:"那还是算了吧,惹不起、惹不起。"

苏莞道:"我觉得他挺好的。"

"不是吧!"林初语诧异地看向苏莞,"很少见你夸男生啊。"

苏莞平时眼高于顶,不管男生女生,很少有她能放进眼里的人。

"我觉得他很真实,生活拮据就努力兼职赚钱,不放过任何机会。"苏莞撕掉她的SKII前男友面膜,淡淡道,"钱这种东西,谁都喜欢,他喜欢得坦坦荡荡、光明磊落,而有的人,偏偏装作视金钱如粪土的样子,背地里却搞小手段……"

"停停停!"林初语见苏莞这一夸还停不下来嘴了:"你这欣赏人的角度,真是与众不同啊。"

"那当然,小姐姐见过世面,可不会像你们一样,轻易被男人的表象迷惑了。"苏莞戳了戳林初语的脑袋,"以后找男朋友,找姐帮你把关,不然就你这脑子,指不定让人兜了去卖了。"

不过听苏莞这样一说,霍烟竟然也觉得好有道理。

许明意分明手头拮据,很缺钱用,可是那天捡到五百块却选择物归原主。这样一想,许明意这假和尚的形象,在霍烟心目中出乎意料地高大了起来。

林初语又继续说道:"排除了这三个人,他们宿舍就剩一个老大哥向南了。"

说到这个名字的时候,原本一直在埋头看书的洛以南突然抬了抬头,眸子里划过一丝异样的神色。

别人没有注意到,但是苏莞却敏锐地注意到了。

联想到看电影到回学校的全过程,洛以南一句话也没有说,而向南,好

像也没有说话。

她嘴角弯了弯,似乎发现了什么有意思的事情。

林初语犯着花痴,道:"向南很不错哎呀,185男神身高,长得也特别温暖,笑起来的时候,感觉周围花儿都开了,听学姐们说,他性格很好,待人礼貌又温和,是个妥妥的大暖男,就是偶尔有一点毒舌,骨子里有股怼天怼地的劲儿。"

"那你是选定这位大暖男喽?"苏莞说出这句话的时候,目光却定在洛以南身上。

然而林初语却叹息了一声:"没戏。"

"为什么?"

"听说他有喜欢的女生。"

"啥?名草有主啦?"

林初语道:"不是,就……听说他心里住了一位白月光。"

霍烟好奇了:"你消息灵通啊,这都知道。"

林初语说:"学姐们讲的啦,以前好多女孩子跟向南学长表白,向南学长统一拒绝的原话就是……我有喜欢的人了,我在等她。"

"你们都不知道,我听学姐讲,他当时说完这句话的眼神,温柔得都快要滴出水来了。"

林初语说完这话,洛以南突然站起身,朝着寝室门外走去。

"这么晚了,以南你去哪里?"

"出去跑一会儿。"洛以南面无表情道。

十一月,霍烟拿到结算的工资,便辞掉了食堂兼职的工作。

她答应傅时寒只干一个月,期满之后便辞职,这不是她当时的权宜之计,既然答应了就一定做到,这是霍烟一贯坚持的原则。

傅时寒当然深知这一点,所以他非常信她。

她离开了食堂,叔叔阿姨们都特别舍不得她。因此每天她来打饭的时候,他们都会给她打超量的饭菜,总说她太瘦,生怕她吃不饱似的。

即便不在食堂打工了,霍烟还挂念着被她关照的那些小猫小狗,只好拜托许明意每天帮她预留一些剩余的饭菜。

本来以为许明意又要老生常谈念叨他的"支持微信支付宝转账",却没想到这一次,他十分爽快地答应下来。

"你怎么不问我收服务费啦?"霍烟接过他递来的口袋,里面装了热腾腾的剩饭菜。

"学校里的猫狗也是生命,生命都是平等的,居然用金钱来衡量。"许明意鄙夷地说,"你真俗气。"

霍烟:"……"

第七章

无话可说。

她刚离开没多久,苏莞便来了食堂窗口前,冲许明意盈盈一笑:"和尚哥哥,霍烟呢?"

听到和尚哥哥四个字,许明意手里的勺子抖了抖,抬眼,便望见苏莞春风迎面的乖巧脸蛋。

她很漂亮,乌黑浓密的碎发齐肩,肌肤格外细腻,小巧的脸蛋在食堂灯光下显得白里透红,五官清秀动人。

许明意垂下眸子,长睫毛掩着眸子里的光,只懒洋洋说道:"后花园当慈善大使。"

"好的,谢谢和尚哥哥的情报。"苏莞主动摸出手机,"我给你转账。"

许明意微微眯了眯眼睛。

这还是第一次遇到人主动要给他的情报付钱。

"既然你这样坚持……"许明意摸出自己的手机,隔着玻璃将二维码展示给苏莞。

苏莞扫了他的微信:"多少钱呀?"

"江湖规矩,第一次不收费,结个善缘。"

苏莞问:"哪里的江湖呀?"

"我的江湖。"

卷毛刘海掩住了他的眸子,他拿着铁勺,轻轻舀起西红柿炒蛋,浇向餐盘里的白米饭。

气定神闲,风光霁月。即便是打饭,都能打出绝尘隐士的气质。

苏莞好像不能呼吸了。

是……心动的感觉吗。

"你还有事?"许明意平静地问。

"没……没有了。"苏莞突然脸红,"那我就不打扰和尚哥哥了,下次再找和尚哥哥帮我算命。"

许明意点头:"记得提前预约。"

"好,那我走啦,和尚哥哥再见。"

"嗯。"

"啾啾。"

食堂后面隐蔽无人的小花园里。

霍烟手里提着两袋剩饭菜,东张西望,四处寻找着什么。

她将口袋打开,放在老地方——一棵苍劲的梧桐树下。

没多久,香味弥漫开来,有三条灰溜溜的小狗崽便从草丛里钻了出来,撒欢儿似的朝霍烟跑来。

狗崽不过四五月大，全身毛发灰溜溜的，憨态可爱，只不过看上去有些瘦弱。

她每天都会带着食堂剩下的饭菜过来喂养它们。

她查过资料，不能给狗喂骨头，尤其是鸡骨头，很容易刺破肠胃，所以带的都是吃剩下的肉丝，饭里还拌上了汤汁，香喷喷的。

没几天，小狗崽呼朋唤友，又带了自己的伙伴过来，那是几只乖巧的橘猫。

每当日暮时分，它们就会准时来小花园，喵喵地叫唤，等着霍烟。

"你在这儿啊。"苏莞穿过曲折的小径走过来，"找了你好久呢，和尚说你在花园里做慈善。"

"他没问你要情报费吧？"

苏莞嘻嘻一笑，榛色的眼眸透着光："我主动给了，但是他没收。"

"哟，太阳打西边出来了。"霍烟笑了笑，"看来是不同的人区别对待呀。"

苏莞赶紧岔开话题问道："你找我来，有什么事儿？"

"是有事想请你帮忙来着。"霍烟从包里摸出六百块钱，"我上个月兼职赚的钱，傅时寒生日就快到了，我想给他买点好的礼物，可是又不大懂应该送男生什么，怕没送好他不喜欢。"

苏莞看到霍烟手里皱巴巴的几张红票子。

这些钱都是霍烟辛苦工作赚回来的，每一分每一毫都凝结着她的努力。

真让人心疼。

苏莞揽住了霍烟的肩膀，说道："这个容易，走吧，姐姐带你去商业区兜一圈，看看有什么值得买。"

商业中心步行街，两个人兜兜转转直到夜幕降临，苏莞带她去了不少专卖男性衣饰的名品店，帮她分析——

"听说傅时寒将门出身，这样家庭的男孩子可不像那些富二代那么爱张扬炫耀，你看傅时寒平日里的打扮就知道他有多低调，奢侈名品就不用考虑了，他收了也不会用的，而且你也买不起。"

霍烟连连点头，虚心受教地望着苏莞："我都没注意过他的衣服是什么品牌。"

"虽然在穿着上，傅时寒并没有刻意追求，但是他也很看重自己的外形整理，绝非不修边幅。"苏莞一本正经地说道，"所以你不需要刻意注重品牌，考虑到你只有六百块，我给你的建议，帮他买一条皮带吧，这玩意儿挺实用，六百块也能买到质量不错的皮带了。"

霍烟觉得有些道理，傅时寒是学生会主席，有的时候他着正装，也会束皮带。

"只要做工精致，品质上乘，品牌不算什么。"

苏莞拉着霍烟走进了一间皮具店，两个人精挑细选了四十分钟。

| 第七章 |

霍烟为傅时寒选中一款牛皮质地的双层皮带，摸上去质感很硬，印着精致的暗纹，色泽是褐黑色，方形的扣带泛着金属的质感光泽，给人一种阳刚而沉稳的感觉。

问好了价格，整好五百八，霍烟毫不犹豫掏了钱包，苏莞拦住她，说道："你这辛辛苦苦一个月下来，可就挣了六百块，这一下子全兜出去了，好歹留一些给自己买点什么呀。"

她指着身边另一款档次稍低的皮带："这款也是牛皮，四百块，看起来也还不错，你要不要考虑一下？"

霍烟刚刚看过，椭圆的扣带她不喜欢，觉得傅时寒就应该佩戴自己手里这种方方正正的扣带才最合适。

她就不考虑那款了。

"那你就把钱都花光了啊，为了准备他的生日礼物？"

"嗯。"

霍烟设身处地地想，如果是傅时寒的话，大概也只会选最适合她的礼物，而不是随便挑一件应付了事。

这个世界上对霍烟好的人不多，每一个她都百般珍惜。

付了款，霍烟心满意足地拎着黑色礼盒从皮具店出来，迎面便撞上了从对面门店走出来的霍思暖。

两个人对视了一眼，霍思暖率先朝霍烟走来。

苏莞注意到霍烟拎着礼盒的手似乎下意识地往后藏了藏，不过随即就停止了这个动作，可能连她自己都没有发觉。

苏莞眸子里透出某种深长的意味。

"烟烟，买什么呢？"霍思暖问。

"给傅时寒买了生日礼物。"霍烟说完又补充了一句，"以前每年都要送的，今年也不例外。"

毕竟是从小到大的朋友。

霍思暖面上似乎没什么异样，好奇地瞥了一眼霍烟手里的礼品盒，又望了望她身后的皮具店，问道，"你在这家店买的啊？"

"嗯，买了一条皮带。"霍烟又问道，"姐姐是出来逛街吗？"

"今天没课，随便逛逛。"霍思暖说。

两人宛如不熟的朋友般寒暄了几句，便告了别。

苏莞走出一段距离之后，回头，看到霍思暖站在原地不动，一副若有所思的样子。

她随便胡诌了一个理由，告诉霍烟自己还有点事，让她先回学校去。

霍烟没有多想，便和苏莞告了别。

苏莞一路尾随霍思暖，见她进了一间皮具奢侈品门店，磨蹭了大约半个

小时才出来，出来的时候手里拎着同样的一个小小的黑色礼盒。

待她走后，苏莞径直走进了那间奢侈品店。

见她进门，店员立刻迎了出来，脸上挂着礼貌而含蓄的微笑："小姐，需要我为您介绍吗？"

"我想给男朋友买礼物，不知道选什么好。"苏莞在店里溜达了一圈，漫不经心说道，"刚刚出去的那位小姐，选的是什么？"

"那可真是巧了。"小姐立刻拿来了一款鳄鱼皮的皮带，笑意迎面，向她推荐道，"那位小姐也是给男朋友选生日礼物，买的是我们店今年最新款的皮带。"

霍思暖也是买的皮带？

苏莞眼角挑了挑，瞥向那款皮带，光看外形设计，的确极具质感。

"多少钱啊这款？"

"一万七。"店员详细介绍道，"这款是鳄鱼皮的，外形设计非常适合年轻男士。"

一万七啊。

霍烟买的礼物可是连这一款的零头都够不着。

两款皮带无论是品牌、外形设计还是材质，霍思暖买的这款都要远胜一筹，到时候两姐妹同时送出礼物，高下立见。

霍思暖打的可是一手好算盘，看来是故意要跟她的这位亲妹妹叫板了。

那么苏莞就面临一个两难的选择。

要不要把这件事告诉霍烟。

如若告诉霍烟，以她不争不抢的柔婉性子，说不定会避开姐姐的锋芒。

辛苦打工赚钱买的这款皮带就不会送出去了。

霍烟曾说，傅时寒每年生日，他的母亲唐婉芝都会让他请一些熟悉的好朋友到家里吃饭，唐婉芝亲自下厨，为傅时寒做一顿生日宴会。

而霍烟和霍思暖都会收到邀请。

如果苏莞不告诉霍烟，届时两姐妹拿出同样类型却价值相差悬殊的礼物。

究竟会是怎样一番修罗场的局面啊。

第八章

周末，霍烟准备回家取一些书和生活物品。

霍家住在小小的合院角楼里，这房子是父亲单位分配的员工福利房，条件不算好，但也不算太坏，一家四口住在里面，稍微有些拥挤。幸而两个女儿都念大学了，平时回家的时间不算多。

两年前，霍家为霍思暖在市区按揭了一套七十来平方米的房子，理由是不能让亲家将来看不起自家的女儿，无论如何都得有一套房子傍身，这样霍思暖将来嫁入傅家，也好说得上话。

霍烟是偶尔在饭桌上，听到父母讨论这样的事情。

可是据她的观察，傅家的阿姨优雅柔顺，温和可亲，小时候她跟着姐姐去傅家玩，阿姨还给她们做小面包糕点。在她印象中，傅时寒的母亲绝对不是母亲所说的那种……会因为儿媳妇没有房子而看不起她的人。

至于傅时寒的父亲，严肃寡言，刚正不阿，眉宇之间有一股将气。

傅时寒平日里摆出来的冰山扑克脸，跟他的父亲如出一辙。

这样的家庭这样的父母，霍烟绝对不相信他们将来会待姐姐不好。而她反观自己的父母，势利、小气、贪慕虚荣、满身的市侩气。

虽然有时候她反应迟钝，但也不是傻子，能看得出来，自己的家庭和傅时寒的家庭是配不上的。

难怪傅时寒自己都说，不喜欢姐姐。

果然是父母自作多情了吗？

饭桌上，霍烟叹息了一声。

而与此同时，她听到父亲也跟着重重的一声叹息。霍烟抬起头望向父亲，父亲脸色沉重，郁郁不乐。

霍烟今天刚进家门，就发现父亲的状况不对劲。

她的目光落到了父亲的手腕位置，突然出声问道："爸，你的手表呢？"

还没等父亲说话，母亲就淡淡开口："当了。"

"当了！"霍烟惊叫出声，"那块劳力士表可是奶奶临终前留给爸爸的，怎么能当了呢！"

"当了就是当了，哪有那么多为什么！"母亲不耐地训斥了霍烟一声，"不就是一块表，三万块都没当出去，能有什么稀罕！"

"不是钱的事，是奶奶，奶奶临走的时候说，说要好好珍藏这块表，这

块表是跟着爷爷上过战场的……"

霍烟还没有说完,母亲便打断了她:"你激动什么,那表就算要传,也是传给你姐姐,跟你有什么关系。"

"够了!"父亲突然打断了母亲的话,"你还提霍思暖,如果不是为了她,我的表能……唉……"

他又自顾自地喝了一口闷酒,话又被堵了回去。

只听"啪"的一声,霍烟的筷子被她重重按在了桌上。

"我想起来,今天还有课,我先回学校了。"霍烟不等父母反应,起身背起自己的书包,摔门而出。

父母惊愕地看着霍烟离开的背影,这还是第一次见她发这样大的火。

"都怨你。"母亲瞪了父亲一眼,"好端端又闹什么,你又不是不知道,这丫头对谁都是敲不响的木鱼,唯独她奶奶的事儿,碰不得。"

父亲气哼哼地说道:"老丈人当了表给女婿买生日礼物,这什么世道。"

"还不是为了你女儿将来的终身幸福着想,别说一块劳力士,就算思暖要天上的星星,你也得去摘!"

秋日里的风带着冰冷的凉意,空气里飘着雨丝,一阵风将枯枝上仅剩的几片残叶卷飞,抛向天际。

傅时寒刚刚下课,习惯性地来到三食堂,收了伞,他走到打饭的窗口:"和尚,霍烟在哪儿?"

许明意一边优哉游哉说道:"她已经辞职了。"

"我知道,她有没有过来吃晚饭?"

"本窗口只开设与打饭有关的业务,打探情报资费另算,每分钟10块。"

傅时寒一拳砸在窗口玻璃上,怒声吼道:"我问你,她人呢?!"

许明意惊愕地抬头,发现傅时寒的脸色似乎不大对劲,眼睛里都起了血丝,看起来有些狰狞。

他目光下移,见他紧握拳头,骨节处都泛白了。

许明意是个聪明人,索性收敛了笑意,说道:"算了,告诉你吧,这个时间,她一般在食堂后面的花园搞慈善。"

傅时寒拿了伞转身冲出食堂,许明意暗自心惊,刚才傅时寒那失态的模样,他打从认识他开始,还从没见过呢。

在他的印象里,傅时寒年龄虽然稍小于寝室其他三人,可是无论是心智还是为人处世,他都是最成熟最稳重的那一个。运筹帷幄,这个世界上便没有他不能解决的难题。

那小丫头,竟能让一贯自诩君子的傅时寒都起了急。

能耐啊。

| 第八章 |

许明意给沈遇然打了个电话过去,如果他记得没有错的话,沈遇然应该是跟傅时寒上的同一节课。

"老四什么情况这是?"

"难得你小子今天正常说话啊。"电话那边沈遇然调子扬了扬,"被那家伙给吓的吧?"

"少废话,快给我讲讲。"

男人的八卦之魂熊熊燃烧起来,丝毫不会亚于女人。

"刚刚的C语言课上,老四收了一条短信,就'蹭'地一下从位置上站起来,整张脸冷得跟南极冰川似的,把咱们的教授都给吓了一跳,眼镜都下歪了。"

许明意挑了挑眉:"傅时寒在上课的时候从来不管手机,短信来了,看见了也当没有看见,好学生的人设坚挺着呢。"

"是啊,但就刚刚那一条短信进来,那家伙只瞥了屏幕一眼,便跟教授请了假,心急火燎地冲出去了。"

沈遇然顿了顿,又问许明意:"谁发的短信?能让咱们作风正派的学生会主席都翘课了。"

许明意嘴角勾起一抹笑意,尾音扬了扬:"想知道?"

"想!"

"独家情报,收费20。"

"滚蛋!"

……

一番插科打诨之后,许明意挂掉电话,想到刚刚傅时寒那焦躁的模样,不禁摇了摇头,喃喃叨了声:"苦海无涯,善哉善哉。"

傅时寒摸出手机,手机屏幕被伞檐滑落的雨珠子溅湿了,他用指腹抹掉水珠,看着屏幕上的一行短信:"傅时寒,你能不能借我一些钱。"

他太了解霍烟的性格了,如若不是已经被逼至绝望的境地,她无论如何也不会向他开口借钱。

以前没有过,将来肯定也不会有。

从食堂一口气跑出来,越过静谧的林荫石径,秋风阵阵,夹着凉丝丝的雨点。

傅时寒一个又一个电话不停地打,可是每一次接通,都被她固执地摁断。

前所未有的慌乱情绪笼罩着傅时寒,他一贯平静的心湖荡起波澜,这种感觉让他暴躁,让他失控,大脑再也无法冷静下来。此时此刻,他人生第一次体会到心焦如焚是怎样的感受。

"接电话,该死,接电话!"

他将手机掷了出去,重重地打在石子路上,溅起水花。

而就在这时候,他看到不远处的绿荫下,有个女孩蹲在路边,抱着膝盖,将小脸埋进了膝盖里。

前面有几只流浪狗,围着她打转,时而用鼻子蹭蹭她的腿,有一只在她跟前的水坑里打滚,似乎是在逗她开心。

看见有陌生人过来,流浪狗们一哄而散,却不敢走远,只能躲在草丛中,防备地看着傅时寒。

傅时寒撑着伞走到她身前,满目怜惜地望向她。

霍烟听到身边的动静,她缓缓抬起头来,一眼撞入了傅时寒那双静水流深的深褐色眸子里。

他撑着伞站在她身畔,锋利的下颌间有几滴雨水滑落,他压着细密的睫毛垂眸睨她。

霍烟从来没有见过傅时寒那样复杂的眼神。

不忍,心痛,疼爱……

她又偏过脑袋,使劲儿揉了揉眼睛,想把眼角的泪珠子给揉走,眼睛干干涩涩,越发地泛了红。

傅时寒见她这般楚楚可怜的模样,就像是受了委屈独自躲起来舔舐伤口的小猫咪。

雨小了不少,稀稀疏疏飘在风中,被风吹散了。

霍烟瞥见了被他扔在地上的手机,赶紧起身跑过去,捡起手机。

机身已经沾满了污泥水渍。

霍烟从包里摸出洁白的纸巾,小心翼翼地替他擦拭着手机,打开锁屏键,检查有没有摔坏。

屏幕刚刚亮起来的一瞬间,便被身后的一只手迅速抽走,以至于她都还没能看清屏保的画面。

晃眼的一瞬间,瞥见好像是一个人。

傅时寒将手机塞进包里,沉着嗓子,没好气地问她:"为什么不接电话?"

霍烟微微垂首:"那条短信,你就当没有看见,好不好?"

霍烟那个时候整个人脑子都是蒙的,什么都没想,只想赶快把奶奶的劳力士手表赎回来,一时冲动,给傅时寒发了短信。

这个世界上,只有他能帮她了。

可是短信发送不过五分钟,她便后悔了,这块表价值不菲,这么高昂的价格,她问他借了钱,哪里还得起!

她恨自己无能,也恨父母没有原则和底线地宠爱姐姐,终于情绪绷不住,一个人跑到花园里抹眼泪。

傅时寒压着嗓子,克制着情绪,问她:"到底出了什么事?"

第八章

霍烟不说话，只是一个劲儿地摇头。

傅时寒伸手握住了她细瘦的肩膀，微微屈身，与她保持平视的状态。

"不管发生什么事，你都可以告诉我！"

他声音低沉，散发着能让人安心的力量。

霍烟似乎纠结了很久，终于抬起头看着他，低声说道："我想买一块表。"

傅时寒轻笑一声："就这么简单？"

霍烟咬着下唇，因为过于用力而显出一些粉白色，良久，憋出三个字："劳力士。"

傅时寒愣了愣，虽然不知道她为什么要买这样的表，不过既然她想要，哪怕是天上的月亮，他也要为她摘下来。

"先回去洗个澡，换身干净的衣服。"傅时寒一只手撑着伞，另一只手揽着她的肩膀往回走，"然后我们去逛街，有没有想好，要什么样的款式，还是需要我帮你参考？"

"不是的。"霍烟连声解释道，"我只是想把奶奶的表赎回来，因为家里急用钱，所以把表当了出去，可是那块表是奶奶的心爱之物……"

傅时寒大概明白了是怎么回事。

"需要多少？"

"两……两万。"

"劳力士的表，又是老物件，居然才当两万？"傅时寒摇了摇头，"你们家到底是有多么急用钱，才会这样贱卖？"

霍烟的手攥紧了拳头，没有告诉他是因为霍思暖花销太大，这才逼得父母卖了手表。

"我可以给你写借条，我一定会还的！"她对他保证道。

傅时寒看着她紧蹙的小眉头，一脸的正经严肃。他却展眉笑了，调子里含了几分戏谑之意："已经上了五位数，你用什么还？"

霍烟垂头丧气道："我……我不知道，我现在挣不了这么多钱，可是等将来我能挣钱了，肯定要好久好久。"

她咬紧牙关，第一次感觉到，在残酷的现实面前，她这般无能为力。

"算了，我另外想办法。"

傅时寒看着她这般固执的模样，无奈地摇了摇头。

"快回去洗个热水澡，现在典当行应该已经关门了，明天早上九点，我在你宿舍楼下等你，记得准时。"

他说完转身离开。

霍烟愣了一下，叫住他："我没有开玩笑，两万块不是小数目，我真的暂时拿不出来……"

回想方才见她在小花园独自抹眼泪的模样，傅时寒感觉心头阵阵绞痛，

区区两万块,不值她半滴眼泪。

"那便欠着。"他没有回头,沉声说道,"等到将来的某一天,或许你可以用别的东西,还我。"

霍烟没反应过来,追问道:"还能用什么还啊?"

傅时寒侧过脸,清俊的侧脸轮廓显得深邃而漂亮。

"丫头,你记得,以后不准为了钱哭。"

次日清晨,霍烟早早地起床梳洗,临到出发的时候,突然听到走廊边传来女孩子兴奋的呼喊声。

林初语最喜欢看热闹,第一个冲到阳台往下望,惊喜地说道:"傅时寒来了!"

霍烟连忙匆匆背起小书包,门口换上运动鞋便出门,不想让他久等。

林初语在后面嚷嚷着:"敢情你这一大早又是梳洗又是换衣服,原来是佳人有约啊。"

"就跟他出去办点事。"

"不用解释不用解释。"林初语甩给她一个"我都懂"的眼神。

霍烟顿了顿,知道她是误会了什么,不过她也不解释了,匆匆下楼。

傅时寒从来不喜欢等待,他耐心很有限,时间更宝贵。

出了寝室大门,霍烟远远地望见了傅时寒。

他穿着黑色运动系长衣裤,站在梧桐树径边,身材挺拔修长,手随意地揣在裤兜里,干净柔韧的几缕碎刘海,搭在他极有线条感的眉峰之上。

远远望见小丫头笨拙地跑过来,他原本冷硬疏离的面庞上,带了一点懒懒的笑意,自有一份疏淡的气质。

霍烟跑到他面前,吁吁地喘了喘。傅时寒立刻伸手稳住她的身形,略有责怪道:"急什么!"

霍烟喘匀了呼吸,说道:"怕耽误你的时间。"

"一定要对我这么客气?"

"嗯?"

霍烟没明白。

傅时寒脸色微微一沉,垂着眸子睨她,她那一双无害的黑色杏眸写满了困惑与单纯。

"不知道你是真不懂,还是装不懂。"

傅时寒也是第一次感觉到棘手和无可奈何,而在此之前,他万事妥帖,这个世界上就没有他无法解决的难题。

傅时寒只好换了她能够理解的回答,认真地告诉她:"对你,我永远都有时间。"

第八章

她永远是他的第一位。

霍烟明白了，于是对他露出一个甜美的微笑："谢谢寒哥哥。"

傅时寒心头宛如被羽毛轻扫而过，痒痒的，又挠不了。

霍烟背着小书包，越过他走在了前面。

"等等。"

身后传来男人的喊声，她停下来，却见他三两步跨到自己身边。

少年单膝蹲下，捡起了她运动鞋洁白的鞋带。

修长而骨感的指节捏着散落的鞋带，一拉一扯，一个大大的蝴蝶结便重新展开。

霍烟的眼睛都睁圆了，他刚刚蹲下来给她系鞋带了！

难以置信。

宿舍楼上此刻女生们尖叫声响成一片，他……他还是那个目中无人、高冷矜持的傅时寒吗？他竟然会蹲下来给女生系鞋带！

"哇，只有我一个人觉得好宠吗？"

"这都不在一起，天理难容。"

"难道没人嫉妒吗？"

"老扎心了，天台还有位置吗？"

霍烟此刻只感觉，心头升起一簇小小的火苗，火苗在她的血管里游走。她情不自禁摸到自己的脸蛋，脸颊泛起了绯红，辣辣的。

傅时寒似乎并没有将这个细小的事情放在心上，阔步走在了前面。

霍烟只呆滞了两秒，便立刻追了上去。

一路上，她都烧着脸，反复回想着刚刚的画面，越想脸越红。

傅时寒问道："平时叽叽喳喳的小蜂鸟今天怎么了，一句话都没有？"

"没什么。"霍烟吞吞吐吐道，"那个……你是我哥哥吗？"

傅时寒嘴角淡淡一扬，放慢了步伐，随手扯了扯她柔软的耳垂："你说呢？"

霍烟被他摸得痒痒的，本能地哆嗦了一下子，傅时寒眼角微勾，似乎很喜欢看她这样的反应。

"你如果有亲妹妹，还会对我这么好吗？"霍烟又问道，"是把我当成亲妹妹吗？"

她记得傅时寒小时候说过，自己想要一个妹妹，可是没有，她就像自己的小妹妹一样，他会好好疼爱她。所以如果被坏人欺负，也一定要记得告诉他。

"不是，我不想当你的哥哥。"

没想到这一次，傅时寒竟然拒绝得如此生硬，没有任何犹豫和转圜的余地。

霍烟愣了愣，看着他平静的眼眸，喃喃说："不想当我哥哥……"

受伤又委屈的小眼神，让傅时寒又有些于心不忍，知道自己是冲动了，

他无奈地摇了摇头,缓和语气道:"谁要给你这蠢丫头当哥哥,拉低我全家智商。"

虽然是损她的话,霍烟却使劲儿忍笑,脸都憋红了。

傅时寒像小时候一样,本能地牵起她的手腕,带着她往前走。

霍烟却在这种亲昵的动作里,感受到一丝丝异样的情绪。

"润丰典当行"五个大字,出现在眼前。

两个人走进去,霍烟从包里取出一张当契递给前台的工作人员,核实之后,工作人员带着白手套,取来了那块劳力士手表。

表身是玫瑰金,表壳为不锈钢蚝式,看上去庄重而大气。样式复古,有些年岁了。

霍烟一见着那块表,紧张的情绪终于松弛了下来,她将手表小心翼翼地包好,护在怀里。

傅时寒已经办理了剩余的手续,支付了典当费用。

刚刚他无意间瞥了一眼,表盘上略有瑕疵,那块表的价值至少十万以上,只典当了两万,恐怕也是因为这个缘故。

他摇了摇头,幸而也只有两万,如若多了,这小丫头的心思怕是又该重了。

霍烟抱着表盒走出典当行,对边上的傅时寒郑重说道:"谢谢你,我一定会还你的钱。"

傅时寒轻描淡写地笑了笑:"行,等你。"

霍烟似不放心,坐在典当行的阶梯边,又拿出手表仔细检查,确定了应该是奶奶的那一块,长长地舒了一口气。

傅时寒垂目睨她,她嘴角勾着浅浅的笑,眼角盈盈如弯月。

不知为何,他总是喜欢见她笑,眼角自然地上扬,勾起一抹傻气,憨态可掬。

傅时寒坐到霍烟身边,接过了她手里的金色手表仔细看了看,柔声问道:"一块旧表,值得你这般开心?"

"这是奶奶最心爱的物件,当年爷爷去朝鲜的时候戴着这块表,安然回来,表盘上多了些许裂痕瑕疵,你知道一般的划痕是很难在这种钢精材质的表盘上留下任何印记的,奶奶迷信,总觉得是这块表帮爷爷挡了灾难。"

"爷爷去世以后,奶奶便有些神志不清,经常对着这块表讲话,絮絮叨叨都是掏心窝子的话,说给爷爷听呢。"

霍烟细长的指尖轻轻扫着一尘不染的表盘,阳光倾注在她的身上,为她的脸蛋镀上一层柔光。

她温柔的气质仿若与生俱来,不张扬,一直这般安安静静,长成了十九岁的她。

傅时寒就这样静静地看着她,良久,他朗声笑道:"若说这块表为霍老爷子挡了灾祸,而当年也是他,冒着枪林弹雨,将我爷爷从敌营给背了回来。"

第八章

所以我爷爷总说,两家都是儿子,没缘分结成儿女亲家,不若结个孙儿女亲家。"

霍烟点点头:"爷爷和傅爷爷就像亲兄弟一样,小时候傅爷爷经常来我们家,跟爷爷坐在阳台上下棋。"

她到现在还记得傅爷爷那爽朗的笑声,就像个老顽童,总是喜欢逗霍烟玩儿,扯她的羊角辫儿,每次都把霍烟给逗得眼泪汪汪。

爷爷欺负她,孙子还欺负她,那时候她总觉得,傅家没一个好人。

霍烟喃喃道:"已经好久没见傅爷爷了。"

傅时寒说道:"周末我们可以去南山养老院陪陪他,如果你愿意的话。"

"好啊!"霍烟连连点头,笑着说,"只要他不扯我的辫子。"

"你只记得他扯你的辫子,还记得什么?"

霍烟皱着眉头:"老爷子还喜欢看我哭,我哭得越厉害,他笑得越开心。"

"那你还记得他说了什么?"

"老爷子说了那么多,我哪里都记得。"

傅时寒看着霍烟,眸子如同墨色渐染一般,越发乌黑。

他轻拍她的后脑勺,站起身离开:"自己去想吧。"

霍烟捂着自己的后脑勺,想破了脑袋,也想不起来傅爷爷说过什么重要的话。

那一句话只是茶饭间的闲谈,那时候父亲母亲还有霍家一家人都在。

霍思暖像个小淑女一样候在爷爷身边,给他倒茶,俨然是一派懂事听话的乖孙女模样,说着好听的话,讨两位老人的开心。

而傅家老爷子却看也没看她,只是捏着霍烟这傻丫头的脸颊,把她弄得哭唧唧,满腹委屈。

老人那时候说的是——

"我喜欢这憨丫头,我要她来当我们家孙儿媳妇,也好闹闹我那没趣的小孙儿,甭整天端得跟个老夫子似的。"

那句话,全家人都听着,却当是一句戏言,做不得真。

全场唯独傅时寒一个人,入了耳,便刻在了心底。

/ 第九章 /

自那日以后,霍烟的学习更加刻苦。因为她渐渐明白,父母总是偏向于姐姐,她所能够依靠的人,只有自己。

只有自己努力强大起来,才能够守护最重要的东西,面对残酷的现实,眼泪是最没有用的东西,她必须努力变强。

转眼十一月中旬。

零点刚过,男生寝室611便传来了某个公鸭嗓男低音跑调的生日快乐歌。

沈遇然唱完以后,许明意松开紧捂的耳朵,有气无力地说:"精神摧残费,每分钟二十五,支持转账。"

他说完倒在了床上,伪装成一命呜呼的样子。

沈遇然炸毛了,跳到许明意的床上使劲儿摇晃他:"臭和尚,休想在老四的生日碰老子的瓷,看老子的大力金刚掌。"

他一巴掌就要扇许明意脸上,许明意立刻转醒,对着他双手合十:"善哉,善哉。"

向南递给傅时寒一个黑色的盒子,盒里装着一根深色领带,浮着暗纹,看上去低调又稳重。

傅时寒接过礼物,道了声:"谢谢。"

"哇,老大这份礼物,厉害了。"沈遇然说,"我都不好意思拿我的礼物了,干脆等明天去你家吃饭的时候,再给你好了。"

许明意看破了沈遇然的套路,无情地拆穿:"你是根本就没准备,想明天出门再买吧。"

沈遇然指着他:"喂!我招你惹你了?!"

傅时寒难得地笑了,不理会几人插科打诨,他摸出手机,无论是微信还是QQ,或者是短信,都蹦出好多条"生日快乐"的祝贺。

不得不说,傅时寒的确很会处理人际关系,学校里的同学,无论女生还是男生,喜欢他的人远远多过讨厌他的人。

正直善良并且全身上下散发正能量的男孩,就像饱满的麦粒吸收阳光一样。傅时寒稳重的气质让他从小到大,身边总是不缺朋友,即便来了又去,但交的都是真心。

无论是有钱如向南这种豪门出身的大少爷,还是许明意这种每年申请助学贷款、每天兼职多份工的底层男孩,又或者沈遇然这种普通人家的小孩。

第九章

只要能合他的脾性，都能成为他的朋友。

傅时寒扫着这些信息，挨个回复了谢谢，锁了手机屏幕，他心情有些沉闷。

沈遇然还不想睡觉，闹着说要不咱们溜出去喝夜啤酒吧。

作为寝室长的向南都还没开口，傅时寒却沉声道："喝什么夜啤酒，睡觉。"

沈遇然不明所以，凑近了许明意，问道："什么情况啊，刚刚都还好好的，玩了会儿手机，脸色就跟变了天似的。"

许明意一副看破红尘、高深莫测的样子，勾了勾眼："想知道？"

"嗯！"

"你去翻翻他手机，看看里面缺了谁的短信，应该就明白了。"

两个人同时望向傅时寒搁在桌边的手机。

沈遇然哆嗦了一下："老子不敢，老子怕骨折。"

许明意道："贫僧也不敢。"

就在两人合计傅时寒手机的时候，突然电话响了起来，傅时寒寡淡的眸子扫了眼屏幕，脸色总算缓和了许多，拿起手机，面无表情喃了声："我已经睡了。"

电话里，女孩的呼吸似乎有些乱，声音很兴奋："寒哥哥，你出来……出来看看。"

"什么？"傅时寒一时间没反应过来。

"你来阳台看看。"

傅时寒从床上翻身而起，跑到阳台朝下面望去，只见男寝正对面的操场上，突然爆起了一簇漂亮的烟火。

烟火只有一米多高，不断往外冒着灿烂的火星子，哗哗啦啦，宛如一簇火树银花。

霍烟站在烟花树旁，一个劲儿冲傅时寒挥手，让他快看烟花，好像生怕他错过似的。

傅时寒有些心疼她的手臂。

很快，霍烟电话便打了进来，她声音听起来很兴奋："你看到了吗，看到了吗？"

傅时寒有些无奈，又有些好笑："我看到了。"

"美不美？"

他望着站在花树光影前，她那细瘦纤长的身影轮廓，眸子里涌动着波澜，喃了声："美。"

趁着这簇火树银花还没有放完，霍烟赶紧拿出一张横幅纸，林初语走过来帮她拉开，上面用水彩笔写着歪歪扭扭的几个字：傅时寒，生日快乐。

黑夜里，横幅凑近烟花，光从纸背后面透射出来，便看清了上面的字迹。

字体用五彩的笔勾勒了一圈又一圈，边上还画着几个可爱的小动物，还有两个小人儿，一个是男孩一个是女孩，手牵着手，就像哥哥牵妹妹的那种。

一分钟后，烟花黯了下去，纸条上的图案也隐没在了黑暗中。

电话里传来霍烟忐忑的声音："你喜欢吗？"

傅时寒的心脏，砰砰，砰砰，竟然不听话地疯狂跳动起来。

霍烟见他久久不说话，连忙道："我专门选的不会发出声音的烟花，就是怕吵到其他同学，然后我会收拾好周围，不给环卫阿姨添麻烦，你……你不要生气哦。"

他攥电话的手越握越紧，青筋顺着白皙的手背一直蔓延而上，隐没在袖中皮肤里。

"霍烟。"他声音无法抑制地带了些微颤，"今年的礼物，我很喜欢。"

霍烟重重松了一口气，忍不住说道："哼哼，这还只是前奏呢，真正的大礼，明天生日会上我再给你。"

傅时寒嘴角情不自禁地勾着："那我就拭目以待了。"

"嗯嗯。"

"快回去，谁让你穿这么少就出来，还有，不是没钱吗？烟花放了这么长时间，不便宜，你哪来的钱，是不是用的生活费……"

不等傅时寒质问完，霍烟连声道："那我先挂了哈，只跟宿管阿姨请了二十分钟的假，我要赶快回去了，拜拜！"

霍烟连忙挂了电话，重重松了口气，果然，就知道这家伙不会轻易放过她。

她和朋友们一起收拾了周围，临走的时候，霍烟回头望向男寝611的阳台，他还站在那里，远远地凝望着她。

今夜有月，淡白的月光倾洒在他颀长的身影上，显得清冷又寂寞。

霍烟心头涌起一阵难言的情绪，她胸前的手轻轻挥了挥，喃了声："生日快乐。"

与此同时，他薄唇间也念出了这四个字，生日快乐。

今天因为她的到来，傅时寒原本便冷清的心里，也生出好些热闹。

回去的路上，苏莞看着沉默不言的霍烟，笑问道："已经准备了礼物，却又临时起意，说要给他惊喜，很难不让人多想啊。"

林初语连连点头："而且刚刚那种惊喜，只有男生会做给女生的吧，霍烟，你真爷们儿。"

霍烟看着这俩人，认真地说道："我跟傅时寒不是你们想的那样。"

"我们可什么都没想。"林初语和苏莞相互交换眼神，"你们是哥哥妹妹，姐夫小姑子的关系嘛，我们懂的，嘿嘿。"

霍烟听得出来她们意味深长的调子，不过她也不想解释了，之前傅时寒那样尽心尽力地帮助她，赎回了奶奶的手表，她无论如何也应该有所表示。

| 第九章 |

虽然刚刚那样的做法，对于傅时寒而言只是小把戏，他说不定还要笑她幼稚呢。

不过这已经是霍烟在条件允许的范围内，能给他最好的了。

为了想到一个让他猝不及防的好点子，霍烟连着好几夜没睡好，绞尽了脑汁。

回去洗漱之后，重新躺下来，霍烟收到一条来自傅时寒的短信："失眠。"

霍烟嘴角抿了抿，编辑短信："生日还失眠，不会是被我吓到了吧。"

"是。"

她看着那个"是"字，心里越发忐忑起来，回想高中的时候，有一年霍思暖为了给傅时寒营造惊喜，发动了学校好多同学，一起录制了一个祝他生日快乐的视频。

傅时寒收到视频的时候，正好霍烟在他身边。她知道，那个视频他只看了半分钟不到，便放下了手机，脸色沉得可怕。

第二天来学校，路过的认识的不认识的，都对他说生日快乐，傅时寒礼貌地回应了谢谢，也没有找到霍思暖发作，见了面一如往常。

但是霍烟知道，他很生气。

这些年相处，霍烟比霍思暖更加了解傅时寒，一个平淡无澜的眼神，霍烟便能从里面读出他的情绪。心情好的时候，他的眼睛里有光，而心情不好的时候，眸子便是一片深邃的幽黑，宛如不见天日的深渊泥沼。

他性格便是如此，从来不喜欢高调和张扬。

霍烟坐在床上，挠挠脑袋，心说不会是马屁拍到马腿上了吧，只想着要给他惊喜，却忘了惊喜也许会变成惊吓。

傅时寒有时候其实真挺小气，要是谁惹了他，平日里一如往常地交流，但是慢慢地就会发现他的疏离和冷淡。

她委屈巴巴地编辑短信，发送："真的不喜欢吗。"

两分钟后，傅时寒的短信进来。

"笨蛋。"

"唔……"

"霍烟，今年让我最开心的一件事，是你来到我身边。"

霍烟嘻嘻一笑，面颊不自觉有些潮红。

"早点睡吧，晚安。"

她发完这条，赶紧将手机放到枕头下面，用被子盖住脸。

不知道为什么，心跳得那么快。

每年的生日，傅时寒的母亲唐婉芝都会亲自下厨，和用人们一起为儿子准备丰盛的生日宴。

傅时寒的家位于东郊大院，靠山临江，环境清幽静谧，房子是较为老式

的三层别院。

小时候霍烟最喜欢来傅家的房子里玩捉迷藏,因为房子很大很大,有很多房间,还有阁楼和地下室,对于小孩子来说,这些房间充满了吸引力和神秘感。

不过霍思暖从来不会在傅家随便玩耍,她很懂事,每次来家里都端得像个小公主一样,礼貌端庄,陪伴在大人的身边,很懂规矩。

跟她比起来,霍烟就像个野丫头。

不过野丫头有野丫头的好处,不用拘束着,想怎么玩就怎么玩,反正也没人管她。可不像姐姐,哪怕饭桌上嘴馋了多吃一块肉,回去都会让母亲念叨好久。

霍烟时常在想,如果让她像姐姐一样讲规矩,她可受不了。

这次生日聚会,傅家来了几位表兄妹,还有小时候大院儿里的玩伴,高中和大学同学,一屋子都是年轻人,彼此间很快就相熟了。

霍思暖正在客厅和傅时寒的表兄妹谈笑聊天,而霍烟则到厨房,帮着傅时寒的母亲唐婉芝做饭打下手。

没想到刚走进去,便看见傅时寒也在。

他穿着一身深色的休闲长衣裤,风格轻松而居家,在学校里鲜少能看到他这般放松的样子。

他站在碗柜前,颔首低眉,一只手拿着长而锋利的刀子,另一只手按着红番茄,骨节修长流畅,手指每一个细微的动作都能牵引着白皙的皮肤之下的经脉流动,拿刀切菜的动作娴熟自然。

几缕柔软的垂刘海悬在额前,侧颜线条不似往常那般凌厉,显出些许柔和之意。

而他的身边站着一位妇人,皮肤白皙,眉目和婉,眸子宛如秋水般盈盈动人,隐约能够看出她年轻之时是何等的绝色美人。

傅时寒眉眼间的神韵,与母亲唐婉芝有几分相似。

唐婉芝见霍烟站在门边偷看,于是微笑着对她招了招手:"烟烟快来,尝尝刚出锅的香酥肉。"

霍烟走过去,挽着乌黑的头发,用筷子夹起了一块金灿灿的酥肉,一口叼住。

"唔,好烫好烫。"

"哪有你这样馋的,不吹一下就吃。"

傅时寒无奈地伸手接过她嘴里叼的半块酥肉,解了她烫嘴的危机。

霍烟吐着舌头,用手扇风:"呼,我饿了嘛。"

傅时寒看着她红润的一点舌尖,宛如猫咪似的,心头不禁生出些许旖旎的遐思。

他轻轻吹了吹手里的半截酥肉,待到温度下去,这才递给霍烟。

第九章

霍烟直接用嘴接过了肉块,咯吱咯吱嚼着,嘴角浮起傻乎乎的微笑。

傅时寒垂眸睨着她,嘴角也不自觉地上扬了。

"好吃吗?"

"好吃!"霍烟连声说,"唐姨的手艺还是那么好。"

唐婉芝笑着说道:"今天的香酥肉是阿寒亲手做的,知道你从小就喜欢吃,他特意跟我学了做呢。"

"唔……"

霍烟望向傅时寒,他正拿着刀切黄瓜,漫不经心地喃道:"吃了我的肉,该说什么?"

霍烟吐吐舌头:"谢谢寒哥哥。"

唐婉芝对霍烟说:"烟烟,你出去和小伙伴们一块儿玩,饭菜马上就做好了。"

霍烟摇摇头:"我是来帮阿姨打下手的。"

见霍烟已经熟练地拿起围裙给自己穿上,她无奈地说道:"那你去阿寒那边,看看他有什么要你做的。"

"好。"

霍烟乖巧地走到傅时寒身边:"寒哥哥,我要做些什么?"

傅时寒偏头睨她一眼,递给她半个已经削皮的黄瓜:"把它吃了。"

"啊?"

"不是说帮忙吗?"

"对啊,我来给你打下手。"

"多削了半根黄瓜,帮我把它吃了。"

他直接将黄瓜塞进了霍烟的嘴里。

霍烟:"……"

她咯吱咯吱,站在傅时寒身边,啃了五分钟的黄瓜。

傅时寒拿了锅铲,倒油下锅,漫不经心地问:"吃完了?"

霍烟囫囵地咽下最后一口:"吃完了。"

"帮我穿围裙。"

"哈?"

傅时寒扬了扬锅铲:"挪不开手,帮我穿。"

霍烟看了看他身上的浅色居家服,于是拿来了围裙,踮起脚来挂在他脖子上。

傅时寒张开手臂,于是霍烟环着他的腰,从前面给他系腰后的带子。

这个姿势,就好像霍烟在环抱他似的。

他身体间有些洗衣粉的清新味道,给人一种特别干净的感觉,霍烟又不动声色地深呼吸。

真好闻。

"好了吗?"他问。

"快好了,我看不见,只能凭感觉。"

"可以绕到后面系,为什么你要用这样的姿势?"

"对哦!"

霍烟一拍脑袋,她可以从后面帮他系裙带,干什么非得从前面环着他,用这样别扭的姿势。

她脸霎时间通红不已,又有些懊恼。

真是笨到家了。

看着她满脸的绯红,傅时寒嘴角勾了一抹似笑非笑:"想占我便宜?"

霍烟这下子连耳垂都烧了起来:"绝对不是!"

知道她脸皮薄,傅时寒也不逗她了,转过身让她给自己系好裙带,然后将蔬菜入了锅,水滴碰到油发出嗞拉嗞拉的爆脆声。

他一边翻转锅铲,另一只手晃了晃霍烟的小脑袋:"这样子蠢下去,将来怎么办,谁敢娶你?"

霍烟不服气地撇撇嘴:"吃你家大米了?"

"如果真的嫁不出去,将来指不定真要来吃我家大米。"

"喊,廉者不受嗟来之食。"霍烟义正词严地说,"我才不会吃你的大米。"

两个人一阵闹腾,插科打诨,唐婉芝走出厨房,回头还见傅时寒揽着霍烟的肩膀推推揉揉。

她知道这俩孩子从小感情要好,小时候倒还说得过去,只是现在,俩人都是大孩子了,再这样亲密下去,将来……只怕要闹出误会。

"小姨,你在想什么呢?"

唐阡陌突然冒出来,吓了唐婉芝一跳:"哎呀,臭丫头,你是孙猴子吗,哪都有你,神出鬼没的。"

唐阡陌嘻嘻一笑:"我这不是看小姨你发呆,想过来吓吓你嘛。"

唐阡陌是傅时寒的表妹,今年刚念大学,是个古灵精怪的丫头。

"小姨你在想什么呢?"

唐婉芝摇摇头:"没什么。"

唐阡陌回头看了看厨房里的傅时寒和霍烟,长长地"哦"了一声:"我知道了,你是在担忧,哥哥和霍烟妹妹的事情。"

"臭丫头。"唐婉芝知道什么也瞒不过这鬼灵精,索性将她拉到窗边,低声说,"你哥和烟烟从小就要好,这也没什么的。"

唐阡陌说道:"小姨,你什么时候见过哥哥对其他女孩那样子开心地笑过?"

唐婉芝回头,透过半掩的厨房门,隐隐约约,也能见傅时寒展平的眉眼,

第九章

勾着宠溺的微笑，看向霍烟的眼神，是那样温柔平和。

"哥哥对谁都冷冰冰的，尤其我们几个兄妹，小时候总被他教训。"唐阡陌嘟了嘟嘴！"就是霍烟妹妹，打小他就牵着她、护着她，还不让我们欺负她，如果霍烟妹妹犯了错，他可比谁都护短呢。"

"他是把霍烟当成自己的妹妹。"

唐阡陌笑了笑："咱们哪一个不是他带了血缘的弟弟妹妹呀，我看他压根就没把霍烟当妹妹，这是当媳妇儿呢！"

唐婉芝吓了一跳，连忙捂住她的嘴，就在这时，霍思暖走过来，对唐婉芝道："阿姨，厨房有什么需要我帮忙的吗？"

"这会儿已经差不多了，你就不用过去了，今天穿着一身漂亮的白裙子，可别弄脏了。"

"那阿姨，我就去楼下招呼时寒的同学们了。"

"你去吧。"

霍思暖和唐阡陌对视一眼，她冲她微笑，而唐阡陌却不屑一顾，并不把她放在眼里。

待霍思暖走后，唐婉芝才说道："你思暖姐姐才是你未来的嫂子，可别乱讲话了。"

唐阡陌哼哼说："哥哥对这个霍思暖不冷不淡的态度，你又不是没看见，而且我们兄妹几个都不喜欢霍思暖，她太装了，要是将来她当了我们的嫂子，想想都觉得难受。"

唐婉芝戳了戳她的脑袋："思暖那是懂礼貌、讲规矩，什么装不装的，你以为谁都跟你们似的，成天在外面野，不知道天高地厚。"

唐阡陌说："你们大人啊，就是喜欢装傻，刚刚霍烟妹妹可是在厨房里忙活大半天，也没见这位思暖姐姐过来问一声，只忙着在楼下跟人交际。现在菜都已经全部上桌了，她才巴巴地跑过来，问厨房有什么要帮忙的。小姨，她们姐妹谁更好，您心里可不跟明镜似的吗？"

"难不成许了姐姐又要妹妹？霍家那边说不过去，而且对思暖也是打击，以后这件事情，就不要再说了。"唐婉芝叹了一声，"你哥哥朋友那么多，都是好孩子，我会帮霍烟留意好的人家。"

"小姨！"

看着唐婉芝离开的背影，唐阡陌恨铁不成钢地跺了跺脚。

客厅里，霍思暖切好了水果，盛到唐阡陌面前："妹妹，吃水果吗？"

唐阡陌目光落到霍思暖身畔的香奈儿包上，嘴角勾起一抹冷笑，指了指屋子里另外几个女孩，说道："她们是我的姐姐，是有血缘关系的，你是哪门子姐姐，有什么资格叫我妹妹？"

霍思暖脸色有些难看，她知道唐阡陌一贯不喜欢她，不过为了能顺利嫁

入傅家，她必须要和家里的这些姐妹们搞好关系，让她们喜欢她。

"阡陌妹妹，我知道你不喜欢我，可是我真的不知道自己做错了什么，如果我哪里做的不好，你可以告诉我，我改。"

唐阡陌睨她一眼，见她这般低声下气的模样，反而心头更生出了几分厌恶。

"你很想嫁给我哥哥吗？"

霍思暖故作单纯地说："这个不是我想不想的问题，我本来就应该是你哥哥的妻子啊。"

唐阡陌冷笑一声："是吗？可是据我所知，傅家和霍家的婚约，说的是霍家的女儿和傅家的儿子，可没有说一定是你霍思暖。"

霍思暖嘴角的笑容渐渐褪去，她看着唐阡陌，淡淡道："你什么意思？"

"我的意思很明显啊，霍家两个女儿，将来谁嫁给我哥还不一定呢。"

霍思暖的手紧紧攥成了拳头，她沉着嗓子说道："你说那个野丫头吗？她可没有资本和我竞争。"

从小到大，霍思暖享受的都是最好的，整个家庭所有心血倾注在她的身上，霍烟什么都没有，一个傻子，她凭什么和自己竞争！

然而就在这时，唐阡陌突然大喊一声："哥，你什么时候下来的呀，都不吱一声，我正和思暖姐姐聊天呢。她说别人可没有资格和她竞争，好好笑哦，你将来的妻子还是竞争上岗呢。"

霍思暖脸色突然变得煞白不已，全身骨头都僵硬了。

她回头，傅时寒站在她身后，脸色冷沉，目光寒凉。

"哥，我去厨房给小姨帮忙了。"唐阡陌见势不妙，拔腿开溜。

霍思暖望着傅时寒，勉强挤出一个笑意："时寒，我刚刚是开玩笑的。"

"那天的话，我想我应该说得很清楚。"

"我……"

"如果你再这样误会下去，最后难堪的只能是你自己。"

霍思暖还没来得及说话，傅时寒便已经转身离开了。

他的目光甚至都没有在她身上停驻一秒，仿佛她如空气，直接被无视了。

唐阡陌从厨房门口探出一个小脑袋，冲霍思暖摇了摇头。

霍思暖一言不发地走到阳台边，用力掐下了身边一片发财树的叶片，撕得粉碎扔进泥土，脸色低沉得可怕。

一通闷不吭声的发泄之后，她重新展露笑颜，回到了客厅，从容自若地与傅时寒的朋友们聊天，仿佛一切都没有发生过。

霍烟端着一盘刚刚炒好的青菜走出厨房，差点迎面撞上匆匆忙忙的唐阡陌。

"喂，你可慢着点。"霍烟往后退了两步，"臭丫头，来这儿干吗？"

"霍烟妹妹，我刚刚可给你充当马前卒，帮你上阵杀敌了，你得好好感

第九章

谢我。"

"咱俩差不了几个月,你别一口一个霍烟妹妹。"霍烟说着将她偷嘴的狗爪子拍掉,"拿筷子。"

唐阡陌嘻嘻一笑,拿来筷子夹了一块香酥肉,嘴里咯吱咯吱地发出脆响。

"大你一天也是你姐姐,你要不服气的话,嫁给我哥,那我就恭恭敬敬叫你一声嫂子。"

霍烟连忙捂住她的嘴,小心翼翼地看看门外:"吃的还堵不住你的嘴。"

"你怕什么?"唐阡陌耸耸肩,"怕被某些人听到啊。"

"别胡说了,以后要当你嫂子的人不是我。"

唐阡陌嘟嘟嘴,不高兴地说道:"我哥真可怜。"

霍烟心说,他可一点也不可怜,喜欢他的人多了去。

"行了别闹了。"霍烟使唤唐阡陌,"去拿筷子,开饭了。"

"也就你,够胆子使唤我。"唐阡陌数着筷子说道,"你姐还忙着给我削水果呢。"

霍烟"喊"了声:"那你找我姐玩儿去,让她伺候你,别在这儿给我添乱了。"

唐阡陌一把抱住霍烟的胳膊,撒娇说道:"我喜欢你,就要黏着你,将来你要是不给我当嫂子,我就让我哥出家当和尚去。"

"你要谁出家当和尚?"

清凉凉的嗓音自门边响起,霍烟回头,便望见傅时寒斜倚在门边,漂亮的桃花眼微微上挑,睨着二人。

唐阡陌嘻嘻一笑,说道:"哥,你想不想娶霍烟当媳妇?"

霍烟还在想他有没有听到她们讲话呢,没想到唐阡陌竟然直接问出来了,这太尴尬了!

她连忙将她推出去:"你这丫头,坏透了。"

唐阡陌出去的时候,还没忘帮他们把门关上。

霍烟伸手去按门把手,却被傅时寒挡住,他解下围裙,挂在霍烟身后的钩子上。

霍烟被他的手臂圈着,只能一个劲儿后退,退到了角落里。

此刻,傅时寒与她近距离面面相贴,只感觉周遭气温都要高出几度来,应是他身体的温度。

霍烟不敢看他,目光被迫下移,落到他颈项的位置,衣角斜侧露出一截流畅分明的锁骨,漂亮极了。

霍烟深呼吸,感觉脸上火烧火燎。

"傅时寒,刚刚我们开玩笑,你别放在心上。"

"很喜欢拿我开玩笑?"他用毛巾擦拭着自己修长骨感的指节,漫不经

心地问,"关于我将来娶谁的话题,你们似乎很在意。"

霍烟连连摇头:"没有没有,我一点也不在意!"

反正娶谁都不娶她,她才不在意。

傅时寒那双漂亮的眸子越发深黑,垂下眼睫凝望她,她粉嫩的脸颊像是被樱花瓣染透了一般,一双乌黑的大眼睛左看右看,偏不敢看他。

很紧张。

他心头升起几分滋味,挑眼笑道:"唐阡陌那丫头说的你听到了,你不给我当媳妇,我是要被迫出家的。"

霍烟浅浅淡淡的一抹眉蹙了起来:"可是,谁的话你都不会听,她开玩笑你又何必在意。"

傅时寒轻嗤了一声,压低了身形与她平视,两个人面面相贴,他伸出手,捏住了她鹅蛋尖的下颌。

霍烟目光胡乱闪烁着,无处安置,只能望着天花板,不敢近距离地看他英俊的五官。

心跳扑通扑通,都快要跳出胸腔了。

他他他……他想干什么!

傅时寒感觉到她紧张的气息,宛如柔风一般,轻轻拍在他的脸上。

他淡笑,眼角微勾,轻佻地问:"你怎么知道,我谁的话都不会听?"

霍烟目光的焦点,终于落在了他眼下那颗淡痣上,她定了定心神,试探地问:"那……你会听我的话吗?"

傅时寒嘴角笑意更甚:"你要试试吗?"

霍烟的心跳超过八百码,再这样下去她估计得休克了!

"我……我下次再试吧!"

她说完推开他的手臂,转身跑出了厨房,跟个兔子似的,"嗖"的一下便没了人影。

望着她离开的背影,傅时寒嘴角淡淡一扬,喃了声:"胆小鬼。"

吃饭的时候,家里的亲戚们与傅时寒的父母坐在一桌,几个年轻的孩子坐外桌,唐婉芝之所以这样安排,也是因为担心和家人在一起,孩子们拘束了,放不开玩闹。

傅时寒自小性子冷清,正需要和朋友们在一起热闹热闹。这也正是唐婉芝格外喜欢霍烟的缘故,儿子只有跟这丫头在一起,平日里紧绷的神经才会松懈下来,展露笑颜。

霍烟一股子憨傻的劲儿,天真又率性。而霍思暖则完全不一样,她心思沉,眼睛里透着聪明伶俐,虽然明面上听话又懂事,但是唐婉芝这把年纪也算阅人无数,还能看不懂区区一个小女孩的心思吗?

| 第九章 |

　　霍思暖每次来家里的讨好和奉承，规矩和端庄，都是为了讨她的欢心，却独独失了一份真心真意，让人觉着不舒服。
　　唐婉芝竟然真的开始琢磨唐阡陌的话，霍傅两家的确是有长辈们订下的婚约，可是霍家两个女儿，却没有说一定要是霍思暖。
　　可是……这么多年了，虽然没有明说，但两家早有默契，霍家未来的媳妇就是霍思暖。
　　贸然改变，恐怕……不大合适，对孩子的伤害也很大。
　　唐婉芝真是有些犯愁了，决定暂时搁置，将来孩子们自有造化，她不需要操这么多的心。更何况，傅时寒有自己的主见，他想娶谁，不想娶谁，也不是父母能够左右的。
　　吃饭的时候，傅时寒坐在霍烟的正对面，男生一边，女生一边，可谓是泾渭分明。
　　沈遇然本来提议，男生女生岔开坐，这样大家伙也好相互认识了解。
　　不过没有一个人动弹，他只能尴尬地笑了笑。
　　霍思暖很会暖场，说着学校的趣事儿，很快就把氛围给带动了起来。
　　霍烟看着她，她笑容盈面，落落大方，好像跟傅时寒的朋友都很熟悉似的，和谁都能聊到一块儿去。
　　姐姐的交际能力很强，霍烟扪心自问，自己便做不到这样。
　　优秀的人无论什么时候，都是闪光的呀。
　　她看看霍思暖，又看了看傅时寒，顿时觉得两个人郎才女貌，非常相配。
　　可是不知道为什么，这个想法让她心里隐隐有些不舒服。
　　就在这时，突然感觉脚尖被人碰了碰，她挪开脚，不一会儿，又有人踢了踢她的脚背。
　　她望向桌下，发现那不安分的大长腿的主人，正是正对面的傅时寒。
　　傅时寒此刻正挑着眼角凝望她，那双深褐色的瞳眸仿佛洞穿了她的心思似的。
　　霍烟脱了鞋，穿棉袜的脚趾头捻住傅时寒的脚背，用力踩了踩，以示警告。
　　傅时寒嘴角扬起一抹清浅的笑意。
　　沈遇然注意到俩人目光的交流，笑说："寒总，你一个人傻乐什么呢？"
　　"你们对我说了那么多句生日快乐，所以我不能乐一下？"
　　他难得地说了句俏皮话，看起来似乎心情真的很不错。
　　霍烟不和他闹了，一个人闷声吃饭。
　　反正这桌上男生女生的话题，她都插不进去嘴，索性以填饱肚子为最高使命，桌上的每一样菜，她都要尝个遍。
　　傅时寒面前的糖醋排骨，她觊觎了好久，只可惜距离太远，够不到。
　　于是霍烟站起身，将筷子伸过去夹菜。

霍思暖脸色一变，略觉得有些丢脸，低声说道："哪里就馋着你了？"

霍烟闻言，筷子连忙缩了回去。

霍思暖感觉有些尴尬，毕竟在座的都是傅时寒的朋友，还有不少家里的兄弟姐妹。

刚刚霍烟只顾着埋头吃饭，一句话也不说，本来就让霍思暖面子挂不住，好像她们霍家就是饿死鬼投胎，吃不饱饭似的。

她给了霍烟好几个警示的眼神，没想到这丫头居然变本加厉，还要站起来夹菜。

霍思暖实在忍不住，终于出言提醒了，希望她能收敛收敛。

霍烟有些窘迫，讪讪地坐下来，搁置了筷子，准备缓一缓再吃。

霍思暖冲一桌子人尴尬地笑了笑，说道："我妹妹就是这样，不懂事……"

就在这时，傅时寒手里的筷子夹起面前的糖醋排骨，伸长手臂，放在了霍烟的碗里。

排骨轻轻落下。

一时间，全桌静寂，就连一直在说话的沈遇然，这时候都安静下来了，颇有深意地看着傅时寒。

他竟然亲自给霍烟夹菜。

谁都知道，傅时寒有轻微的洁癖，饭桌之上，从来不会给任何人夹菜，并且也最讨厌别人给他夹菜。

在霍烟被霍思暖斥责之后，他给霍烟夹菜，这相当于是公然打了霍思暖的脸。

桌上的气氛发生些许微妙的变化，众人看破不说破，都为霍思暖感到尴尬。

偏偏这时候，唐阡陌突然开口说道："咱们这是家宴，在座都是家里的兄弟姐妹和哥哥的朋友，哥哥喜欢轻松自在的氛围，某些人扮成淑女交际花，跟咱们也不是一个画风啊。"

果不其然，这会儿再看整个圆桌之上，大家穿的都是非常休闲日常的便装，只有霍思暖，精心打扮，穿的是价值不菲的小礼服短裙，脖子上还悬着璀璨闪亮的项链。

霍思暖平日里跟崔佳琪她们那群富家小姐在一起，习惯了这种风格，这次傅时寒的生日，她肯定是要精心打扮一番的。

然而到了宅子才发现，大家都很随意，好像只有自己一人盛装出席。

现在被唐阡陌当众点出来，她的脸色变得很难看，放下了筷子，不再吃东西。

唐阡陌天真无邪地问道："思暖姐姐，你吃饱了吗？"

"我已经吃饱了。"霍思暖保持着礼貌得体的微笑。

"可一定要吃饱，你这么瘦，千万不要减肥。"说话间，她又夹了一块

第九章

鸡腿放进霍烟的碗里,"你看霍烟妹妹,食欲多好,身体也是棒棒的。"

霍思暖眼角勾起一抹冷意:"是啊,她食量大,总是吃不饱,不过没办法,我要跳芭蕾嘛,还是要学会控制自己的食欲和身材,她就无所谓了,想吃多少就吃多少,真让人羡慕。"

霍烟眼观鼻,鼻观心,假装什么也听不见,不去反驳。

纵使她反应稍显迟钝,也能够看得出来,唐阡陌和霍思暖两个人之间的针尖对麦芒的交锋,连带着她也跟着被误伤。

民以食为天,食量大又怎么了,她只是想填饱肚子而已。

她略有些不服气地撇撇嘴。

不过霍思暖的身材真的很好,前凸后翘,让人羡慕。和她比起来,略有些微胖的唐阡陌,身材就差了许多。

"阡陌啊,你是不是又胖了?"霍思暖扳回一局,乘胜追击,"女孩子胖了真的不好看,你连男朋友都没交呢,还是多注意注意,可别像小时候一样,跟个大胃王似的,多不得体呀。"

戳中唐阡陌的软肋,她闷哼道:"我交没交男朋友,胖不胖,跟你有什么关系,我自己开心就好了。"

霍思暖嫣然一笑:"学会管理自己的身体,就是在为自己的未来筹谋。"她看了看傅时寒,抿嘴浅笑,"妹妹,我也是为了你好啊,哪个女人不想将来有个好归宿。"

"所以你管理自己的身体、减肥、跳芭蕾,都是为了要嫁给一个好男人喽?"唐阡陌冷嘲道,"志向真远大啊。"

"阡陌妹妹,我也是为了你好,你怎么能这么说话呢。"

却没想到这时候,傅时寒却突然开口:"既然吃饱了就下桌,不要影响其他人吃饭。"

此言一出,满桌再一次陷入了死一般的寂静,虽然没有点名霍思暖,但是大家伙心知肚明。

傅时寒,这是在下逐客令了!

霍思暖孤零零一个人坐在客厅沙发上,听着饭桌上不时传来的欢言笑语声,仿佛自己是最多余的那一个。

她的手紧紧攥着衣袖,心里的毒蛇吐着信子。望着霍烟的时候,脸色越发阴沉难看。

尝过嫉妒的滋味,人会变得丑陋不堪。

不过这样阴郁的表情只是转瞬即逝,等到众人吃过晚饭回到客厅的时候,她的脸上重新挂起了得体的笑容。

"你还没走呢?"

在众人叫嚣着要拆礼物的时候,唐阡陌低声对霍思暖说道:"这样都不走,

有些人脸皮可真够厚的。"

霍思暖嘴角微扬:"他还没看到我送的礼物呢,我为什么要走?"

唐阡陌不满地哼了声:"什么大礼啊,神秘兮兮的。"

霍思暖嘴角扬了扬,不再理会她。

客厅的茶几上,摆满了各式各样的包装礼盒,正中间放置着一个圆形的巧克力蛋糕,蛋糕上面插着细长的彩色小蜡烛。

傅时寒的眉毛拧成了山丘,几次想起身,都被沈遇然按住。

"过生日就得有过生日的样子。"沈遇然将纸做的皇冠戴在了傅时寒的头上。

傅时寒单手摘了下来,淡淡道:"什么蠢帽子。"

"你可是寿星,不能拒绝。"沈遇然拿着纸冠还想给傅时寒戴上,结果被傅时寒凌厉的眼神给堵了回去。

沈遇然收回手,嘟哝着:"不戴就不戴吧,凶什么凶。"

他手里的纸冠被霍烟顺手接了过去,霍烟在自己的脑袋上比了比,然后直接扣在傅时寒的头上。

"我觉得挺有趣的。"霍烟拿出了手机准备拍照,"你不戴纸冠,谁知道你是寿星呀。"

傅时寒那双深褐色的瞳子往斜上方偏了偏,望着自己脑袋上的纸冠,脸色瞬间沉了下去。

傅时寒品貌端正,人前更是沉稳持重,从来不会搞怪,做自损形象的事。

所有人都以为他会发脾气摘了这纸冠。

然而不承想,傅时寒看着霍烟的手机镜头,脸色似有无奈,竟然也默许了她对着他拍照。

"好了没?"他没什么耐心,似乎很不情愿戴着这玩意儿。

"笑一下呀。"

霍烟偏了偏脑袋,皱着眉头望着傅时寒:"过生日应该开心,总是沉着一张脸,像欠了你钱似的。"

傅时寒被她这一记歪头杀给直戳了心脏,看着她微蹙的细长眉毛,粉嘟嘟的嘴唇,瞬间感觉心花怒放。

不自觉的,脸色便缓和了下去,一双漂亮的桃花眼微微勾了起来,冲着霍烟的镜头,皓齿轻启,抿出一道风清云淡的浅笑。

"咔嚓"一声,霍烟按下了快门,定格傅时寒这一道堪称绝色的完美微笑。

众人纷纷拿出手机对着傅时寒拍照,然而他再也不肯给面子,脸上流露出不耐的神色:"差不多得了。"

"大哥,凭什么霍烟让你笑你就笑,轮到咱们了,你就区别对待?"唐

第九章

阡陌噘着嘴，"一点都不公平。"

傅时寒摘下纸冠扣在霍烟的脑袋上，望向唐阡陌："不服气？"

"当然不服气。"

"不服忍着。"

傅时寒干脆利落，懒得和这小丫头废话。

"你……偏心得有点过分了啊，咱可是带血缘的表亲，你不疼，偏疼霍烟妹妹，打小就这样。"唐阡陌跺跺脚，却笑着说，"大哥，能给个理由让咱们几个兄弟姊妹服气吗？"

傅时寒直接将霍烟拉到自己身边坐着，又给她端端正正地戴好了纸冠，仿佛她才是小寿星似的，满眼尽是宠溺之色。

霍烟也没反抗，乖乖坐在他身边，一双乌黑透亮的眸子里透着无害的神情。

"打小一块儿长大，你们看她老实，欺负她多少次。"傅时寒拿出了作为兄长的腔调，"我若不多护着她一些，还不让你们这帮狼崽子给生吞活剥了？"

傅时寒说的倒是实话，傅家一帮兄弟姊妹，打小就没一个省心的，厮玩在一处，能把天都戳个窟窿来。

霍烟打小就憨态老实，遇上这帮家伙，总是被欺负捉弄，不过每次总有傅时寒，宛如兄长一般护着她。

有一次霍家姐妹在傅家过暑假，以唐阡陌为首的几个顽皮小子，夜间偷偷将捉来的蝉虫喂进霍烟被窝里，蝉虫嘶鸣，吓得霍烟从床上跳起来，鞋都来不及穿，光着脚丫子跑到傅时寒房间，一把鼻涕一把眼泪，抱着他的手臂不肯松开，吓得瑟瑟发抖。

那时候的傅时寒清高自傲，对谁都是冷心冷情，却独独将这丫头当成亲妹妹一般对待，满心怜爱。

霍烟不敢再回自己的房间，傅时寒索性便留了她在自己的大床上，陪着她睡着以后，他便拿了毯子去了客厅沙发上将就一夜。

第二天早上天还没亮，家里几个表亲姊妹便被他揪了起来排队站军姿。当着霍烟的面，每个人鼻梁上都爬了一只蝉虫，直到逗笑了她，这才罢休。

自那以后，表亲们便不再欺负这傻愣愣的小妹妹，知道她是被大哥照顾着，借他们十个胆子也不敢再碰她。

不过大家喜欢霍烟也是真的，她性格爽朗又耿直，没什么心眼，和她相处，总是感觉很轻松。

所以不仅傅时寒照顾着霍烟，就连傅家这几个浑天浑地的少爷小姐，都是顾着她的，所以在学校里，霍烟倒是没受过半点欺负。

这一晃便是十多年过去了。

"吹蜡烛。"傅时寒推了推霍烟的肩膀,打断了她的思绪。

她不明所以地眨眨眼。

傅时寒将蛋糕推到她面前,柔声道:"帮我吹蜡烛。"

"你是寿星,应该是你吹啊。"霍烟坚持道,"怎么能让别人代劳。"

"我是成年人,你是小破孩儿,机会让给你。"傅时寒说得理所当然,毫不羞耻。

霍烟拧起了眉头:"什么我就小破孩儿了……"

"霍烟妹妹,大哥都把许愿的机会让给你了,你不吹我就吹啦。"唐阡陌凑过来煞有介事地说道,"大哥运气向来很好,小时候算命先生都说,大哥是求仁得仁的天命贵子,生日许愿的机会千载难逢,超级灵验的,你若不要,就给我呗!"

傅时寒伸出白皙修长的指尖,推开了唐阡陌凑过来的脸,寡淡的眸子睨向霍烟,淡淡道:"送你一个心愿。"

"真的这么灵验吗?"

霍烟还有些怀疑,不过看着面前蜡油都快要烧尽了,她索性双手合十在胸前,虔诚地许下心愿——

"希望今年能拿奖学金!"

霍烟鼓着腮帮子,吹灭了全部的蜡烛。

"哇,你这心愿,许得也太浪费了吧,拿奖学金,你还不如许愿买彩票中奖五百万呢。"唐阡陌看上去似乎颇为惋惜。

霍烟撇撇嘴,说道:"彩票中奖根本就是虚无缥缈的事情,不如奖学金实在。"

她无意间回头,撞进了傅时寒深邃幽远的眸子,他就这样睨着她,不知看了多久。

霍烟感觉脸颊烫烫的。

几个兄弟姊妹闹腾着要吃蛋糕,傅时寒拿着刀叉,将最大的一块带了巧克力奶油和水果的蛋糕放进了霍烟的小盘里,剩下的便由他们瓜分了。

霍烟看到这一块儿带了水果的蛋糕,眼睛都亮了,她最喜欢吃甜点,丝丝甜味在舌尖蔓延的感觉,幸福极了。

傅时寒满足地看着她吃得一张小嘴全花了,拿着纸巾,一边给她擦嘴,还一边嫌弃:"弄得跟个花猫似的,还真是小破孩儿。"

霍烟才懒得理他,美滋滋地吃完了这块甜美的小蛋糕,还意犹未尽地咂咂嘴。

……

整个庆生的全过程,霍思暖独自一人坐在沙发的边缘角落,众人瓜分蛋糕,

第九章

她也没有参与，有家里的姐妹好心递来一块蛋糕，她推辞说自己要减肥，不吃这些甜腻的食物。

吃过蛋糕，众人兴奋地要傅时寒拆礼物。傅时寒也不想扫众人的兴致，索性坐在桌前，拿起手边最近的礼盒，拆开。

第一份礼物是向南送的，一个能测心率体能的运动腕表。

向南建议傅时寒，每天最好是记录自己行走的步数、消耗的卡路里，还有睡眠质量，监控自己的身体健康状况。

傅时寒知道他是数据控，不管做什么都是井井有条，上次傅时寒借用他的电脑，无意中发现一个名叫"合理释放过剩精力周期表－向南"的 excel 表格，他握鼠标的手都抖了抖。

"我在这块表里加了新的特殊功能。"向南拿着手表，一本正经地要给傅时寒演示，"就是在你进行特殊运动的时候打开，就可以记录你的体能消耗，然后自动生成表格……"

"谢了。"傅时寒拍了拍向南的肩膀，打断了他，"这里还有几个儿童，有什么话回学校再说。"

被视作儿童的霍烟，正饶有趣味地把弄着向南改造的这一款腕表，完全没听懂两个人在讲什么。

向南也拍了拍傅时寒的肩膀，一本正经地说："不用谢。"

沈遇然送的礼物是一款 psp 游戏机，而许明意则画了一张平安符送给傅时寒，他自己说是经过了自己开光，对着它念了一夜观音心经，肯定能保佑傅时寒平平安安。

到底有没有开光傅时寒不知道，但是昨天晚上他的确是听到许明意叨叨叨地蚊子叫了一夜。

傅时寒将平安符放进包里，淡淡一笑："谢了，老二。"

许明意："善哉善哉。"

霍思暖冷眼瞥了瞥许明意，显然很是不屑一顾。唐阡陌看懂了霍思暖的神情，低声说道："有句话叫礼轻情意重，你没听过吗？"

"如果没钱送不出手，我宁愿不送。"霍思暖同样小声说道，"拿这种东西出来寒碜人，也不怕闹笑话，也亏得时寒不计较。"

唐阡陌斜眼睨着她："你又准备了多贵重的礼物呢？"

霍思暖脸上绽开了笑意，将自己的礼盒推到傅时寒面前："时寒，你看看，喜欢吗？"

傅时寒一眼便瞥见了那黑色礼盒上的字母。

他虽然很少用奢侈品，但也知道这个牌子的档次。霍思暖选在看了许明意送出礼物之后才将这么贵重的礼物拿出来，用意其实很明显了。

在家里其他人的礼物对比之下，她的礼物或许不是那么起眼，但是许明

意家境贫寒，拿不出什么特别昂贵的礼物，在这样的对比之下，霍思暖的礼物就会显得尤为突出。

现场的气氛一时间有些微妙，就连霍烟都看明白了姐姐的用心。

许明意表情淡淡的，一副大慈大悲普度众生的模样。

而在霍思暖期待的目光之下，傅时寒直接推开了她的礼物，望向面前的霍烟，问道："你的呢？"

突然被点名，霍烟不明所以："什么？"

"你给我的礼物。"

霍烟望望霍思暖，她的脸色顷刻间沉了下去，难看至极。

"没准备？"

"准备了。"霍烟百般无奈，也只能拿出了自己的礼物，一个小小的黑色礼盒，递到傅时寒的手边。

傅时寒薄唇轻抿，勾起一抹淡笑，纤细白皙的指尖熟练地拆开了盒子，露出了里面的一款深褐色皮带。

他表情略微诧异，本以为霍烟还是会像过去一样，要么送他一幅水彩画，要么送个自己手工做的小玩意儿。

没想到……

霍烟忐忑地观察着傅时寒的神情，掌心都起了一层薄汗，看他严肃的神情，别是不喜欢吧。

"哇，今年霍烟妹妹送给哥哥的礼物，和以往很不一样呢。"唐阡陌先叫嚣了起来，"哥，你别再叫人家儿童了，霍烟妹妹也长大了。"

傅时寒眼神漆黑，那双漂亮的桃花眼尾勾起一丝难以捉摸的神情，似温柔又似心疼。

他那葱玉般的指尖摩挲着皮带光滑的表层，淡笑道："是长大了。"

他这一笑，霍烟心里的一块石头终于落地，他喜欢就好。

傅时寒小心翼翼地将盒子重新装好，然后像宝贝似的兜在自己面前，才后去拆别的礼物。

而霍思暖立刻说道："时寒，你还没拆我的礼物呢。"

傅时寒看了看她，又看了看站在不远处脸色严峻的父母，终于还是单手打开了霍思暖的礼盒。

她的礼物，同样是一条皮带。

明眼人都能看得出来，无论是质感还是品牌，这一条都远远地超过了霍烟送的那一条。

唐阡陌故作惊讶地"哇"了一声，说道："思暖姐姐，你和霍烟真是亲姐妹啊，连礼物都送的一样，心有灵犀一点通啊。"

"是啊，我也没想到。"

第九章

霍思暖得意地看了看霍烟，见霍烟紧抿着嘴，一言未发。

唐阡陌又说道："思暖姐姐，你这条皮带肯定很贵吧，至少五位数！"

"也还好啦，我是觉得这个牌子比较配得上时寒。"霍思暖意味深长地笑道，"男生嘛，皮带显品位，哪能随便什么杂牌子都往身上穿呢。"

同样的礼物这样子一对比，霍烟的那条皮带明显相形见绌。

听到唐阡陌的话，霍烟的脸色顷刻间铁青不已，望了望那条皮带，又看了看霍思暖，手不由得攥紧了拳头。

不是因为霍思暖说的这番话，而是……

她终于明白了为什么母亲要典当奶奶留下的手表！

"我觉得这条皮带很配时寒的气质，你们觉得呢？"霍思暖问周围的几人。

大家伙脸色不一，许明意嘴角微勾，笑而不语，向南没有说话，而沈遇然也只是尴尬地笑着。

傅时寒沉默地将盒子盖上，食指和中指将盒子推到了霍思暖身前，淡淡开口："谢谢，但是我不能收。"

霍思暖脸色瞬间垮了下来，大惊失色地问道："为什么？"

傅时寒垂压下细密的眼睫毛望了望霍思暖，深褐色的眼眸宛如冰一般冷冽刺骨。

"太过贵重，受之不起。"

他面无表情地扬了扬手里的盒子："而且，同样的礼物，已经有一份了。"

傅时寒为人处世一贯保持"君子之交淡如水"的姿态，谦和有礼，很少会让人下不来台。

可这一次，他竟然当众拒绝了霍思暖送出去的生日礼物，基本可以说是让她颜面扫地。

虽然给出的理由是礼物过于贵重，可是之前几位表兄送出来的礼物，哪一件便宜了？他还不是欣然接受，可偏偏是霍思暖送的，他不接受。

众人不明白缘由，而霍思暖眼睛已经红了一圈，强忍着不让眼泪掉下来。

这时候，傅时寒的母亲唐婉芝女士走过来："时寒，思暖送你的礼物是她的一片心意，快收下。"

傅时寒平日里很听母亲的话，众人心想她若是开口了，傅时寒无论如何都会收下这份礼物。

然而傅时寒却摇了摇头，还是之前的那句话，过于贵重，受之不起。

唐婉芝了解儿子的倔强，既然他已经当众拒绝了两遍，说明他已经铁了心，无论如何都不会接受这份礼物。

她只好转过身来安慰霍思暖："暖暖啊，这份礼物的确太贵重了，时寒不好收下，阿姨代他谢谢你的心意了。"

霍思暖的指甲死卡在那份黑色的礼盒上，指甲盖都泛了白，可见她是何

等用力。

"没关系。"霍思暖说话的时候，嘴唇都在颤抖，"没关系的，一点也不贵，也才两万块而已，我只是觉得这样的东西能配得上时寒哥，既然他不喜欢，就算了。"

她小心翼翼地维护着自己的尊严，不想被别人看轻，也不想让周围的伙伴们看不起。

同样贵重的礼物，别人送的他就能接受，可是霍思暖送的，他便不接受，还说什么受之不起。

他显然是在给她难堪，显然是看不起她的家庭……

霍思暖闭上眼睛，深呼吸，让自己的情绪平静下来。然而就在这时，手里的礼盒突然被人夺走，霍思暖猛然睁眼，却发现礼盒被霍烟攥在了手里。

"你干什么？"

霍烟死死盯着霍思暖，拿着礼盒的手微微抖动着："两万块，一点都不贵？"

霍思暖心想不妙，斥责道："霍烟，你别胡闹，把东西给我。"

她上前一步想要夺走霍烟手里的盒子，霍烟却退后一步，避开了她。

"这是你问父母要钱买的？"霍烟狠狠地瞪着她，沉声质问，"花了两万块？"

霍思暖心想不妙，不明白一贯懦弱无害的霍烟，为什么会突然用那种眼神看她。

"霍思暖，你会不会太过分了，爸妈一个月工资才几千块，你让父母给你两万块，就为了给别人送礼物？"霍烟声音有些沙哑，"你知道这钱是怎么来的吗？"

霍思暖脸色一下子就挂不住了，她在朋友面前小心翼翼地维护着自己的自尊，从来不会提及自己父母的工作，更避免聊到自己的家庭，就是不想被人看不起。

而霍烟竟然如此轻而易举，就揭穿了她努力粉饰的一切……

她疯了一般冲霍烟大喊道："我不准你再说了，你给我住嘴！你不要脸，我还要呢！"

她说完不等霍烟反应，抢了她手里的盒子，转身跑出了大门。

唐婉芝担心霍思暖这样情绪激动地跑出去，会出什么事，连忙说道："时寒，你快去看看思暖啊。"

然而傅时寒此刻却紧紧拉住了霍烟纤细的手腕，满心满眼都是她，低声安抚着，试图让她情绪平复下来，哪里还管得了别人。

唐婉芝见状，心下明白了几分，又急忙招呼几个表兄弟去追霍思暖。

她一离开，唐阡陌立刻便又闹腾了起来："哎哎哎，今天可是大表哥的

第九章

生日,不要为了个别人闹得不愉快,来来,大家继续玩儿。"

唐婉芝对傅时寒说道:"儿子,你跟我来一下书房。"

霍烟担忧地看着傅时寒。

他跟着母亲上了二楼书房,起身的时候还轻轻拍了拍霍烟的后脑勺,垂眸给她一个放心的眼神。

二十分钟后,傅时寒从书房出来,朋友们都在客厅玩游戏机,却独独没了霍烟的踪影。傅时寒在二楼兜了一圈,在自己的房间里找到了她。

她盘着腿,独自坐在飘窗边,太阳透过米色的窗帘射入屋内,将窗边的她整个人镀上一层柔光。

纤长而浅淡的眉头紧紧地皱着,眼睫毛浓密弯翘,丰厚的唇如粉淡的樱花瓣。

她弓着身子,手里握着那款老旧的劳力士手表。

傅时寒无声无息地走过去,坐在她身边的飘窗台边,目光似轻盈的风,扫过她手中的表,又落到她紧蹙的眉心。

他伸手揉了揉她的额头,直至她展平眉心。

"那份礼物,是你兼职赚来的钱买的?"他出声问道。

霍烟知道肯定瞒不过傅时寒,他那么聪明,不用想都应该知道了,更何况,现在每天晚上苏莞都和许明意微信聊天,她有什么小秘密都让苏莞给抖搂出去了。

于是霍烟点了点头。

"兼职的目的,也是为了这个?"

"对。"她全盘托出,"是觉得你都已经是大人了,我也不应该还像个小孩子,送你一些上不了台面的东西。"

傅时寒嘴角抿了抿,走到自己的书桌前,拉开柜子倒数第二层的抽屉,喃了声:"过来看看我的宝物。"

霍烟好奇地将脑袋探过去。

最下层压着好几页的简笔画纸,还有她亲手叠的立体贺卡,画纸上面躺着一个简易的稻草人娃娃,另外粘着七零八碎的小玩意儿。

满满一柜子,是她在他每一年生日的时候,送给他的生日礼物。

傅时寒望向它们,眸子里带着某种深刻的柔软。

"你全都留着?"

霍烟惊讶不已,她以为这些小东西早就已经不在了呢,毕竟每次收到礼物的时候,傅时寒总要冷言冷语地嫌弃一番,说也就只有她还会送这些自己做的小玩意儿。

霍烟总觉得他似乎并不珍惜在意这些小物件,可是她又实在没有能力像他的朋友一样,送他游戏机、棒球帽或者年轻人喜欢的数码产品。

今年的礼物，已经是她力所能及的范围内，能给他最好的了。

"你送的礼物，不需要上什么台面，都在这里。"傅时寒牵着她的手，重重地击了击左边的胸膛。

都在他的心里。

霍烟莫名地脸红了一下。

傅时寒重新关上柜门，对霍烟说道："现在知道了？"

霍烟吐吐舌头："知道了。"

傅时寒淡淡一笑，扬了扬手里的礼盒："不过……今年的礼物分量极重，所以我思来想去，总觉得应该要补偿你一些什么。"

"不用啦。"霍烟摆摆手，"没关系我……"

她话音未落，便被傅时寒揽着撞进了他的怀中，生生将她剩下的话给堵在了喉咙里。

"一个拥抱好不好。"

傅时寒单手按着她的后脑勺，将她按在自己胸膛里，霍烟的脸蛋隔着一层薄薄的衬衣布料，紧贴着他的皮肤。

她甚至能听到他蓬勃跳动的心声，那样鲜活而热烈。

霍烟脑子开始充血，手紧紧攥住了他腰侧的衬衣，按出些许褶皱。

傅时寒的这一个拥抱似乎用尽了全力，似乎要将她绞进自己的身体里似的。

霍烟轻轻咳嗽了一下，咕咕哝哝说："要……喘不过气了。"

傅时寒这才放开了她，两个人在飘窗边坐了会儿，气氛突然变得有些奇怪，于是他伸手弹了弹她的额头，教训道："以后没我的同意，不准轻易花钱。"

"不会了。"霍烟捂了捂自己的额头，"一年就这一次，将来我能赚很多钱了，再给你买更好的礼物。"

傅时寒嘴角有笑意晕染开来："你很喜欢送我礼物？"

霍烟嘻嘻一笑，拍着他的肩膀："你对我好，我就会对你更好，绝对不让你吃亏。"

傅时寒低头，看着她那双清亮亮的眸子，伸手扯了扯她的马尾辫儿，喃了声："傻丫头。"

"阿姨跟你说什么，有责怪你吗？"霍烟刚想起来，连忙问道。

"还是那些话，说我应当对你姐好一些，不应当着这么多人的面，让她难堪。"

霍烟又问："那你怎么说？"

"你猜我会怎么说。"

"我猜不到。"霍烟老实回答。

傅时寒很少忤逆家人，但是很多事情上他也有自己的原则要坚守。

| 第九章 |

"我跟她说，没有什么应当不应当，对一个人好，是发自内心的。"傅时寒垂着眸子，长而浓密的睫毛盖住了眼睑。

他认真地看着她，眼中闪着光："在这个世界上，我只会对一个女人好，那便是我的妻子。"

霍烟赞许地点了点头，又连忙说道："阿姨肯定会说，你将来娶了我姐姐，她就是你的妻子。"

傅时寒嗓音微扬，微笑道："所以我也告诉她，如若一定要娶霍家的女儿，那个人应该是……"

然而他话还没说出口，唐阡陌突然砰砰砰敲了门："哥，快下去帮帮我，沈遇然那个混蛋，赢了我好几局了！"

傅时寒翻了个白眼，趿着凉拖，起身走去开了门。

唐阡陌小脑袋钻进房间，看看傅时寒，又看了看霍烟，黑眼珠子转了转，压低声音："我是不是……打扰你们了？"

"你说呢？"

"我错了哥！"唐阡陌连声道歉，"不过既然都已经被打扰了，那你就好人做到底，帮我跟沈遇然来一局，我们输了打耳光的，他扇了我好几巴掌了，你要帮我报仇！"

傅时寒脸上堆满了嫌弃，恐怕也只有唐阡陌和沈遇然这俩人，能想得出来这种玩法。

唐阡陌又冲身后的霍烟喊道："霍烟妹妹，要不要一块儿玩啊！很刺激的！哎哎！"

傅时寒揪着唐阡陌的衣领，将她拎了起来，调子微扬："不想活了？"

/ 第十章 /

晚上,霍烟在宿舍楼下等了约莫半个小时,霍思暖才姗姗来迟。

她换了一套崭新的阔领半身裙,重新化了妆,丝毫不见今天在生日会上的狼狈之态。

她睨着霍烟,神情倨傲:"你还有脸来找我?"

这一次,霍烟不再如过往那般唯唯诺诺,她直视霍思暖的眼睛,说道:"你给傅时寒买生日礼物的钱,是爸爸典当了奶奶留下来的手表才换来的!"

霍思暖脸色微微一变,显然也知道那块手表的珍贵。

那是奶奶年迈神志不清之时的唯一的精神寄托。

不过霍思暖绷着面子,讪讪说道:"一块破表而已,早就不值钱了,当了就当了,有什么了不起的。"

"对于你而言,什么都没有傅时寒重要,对吗?"霍烟目不转睛地盯着她,"奶奶临终之时的嘱托也可以抛之脑后,你忘了奶奶以前是怎么对咱们的?"

"我没忘。"霍思暖打断了她,高声说道,"正是因为我没忘,所以我才要嫁给傅时寒,这是爷爷奶奶为我许下的婚约,我必须遵从。"

"为了嫁给傅时寒,你看看你现在变成了什么样子。"霍烟终于把一直以来憋在心底的话说了出来,"你简直就是我们家的蛀虫,为了你的面子,吸干了我们的家庭!"

"不服气是吗?"霍思暖看着霍烟,冷笑道,"我知道,从小到大你积攒了不少怨气,你嫉妒我,憎恨我,因为我比你聪明,比你漂亮,也比你懂事,父母把最好的都给我了,你什么也没有,所以你心里憋着一口气,早就想跟我发泄了,今天是个好机会,当着那么多人,你让我出丑,狠狠地报复了我一把,是不是很开心?"

霍烟的手紧紧攥成了拳头:"我只是心痛,小时候那个温柔可人的姐姐,现在变成了一个刁蛮任性甚至不讲道理的女孩子。"

"伪装成大人眼中乖巧懂事的好孩子,你知道有多累吗?"霍思暖那精致浓艳的面容带着狰狞的神色,"为了讨他们的欢心,我想方设法卖乖抖机灵,我努力所做的一切都是为了我的将来,我不会让你轻易把它夺走。"

"我来这里不是为了和你纠缠这个。"霍烟满心失望,不想再浪费时间,"既然礼物没有送出去,你把货退了,用这钱换回奶奶的手表。"

她没有说手表已经被傅时寒赎了回来,如若说了,不知道霍思暖还会闹

第十章

出什么事来。

她只是想拿到那笔典当费,还给傅时寒。

"不可能!"

没承想霍思暖竟然一口拒绝了霍烟,半点犹豫都没有。

"为什么?"霍烟大惑不解,"你买的那条皮带……"

"是,那条皮带已经被傅时寒拒收了,可那又怎样?"霍思暖提及此事便来气,"我霍思暖买的东西,从来不会退货!"

"可是奶奶的表……"

"别再跟我提表的事了。"霍思暖眼角微微颤动着,沉声说道,"不过是一块旧表而已,奶奶去世了什么都不知道,根本没必要耿耿于怀。"

她说完转身要走。

霍烟紧紧攥着拳头的手突然松开,高声叫住她:"我不会让你如愿以偿的。"

"你说什么?"霍思暖微微展眉,不明白霍烟的意思。

"从小到大,你明明拥有最好的一切,可是你总是不满足,想要更好的……"

"这有什么错,人往高处走,水往低处流,我不想被我的家庭牵绊,这有什么错!"霍思暖嘶声质问。

"有错!"

霍烟死死盯着她,斩钉截铁地说:"我要让你知道,你做的一切都是错误的,你所认为的那些理所当然,都是错误的!"

"而我……"她指着自己,痛声说道,"我不是蠢材不是笨蛋,我不想永远活在你的光环阴影之下,这个世界上没有什么东西本来就应该属于霍思暖,现在我要夺回属于我的东西。"

霍思暖难以置信地看着她,很难想象,面对自小不公正的待遇,从来一声不吭的霍烟,竟然会说出这样的话。

她一直以为这个妹妹就是蠢笨,就算自己吃了亏也不知道,所以她心安理得地霸占着最优质的资源,一星半点都不愿意分给妹妹。

反正是个笨蛋,什么都不懂,她又有什么好愧疚的。

然而直到此时此刻,看着霍烟那愤怒的眼神,里面分明涌动着不甘与屈辱。霍思暖才反应过来,这个妹妹并非蠢笨,恰恰相反,很多事情她看得分明,只是从不与她相争罢了。

霍思暖皱起眉头,不确定地问:"霍烟,你想与我为敌吗?"

霍烟摇了摇头:"我不会与你为敌,但是我会让你明白,你不是最好的。"

霍思暖明白了她的意思,看来霍小妹是不甘心,想要和她叫板呢。

真是可笑。

她略带嘲讽的语调:"我不是最好的,难道你是吗?"

霍烟紧抿着唇,没有说话。

直到霍思暖摇着脑袋上了楼,霍烟才缓缓开口:"我是不是最好的,你会知道。"

声音低醇,仿佛不是说给她听,而是说给自己听的。

身后突然响起了掌声,苏莞从花园里走了出来,一个劲儿给她鼓掌。

"霍小妹真棒!"苏莞连声说道,"迈出这一步虽然不易,但是我早就看出来了,霍烟,你就是一只潜力股,不鸣则已,一鸣惊人的那种!"

苏莞是霍烟拉来给她壮胆的,别看她刚刚好像表现得特别勇敢,其实心底怕得要死。

她从来没有对姐姐说过那样硬气的话。

霍烟走到苏莞身边,现在感觉腿都是轻飘飘的,特别不真实。

"我刚刚,帅吗?"她忐忑地问苏莞。

苏莞用力拍了拍霍烟的肩膀:"简直酷毙了!说实在的,你姐那副高高在上理所当然的模样,真是太讨厌了,你一定要给她点颜色瞧瞧,我支持你!"

"反正不管怎么样,能把心里憋了这么久的话说出来,已经很痛快了。"

苏莞欣慰地点了点头,而霍烟立刻又很是无奈地说道:"其实我只是来找她要钱的,但是她不给我。"

苏莞眼角微挑,露出一抹坏笑:"想要问她讨账,还不简单?"

几天以后,学校的公众号表白墙的九宫格里,发出了这样一则讨债的信息——

"艺术学院声乐专业的霍思暖,你欠我的两万块钱到底什么时候还,如果你在这周五之前还不还的话,当心我把你抵押借钱的'照片'公之于众,让你出丑。"

这样没头没尾的一则消息,瞬间引爆了公众号的评论区。

"什么!霍思暖居然找人借钱!"

"两万块啊!"

"还说什么照片,难道女神给对方留下了照片抵押?"

"校园裸贷了解一下。"

"我女神会向这种不正规的借贷机构借钱还不还吗?肯定是造谣,大家散了散了。"

"无风不起浪,人家都到这上面催账了,说明霍思暖的确借钱不还……"

"女神形象瞬间崩塌了。"

……

评论区里说什么的都有,霍烟浏览这条消息,抬头问上铺的苏莞:"裸

第十章

贷是什么?"

这条消息的原po主——苏莞清了清嗓子,解释道:"前段时间新闻上经常看见的,女大学生为了借贷拍裸照抵押,我不过借题发挥一下。"

霍烟睁大了眼睛:"会不会……太过分了啊?"

苏莞嘻嘻一笑:"我哪里说她就是裸贷?我就说把她的照片公之于众,又没说是裸照,都是下面的吃瓜群众瞎猜的,跟我可半点关系都没有。"

虽然她这样解释,不过怎么看都是强词夺理,她这样的用语,还加一个引号,明显就是要把同学们带偏,霍烟只能感叹,中文汉字的博大精深。

虽然这样做的确有些太过火,不过是霍思暖不义在先,就别怪霍烟手段激进了。

果不其然,这条消息在发出不到半个小时,霍思暖的电话便打了进来。

霍烟浑身一个激灵,拿着手机不敢接,求助一般看向苏莞。

"接。"苏莞果断地说道,"反正已经撕破脸了,索性就打开天窗说亮话。"

霍烟点点头,接了电话。

"你到底想怎么样?"

电话那端,霍思暖的声音似乎已经气急败坏到不行了:"你赶快……赶快去把那条消息撤了。"

"我把奶奶的表赎回来了,但是问别人借了两万块,我现在要筹钱还给人家,姐,我只能问你要了。"

"霍烟,你疯了是不是?"霍思暖歇斯底里地吼道,"你要赎表,关我什么事!你凭什么问我要钱?"

霍烟定了定心,沉声说道:"这件事因你而起,如果不是你执意要给傅时寒送那么贵的生日礼物,爸爸不会把表典当了,所以,我现在是在要求你,不是恳求你。"

霍思暖威胁道:"你就不怕我把这件事告诉爸妈?"

"我不怕。"

霍烟在说完这三个字以后,心头不知缘何竟然就真的不害怕了。霍思暖除了以父母作为要挟以外,竟然半点都奈何不了她,而父母本来就不是站在霍烟这一边的,所以霍烟根本不在乎他们的想法。

霍思暖不同,她在乎的东西太多了,名誉、面子、在别人心目中的女神形象……所以她漏洞百出,满身破绽,轻而易举就能被人要挟利用。

霍烟看着苏莞递过来的眼神,深呼吸,说道:"霍思暖,我只给你一天的时间,两万块,我撤掉那条消息,否则就不要怪我不念多年姐妹之情,反正……反正光脚的不怕穿鞋的。"

霍烟说完之后主动挂断了电话。

苏莞合拳大喊一声:"霍烟,你太有范儿了,我果然没看错人!"

霍烟看着暗淡下去的手机屏幕,心里也越发有了底。霍思暖表现得越疯狂,她就越冷静,知道自己拿住了霍思暖的七寸。

霍思暖这些年掏空了霍家,用所谓的名包名牌,好不容易立起来的女神人设,她绝对不会任由它毁于一旦。

所以这钱,她一定会还!

果不其然,当天下午霍思暖就将两万块转给了霍烟。

而这件事,算是彻底崩断了两人的姐妹关系。

霍烟并不觉得可惜。霍思暖咎由自取,她早已寒心,姐妹之情不过只是她自己一厢情愿。

收到霍思暖的转账,霍烟片刻没耽搁,尽数转给了傅时寒,并且附上留言:欠债还钱,言而有信!

傅时寒收到短信的时候,正坐在图书馆的书桌边看书,清浅的目光瞥了手机屏幕一眼,嘴角泛起一丝淡淡的笑意。

身边的沈遇然拿着手机,正在刷校园论坛,现在论坛上全在讨论霍思暖校园借贷的事情,就算之前的帖子被删除了,但是这件事却一传十十传百,闹得沸沸扬扬。

"小丫头平时闷不吭声,没想到办起事情来雷厉风行,半点不含糊,这是要大义灭亲的节奏啊!"

傅时寒一边回霍烟的短信,一边漫不经心道:"交了一帮最佳损友,那丫头心思浅,分分钟就被带偏了。"

"挺护犊子啊。"沈遇然笑着说,"不过这件事的确闹得有些过头了,霍思暖这段时间日子恐怕不好过了。"

傅时寒眼睛都没有抬一下,目光凝注在手机屏幕上,快速编辑短信:"快期末考了,多跑跑图书馆,别为了无关紧要的人和事费心思。"

霍烟发来一个吐舌头的表情:"嘻,我知道了。公共课还好说,就是感觉数学有点伤脑筋。"

傅时寒闻言,快速收拾了桌上的课本,放进自己的黑色书包里。

"寒总,说好一块儿复习,你去哪儿?"

"有事。"

傅时寒走出自习室,低头编辑短信:"晚上8点,大学生活动中心门口等我。"

霍烟:"啊,干什么啊?"

傅时寒:"补课。"

霍烟背着小书包,匆匆来到学生活动中心门口。

深秋的校园,路边行人不算太多。

| 第十章 |

短信里说让她过来等着他,于是耿直的霍烟果然提前了几分钟赶到,却发现傅时寒早已经候在大门口了。

他穿着一件单薄的白衬衫,领口随意地敞开了几颗扣子,露出一截修长白皙的脖颈,衣裳的线条被熨烫得平平整整,修饰着他挺拔的腰身,身下两条腿,颀长而平直。

他站在路边,清冷的月光将他的皮肤镀上一层冷白色。他表情疏淡,从容不迫,有一份如月色般干净皎洁的气质。

而当他转身瞥见霍烟的时候,冷峻的轮廓线条顷刻间柔和下来,眼角浮起了一抹温顺的笑意。

霍烟小跑到他面前:"你今天不忙吗?"

"不忙。"

"那我们去哪里?"

傅时寒没说话而是顺手提起了她的双肩背包,带着她走进大学生活动中心。

穿过狭长的通道,来到办公室门前,钥匙拧开了大门。

"啪"的一声,白炽灯亮了起来。

学生会办公室空无一人。

"为什么不去自习室呀?"霍烟问他。

傅时寒将书包放在干净整洁的桌上,修长的指尖拎来黄木色的靠椅,按着霍烟的肩膀让她坐下来。

"最好不要打扰到别人。"

霍烟明白了傅时寒的意思,点点头。

傅时寒自律而严格,肯定不愿意因为自己而影响他人。

霍烟将课本从书包里抽出来,看到桌上的钥匙,又似想到了什么:"学生会的办公室可以用来补课吗?"

傅时寒压着长而浓密的睫毛,睨着她。女孩单纯的眼眸宛如一汪清澈见底的泉水,小心思无处遁藏。

傅时寒反问道:"你说呢?"

"哇,那今天主席是给我开小灶了?"霍烟嘴角扬起促狭的笑意,看着他,"这算不算以公谋私呀?"

他毫不掩饰,坦坦荡荡地说:"算。"

没想到傅时寒竟然大大方方地承认了,霍烟有些惊讶:"你平时不都是满口大道理的吗?"

她还以为他又会拿出一套让她心服口服的说辞呢。

"这是事实。"傅时寒捡起薄薄的草稿本,顺手敲在霍烟的脑袋上,调子微扬,"今天这私,我还谋定了。"

霍烟看着他理所当然的神情，无言以对。

这男人，生来便仿佛占尽了世间的正义，就算是强词夺理，都能让人心服口服。

傅时寒是相当不错的老师，所有霍烟拿不准的难点，他都能够用十分浅显的话解释给她听，条分缕析，头头是道，给她讲明白。

霍烟平日里便十分刻苦，完全是勤能补拙、笨鸟先飞的类型，很多问题只要傅时寒轻轻一点，她就能够豁然开朗。

傅时寒坐在她身边，看着她认真做题的模样，恍然间又想起了小时候，小时候她也是这样，乖乖趴在他的书桌边，掰着手指头做算术。

九九乘法表总是记不住，她的数学成绩一直不理想，傅时寒便从最基础的知识开始，掰开了揉碎了，慢慢地给她讲解。

他素来不是一个有耐心的男人，可是偏偏这女孩要比其他人迟钝几拍，他不厌其烦地给她讲解，不懂，那便换一个方式接着讲，总要让她明白。

他喜欢看她那充满疑惑的黑色眸子渐渐盛满光亮，他喜欢她恍然大悟的模样，也喜欢她有些傻乎乎的微笑……

霍烟感觉傅时寒似乎停下来了，她好奇地回头，恰逢傅时寒回过神来，身形微微上前："做完了？"

猝不及防间，她的唇轻轻擦过了他下颌冰凉的皮肤。

宛如蜻蜓点水般的轻触，一瞬间便了无痕迹。

傅时寒眯起眼睛，睨着面前的女孩，锋薄的唇挑起一丝微笑。

刚刚那轻微的一触，霍烟似乎并没有放在心上，她又回过头来，继续在草稿纸上演算着题目，嘴里还喃喃着方程式。

当然，她更没有察觉到身畔这男人，看似平静的外表之下，内心涌动的惊涛骇浪。

如若她知晓此刻他的心跳有多快，大约就不会这样若无其事地做着数学题了。

不过傅时寒并没有打扰她，他只能隐忍和压抑着，生怕惊扰了这瓷娃娃一般的小丫头。

她还太小。

他总是这样对自己说。

"对了，你为什么要帮我补课啊？"霍烟突然出声，打断了傅时寒的沉思。

"某人不是许愿希望能拿奖学金？"

霍烟恍然，原来他还记得她当时许的心愿啊。

"唐阡陌还说你是天命贵子，生日许愿超级灵验。"霍烟撇撇嘴，"原

第十章

来抓我补课,就是你'灵验'的方式呀。"

"你还真信了。"傅时寒敲了敲她的脑袋,轻嗤一声,"与其把希望寄托在这种虚无缥缈的事情,不如多做几个题,考年级第一,名正言顺地拿下奖学金。"

"年级第一?!"

霍烟倒吸一口凉气,暗自心惊,原来傅老师对自己要求这么高啊。

怎么办,她突然想要拔腿开溜了。第一什么的,从小到大她都不敢想。

"不要害怕去尝试。"傅时寒看着她,收敛了笑意,严肃教育道,"想要变得优秀,就应该付出更多的努力。"

霍烟被他真挚的眼神打动了。

的确,她想要向霍思暖、向所有人证明自己也可以很优秀,那么她就要相信自己。

这个世界上没有什么应该不应该,这是她送给霍思暖的话。

霍烟重重点头,一把握住傅时寒的手背:"寒哥哥,我想要考第一,你能帮我吗?"

看着少女那澄澈而清亮的眼眸,傅时寒心头颤了颤。

良久,他平复了内心的悸动和波澜,淡淡一笑:"不然你以为,我现在在做什么?"

霍烟一直学习到晚上十点,傅时寒陪在她身边,拿出自己的专业书看着,她若有不懂的题目便随时向他请教。

宿舍就要闭寝了,傅时寒送霍烟到宿舍楼下。

今夜月辉淡淡,抬头能望见漫天星辰。

两个人并排走在空寂无人的林荫路旁。

"丫头,你将来想要做什么?"傅时寒突然问她。

霍烟费心思考了一下,然后茫然地摇了摇头。

她还没有想过将来要做什么呢。

"你呢,你想要做什么?"

"我想要……"他顿了顿,突然抬起头望向深蓝的夜空,"我想要到那上面去。"

霍烟抬头,见漫天的星辰垂落在他那双漆黑的眼眸里,仿佛落满了整条银河的星辉。

那一刻,她在他的眼眸中看到了某种鹰击长空的豪情壮志,这个时候的傅时寒,和以往任何时候的他都不一样。

"算了,跟你说了你也不明白。"傅时寒拍了拍她的小脑袋,"走吧,回去了。"

霍烟揉了揉后脑,低声咕哝了几句。

其实她想说,她是明白的。

打小她就知道,傅时寒哥哥有一个英雄的梦,他从来不会轻易告诉任何人,但是每当他看到家里来了穿制服的客人,看到他们那一身笔挺的军装,他那幽深的瞳眸里会散发某种不一样的光芒。

霍烟心里明白,傅时寒看似冷冰冰的外表之下,心底却有一腔热血之志。

所以他今天说出这样的话,霍烟一点也没有感觉到惊讶,而且她坚信,只要傅时寒想去做的事情,就一定能做到最好。

圣诞节前夕,傅时寒发来一条短信,提醒霍烟别忘了他们之间的约定。

霍烟才恍然想起来,她好像是答应了傅时寒,要和他出去过圣诞节。

"去哪里玩啊?"

傅时寒穿着白色的工作服,正忙着年底实验组的事情,于是回道:"想去哪里都可以,你来定。"

不过很快,傅时寒就后悔把这件事的主动权交给霍烟了。两天后,沈遇然屁颠儿屁颠儿跑过来,告诉傅时寒,霍烟准备在圣诞节邀请两个宿舍联谊,地点定在民宿,大家一起买菜做饭轰趴。

当然,这主意是苏莞和林初语出的,两个人各有私心却殊途同归,林初语一心想要脱单,而苏莞则想要多和她的和尚哥哥接触接触。

当洛以南得知611的宿舍只能来三个人,向南因为实验组的事情还得留在学校的时候,也同意了跟她们一块儿过去玩。

可是当她练舞之后,来到约定好的别墅前,按下门铃,抬眼便见187的大高个向南,站在她的面前。

少年面容清隽,眉清目秀,依稀还是少年模样。

几乎是想都没想,洛以南扭头便走。

向南一把攥住她的手腕,用力拉着她,低声唤道:"小南。"

洛以南眸子里划过一丝冷色:"不准这样叫我!"

霍烟正踩着椅子,往墙上贴着Merry Christmas,回头瞥见洛以南,连忙招呼道:"你终于来了,快进来,外面好冷吧!"

洛以南用力挣开了向南的手,错开他的时候还重重撞了他一下。林初语走过来拉着洛以南的手,带她参观房间。

整栋别墅足有三层高,十几个房间,现代样式的家具一应俱全,而且房间每天都有人打扫,非常干净。

"可以啊,订这么好的民宿。"

林初语解释道:"今天圣诞节,好的房间全部都被订走了,这儿是大土豪苏莞小姐姐友情提供的。"

"是她家吗?"

第十章

"算是吧。"苏莞走过来说道,"这栋湖畔别墅本来是买来消暑度假的,平时没有人住,反正大家随意,当成自己的家一样。"

傅时寒从厨房里走出来,见霍烟踩着高板凳,笨拙地往墙上贴着墙纸。他无奈地摇了摇头,走过去说道:"下来,爬这么高也不怕摔了。"

霍烟又捡起一个C的英文字母,扯下贴纸,笑道:"我会小心的。"

"我叫你下来。"傅时寒语调平淡,却带着不容反抗的意味,"别让我说第二次。"

奈何霍烟看似平顺温柔,性格其实也很固执。

"偏不。"

她踮起脚,将字母仔细粘在墙上,摆正了位置:"大家都有分工,苏莞提供场所,我粘墙纸,林初语打扫卫生,你就快去做饭……"

而她话音未落,突然感觉腰间被人搂住,下一秒,傅时寒将她从椅子上抱了下来。

"哎!"

像抱小狗一样,他搂着她纤细的腰,轻轻放落在平地上,稳稳站好。

霍烟蹙着浅淡的眉毛,抬头说:"干什么呀?"

"待会儿摔了又喊疼。"傅时寒接过了她手里的贴纸,语气平淡,"乖一点,别让我操心。"

霍烟连忙将椅子搬过来:"那我帮你扶着。"

傅时寒抬手便将身下的字母贴在了墙上,甚至连脚都没有踮一下。

他踢了踢凳脚,眼角微微上扬:"我需要?"

每个人都忙着自己手里的事情,傅时寒做饭,沈遇然去买了零食,向南则在电脑前下载电影。

气氛热热闹闹,其乐融融。

苏莞在房间里兜了一圈,走到正在布置果盘的林初语身边,低声问道:"我和尚哥哥呢?"

林初语抬抬眼,示意庭院外面:"这家伙,不想干活就直说,找什么奇怪的借口啊。"

苏莞抬眼望去,只见落地窗外,许明意手里拿着类似怀表指南针一样的物件,时而看看星空,时而指尖掐算,俊朗的眉峰微蹙,认真思索的模样,倒真有几分得道高人的姿态。

"他……在干吗啊?"

"据说是在帮你这宅子看风水。"

苏莞:"……"

"和尚哥哥。"

许明意听到这一声清脆的叫声,回过头来,却见女孩背着手,言笑晏晏地望着她。

女孩身形小巧,面颊红润,天庭饱满,肉眼可见的大富大贵之相。

许明意只顿了一秒便移开了目光。

非礼勿视。

"你看出我这房子有什么问题吗?"

许明意伸手捋了捋自己额前的卷毛,指着庭院道:"最好以植物做围篱,混凝土不好,高度以到眼睛左右为宜,绝不可高于1.8米,否则挡财运。"

苏莞见他说得有模有样,竟然还真被他给带进去了:"还有呢?"

"东北角为鬼门,不可设车库,最好种树或者植物。"

"好,下次我让我爸改改这布局。"

许明意又转入了客厅:"我再帮你看看屋内,收费的话,看在是朋友的朋友的份上,我给你打个九八折。"

"谢谢和尚哥哥。"苏莞拿出手机要给许明意转账,被走过来的沈遇然一把按下。

"臭和尚,你又在这儿招摇撞骗,欺骗无知少女呢。"

许明意气定神闲地说:"不才,在下熟读《十六字阴阳风水秘术》,皆有依据,字字箴言,靠的是真才实学,赚的是风来雨去的辛苦钱,招摇撞骗从何说起呀。"

苏莞连连点头:"我相信和尚哥哥。"

沈遇然撇嘴:"就算你说的是真的,免费帮学妹看看又怎么了,真没人情味。"

许明意拉过沈遇然,压低声音威胁道:"挡人财路如杀人父母,你要与我为敌吗?"

沈遇然毫不在意道:"你坑霍小妹的室友,当心我告诉寒总,有你好果子吃。"

许明意正儿八经思索片刻,于是转身对苏莞道:"考虑到都是自己人,这一次我就免费帮你看房,先容我四处转转。"

说完他便优哉游哉地溜达到别处去了。

苏莞回身对林初语说:"他把我当自己人呢!你说我是不是有戏?"

林初语看着苏莞傻白甜的模样,与平日里的果决凌厉那是大相径庭,她只能无奈地摇了摇头。

"我看他只拿钱当自己人,偏偏你还人傻钱多。"

苏莞推了推她:"哟,你今天倒是说了一句明白话,难得啊。"

林初语道:"我这不是跟某些犯花痴的家伙一对比,智商立刻就在线了嘛。"

第十章

苏莞攥了攥拳："我一定会拿下他，走着瞧好了。"

客厅挂上了彩灯，墙上也贴好了字母和圣诞老人的墙纸，向南将花花绿绿的礼物和糖果挂在了圣诞树上，终于有了过节的气氛。

霍烟布置完客厅以后，便去厨房看看傅时寒有什么需要帮忙的。

傅时寒拿着锅铲，碰了碰锅里煎炸的酥肉，嗞啦嗞啦的声音伴随着扑鼻而来的鲜香味。

闻到这味儿，霍烟肚子便饿了。

傅时寒瞥见她趴在厨房门边，眼睛直勾勾望着锅里，索性对她招了招手："丫头，过来。"

霍烟乖乖走过去："有什么需要我帮忙吗？"

傅时寒用筷子夹起一块酥肉，吹了吹，待冷却以后喂到霍烟的唇边。

"张嘴。"

霍烟听话地张嘴，一口咬住了酥脆的肉块，囫囵地嚼着，满嘴都是酥香。

看着她油腻腻的小嘴，傅时寒的目光格外温柔："还要吗？"

霍烟连连点头。

傅时寒眼角却勾起一抹坏笑，悠悠地说道："叫声哥哥。"

霍烟乖乖地叫了声哥哥，后面几个字没说出口，皱起眉头，伸手打了他一下："浑蛋。"

傅时寒笑得开怀。

霍烟走了两步，还是没忍住回身，自己拿着筷子夹了块酥肉塞进嘴里，狠狠瞪了傅时寒一眼，离开了厨房。

傅时寒喃了声："小心烫。"

看着她气呼呼离开的背影，他理了理衣领，心说也不是一无所知的小丫头嘛。

霍烟刚从厨房走出来，立刻被苏莞和林初语架起来，三个人偷偷摸摸来到后庭的柱子边，猫着身子，朝庭院望去。

她看清了庭院里站着的两个人，正是向南和洛以南。

两个人说了几句话之后，洛以南要走，向南从后面一把抱住了她。

三个女孩同时用手捂嘴，这场面，多刺激啊。

霍烟睁大眼睛，正要说点什么，被苏莞一把拉住。

"嘘！"

霍烟点点头，继续看下去。

只见洛以南用力掰开向南落在她腰间的手，指头骨节都发了白，向南硬挺着，没有松开。

"你知道我有多想你吗？"

他的呼吸落在她耳畔，带着湿热的温度，让人心潮起伏，一阵阵地脸红。

他吻上了她的侧耳畔:"本以为,让自己忙起来就可以不去想你,可是每天晚上静下来,脑子闪过都是我们过往的画面。"

洛以南眸子里仿佛是凝了冰似的,冷声说道:"以前你那样讨厌我。"

向南抱着她的手更紧了,似要将她按进自己的身体里似的。

"那晚之后,我大概也不欠你什么了。"洛以南用力挣开了他,"今天是个意外,以后应该也不会见面了。"

"阿南……"

"不要这样叫我。"

这时候,屋子里传来沈遇然的声音:"向南,圣诞树还没挂好呢,你人又死哪儿去了?"

向南用力按了按洛以南的手,声音带了点狠戾决绝的味道:"我不会放弃,你也别想逃。"

他离开以后,洛以南独自在院子里站了很久。

柱子后面三个女孩听得面红耳赤,都是没谈过恋爱的傻大头,哪里见过这么刺激的场面,听过这样撩拨人的情话。

"听得开心吗?"洛以南的声音响起来。

三个女孩僵硬地走出去,苏莞尴尬地笑了笑:"我们路……路过,啥也没听到没看到。"

林初语赶紧点头:"对对对,我们什么都不知道。"

月光下,洛以南原本就白皙的肌肤更加清冷如霜,她垂着眸子,神情冷淡:"我和向南是有一段,但都是过去的事了,以后也不会有什么。"

林初语见洛以南并不对她们隐瞒,于是弱弱地举手:"所以,你们刚刚说的那一晚,发生了什么?"

苏莞一个爆栗敲在林初语脑门顶上:"小孩子家家问这么多干什么?"

林初语捂着脑袋:"人家就是好奇嘛。"

这时候许明意出来叫她们:"开饭了。"

几人才推推搡搡进了屋。

沈遇然看着满桌子的饭菜,惊讶地说道:"难以置信,这些都是出自我们寒总之手啊!寒总,你家里不也请了好多用人吗,你居然还会做饭?"

向南温煦地笑道:"别看时寒家世好,他的独立能力比你强多了,每周轮到时寒打扫卫生的那天,咱们宿舍干净得跟皇宫似的。"

林初语道:"哇,那以后谁要是嫁给傅时寒,别的不说,就冲这贤惠劲儿,真是要幸福死了。"

苏莞将霍烟拉到身边,笑说道:"我们家这丫头也很会照顾别人,贴心贴意。"

沈遇然拍拍傅时寒肩膀:"我们寒总八块腹肌,小时候在营区练过,身

第十章

手过人。"

"我们烟烟也不差呀，这小模小样的，主要还温柔。"

霍烟挠挠脑袋，怎么感觉气氛这么不对劲，这些家伙是要给她找婆家了吗，怎么还尬吹上了，越说越来劲儿。

偏偏傅时寒还浅笑着，一言不发，任由几人逮着他俩开玩笑，若换了平日里，早就一个擒拿手外加过肩摔招待沈遇然了。

一顿饭，除了洛以南沉着脸以外，大家伙儿都吃得很开心。

在和众人相处的时候，向南便又恢复了过往的温煦模样，丝毫不见方才与洛以南独处之时，那股子不依不饶的霸道模样。

霍烟心想，他们611的男生，是都学了变脸的吗，怎么还人前人后两幅面孔呢。

当然从始至终一成不变的还是许明意，反正三句话便离不开"微信扫一扫，给你打个九八折"的话，简直掉进钱眼子里去了。

不过苏莞欣赏他的坦率和真挚，从不避讳自己缺钱的事情，想要什么都自己去挣，可比某些打肿脸充胖子的家伙，要实在百倍。

吃过晚饭以后，几人坐在沙发上，向南调试着投影屏幕，准备放电影了。

应了众人的强烈要求，他下的是一部恐怖片。

霍烟帮忙洗了碗回来，发现两个长沙发，男生占一个女生占一个，傅时寒独自一人坐在侧面独沙发里，长腿微曲，慵懒地闭目养着神。

霍烟走到林初语身边："你挪挪，给我让个位置。"

林初语望了望身边的苏莞，无奈笑说道："挤不下了呀，你去别处坐去。"

"别处也没位置了呀。"

总不至于让她去男生的沙发上挤着吧。

"那实在不行，你就去跟傅时寒挤挤呗。"苏莞瞎出主意道。

霍烟无语地看着她一脸坏笑，怎么看，怎么都像是故意的。

霍烟望向傅时寒，恰逢他睁开狭长的桃花眼，两人的目光在空中陡然相接，霍烟只感觉心脏猛地跳了跳，没由来地心慌意乱。

傅时寒望着站在原地一动不动的女孩，几分钟后，他伸出手，指尖落在皮质沙发上拍了拍。

一下，又一下。

他一言未发，目光移向了别处。

自小长大的默契，他一个动作，霍烟便能明白他的意思。

这是要让她坐过来呢。

傅时寒不动声色地拍了拍身边的位置。霍烟犹豫片刻，终究还是乖乖坐了过去。

沙发只够容纳一个人，霍烟非常自觉地坐到了沙发的扶手位置，靠在他

身畔。

向南打开电脑,装上了投影仪,然后关了灯。

屋子瞬间黑了下来。

片子是沈遇然选的,是一部韩国的恐怖片,关于女生宿舍的,开头便是高能,刺激的场面一幕接着一幕,吓得林初语和苏莞尖叫不跌,瑟瑟发抖抱在了一起。

傅时寒侧睇了看身边的女孩,她抱着膝盖倚靠在沙发边缘,睁大眼睛盯着投影屏幕,看得很是投入。

即便是女鬼现身的恐怖镜头,她也只是微微张嘴,轻轻抽气。

丝毫没有半点害怕惊慌的意思。

傅时寒漫不经心地喃道:"你是女孩吗?"

霍烟转过眼,眨巴着卷翘的长睫毛,不解地问:"什么?"

"没事。"傅时寒重新望向屏幕,不再理会她。

屏幕的微光笼着他英俊的轮廓。

霍烟看着傅时寒冷沉的脸色,嘻嘻一笑,凑近他低声道:"你该不会是害怕了吧?"

却不想,傅时寒坦坦荡荡地"嗯"了声。

承认了?

霍烟眯着眼睛,有些不敢相信,傅时寒也会有害怕的时候,还是看恐怖片。

她疑惑地看向他,他微仰着下颌,神情带了点疏懒的味道。

怎么看都不像是害怕的样子。

"没想到你这家伙,居然会被恐怖片吓到。"霍烟咕哝了一声,"我还以为你什么都不怕呢。"

傅时寒淡淡一笑:"是啊,我也这么以为。"

几分钟后,电影里的主角们要去闹鬼的楼区调查清楚,月黑风高,气氛被烘托得颇为骇人。

霍烟心不在焉的,也看不进电影的情节了,她用脚尖戳了戳傅时寒的腿:"你真的害怕吗,一点也不像啊。"

傅时寒垂眸看向她白皙的脚丫子,淡淡一笑:"难道我还要跟那俩二货一样抱头尖叫吗?"

他说的是许明意和沈遇然,沈遇然抱着许明意,惊慌地喊着:"妈妈呀,妈妈我好怕,啊!不敢看了!啊啊啊啊!"

许明意任由他吊着自己的脖子,厚厚的眼镜框泛着蓝光:"安抚费一分钟两块钱,我给你记着。"

"倒也不至于。"霍烟撇撇嘴,垂下头咕哝着,"那你就捂着眼睛不要看呗。"

"岂不是很丢人?"

第十章

"死要面子活受罪。"

霍烟虽然这样说着,但还是挪着身子坐到他身边,靠他近了些:"这样好点了吧。"

傅时寒深呼吸,似乎还能嗅到小丫头身上的甜香。

他伸手握住了她的手背,展眉道:"这样就好多了。"

霍烟怔怔地望向他,他看着电视屏幕,神情没有丝毫变化,漆黑的眼眸里,有一簇光亮扑闪着,清俊的面容也被屏幕的微光照亮了。

霍烟看得呆了神。

突然感觉手上的力量加重了。

她垂下眸子,望着他那双修长漂亮的手,此刻正紧紧地捂着她。

暖烘烘的。

霍烟心想,他还真的是很害怕呀,还要装成很镇定的样子。

人设包袱真重。

她又朝他坐近了些,靠着他的肩膀,低声说道:"别怕,我在呢。"

傅时寒望向她,她那清澈的眼底实在藏不住什么情绪,仿佛一泓见底的泉水,单纯无害,干净分明。

傅时寒薄唇轻抿,抿出一道好看的弧线。

心跳似乎跑得有点快了。

肯定不是被吓得。

/ 第十一章 /

随着期末考试结束,同学们陆陆续续离开了学校,霍烟和室友们最后把寝室的清洁卫生打扫了一遍,提着沉重的行李箱走下楼梯。

苏莞帮着她拿行李,说道:"我爸开车来接我,要不你搭我的顺风车回去吧。"

霍烟摇了摇头:"我们家住在城西,比较偏,跟你家是两个方向,就不用麻烦了,我自己在楼下拦一辆出租车。"

而她话音未落,便看见宿舍楼正前方,一道高大挺拔的身影立在路边,分外惹眼。

傅时寒。

冬日里暖融融的阳光洒满了他全身,乌黑柔软的碎发刘海微微随风招展,露出他那双分外灼人的桃花眼,内勾外翘。

见霍烟下来,他站直了身体,冲她扬了扬手。

只听身边苏莞坏笑道:"难怪不用我呢,原来早已经有骑士在等着了呀。"

霍烟连忙用胳膊肘戳了戳她:"别胡说。"

傅时寒可是狗耳朵啊,苏莞的话可能让他一字不落听个清楚。

更何况,他也不一定是在等她的。今天,霍思暖似乎也要回家。

于是霍烟站在路旁等出租车,与傅时寒隔了一条马路,她故意没去看他。

几分钟后,傅时寒还是过了人行横道,走到她身边。还不等她开口,他直接拍了拍她的后脑勺,压低了声音道:"假装看不见我?"

霍烟捂了捂后脑,蹙眉问道:"你找我呀?"

"不然?"

她撇撇嘴,"哦"了一声。

傅时寒已经接过了她塞得胀鼓鼓的书包,背在自己的身上,又顺走了她的行李箱的拉杆,朝着校门的方向走去。

"干什么?我等出租车呢。"霍烟一路追在后面,"你要把我的行李带到哪儿去?"

傅时寒迈着步子走在前面,没理会她。

一路上撞见不少同学,有认识的不认识的,看到傅时寒竟然背着女款的书包,手里还拉着一个玫红色的行李箱,露出难以置信的惊讶表情。

霍烟和他保持了三米远的距离,顶着女生们射来的"明枪暗箭"般的眼神,

第十一章

感觉压力有点大。

傅时寒停下脚步，没承想霍烟只顾埋头走路，猝不及防撞在了他的后背上。

"哎！"

傅时寒回头，无奈道："你是乌龟？"

霍烟知道他这是在嫌弃她走得慢，只好说道："我腿短走不快，还会摔跤。"

傅时寒挑了挑眉，嗤了声："多大的人了。"

虽然调子里带着嫌弃，不过他还是顺势牵住了她的手腕，带着她往前走。

这下子女孩望她的眼光，就不仅仅是羡慕嫉妒了，明晃晃的敌意宛如利刃般向她刺来。霍烟只好加快步伐，希望能快点走完这段艰难的"长征"。

来到校门口，霍烟本想在路边拦车，没承想，路边正停着一辆白色牌照的轿车。

她自然认得，这是傅家的轿车。

傅时寒打开后备厢，将霍烟的行李装了进去，然后拉开副驾座的门，对霍烟说道："进来。"

霍烟乖乖地钻进车里，但又总觉得哪里不对劲，恍然想起来，傅时寒平日里唤他们家养的一条退役警犬灰风上车，也是两个字——

"进来。"

霍烟不服气地瞪着他："你拿我当灰风啊？"

他启动了轿车，嘴角含着一抹清浅的笑意："我们家灰风比某些人聪明，还会给自己系安全带。"

"哼。"

傅时寒侧头瞥她："所以上车第一件事，该做什么？"

霍烟刚考完驾照，不确定地问："调整座椅靠背，离合踩到底？"

傅时寒翻了个白眼："我是问你应该干什么？"

她反倒指挥起他来了。

霍烟眨巴眨巴眼睛，想了好半天也没想明白自己要干什么，于是她伸手帮他调了调后视镜。

傅时寒终于决定放弃治疗，他附身过来，将安全带扯出来给她扣好。

霍烟猛地睁大眼睛，看着面前的男人突然覆过来的身体。

近距离放大的五官越发英俊，深褐色瞳眸有着某种让人深陷的力量，宛如黑洞深渊一般将人紧紧吸附。薄唇抿着锋锐的弧度，却带着某种致命的性感，情不自禁便想要亲吻他的唇。

那感觉一定棒极了。

傅时寒为她系安全带的时候，动作稍稍顿了一下，垂眸欣赏她的表情。

她向来不善于掩藏心思，睁大了眼睛，带了点恐惧，又带了些许渴望地

盯着他的唇。
　　傅时寒嘴角扬起几分轻佻的笑意，缓缓凑近了她。
　　"唔！"
　　霍烟紧张地轻哼出声，贝齿紧咬着莹润的下唇，咬出一丝粉白。
　　她死死闭上了眼睛，仿佛等待着某种酷刑的来临，手紧攥着他腰侧的衣角。
　　傅时寒的唇只在她唇畔几厘米的位置，停留了片刻，便迅速移开了。
　　霍烟再度睁开眼睛，便见他脸上晕开了狡黠的笑意。
　　"你闭眼睛做什么？"
　　"我……"
　　霍烟脸色憋得通红，"我"了半天也没说出什么来。
　　"你是不是在等我亲你？"
　　"才没有！"她激动地反驳，"我才没有这么想！"
　　这下子霍烟连耳垂都臊得红扑扑的。
　　"那你想不想亲我？"
　　"不想，一点都不想！"
　　"看你的样子，我以为你很想。"
　　"你别自作多情了，以为全世界都喜欢你呢。"
　　"好好，不喜欢。"
　　傅时寒轻轻扯了扯她微烫的耳垂，玩够了收回目光，也给自己系好了安全带，将轿车启动了出去，嘴角噙着的那一丝笑意却怎么都褪不去。
　　"那你想不想亲我？"
　　她脑子里一直回响着他的话，时不时地偷看他。
　　他开车的时候目光平视前方，单手持着方向盘，面上淡漠平静，没什么表情，可是整个人散发出来的气场却分外致命。
　　讲真的，不知为何心底会有一丝丝的失望，如果刚刚有那么一下子，不知道会是怎样的感觉啊。
　　好像真的有点想。
　　她一定是疯了！

　　车停在了霍烟家楼下，傅时寒帮忙将她的行李提上了楼。
　　她和霍思暖几乎是前后脚进去，霍思暖大大的行李箱就放在客厅，父母正在帮她收拾行李，还有她换下来没有洗的衣裳。
　　"妈，我的衣服都不能用洗衣机洗，会变形，必须得用手洗。"
　　"知道了。"
　　"还有这件，这件得拿去干洗，千万不能沾水手洗。"
　　"好好。"

第十一章

霍烟进屋的时候，几乎没人注意到她，直到她身后的傅时寒也跟着进来。

母亲连忙放下手里的衣服，站起身迎了出来："阿寒怎么来了呀，真是的，过来都不提前说一声，阿姨也没有准备。"

傅时寒道："没关系，我待不了多久。"

"思暖才刚回来呢，你这就赶过来了，是找她出去玩吗？"

母亲刚问完这句话，就看到傅时寒手里拎的是霍烟的行李箱，面露惊讶之色。

"我送霍烟回来。"傅时寒淡淡答道。

"哦，原来是这样。"母亲一时间有些没反应过来，"你是送烟烟回来啊，这……"

她看了看身边的大女儿，霍思暖的脸色已经沉了下去，手紧紧攥着衣角，呼吸有些急促，看样子很是难堪。

"辛苦你了，还专程送她。"母亲迎上前来想要接过傅时寒手里的行李箱，"给我吧。"

傅时寒没有松手，而是直接说道："我送去她的房间吧。"

"那也好，在这边右转角。"

傅时寒拎着行李进了她的房间，霍烟硬着头皮，避开霍思暖恶毒的视线，跟着傅时寒进了屋。

身后传来母亲问霍思暖的声音："这是怎么回事啊，傅时寒怎么送她回来不送你啊，你们是不是闹矛盾了？"

"我跟他最近是有点问题，他故意气我呢。"霍思暖拉着母亲的手，安抚道，"我有些累了，先回房间休息。"

"行，你去吧。"母亲担忧地说，"你可别跟傅时寒闹脾气。"

"我知道啦。"

霍烟缓缓收回注意力，不知道为什么，这一次面对姐姐那不善的目光，她并不感觉害怕了。

恰恰相反，她也终于敢和姐姐正面对视，没有丝毫畏惧。正如苏莞所说的，她一点也不比她差，只要努力，说不定还会比她做得更好。

刚刚傅时寒要送她上楼，若是过往，她肯定一口拒绝，怕姐姐和父母误会什么。

但是现在她不怕了，傅时寒是她的朋友，也是她的哥哥，是这个世界上待她最好的人，这一点没有什么可掩藏的，他们坦坦荡荡，更不怕霍思暖胡思乱想。

"你的房间，这么小。"

傅时寒望着她这不过几平方米的小屋子，一张窄小的单人床便占据了整个房间三分之二的空间，另外三分之一留给靠墙的小书桌，剩下的空间，连挪

脚都困难。

虽然空间狭窄，不过房间收拾得条理妥帖，东西也不算多，所以看上去整整洁洁。

"我个子小嘛。"霍烟说，"占不了多大的空间。"

傅时寒轻哼一声，拎着裤子坐在了她的小床上，他高大挺拔的身形在这间逼仄的屋子里，显得格外憋屈。

"哎，你去客厅坐吧。"霍烟不安地说，"我妈肯定削水果招待你呢。"

说起来，这还是他第一次来她的家。

"不去。"傅时寒固执地伸了个懒腰，躺在她的小床上，"我喜欢这里。"

"那我不管你了。"

她蹲下身，打开箱子开始收拾自己的衣物。

傅时寒目光扫过了她房间的每一件东西，每一本书，还是摇头："这也太小了。"

霍烟没理会他，将书本规规整整地放在书架上："都住了这么多年，早就习惯了。"

傅时寒站起身，又坐到桌前的椅子上，转了一圈，突然开口："我有个主意。"

霍烟回头问："什么？"

"寒假，你搬到我家去。"

"开什么玩笑，我怎么能住到你家里呢。"

"你看我像开玩笑的样子？"傅时寒气定神闲地说，"我妈妈喜欢你，我们家房间也很多，过年的时候来家里住上一段时间，应该不成问题，我也可以顺带帮你补补课。"

听起来，似乎也合情合理。

"你爸妈同意，我爸妈还不一定能同意呢，就这样住到你家里，那成什么了。"

"小时候你不也经常来家里小住吗？那时候你还说，想要给我妈妈当女儿，搬到我们家的大宅子住。"

霍烟老脸一红，这都多少年前的往事了，她自己都记不住，他竟然还能记得这么清楚。

那时候不过是羡慕傅时寒有一个那么大的家，在家里玩捉迷藏，多有趣啊。

"童言无忌，信口胡说。"霍烟窘迫道，"谁当真，谁是傻瓜。"

傅时寒悠悠地长叹一声，躺在了霍烟的小床上，懒洋洋说道："怎么办，我还真成了傻瓜。"

霍烟见他这样，于心不忍，只好道："那就过年再说吧。"

傅时寒又来了精神："一言为定了。"

"哎，谁跟你一言为定啊！"

第十一章

父母一定要留傅时寒在家里吃晚饭,傅时寒坐在霍烟的身边,时不时给她夹上两个菜。

母亲周若萍殷勤备至:"阿寒啊,现在能找到我们家了,以后一定要经常来玩。"

"阿姨,我会经常过来的。"傅时寒看着霍烟微笑地说。

霍烟撇了撇嘴,心里想着,早知就不让你上楼了,以后要是隔三差五就往她家里跑,那可怎么行。

周若萍眼睛都笑成了一道弯月:"那就好,你喜欢吃什么,告诉阿姨,以后你要过来,阿姨就去菜市场买。"

霍烟正要说傅时寒特别喜欢吃鱼,然而坐在对面的霍思暖却突然说道:"妈,你那厨艺就算了吧,别拿出来丢人了,还有,咱们家这么小,以后时寒过来,就去外面酒店吃饭呗。"

"是,是。"周若萍尴尬地笑了笑,"妈妈的手艺的确是不怎么好,家里房子也是老房子了,还是以后搬新家再请时寒来吧。"

家里的房子住了很多年,家具也是零几年的时候置办的,上了些年岁,看起来很是陈旧,自然比不得傅时寒家的大院儿别墅。

这也是为什么霍思暖从来不希望傅时寒来家里做客的缘故,不想被他看不起。

但是搬新家谈何容易,现在房价这么高,家里早就没了积蓄。

霍烟抬头,看着尴尬的母亲和一言未发的父亲,心里头突然窝了一股子火。

"姐,我们家的饭菜这么难以下咽,这些年你是吃空气长大的吗?"

话说出来,所有人都愣住了,尤其是周若萍,她没想到从来唯唯诺诺的霍烟,会突然对姐姐出言不逊。

霍烟也没想到自己会说出这样的话,所谓近朱者赤,近墨者黑,她一定是和苏莞她们待久了,怼人的功力大涨。

霍思暖面上带笑,可是眼底却是一片森然的寒意:"妹妹,你也学会开姐姐玩笑了。"

"没有开玩笑,我只是觉得妈做的饭菜挺好吃的。"

母亲诧异地看着霍烟,之前霍思暖说的那些话实在让她面子上挂不住,然而霍烟的这番话,却是贴心贴意,让她没有办法斥责她。

这丫头,平时闷不吭声的,原来也是这般护着她的吗?

周若萍心里涌上来一阵暖流。

"而且,寒哥哥既然愿意来家里玩,自然不会嫌我们家小。"霍烟继续说道,"他也不喜欢去什么大酒店吃饭。"

霍思暖脸色垮了下去,轻咳一声,挽回颜面:"这样就好了,我也是害

怕家里招待不周。"

眼见气氛越聊越尴尬，周若萍连忙岔开话题，对傅时寒道："我们思暖寒假也没什么事，你们可以经常出去看看电影，把烟烟也带上一块儿。"

霍思暖一听母亲居然说要带上霍烟，又是一股子火气上涌，还没等她开口，父亲却道："思暖寒假不是要上舞蹈班吗？说好一块儿回老家走亲戚都没时间，怎么又能去看电影了？"

霍思暖连忙道："没关系，我能挤出时间……"

然而她话还没说完，傅时寒却打断了她，淡淡道："霍烟若想看电影，我带着她，丢不了。"

母亲瞅着这桌上话题越来越不对劲，终于不再撮合霍思暖和傅时寒了。

看电影这话题，在几人的口中绕来绕去，主题也变了又变，霍烟埋头吃饭，再不想掺和进来。

霍思暖窝着满心的火气，没吃几口饭便回了自己的房间。

饭后，霍烟照例帮着母亲收拾桌子洗碗，周若萍看着霍烟这温顺的模样，对比着霍思暖这段时间嚣张跋扈的样子，不知道为何，她心里隐隐生出某种愧疚之情。

一直以来全部心血倾注在优秀的大女儿身上，她忽视了自己的小女儿这么多年，现在大女儿翅膀硬了，对老两口越来越颐指气使，完全没有了过去那样乖巧讨好的样子。

而小女儿霍烟，从始至终都是这个样子，不出众，话也不多，可是每天吃完饭都会帮她收拾碗筷，生病的时候，她也会彻夜陪在自己身边照料着。

刚刚霍思暖在外人面前顶撞她，让她毫无颜面，也是小女儿为她说话转圜。

分明乖巧至此，她竟然忽视了她这么多年。

"烟烟，你出去休息着，刚回来，厨房交给妈妈就可以了。"

"没关系。"霍烟熟练地给自己系上围裙，"今天弄了这一大桌子菜，收拾起来肯定够呛。"

是她把傅时寒带回来的，帮着母亲收拾也是应该的。

周若萍心里头越发愧疚，背过身去的时候偷偷拭了拭眼角。

晚些时候，傅时寒便要离开了，父亲霍存安出乎意料地说要送傅时寒下楼，傅时寒看出他是有话要说，索性也没有推辞，只对霍烟道了声："记得给我打电话。"

霍烟闷闷地"哦"了声。

俩人除了斗斗嘴以外，又没什么好聊的，他偏偏还喜欢让她给他打电话。

楼下，霍存安开门见山，对傅时寒说道："我不允许你伤害我的任何一个女儿。"

傅时寒心思剔透，自然立刻明白，霍存安已经看懂了他对霍烟的心思。

第十一章

他索性直说道:"我并没有想要伤害霍思暖。"

霍存安给自己点了根烟,缓缓说道:"即便你没有存这份心思,可是你的做法已经对她构成了伤害,她从小的梦想就是嫁给你,成为你的妻子。"

傅时寒淡笑道:"叔叔,与其说是我伤害了她,不若说是你们一厢情愿的想法,害了她。"

"你……"

傅时寒继续说道:"我从来没说我要娶霍思暖,并且我也可以郑重地告诉您,我不会娶她。"

霍存安自然不愿意在晚辈面前失了态,缓了缓情绪,继续说道:"我知道,现在你们都要讲个自由恋爱,叔叔也不会逼你,你既然直说不愿意娶她,叔叔自然会给她做思想工作,可是你跟霍烟又是怎么回事?"

谈及霍烟,傅时寒原本清冷寡淡的眸色也多了几分温柔:"我喜欢霍烟,早些年爷爷提及要我娶霍家的女儿,我便选中了她。"

霍存安闻言,差点让一口烟给呛到。

"真是胡闹!胡闹!"

"我说的都是肺腑之言。"

"你当我们霍家的女儿,都是任你挑选,你想要哪个就要哪个?"

看得出来,霍存安是真的动怒了。

而傅时寒的神情却是前所未有的认真和笃定:"霍烟自小叫我一声哥哥,如果她愿意,可以一辈子当我傅时寒的妹妹。但是如果她对我也有哪怕一丝一毫的心意,逾越兄妹之情,我便不会放手。"

霍存安眼角微颤,审视着傅时寒,他不卑不亢,谨慎而妥帖。

这孩子自小便是如此,对长辈恭敬有礼,但绝不会愚孝盲从,他有自己的想法和主见,办事也妥帖踏实,倒是个令人满意的乘龙快婿。

只可惜……

"你要知道,霍烟那丫头自小老实,不够机灵,而且……"

五岁才开口讲话,先天就有一定的缺陷和不足。

霍存安摇了摇头:"她不适合你,傅家也不会同意。"

若说门当户对,霍家自然是对不上傅家的,只是霍思暖一心想要嫁给傅时寒,从小到大,学习舞蹈、钢琴,培养各种各样的兴趣爱好,考上名牌大学,让自己变得更优秀,也让父母无比骄傲……

在父母眼中,抛开家世,单就儿女来说,霍思暖是配得上傅时寒的。

然而傅时寒没等霍存安说完,便道:"喜欢就是喜欢,哪怕霍烟缺胳膊断腿,我也喜欢。"

此刻他倒是多了几分少年意气,不复往日老成持重的模样。

霍存安又让烟给呛到了,一口气差点没提上来,说谁呢,你丫才缺胳膊

断腿呢!"

他叹息一声:"我现在没有办法同意这件事,这对思暖来说,太不公平了。"

"叔叔,或许你们的家事我不好插手,但是我还是想要告诉您,自小到大,你们对于霍思暖有多疼爱,我傅时寒对霍烟便有多怜惜。"

霍存安听完这句话,震撼不已,手里的烟头抖动着。

而傅时寒对他微微屈身,转身拉开车门,启动引擎离开了。

期末考试的成绩公布在了学校教务在线的系统上。

霍烟一开始没觉得自己的分数有多高,直到她和班群里其他同学对比之后,发现自己的成绩还挺不错的,每门课程都在 90 分以上,就连最难的编译原理,她都顺利拿到了 95 分,而这门课挂掉的同学超过了班级的三分之一,能拿下 80 分的同学寥寥无几。

霍烟的这门课居然拿到了 95 分,妥妥是全班第一。

当然,这一切都是傅时寒的功劳。

期末前夕的复习月里,他每天都帮她补课,因为俩人是同一专业,傅时寒对于出题考点自然了如指掌,给霍烟的复习便有了针对性。

当然,要求如此严苛的傅老师可不仅仅是给霍烟划重点那么简单,他将她的教材拿过来,针对她不懂的原理和重难点,挨个都给她顺了一遍,把她的基础给打得结结实实。

有了这样的双重保障,期末考试自然是不在话下了。

虽然不知道年级排名状况,但是从班级的总体得分来看,她拿下奖学金应该是可以的。

409 寝室的微信群这时候也闹腾开了。

苏莞:"@霍烟@霍烟@霍烟,你姐的考试成绩应该也下来了吧?"

霍烟看了看霍思暖紧闭的房间门,说道:"她一直没出来。"

苏莞:"嘻嘻嘻,怕是不好意思出来了吧。"

霍烟:"怎么说?"

苏莞:"你没看到教务在线的挂科补考名单吗?计算机原理这一科,她挂了。"

计算机原理是学校开设的公共必修课程,教一些关于计算机的基础内容和 office 办公软件的用法,每个学院的学生都要修这门课。

当然,对于文科的同学而言,因为涉及一些算法应用,挂的也比较多。

霍烟:"不至于吧,我姐从小到大学习成绩都是名列前茅,她能挂科?"

不一会儿,苏莞便将补考名单截图给了霍烟:"喏,艺术学院的霍思暖,没错吧?"

第十一章

霍烟放大图片看了看，心说还真挂科了啊。

林初语："可能整天都忙着和她的小姐妹交际应酬，把学习落下了吧。"

苏莞发来一个奸笑的表情："烟烟，要不咱们痛打落水狗走一波？"

霍烟："无聊。"

这两个字刚发送出去，霍思暖便从屋子里走了出来，走到母亲身边，装模作样地帮她理豆角，俨然一副乖巧温顺的模样。

她瞥了瞥身边的霍烟，霍烟窝在沙发里面，穿着棉绒的花袜子，用厚厚的JAVA专业书遮住脸，没理会她。

"思暖，期末考试成绩出来了吗？"周若萍问道。

"出来了。"霍思暖微笑着说，"我的专业课每门都在80分以上呢。"

"是吗，这么厉害呀。"

其实周若萍也不懂80分到底是多还是很少，但是她本能地夸赞霍思暖，这已经成了一种习惯。

霍思暖从小到大这么优秀，从来没让他们失望过。

"妈，你能不能给我一点钱呀，我明天和朋友出去逛街。"

周若萍放下手里的豆角，皱眉道："要多少啊？"

"不多，就五千块。"

五千！这还不多！

霍烟都忍不住放下了书，抬眼看向母亲。

母亲也是满脸为难之色："逛个街，要花这么多钱吗？"

"那些女孩出去都是刷卡的，随随便便买个包都是好几万，五千块真的不算多啦。"霍思暖摇着母亲的手臂，撒娇一般恳求道，"妈妈，你就满足我的小心愿吧，就当是给我期末考试的奖励。"

然而还没等周若萍说话，霍烟拿着手机，漫不经心地开了口："姐，这补考名单上的人，是你吗？"

一听到补考两个字，霍思暖霎时间变了脸色，用威胁的目光觑了霍烟一眼。

"什么补考呀？"周若萍抬头问霍烟。

"哦，就是挂科补考啊，名单都出来了，计算机原理这门课姐好像是挂科了，开学要补考的，如果补考通不过，这门课的学分就拿不到了，得等到毕业清考。"

母亲突然站起身，表情严厉地问道："怎么这么严重？"

"更严重的是，一旦挂科，这学期的奖学金也没有了，保研更是想都不要想。"

"霍思暖，你不是说自己考得很好吗，怎么会这样？！"母亲意识到了事情的严重性，厉声斥责她，"你还要念研究生呢，这可怎么办！"

霍思暖狠狠地瞪了霍烟一眼，急切地对母亲说道："妈妈，没这么严重啦，只是公共课而已，将来念研究生，大不了我自己考就是了，又不是考不上，妈妈，那五千块……"

"看来真是我平时太惯着你了，还想问我要钱，你想都不要想，这个寒假乖乖在家里复习功课，哪都别去！"

霍思暖一把丢开了手里的豆角篮，转身气呼呼地回房间，霍烟冲她背影扬声道："姐，要不要我给你补补课啊？"

霍烟是计算机专业的，对于这种基础公共课程的试卷闭着眼睛都能答。

霍思暖重重关上了房间门，看样子气得不轻。

母亲这时候才想起来，忐忑地问霍烟道："你的成绩怎么样，没挂科吧？"

"没有。"霍烟重新拿起手机，淡淡道，"应该能拿到奖学金。"

母亲目光里透出一丝惊喜之色，重新审视和打量起自己的这个小女儿。

"烟烟真棒啊，妈妈以前真是小看你了。"

霍烟抿了抿嘴角，打开微信群。

苏莞："@霍烟 @霍烟 @霍烟，你人呢，真打落水狗去了？"

林初语："霍烟不是这样的人，她才不屑和霍思暖计较呢。"

洛以南："相信我，她绝对是。"

霍烟："我回来了。"

苏莞："你干吗去了？"

霍烟："练打狗棒法去了。"

苏莞："哟！"

林初语："猝不及防的一波打脸。"

洛以南："【微笑】"

每天晚上入睡前，霍烟都要给傅时寒去一个电话，瞎聊一阵子，说说在寒假里各自的日常生活。后来傅时寒渐渐不满足于仅仅只是电话聊天，开始给霍烟发来视频聊天。

晚上各自洗漱完毕，关上房间门，躺在床上酝酿睡意，便是两个人最放松的状态。

霍烟的小脑袋习惯于线性思维，很容易便养成了习惯，开始适应了每天要和傅时寒说说话，即便傅时寒没有主动发送视频请求，她也会打字过去，询问他是否在忙。

傅时寒看着手机屏幕上横出来的对话框，感觉像养了一只小猫咪，想要亲昵的时候便伸出小肉垫爪子，挠一下。

有时候他洗完澡出来，下身挂着条浴巾便直接跟霍烟开了视频，视频里的女孩满脸通红，一双黑溜溜的眼珠子羞得不知道该往哪儿放，却还故作镇定，这模样他觉得有趣极了。

第十一章

傅时寒平日里极注重身体的管理，身材极好，肌肉块匀称结实却不鲁莽，尤其是腹部那宛如巧克力板块状的腹肌，让人血脉偾张。

霍烟压根不敢往屏幕上看，只一个劲儿说："你快……快把衣服穿上！"

傅时寒倒也不急，将手机立放在桌上，然后大咧咧地坐在靠椅里，还转了一圈儿，让她能三百六十度欣赏自己的好身材。

霍烟哪里敢细看，粗粗扫一眼，说你要是不穿上衣服，我就挂了。

傅时寒这才慢悠悠地拿了一件长T给自己套上。

"今天是正事要跟你说。"

傅时寒从抽屉里取出了一份文件和几张宣传海报。

"《头脑风暴》开展了一期高校联盟的特别节目，在我们学校设立了海选站点，我准备帮你报名。"

《头脑风暴》是这些年非常火爆的一款益智类攻擂竞赛节目，参与者进行对战答题，选出最终的获胜冠军。

这款节目在国内收视率颇高，进入总决赛的选手才思敏捷，记忆力超群，天文地理社会科学，各方面的知识都很丰富，好像什么都懂似的。

"《头脑风暴》会来我们学校啊！还是学生会承办？"

霍烟有些小兴奋，她很喜欢看这款快问快答的电视节目："那我能见到主持人糯糯姐吗？我能问她要签名吗？"

"收好你的迷妹之魂，我在跟你说正事。"傅时寒对着屏幕，弹了弹霍烟的脑门顶，"过两天来我家，把报名表填了，我帮你报上去。"

霍烟盘腿坐在床上："什么意思？"

傅时寒简短解释："报名参赛。"

"我？"

"嗯。"

"开玩笑的吧？"霍烟有些不敢相信，她从来都只是在电视上看别的选手参加比赛，答题拿冠军，获得丰厚的礼物和现金奖励，好一番的羡慕。

可是她从来没有想过自己可以站在那个位置上，成为参赛者。

肯定不行的啊。

见傅时寒没有半点开玩笑的意思，霍烟忐忑地说："我肯定答不了，会闹笑话。"

"跟我说不行？"傅时寒淡淡道，"学生会那么刁钻的笔试题目你能拿满分，连行政楼有多少个厕所你都知道，这种比赛对你而言，小菜一碟。"

霍烟闷闷地吐槽："你还知道自己出的题目刁钻啊。"

傅时寒一锤定音："我给你留一张报名表，自己抽时间过来填。"

霍烟放下手机，心里想的是，傅时寒也太相信她了吧，这种要上电视的节目，选拔出来的都是各高校的佼佼者，绝不是学生会考核那么简单的事。

而《头脑风暴》的比赛会在 S 大海选的消息经由学生会官网发布之后，引发了同学们的参赛狂潮。

能够进入总决赛，不仅有特别丰厚的奖品和奖金，而且还可以上电视，如果表现良好，甚至能家喻户晓一跃成为网络红人。

409 宿舍的女生在微信群里议论开了。

林初语："兄弟们报名吗？"

苏莞："没兴趣。"

洛以南："倒是挺有兴趣的，不过四五月有舞蹈比赛，大概没有时间。"

林初语："@霍烟，就剩你了大兄弟，咱们一块儿报名吧！"

霍烟："我考虑考虑哦。"

林初语："考虑什么呀，进入总决赛，每打败一人，就可以拿好多礼品，而且总冠军的奖金五万块啊！"

听起来的确非常吸引人，但是那也得先进总决赛啊，霍烟还是很有自知之明的。

以前看《头脑风暴》的比赛，高校联盟特辑里面的选手，要么来自世界名校，要么便是国内高校数一数二的佼佼者，她可不敢奢望能够与这些天之骄子站在一起。

如若傅时寒参赛，说不定能拿下冠军。

她就乖乖在家复习功课，不做多想。

除夕即将来临，傅时寒的父母邀请霍家一家人来家里做客。

临行前，霍思暖千挑万选，在镜子前又是试衣裳，又是化妆，又是弄头发，捣鼓了一上午，把自己打扮成了名媛淑女的模样。

而霍烟还穿着她那件白绒绒的羽绒服，把自己裹得跟个北极熊似的，靠在沙发窝里玩手机数独的游戏。

母亲周若萍实在有些看不下去，招呼霍烟道："晚上要去傅家吃饭，好歹去换件新衣裳。"

霍烟委屈巴巴地看了看自己的衣裳："这就是新的呀。"

最新的这件羽绒服还是去年买的呢。

母亲歉疚地说："没衣服了怎么不告诉妈妈，早知道前几日就带你出去逛逛，现在去傅家，连一件新衣服都没得穿。"

霍思暖走出来，好心说道："没关系，妹妹可以穿我的。"

"不用了。"霍烟拒绝道，"我比姐姐矮，穿不了姐姐的衣服。"

母亲从钱夹里拿出几百块钱塞给霍烟："下午自己去买件好看的衣裳。"

霍烟看了看倚在门边花枝招展的霍思暖，还是接过了钱。

倒不是为了去傅家专程买衣服，是她的确应该要添置一些新衣服穿了。

会哭的孩子有糖吃，这些年她闷声不响的，衣服来来回回穿了就那么几件。

| 第十一章 |

毕竟还是少女的心性,她也十分爱美的。

下午出门的时候,霍思暖叫住她:"要不要姐姐陪你去逛街啊?"

看着霍思暖脸上虚伪的笑容,霍烟面无表情道:"不用了。"

"妈妈这段时间对你可真不错。"霍思暖抱着手肘,扬着调子说,"都主动给钱让你去买衣服了,以前她可是从来不管你的。"

霍烟没有说话。

"算啦。"霍思暖把玩着鬓间垂下来的几缕卷发尾,拖长了调子,"很多东西呢,其实一开始就是注定的,先天残疾又后天不足,你拿什么跟我争?"

霍烟的手一下子攥得紧紧的。

"我……不是残疾。"

她死死盯着霍思暖的眼睛,一字一顿咬牙道:"我从不想和你争,是你太过分。"

"我过分?以前你怎么不觉得?"霍思暖冷笑,"哦,我知道了,以前的小傻瓜根本意识不到自己被欺负了,现在念了大学,身边有了一帮聪明的小姐妹,被她们撺掇着,所以小傻瓜开始愤愤不平了,是这样吗?"

"以前不是意识不到,是不在乎。"霍烟突然抬头看向她,"现在我有点在乎了。"

霍思暖勾勒眼线的眼尾挑了挑:"为什么?"

为什么……

霍烟脑海中出现了一个男人模糊的轮廓。

有一份不甘心,不甘心把最珍贵最美好的东西拱手让人,同样,她也想让自己变得更好。

好到……站在他身边迎接别人目光的时候,不再埋头,不再心虚,也不再感到惶惶不安。

待霍烟转身下楼以后,霍思暖嘲讽地哼了声:"这点钱,能买什么好衣服。"

409 塑料美少女微信群。

苏莞:"好无聊啊@霍烟,在干吗,陪我看电影呗。"

霍烟:"老妈有任务,让我赶紧出去买件好衣裳,晚上要去傅时寒家里吃饭呢。"

苏莞:"晚上吃饭,下午让你买衣服,这是临时抱佛脚?"

霍烟:"【无奈】"

苏莞:"让我猜猜,你姐霍思暖肯定打扮得跟红桃皇后牌面似的,你妈妈看着你就觉得寒碜了。"

霍烟:"【汗】"

苏莞:"再让我猜猜,你姐有没有偷偷拦住你,说哇就你这小样儿,吃

饭浪费粮食、穿衣服浪费布料，别再垂死挣扎了。"
　　霍烟："……"
　　洛以南："看出来了，你是真的很无聊。"
　　苏莞："【瘫】"

　　霍烟已经到了商业街区，现在已经是下午三点，必须速战速决。
　　不过买衣服真的讲究个缘分，不能急，得慢慢逛，你挑它，它也在挑你。
　　霍烟没有挑出满意的衣裳来。
　　微信群一直叫嚣个没完没了。
　　苏莞："@霍烟，选好了没啊，照片发来给小姐姐，帮你参考参考。"
　　霍烟发了几件试穿的照片过去，全被苏莞给驳回了："求求你啊，你今晚是上战场不是下厨房，就这几件，没别的了？"
　　林初语冒泡："什么上战场呀，霍烟要去哪儿？"
　　苏莞："她要和她姐在傅家家宴上决一死战。"
　　林初语："哇！刺激！求直播！"
　　霍烟："……"
　　半个小时后，某只无聊的女人又@了霍烟。
　　苏莞："还没买到？"
　　霍烟："没有呢。"
　　虽然刚刚苏莞说什么决一死战肯定是开玩笑的，不过霍烟还真的隐隐有些不甘心。
　　霍思暖讥诮她的一番话，她言犹在耳，年少心性，很难不去在意。
　　她不想让霍思暖给比了下去。
　　苏莞："看你那出息劲儿，还得姐亲自出马。"
　　霍烟："？？"
　　霍烟给苏莞发完定位之后，便抱着书包，坐在街边椅子上。
　　二十分钟后，一辆大红色的玛莎拉蒂轿车停在了霍烟面前。
　　风一兜，她额前的刘海都飞了起来。
　　这时候，轿车的副驾驶下来一位穿黑色西服的男人，他为霍烟拉开了车门，恭恭敬敬地说道："我们二小姐请您上车。"
　　"二……二小姐？"
　　"苏莞小姐。"

　　霍烟愣愣地睁大眼睛，看着这辆杀气毕露的玛莎拉蒂，颤抖的手摸出手机："@苏莞，什么情况？？？"
　　苏莞："快上车，今晚小姐姐帮你干翻霍思暖！"

/ 第十二章 /

这是霍烟第一次来到锦绣庄园,传说中江城顶级的纯独栋别墅社区。

这里采用临湖岛屿式组团的布局,同时又运用了坡地景观设计,一栋栋的别墅绕着小山坡层叠修葺。

背靠巍峨的山脉,放眼便是波光粼粼的湖面,环境清幽怡人。

轿车在环形的路面上行驶着,一路上纵览湖光山色,霍烟靠在车窗边,不断拍照发到409塑料美少女的微信群里。

林初语:"我的妈呀,@苏莞你是住在王宫里面吗?"

苏莞:"怎么还没到呢,等你半天了。"

霍烟:"我让司机慢点开啊,这里风景好赞,我要拍照。"

苏莞:"今天时间紧,任务重,就别耽搁了,下次请你们来我家,慢慢拍,拍个够。"

林初语:"我也要来!"

霍烟:"停车了,到了。"

司机给霍烟拉开车门,迎面而来便是一栋欧式别墅,与其说是别墅,不如说是庄园。

从雕栏铁质大门到经典欧式风格的别墅建筑之前,还有一段长长的喷泉路,白壁铺就的地板仿佛一点泥灰都落不下,庭院周遭是被修葺整齐的绿植,房屋旁边还带着一个几十平方米的湛蓝泳池,阳光下,波光粼粼。

霍烟今天真的是大开眼界,边走边拍照给群里几人看,林初语一个劲儿感叹,真是贫穷限制了她的想象啊,居然真的有人住在这种宫殿一样的房子里。

苏莞早就站在屋前候着霍烟,还不等她拍完照,她一把拉过她的手,拽着她进屋:"听话,别看了,咱们今天先干正事,下次慢慢拍啊!"

庄园从外部看来足足有五六层,而内部也恰恰是中心镂空的设计,一架旋转梯直通顶层,屋内空间被最大化地展示出来,显得气势恢宏。

乘电梯来到三楼,是苏莞的衣物间和梳妆房,霍烟看着这满屋的木制橱柜,难以置信地问:"苏莞,这些……全是你的衣服?"

"这些都是冬装,春秋夏装在另一个房间呢。"

"苏莞,你家这么大,为什么还要来学校住啊?"

一个家里拥有皇宫的女孩,还需要和三个女生挤在一个不足十平米的宿

舍楼里吗?"

苏莞解释:"你看着这房子又大又空,我住了十多年早就腻味了,还不如来学校住宿舍,还能和朋友们一块儿玩。"

霍烟听着这话,要开始重新审视苏莞了,平日里她的穿着打扮并没有什么特别之处,很多时候踩着拖鞋穿着长T恤,长T裹着屁股连裤子都不穿,就能下宿舍楼拿外卖。

完全不似霍思暖和她的小姐妹们,把自己打扮得就跟橱窗里的奢侈品似的,老远都能嗅到一股子昂贵香水的味道。

原来,真正有钱的人,从来就不稀罕这些浮夸的东西来装饰自己,人都是缺什么才爱炫耀什么。

"别发呆了,咱们开始备战吧!"

苏莞随手拉开一个壁橱门,从里面捡出好几套看上去还是崭新崭新的衣裳,随手挂在架子上。

"你看看喜欢哪件,随便挑。"

霍烟走到架子前挑选苏莞的衣服,她这个衣帽间就跟服装店似的,什么风格的衣服都有,而且很多连吊牌都没剪。

"你买这么多衣服,平时怎么不穿呀?"霍烟好奇地说,"每天一套都不带重样的,都能换上一整年吧。"

苏莞拿起一件羊绒风衣在霍烟身前比了比,说道:"我妈买衣服就是这样。"

她学着自己母亲进门店的样子,捏着嗓子,指着这些衣服:"这件,这件,还有这件不要,其他的全都给我包起来……所以就屯了这么多根本穿不着的衣服。"

霍烟真是大开眼界,原来衣服还能这样买的啊。

林初语说得没错,贫穷限制了她的想象。

苏莞让霍烟将她挑选出来的衣服都挨个试了一遍,最后挑中了一款深灰色羊绒风衣:"这款很修身,走的是成熟高冷风,特别显气质。"

霍烟看着镜子里的自己,完全不似穿羽绒服那般的臃肿,长款风衣将她的腰身线条完全勾勒出来。

她稍稍挑起下颌,冲苏莞作高冷状:"怎么样?"

苏莞赞叹道:"完全变了个人似的,一下子从小姑娘变成了大姑娘!"

念了大学,霍烟却还穿的是高中时期的衣服,看上去普通又内敛,锋芒全收,可从来没有穿过这么时尚成熟的风衣。

好像一下子,就从女孩变成了女人。

苏莞摇头感叹:"霍烟,我敢说,如果你稍稍打扮一下下,咱学校能还

第十二章

有霍思暖什么事儿，你呀，就是被耽搁的潜力股！"

霍烟不相信一件衣服就能改变一个人，霍思暖能到今天的程度，是她努力的结果，不仅仅是靠衣着打扮，还有她内外兼修的付出，譬如舞蹈，譬如音乐。

所以她要追赶甚至超越霍思暖，还差那么一截。

"就这件了，这件衣服简直就是为你设计的，我比你矮，穿不出这件衣服的气质，送给你吧。"苏莞大方地说。

霍烟连连摇头："别，无功不受禄，说好了是借，等我今晚应付了我妈，洗干净再还给你。"

苏莞知道霍烟宁折不弯的性格，耸耸肩："随便你吧，不过现在这样可还不行，要做就做全套的。"

于是苏莞又带着霍烟去了浴室，亲自帮她洗了头，还预约了全城最好的美容师帮她做面部护理，然后给她化了一个清爽宜人的淡妆，最后还将她的头发挽了起来，做了一个精致的丸子头发髻。

镜子前的女孩，成熟之间不失俏皮，面色容光焕发，身上散发着淡淡的果香。

简直像凤凰涅槃，重获新生一般。

苏莞给霍烟拍了照发到409塑料美少女的微信群里，林初语尖叫出声，连甚少露面的洛以南都冒了泡。

洛以南："我已经嗅到了战争的味道。"

林初语："我的妈呀，这谁啊，这还是我对床的丑小鸭吗，已经不是变身白天鹅那么简单了，这简直就是一全身蹭蹭冒火的凤凰啊。"

苏莞："【得意】我这技术，还行吧。"

林初语："求预约！我也想大变身。"

苏莞："帮我在图书馆占位半年。"

林初语："占占占！以后图书馆有我林初语的窝，就少不了你苏莞的炕！"

……

苏莞拿着手机，跟林初语两人插科打诨聊得正来劲儿，抬头却发现，霍烟已经将羊绒风衣脱了下来，整整齐齐地挂在了衣架上。

"怎么呢？"苏莞站起身，不解地问道。

霍烟摇了摇头，重新穿好了自己的白色羽绒服。

苏莞急了："不喜欢这件，可以挑别的呀。"

霍烟看着她的眼睛，郑重地说道："谢谢你，苏莞，只是我觉得这样子不大好，这些都是你的衣服，我穿着它，狐假虎威地和霍思暖比高低、争长短，那我和她，和她的那些小姐妹本质上有什么区别？"

苏莞无法辩驳，拧着眉头说："可是你今天没有买到新衣服，马上就要

去傅家了呀。"

霍烟低头捋了捋自己的这身衣服："就这件吧，我霍烟现在是这个样子，但不会永远如此，等我将来挣到钱了，也可以买很多漂亮的衣服。"

"真有出息，不愧是朕看中的女人。"苏莞一巴掌拍在霍烟的肩膀上，"不过……我还是让阿姨把你的衣服熨一下，看上去规整一些，几分钟就好。"

霍烟乖乖脱了衣服，递给候在边上的用人："麻烦阿姨了。"

在等待衣服熨烫的时候，苏莞看着手机上霍烟刚刚的照片，颇为可惜地摇着头。

如果她肯接受自己的帮助，今晚该是何等的惊艳呀！不过苏莞心里其实也挺能理解霍烟的。

或许在班上同学看来，霍烟平日里闷不吭声没有主见，但苏莞知道，她其实是特别有想法的女孩儿，也有自己的原则和坚持。

或许，这就是傅时寒欣赏她的缘故吧。

那样一位身边永远不乏优秀女孩倾慕和崇拜的天之骄子，他却独独对霍烟情有独钟，绝对不是无缘无故的。

在她平顺温柔的外表之下，藏着一股逆境中不甘屈服的劲儿，两种力量交织在一起，难分胜负。

静水流深，大智若愚。

连苏莞这个女孩子都被她深深吸引了，更何况是傅时寒。

苏莞真的开始期待，在不久的将来，能看到霍烟真正成长和强大起来，她一定会有凤凰涅槃的那一天。

微信群里，林初语@苏莞："霍烟去赴宴了吗？"

苏莞："【叹气】去是去了，不过没穿小姐姐的战袍，还穿的是她自己那身北极熊装。"

林初语："为什么呀，不是说要和霍思暖大战三百回合吗？"

苏莞："【白眼】霍思暖根本不是她的对手好吗，我们烟烟这叫不战而屈人之兵。"

林初语："不懂。【撇嘴】"

洛以南："早有预料，她不会这么干。"

苏莞："你倒是了解她。"

林初语："真可惜了，我还期待咱们傅主席见到烟烟，眼睛瞪直的样子呢。"

苏莞："对呀！刚刚那张照片！你们谁加了傅时寒的微信？发给他呀！"

林初语："他在学生会的群里呢，我现在就去加他！"

霍烟："你们当我是死人吗？【骷髅】【骷髅】【骷髅】"

群里霎时间寂静一片，没人敢说话了。

| 第十二章 |

　　晚上，盛装打扮的霍思暖刚下楼，便见到了匆匆赶回来的霍烟，眸子里闪过讶异之色。
　　她走到她面前，伸手撩起她鬓间的一缕垂发，道："难怪没见你穿新衣服，钱都拿去做美容了？"
　　这般容光焕发的模样，就算是霍思暖，都忍不住一看再看，挪不开眼来。
　　霍烟没有回答她，只是将钱如数还给了母亲周若萍："妈，没买到新衣服。"
　　"钱留着吧，反正也是缺衣裳的，以后慢慢再看。"
　　周若萍打量着霍烟，见她衣裳平平整整，头发也收拾得规矩，皮肤水嫩水嫩的，比之于不知道涂了多少层粉底液的霍思暖而言，丝毫不差。
　　不仅如此，这沉稳的气质和清丽的容颜，有了浓妆艳抹的霍思暖进行对比，反而多了几许返璞归真的意味。
　　这样子去傅家，即便还穿着旧年的衣服，也是落落大方，不输于人的。
　　这些年没注意，小女儿竟然出落得这般楚楚动人。
　　暗自心惊的不仅仅是周若萍。
　　傅家宅院灯火通明，当霍烟从车上下来的那一刻起，傅时寒的目光便再没有从她的身上移开过。
　　今天的霍烟与过去似乎不同，但又好像没有什么不同。
　　黑莹莹的一双杏花眼，小巧的鼻梁，如樱花瓣一般莹润的唇……分明还是他印象中的小丫头，只是小丫头绾起了精致的发髻，还施了一层淡淡的妆粉，整个人看上去容光焕发。
　　当她经过他身边的时候，扑来一阵清新的暗香。
　　傅时寒微微眯了眯眼，心间腾起一阵风。
　　尤其是当霍烟与他擦肩之时，朝他投来那清丽的一瞥，更使他身体里涌起一股子燥热的冲动。
　　不过傅时寒终归还是傅时寒，无论心头升起何等禽兽的念想，面上却还是保持谦逊沉稳的模样，陪在长辈们身边，端的是君子的做派。
　　只是饭席间，坐在霍烟对面的某人那不安分的脚，跟着就挪了过来。
　　又是故技重施！
　　傅时寒的脚尖在霍烟的小腿上点了点，见她不搭理，便又缓缓下移，在她脚背上画圈圈。
　　霍烟："……"
　　她用眼神警告傅时寒，而傅时寒嘴角抿起淡笑，没有任何异常，长辈们问话，他便妥妥帖帖地回答，温煦有礼。
　　谁知道桌下又是另外一副尊容，这么的不安分！
　　她真想拆穿他，让家长们都看看他背地里的真面目。

不过想归想，霍烟绝对不会这样做，她和傅时寒之间有着不同于旁人的情分，他们相伴长大，那些青葱时光里埋藏了许多只有彼此知道的小秘密，不足与外人道哉。

这也是傅时寒敢这样肆无忌惮的原因吧，吃准了她这闷葫芦不会胡乱告状。

霍烟将脚从拖鞋里伸出来，用力踩了踩他。

傅时寒使坏之后，又似讨好一般，轻轻碰了碰她的脚丫子，然后把腿收了回去，安分守己不再捉弄她。

桌面上，他还顺手给她夹了一个鸡腿，以示好意。

霍烟可不吃他这套，鸡腿肯定不好还回去，这不成样子，索性她也夹起一块鸭翅，伸手放进了傅时寒的碗里。

礼尚往来，休想轻易讨便宜。

傅时寒拿筷子尖拨弄着碗里的鸭翅，嘴角晕染的笑意更甚："谢谢霍烟妹妹。"

霍烟声音脆朗："不谢！"

母亲唐婉芝看着霍烟和傅时寒这一来一往的筷子交流，心下大概也有了数，她仔细端详起霍烟来。

霍烟的五官虽没有霍思暖那般精致勾勒，但恰恰也是这样一份疏淡随意，使她的容颜越看越耐看。

面由心生，霍思暖过于优秀，眼里眉间都是一股子厉害劲儿，而霍烟则如一副淡淡的山水画，没有太多的攻击性，温婉平整。

这样的女孩，是任谁都不能不喜欢的。

"对了，期末考试成绩出来了吧？"唐婉芝看向对面的两个女孩。

周若萍尴尬地笑了笑："思暖考得还行，专业课都是 80 分以上。"

至于挂科的计算机，她实在没好意思说出口。

"那挺不错的。"唐婉芝笑了笑，"烟烟呢？"

像是想起来什么，周若萍立刻说道："烟烟考得好，估摸着能拿奖学金。"

从周若萍截然不同的话音里，唐婉芝一听便明白了，霍思暖考得不如霍烟。

她笑道："我听时寒说起过，烟烟平时学习特别努力用功。"

周若萍摆摆手："哪里，比起时寒来，还是差远了。"

母亲们开始商业互吹，霍烟则闷声吃饭，填饱肚子才是要紧事。

唐婉芝含笑看向自己的儿子："我这臭小子，心思没放在学习上，整天捣鼓他的课题小组去了，连寒假都三天两头往学校里跑，没个消停。"

周若萍立刻道："也不能全然埋头于课本，多多培养自己的兴趣爱好，多方面发展也很不错的。"

第十二章

唐婉芝望向霍思暖："说到多才多艺，还是暖暖厉害。"

霍思暖有些不大习惯现在的处境，要是放在过去，母亲提到她的时候，哪一次不是满心的骄傲，现在风头全让霍烟给抢了，她本就不甘心，恰好唐婉芝提到话茬上，她索性说道："下学期我要参加学校的舞蹈比赛。"说着故作无奈，"这不，寒假都要训练呢，只有过年这几天才有得玩。"

唐婉芝惊喜道："是吗，是什么舞蹈比赛呀？"

"学校举办的，要是拿了冠军，说不定还要被推选到市上去参赛。"霍思暖满脸骄傲得意之色。

唐婉芝说："我记得暖暖小时候就爱跳舞，在家里扮成白天鹅呢。"

"小时候妈妈总说要培养我们姐妹的兴趣爱好，跳舞我一直都很喜欢的，也愿意坚持下去。"

唐婉芝赞赏地点点头："能坚持下来，很是不容易，暖暖一直都是特别优秀的孩子。"

霍思暖羞涩一笑，又立刻望向霍烟，故作玩笑道："当时妹妹说要学画画呢，没几天，又说要弹钢琴，后来又喜欢上玩泥巴。"

霍烟攥着筷子的手紧了紧。

小时候她的确跟着姐姐去上过兴趣班，也想过要认真学，可是总也学不会，老师告诉父母，霍烟没有艺术细胞，恐怕学不出头。

加之兴趣班学费昂贵，父母经过商议之后，便决定不让她上了。霍烟五岁才开口讲话，看上去呆呆的，很是迟钝。所以父母全部的心血，都投入在了姐姐霍思暖身上，也就不怎么管霍烟了，在姐姐忙碌奔走于各大兴趣班的时候，她和院里的小伙伴走街串巷四处疯跑，野蛮生长着。

霍烟印象最深刻的一次，是父亲接霍思暖从舞蹈班回来，霍思暖穿着练舞的白天鹅裙从车上下来，像个小公主，而霍烟却穿着脏兮兮的衣裤，脸上也带着泥，躲在树后远远地看她。

那些总是欺负霍烟的小伙伴，此刻也正艳羡地围着霍思暖，想和她说话，而霍思暖脸朝着天，看都不看他们一眼。

那时候，霍烟明白了何为云泥之别。

如今，霍思暖把她的拙处大大方方地捅出来，安上一个半途而废的名头，也是为了让她在傅时寒的父母面前丢脸。

霍烟如何不知道霍思暖的心思，她愤愤地望着她，霍思暖则报之以温和无害的微笑。

"说到这个，"一直没有出声的傅时寒，突然开口，"霍烟，待会儿来我的房间，把报名表填了。"

霍烟心头一惊，抬起头来，却见傅时寒望冲她点了点头，目光深沉。

"时寒,是什么报名表啊?"唐婉芝好奇地问。

"哦,霍烟准备报名参加《头脑风暴》。"傅时寒说得漫不经心。

而家里人全部露出惊讶之色,连一贯沉默寡言的父亲傅郅都忍不住问了声:"是电视上的那个《头脑风暴》?"

"是,您和妈妈经常看的那个快问快答比赛节目。"

傅郅目光流露些许欣赏之色:"能上那个节目的孩子,可不简单啊。"

能冲进总决赛的选手,有来自全国乃至全世界的名校佼佼者,履历优秀得简直能闪瞎人眼。

霍烟连连摆手:"我就是报名试试,不一定能进的。"

傅郅说道:"有这个志气,就值得鼓励。"

唐婉芝也立刻道:"这么大的事,烟烟还不告诉我们呢!是准备上了电视,再给叔叔阿姨一个惊喜吗?"

傅时寒淡淡一笑:"说不定,还真能给你们一个惊喜。"

"傅时寒,你别说了。"霍烟使劲儿给他递眼色,他却假装看不见。

唐婉芝和蔼地微笑着:"烟烟自小就是这样的性子,不喜欢显摆,安安静静,却能脚踏实地,是个稳重的孩子。"

霍思暖脸色变了,"不喜欢显摆"这句话,或许唐婉芝是无心说出,可也重重地打了她的脸,同样都是还没有参加比赛,霍烟隐忍不说,她却迫不及待拿出来招摇。

偏偏她参加的不过是校级的舞蹈比赛,霍烟报的这个比赛,可是家喻户晓的《头脑风暴》。

一顿饭,霍思暖吃得食不知味。

饭后,霍烟本来要去厨房帮忙收拾,却被傅时寒给拉到自己的房间。

傅家的装修风格分外严肃,家具都是陈年的木质,很是威严气派,可是傅时寒的卧室却呈现出截然不同的风貌。

墙纸是简约的线条,配以浅白色调,书桌摆设归置得整整齐齐,书架上的专业书籍,按照类别有条不紊地摆放着。很多书看起来书页都卷了边,想来应该是被翻阅过不止一遍。

桌上放着两台电脑,台式的和笔记本。

霍烟正打量着他的房间,只听"咔嗒"一声,房间门被傅时寒锁上了。

她本能地往后退了退,心头升起些许不安。

傅时寒锁上房间门之后,踱步走到她身边,目光下移,落在她的脸上,仔细地将她打量一番。

霍烟被他望得有些不自在,羞敛地垂下眸子,细声问道:"你看什么?"

傅时寒凑近她的脸,看了许久,幽黑的眸子里涌动波澜。

第十二章

"我在看你。"他的声音分外温柔。

仔仔细细,似要将她的每一寸肌肤都收进那深不见底的瞳眸里。

霍烟本能地后退两步,却被床脚给绊了一下,直接跌进松软的床铺里。

他薄薄的嘴角噙着一抹轻笑,屈身,双手撑在了霍烟的身畔两侧,将她压在自己的身下,床铺立刻凹陷下去不少。

只差几寸,身体便触在了一起。

感受着身体靠近而散发出来的热度,霍烟的呼吸都克制了,惊恐地问道:"傅时寒,你要做什么?"

傅时寒的手落到她的下颌,捏着她小巧的脸蛋,往左边翻了翻,又往右边翻了翻。

小丫头皮肤如瓷,白里透红。

"看清楚。"他眼角笑意渐渐加深,"今天小丫头很不一样。"

霍烟心里暗自腹诽,就算想要看清楚,也不用凑这么近吧!

这姿势就像压着小红帽的大灰狼,恨不得将她吃进肚子里似的。

"只是化了淡妆而已。"霍烟解释的时候,还不忘出言怼他,"少见多怪。"

傅时寒淡淡一笑,如三月的清雨,霁月风光。

门外传来母亲唐婉芝的敲门声:"时寒,你和烟烟在房间里做什么呢,怎么还把门锁上了?"

傅时寒扬声应道:"烟烟在填报名表。"

"哦,那填完之后就赶紧出来。"

母亲的脚步声渐渐远去。

傅时寒凑近霍烟的耳畔,轻声问道:"烟烟,你猜,她在担心什么?"

烟烟两个字,伴随着他湿热的呼吸,情生意动,分外撩人。

霍烟坐在傅时寒的转椅上,埋着头一笔一画,在报名表上填写了自己的身份资料。

"你这分明就是赶鸭子上架。"她写完报名表,重重拍在身边傅时寒的胸脯上,横他一眼,"我都还没有答应,你这样当众说出来,不答应也得答应了。"

"这样不愿意?"傅时寒修长的指尖捻着报名表,"那我把它撕了。"

"哎!"霍烟一把握住傅时寒的手,"不准撕。"

傅时寒嘴角噙着笑意:"即便我什么都不说,你还是会报名的。"

霍烟不满地咕哝道:"你真聪明,什么都知道了。"

傅时寒伸手撩开了她鬓间的一缕发丝别在耳后,然后轻轻凑近她的耳畔:"烟烟,你寒哥哥一定是这个世界上,最了解你的人。"

他的呼吸近在咫尺,薄唇似要碰触到她的耳垂,霍烟脸色突然涨得通红,

伸手推了推他硬邦邦的胸脯:"你别往自己脸上贴金了。"

傅时寒嘴角的笑意漫开,这般无所顾忌地微笑的样子,真是红颜祸水啊。

奈何他在旁人面前从不如此,否则不知道多少少女要为着这一个微笑而芳心暗许,失眠整夜。

他偏偏只祸害她一人。

/ 第 十 三 章 /

开学季刚刚来临,初赛便紧锣密鼓地拉开帷幕。

报名参加比赛的同学不少,可是真正入围复赛的人寥寥无几,大都是抱着玩一玩、试一试的心态,并没有认真准备。

傅时寒是以初赛第一的成绩通过的,霍烟的名次在前二十名以内,但是仍被他甩得远远的。

《头脑风暴》高校联盟赛,每个学校只会产生一人进入总决赛,与来自全国各地的优秀学生进行PK,争夺最后的全国总冠军。

霍烟毫不怀疑,S大最终的冠军肯定是傅时寒,甚至全国冠军都有可能。从小到大,不管什么比赛,他拿第二就没人敢拿第一,优秀得无可比拟。

图书馆咖啡厅里,霍烟抱着网上下载来的题库资料,和傅时寒俩人一问一答地进行练习。

一番对阵之后,霍烟瘫在了椅子上。

"你是魔鬼吗?"

她被这家伙的智商给吊打得体无完肤,傅时寒的记忆力和举一反三的能力简直令人咋舌。

"根本就没有再比下去的必要了嘛。"她撇嘴道,"最后的冠军都已经被你内定了。"

似惩罚般,傅时寒轻轻拍了拍她的后脑:"不战而败的家伙,我看不起你。"

"唔。"

霍烟拿起书挡住脑袋,不服气地说:"我才没有不战而败,等着吧,总决赛我一定会打败你。"

他挑挑眉:"行,我等着烟烟打败我。"

霍烟不满地看着他:"说了多少次,别学大人叫我烟烟。"

"好,烟烟。"

"这个问题你一定答不上来。"霍烟抱着题库书,"是一道文学题。"

天文地理科技体育他都懂很多,计算心算也难不倒他,不过他属于典型的理工科少年,文学方面恰好是他的弱项。

"听好了,哪部作品与《牡丹亭》《邯郸记》《紫钗记》一起被称为临

川四梦?"

傅时寒皱了皱眉,故意做出沉思状态:"嗯……"

"不知道吧。"霍烟笑了笑,"你看,总不能所有的好处便宜都让你占尽了,人都有薄弱的区域。"

傅时寒摇了摇头,似乎情绪很低落。霍烟于心不忍,赶紧拍了拍他的肩膀:"没关系啦,没事多看看题库,勤能补拙。"

然而她话音未落,傅时寒突然抬头:"《南柯记》。"

霍烟:"……"

看着傅时寒嘴角逐渐晕染开来的笑意,霍烟才知道是自己是被他耍了。

霍烟一个人转过身去看书,不再理会他。

"生气了?"

"没有。"

傅时寒捏了捏她的小脸蛋:"还说没有?"

"你讨厌啊。"霍烟打开了他的手,"别影响我看书,我可不像你什么都知道。"

傅时寒牵起她的手,落到自己的肩膀上:"给你一次机会,不准生气。"

霍烟斜着眼睛看了看他乌黑顺滑的发丝:"我……我才不会轻易被你诱惑。"

"哦,那算了。"傅时寒背过身去,低头看书。

霍烟盯着他平平整整的背影看了许久,终于还是经受不住诱惑,轻哼了一声。

傅时寒微微一笑,牵起她柔软的小手,落到自己的头发丝间。

霍烟顺势攥住了他头顶的一缕发丝,心满意足。

"不生气了?"

霍烟没好气地说:"我哪有这么小气。"

傅时寒捏了捏她的小耳垂。

"哎,傅时寒。"霍烟突然凑过来,好奇地问,"这个世界上有没有什么事,是你不知道的?"

傅时寒一边看书,一边漫不经心地喃道:"有。"

霍烟立刻来了兴趣:"什么什么?快告诉我。"

"一件只有你知道,而我不知道的事。"

傅时寒斜着眸子睨向她,眼角微勾,眼下一颗浅淡红痣分外撩人,语气却很认真。

霍烟的胃口被吊了起来:"快说说!"

"以后我会亲口问你。"傅时寒卖了个关子,"现在先不说。"

第十三章

"喊,小气。"

这段时间,霍烟每天都会看书到很晚,林初语总说:"霍烟,你也太拼了吧,真的要冲总决赛吗?"

"傅时寒参加的比赛,我能拿下总冠军就怪了。"

"那你还这么努力做什么,白费工夫。"

霍烟目光从题库书里抽离,抬头看向上铺的林初语:"既然参加了,肯定要做最好的。"

这是她一直以来奉行的原则,要么不做,既然选择了去做,就要拼尽全力。

林初语趴在护栏边,幻想着说:"如果能进入总决赛,就可以在电视上和全国十大高校的学生对战,出名了呢!"

霍烟耸耸肩:"别瞎想了,总决赛我肯定没戏。"

林初语点头:"也对,傅时寒那架势,说不定全国总冠军都有可能。"

"是啊,他什么都知道,没有问题能难倒他。"霍烟说这话的时候,带了点歆羡,也颇有几分自豪。

她真的很期待他在全国总决赛上的表现,别的不说,一大批的颜粉肯定是没跑的。

"不过烟烟,既然知道最后的结果,你还这样努力,有意义吗?"林初语问道,"干脆别看书啦,早点睡觉吧。"

"不行,我才不想让傅时寒看不起我呢。"霍烟继续埋头看书,"而且他很相信我,不能让他失望。"

一直没有开口的苏莞突然说道:"所以,你这是为了给自己不蒸馒头争口气呢,还是为了在傅时寒面前好好表现呢?"

此言一出,整个寝室陷入一片静寂。

"我当然是为了……"

她突然顿了顿,与此同时,三双眼睛扫向她,就连洛以南都摘下了耳机。

"从小到大,很多事情别人都说我不行,只有傅时寒相信我。"霍烟垂下眼睑,手握紧了笔,自顾自地说道,"他那样优秀的男孩,却从来没有看不起我,所以我总想证明给他看,他相信我是没错的,我也能做得很好。"

"烟烟,你一定可以做到。"林初语手握拳头,"加油!"

苏莞也答道:"我相信你一定可以的。"

"嗯!"

六月中旬,霍烟顺利闯入了校园的决赛,这也让很多人大跌眼镜。

譬如霍思暖。

一开始,她并不相信霍烟真的能在比赛里闯出什么名堂来,她太了解她了,她先天不足,比别人是要笨一些的,从小到大做什么事情都是事倍功半。

当她看到校园总决赛十强名单上有霍烟的名字,惊愕了很久。

这丫头,居然能做到这种程度吗,以前竟然是她小瞧她了!

不过就算运气好进了校园十强又怎么样,她绝对不可能进入全国总决赛,这种比赛或许前期可以靠勤奋努力,可是到后期是要考验选手自身的素质水平。

而霍烟这种水平低于普通人平均值的家伙,蹦跶不了多久。

总决赛采用选手互选,两两pk的淘汰赛制,一人一题的轮赛,只要有一人回答不上来,就会立刻被淘汰掉。

傅时寒和霍烟当然都在一开始避开了对方,而选择其他选手进行pk对决。

霍烟发现傅时寒所选的对手,都是十强里排名靠前的几人。

不过这也很正常,强强对决,傅时寒不屑于与弱者较量,胜之不武。

或许这也是他一直没有选她的缘故吧。

霍烟的基础比较稳,而其他的选手到这个阶段,看到傅时寒的表现,料定了总冠军肯定是他了,因此他们也大都没了底气和信心,所以状态不佳。

这给了霍烟很大的机会,稳打稳扎一路拼杀,竟也走到了最后。

避不开与傅时寒的狭路相逢了。

周围的欢呼声响成一片,观众席边的沈遇然挥拳喊道:"寒总,怜香惜玉啊。"

许明意说:"你看他是怜香惜玉的人吗,不辣手摧花就算好的了。"

林初语抱着苏莞:"不敢看了,真心疼我们家烟烟。"

傅时寒和霍烟对面而立,这是第一次,在所有人的目光之下,她大大方方地抬起头来与他对视。

他那双黑白分明的眸子清隽澄澈,眼角微挑,晕染着疏懒的笑意。

"准备好了吗?"

"嗯!"

霍烟蓄势待发,不落掉主持人的每一个字。

"我国现有四大古桥,其中哪座位于广东潮州?"

"湘子桥。"

"牛郎星位于什么星座?"

傅时寒嘴角微扬,从容不迫:"天鹰座。"

"太阳黑子位于大气哪一层?"

霍烟不假思索道:"光球层。"

……

十多个问题过去了,两人一来二往,竟然全都答了上来,胜负难分。

第十三章

沈遇然抱着许明意的手臂，难以置信道："看来今天寒总遇到劲敌了呀。"
林初语说道："我们烟烟可是熬了好几个通宵准备比赛。"
沈遇然说："哇，真巧，我们寒总每晚十点准时入睡，从不超时。"
"喂，找茬是吧？"林初语不忿地说，"聪明了不起啊？"
沈遇然笑嘻嘻道："是有那么一丢丢了不起。"
许明意："都是一家人争什么争。"
俩人同时道："谁跟他一家人！"
许明意翻了个白眼："说你们了吗，我说台上那两人。"
台上两人的比赛进入到第三十一题，似乎还是没有办法分出胜负。
"人类宇航员第一次进行太空漫步是哪一年？"
霍烟："1965。"
"太阳系八大行星中唯一一颗自东向西逆向自转的行星是？"
傅时寒从容不迫："金星。"
"中国最早的佛寺是哪座寺庙。"
霍烟深呼吸，沉声道："河南白马寺。"
"哪部作品与《牡丹亭》《邯郸记》《紫钗记》一起被称为临川四梦？"
霍烟突然望向傅时寒，这个问题……她之前问过他。
本以为傅时寒妥妥是能够回答的，却没想到，他沉默了许久许久。
时间一秒一秒地流逝。
每个选手只有15秒的时间可以思考，超过了便算输。
霍烟望着傅时寒的眼睛，掌心漫出了一层薄汗，心里有一个声音不断在催促："回答啊，快回答啊。"
傅时寒眼角含着疏淡的笑意，从始至终却紧抿着薄唇，未发一言。
现场观众都情不自禁地站起身来，为傅时寒捏了一把汗。
终于，计时器响了起来："滴——"
时间到了，傅时寒没能回答出这个问题，输掉了总决赛。
在主持人宣布校园赛总冠军是霍烟的时候，满场欢呼声响成一片，而霍烟从始至终脑子都是一片乱哄哄，死死盯着傅时寒的眼睛，想从他的脸上瞧出些许端倪。
可从始至终，傅时寒坦然与她对视，并没有任何心虚或者异样的情绪流露。
很快，霍烟被朋友们簇拥在了中间，一块儿走出了汇报厅。
"啊啊啊啊！进入全国赛了！"林初语最激动，抱着霍烟的脸蛋狠狠亲了两口，"马上就要上电视了啊！要出名了！烟烟超棒！"
"意外，太意外了。"洛以南也笑着说道，"我差点就要以为是傅时寒放水了。"

苏莞说道:"俩人都答了三十多题了,要放水他早就放了,这就应了一句老话,天道酬勤。"

林初语嚷嚷着说:"哎,前面那个说十点睡觉还稳拿冠军的家伙哪去了,出来接受打脸。"

……

一帮人簇拥着霍烟走出比赛大厅,霍烟说自己还有事要先行离开。

她三两步追上了傅时寒,拉着他的手来到没人的角落里。

"到底怎么回事?"

"你赢了。"傅时寒轻轻揉了揉她的脑袋,"就是这样一回事。"

"《南柯记》那道题,你明明答得上来。"霍烟声音急促,"为什么不回答?"

傅时寒揉了揉脑袋,笑道:"突然有些卡壳了。"

"傅时寒。"霍烟拧着眉头,"你故意放水的!"

"是,我故意放水。"

傅时寒坦坦荡荡地回答,倒是让霍烟一时间不知该如何作答。

"你……为什么?"

傅时寒看着她那红得晶莹剔透的耳垂,淡淡一笑:"因为我想让你赢啊。"

"你……你真是胡闹。"霍烟心虚气短,紧抿着唇,移开了目光不敢再看他,"如果一开始就不想拿冠军,为什么还要参加比赛?"

傅时寒凝望着他,眼眸幽黑,薄唇勾起三分轻挑——

"我想要给某人保驾护航。"

全国总决赛在这个夏天火热拉开了帷幕。

经过了两个月的刻苦准备,七月中旬,霍烟便要前往B城电视台参加比赛。

小女儿即将上电视的消息,简直把霍家父母给高兴坏了,欢天喜地给家里的亲戚打电话,让他们到时候一定要收看电视节目。

其实根本没有必要,因为《头脑风暴》这款电视节目的收视率极高,不用他们说,到时候霍烟上电视的事情一定会传得沸沸扬扬满城风雨。

父母打电话只不过是虚荣心作祟,霍烟说自己肯定坚持不了多久就会被淘汰,让他们不要再到处说了。

霍思暖酸溜溜地说道:"算你还有点自知之明,我要是你,大概是不好意思去电视台丢人的。"

霍烟"哦"了声,淡淡地说:"姐姐倒是很想上电视台,不过听说初赛就被淘汰了。"

"你得意什么!"霍思暖站起身气呼呼道,"我当时是要参加舞蹈比赛,根本没时间准备这个破比赛。"

霍烟本来不想跟霍思暖发生冲突,但也不想总是被当成哑巴欺负。

| 第十三章 |

"姐,你参加《头脑风暴》不会是因为看见我报名吧?"

霍思暖脸色难看极了,冷哼道:"怎么可能!我只不过是玩玩而已。"

"玩玩而已。"霍烟点了点头,"所以舞蹈比赛,你输给了我们寝室的洛以南,这也是玩玩而已吗?"

"霍烟!你不要欺人太甚!"

霍烟站起身,定定地看着她:"霍思暖,到底是谁欺人太甚?"

"两姐妹好好的,怎么吵起来了?"母亲从厨房里出来,擦了擦湿漉漉的手,"快别吵了,暖暖,你也真是的,以前你哪次比赛得奖,烟烟不是真心为你高兴,怎么轮到烟烟了,你满嘴尽是风凉话呢。"

霍思暖委屈地说:"妈,你现在是怎么了,总是帮她说话!"

"你们都是我的女儿,我这是帮理不帮亲。"

霍思暖红着眼睛,赌气起身径直回了房间。

"哎,吃饭呢,你闹什么?"

"我不吃了!"

她重重关上了房门。

母亲无奈地说:"你姐姐最近脾气越来越大了,以前她可不是这个样子的。"

霍烟拿起筷子吃饭,不置一词。

嫉妒让人变得丑陋,过去那个温柔善良大方的霍思暖,也仅仅只存在于没有人与她争抢的静好岁月里,现在陡生波澜,她怎么可能还坐得住。

霍烟并不想把姐姐逼到现在这个地步,但一切都是她自作自受,与人无尤。

今天母亲拿出了她的看家绝活,做了一大桌香喷喷的饭菜,当作是霍烟的践行宴,没有霍思暖在桌上使脸色,一家人出奇地和乐融融。

下午,父亲开车送霍烟去了高铁站,搭乘高铁去B城电视台参加比赛。

本来他是想请假陪着霍烟到B城的,毕竟丫头从小到大没有出过远门,奈何单位领导不肯批假,霍烟也坚持自己一个人可以过去。

上车前,父亲千叮万嘱让她一路小心,不要和陌生人讲话,更不要轻易相信别人。

霍烟无奈地说:"知道了爸爸,我又不是小孩子了,会照顾自己的。"

"哎,从小到大你都是让人放心的好孩子。"父亲满心的歉疚,"你很优秀,爸妈为你感到骄傲。"

"爸,那我先上车了,等我的好消息吧。"

父亲看着她离开的背影,满眼尽是担忧。

霍烟通过检票口,上了火车。刚坐下来没两分钟,两道熟悉的身影也上了车。

竟然是苏莞和林初语。

苏莞拎着自己的白裙子，嫌弃地看了看四周："哎哎，怎么是二等座啊，我不是让你买商务座吗？"

林初语笑嘻嘻道："大小姐，你要坐商务座，那咱们就得分开了，你舍得跟我分开吗？"

"那我还真舍得。"苏莞摆摆手，"算了算了，好在只有一个小时车程，不算太远。"

霍烟连忙站起身来，惊讶地说道："你们怎么来了？"

"哟，霍烟，这么巧你也去B城啊？"苏莞故作惊喜地说。

"我去参加比赛，你们不是知道吗？"霍烟犹疑地问，"你们……该不会是要陪我一块儿……"

"想什么呢，你又不给报销车费报销食宿我们干吗陪你去。"苏莞坐到霍烟的斜前方，"我们就单纯旅游，别想太多。"

"真的吗？"

苏莞拿出手机开始搜索："听说B城的炒面特别好吃。"

林初语道："B城的帅哥也特别多。"

"可以可以。"

"嘿嘿嘿。"

俩人自顾自地聊起来，不再理会霍烟了。

霍烟艰难地抬起行李箱，想要放在行李架上，忽然感觉手臂一轻，行李直接被人单手提了起来，轻而易举便落在了行李架上。

入眼是一截白皙的手臂，有几条青色的经络蔓延在细腻的皮肤下层。

好漂亮的手！

霍烟回头，赫然发现站在她身后的男人，竟然是傅时寒。

他穿着一件白色短袖衫，领口微开了两个扣子，露出修长漂亮的脖颈。

他对她微笑，阳光透过车窗漫洒在他的脸上，那双深褐色的眼眸仿佛是镀了一层薄金，分外好看。

而他的身边，还站着大包小包的沈遇然。

霍烟满脸讶异："你们……该不会也是去B城旅游的？"

斜对面，苏莞和林初语俩人趴在靠椅上，朝他们投来八卦的目光。

傅时寒淡淡一笑："你叔叔阿姨不放心，让我陪你去参加比赛。"

霍烟有些不相信："咦？爸妈都没有跟我说。"

傅时寒放好行李之后，坐到她的身边，揉揉她的小脑袋："笨蛋，你叔叔阿姨，当然是我爸妈。"

霍烟这才恍然大悟，有些不好意思："那……帮我谢谢叔叔阿姨。"

第十三章

傅时寒轻嗤一声:"陪你来的人是我,谢他们做什么?"

霍烟面上浮起一丝绯红,停顿了好久,这才低声对他说:"谢谢你。"

"蚊子叫吗,听不见。"

霍烟凑近了他:"谢谢你啊,寒哥哥。"

傅时寒挑挑眉:"还是听不见。"

于是霍烟将手搭在他肩膀上,靠近他耳畔,一字一顿说:"谢——谢——你。"

傅时寒不经意间微微侧过头,她冰凉的唇便轻擦过他的耳垂。

霎时间,某人的耳垂红了个通透。

一种更为翻涌而刻骨的情绪,挤压着心脏,争先恐后向外溢出来,通过细胞神经一直传达到四肢,他全身都洋溢着这种酥酥麻麻宛如电击般的感觉。

小丫头全然没有注意到此刻傅时寒面上不自然的神情,她指着沈遇然问道:"他怎么也跟来了呀?"

傅时寒挑眉望向沈遇然:"对啊,我陪我妹妹,你跟来做什么?"

沈遇然立刻举手道:"小烟儿参加比赛,我当然是来给她加油撑场面的喽。"

偷看的林初语附耳对苏莞小声说道:"这年头,男生都这么坦诚的吗?"

苏莞没有回答她,反而兴奋地问沈遇然:"我和尚哥哥呢,他怎么没来?"

"你和尚哥哥暑假出去兼职了,可忙着呢。"

"哦。"苏莞撇撇嘴,"不知不觉,都好久没见面了。"

沈遇然笑说:"难得,那一毛不拔的铁公鸡居然也有女生惦记。"

苏莞凶巴巴道:"喂,不准讲我和尚哥哥的坏话。"

"行行行,我的错。"沈遇然坐下来之后,拿出手机打开微信视频,"老二,有人想你了,要不要见见?"

电话里传来许明意那特有的心不在焉的语调:"忙着呢,你搞什么?"

沈遇然冲苏莞甩了个眼色,苏莞立刻掏出小镜子看了看自己,确定一切 perfect 之后,赶紧接过了沈遇然的电话。

"是我呀。"苏莞露出一个清爽明净的微笑,"你在干什么呀?"

视频画面里,许明意穿着一件黑色 T 恤,阳光下露出精壮的麦色胳膊,艳阳的盛夏,一粒粒饱满的汗珠挂他宽阔的眉宇间。

他微微拧着眉,眼睛埋在深邃的眼眶里。

"我在工作。"

苏莞注意到,他身后山清水秀的田埂间,站着好几个打扮花花绿绿的女孩子,她们戴着遮阳帽和太阳镜,靓丽又时尚。

他好像还帮其中一个女孩拎着玫红色的包。

苏莞呼吸一窒:"许明意……"

"哎,许帅哥,过来给我们拍个照呗。"

"拍照另外收费的哦。"

"知道啦,快来。"

许明意对苏莞道:"我现在有些忙,晚些时候找你。"

"哦……"

视频被挂断了,苏莞将手机递给沈遇然,勉强挤出一个微笑,说道:"谢了。"

见她似乎心情起伏有些大,沈遇然也就不再胡乱开玩笑了。

高铁缓缓驶了出去。

傅时寒听见身边的小丫头一个呵欠接着一个呵欠,他低头看她,一张小脸满是倦怠,眼下还有着黑眼圈。

"昨晚又熬夜看书了?"

"嗯。"

"说了多少次,不准熬夜,十一点前必须上床。"

"我上床了呀。"霍烟冲他嘻嘻一笑,"在被窝里看书。"

傅时寒轻拍了拍她脑袋:"你搁我这儿皮什么。"

"唔。"霍烟捂了捂脑袋,见他神情严肃,于是赶紧示好,"我错了,比赛之后我肯定乖乖睡觉,不熬夜了。"

傅时寒目光柔和了许多,说道:"睡会儿吧。"

"嗯。"

霍烟将脑袋靠向窗边,闭上了眼睛:"那我睡会儿,下车的时候记得叫醒我。"

"你往哪边睡?"

听得他这一声反问,霍烟睁开眼睛,不解地望向他。

傅时寒望着窗外景致,却将自己的肩膀靠了过来,伸出手臂,垫在了她身后的靠椅上。

意思,很明显了。

霍烟盯着他宽阔的肩膀看了足足有二十秒。

傅时寒被她盯得心头燥热,不管三七二十一,撸着她的小脑袋,直接摁进自己的臂弯里。

霍烟靠着傅时寒的肩膀小睡了一会儿。

虽然他的肩膀整块儿都是硬邦邦的,不过并非是那种硌人的嶙峋瘦骨,恰恰相反,他骨架之上还垫着一层平平整整的肌肉,所以脑袋搁上去,反而感

第十三章

觉挺踏实，极有安全感。

霍烟时不时地便要挪动身子，像熟睡的猫咪似的，极不安分，时而攥攥他的衣角，或者发出咕噜声，整个脸埋进他的颈项窝里，轻柔温热的呼吸挠着他。

她只要稍稍动一下，傅时寒的心跳就会跟着漏走几个节拍。

这丫头，竟是这样的睡相，傅时寒也只能无奈地迁就着。

很快火车到站，霍烟迷迷糊糊地转醒，睁开眼首先看见的是他脖颈上，那一片白皙细嫩的皮肤。

一个男人的身体竟比女孩还要精致许多，并且绝非刻意保养，而是生来如此。

这就让人有点小羡慕了。

霍烟的目光缓缓下移，落到他肩膀位置，白色的衬衣上好像被润湿了一小块。

霍烟猛然瞪大眼睛，不是吧！

"醒了？"他醇厚的声音传来。

霍烟赶紧用手捂住他肩膀的那一块湿润处，害怕被他看到。

傅时寒眼皮都没有掀一下，淡淡说道："遮什么，我还能感觉不到？"

霍烟赶紧从包里摸出纸巾，心虚地替他擦拭："对不起对不起，待会儿衣服脱给我，我帮你洗干净。"

傅时寒似乎并不在意这个，只揉了揉她睡得凌乱的头发，背起了她的小书包："走了。"

"哦。"霍烟乖乖地跟在了他身后，下车之后，傅时寒叫来一辆车，载着几人朝酒店驶去。

霍烟注意到，平日里最爱开玩笑的苏莞，没怎么讲话，似乎心情不大好，连带着小话唠林初语的话都少了。

沈遇然见状，对苏莞说道："老二这人平日里掉钱眼里去了，抓住一切能赚钱的机会，刚刚既然说了是在工作，肯定没跑啦。"

苏莞望着窗外景色，面无表情道："跟我有什么关系，我又不是他的谁。"

沈遇然自讨了个没趣，索性也就不再说话了。

没几分钟，微信视频进来，是许明意。沈遇然晃了晃手机屏幕，对苏莞道："老二的，直接挂断吗？"

"他找你的，你爱挂不挂。"

沈遇然挂断了视频，然后给许明意回了一个："你完了。"

许明意："？"

沈遇然："苏大小姐闹脾气了。"

许明意："她怎么了？"

沈遇然："我怎么知道，你自己反省……"
许明意："你跟她说我刚刚真的在忙。"
沈遇然："你自己说，我又不是你们的传声筒。"
许明意："哦。"
沈遇然："和尚也动七情六欲了？"
许明意："？"
沈遇然："和尚脑子里不是只装了铜串子吗，怎么，这么在意她生气不生气，有猫腻！【斜眼笑】"
许明意："呃，她是我的大客户，轻易不能得罪。"
沈遇然："……"

回到酒店安顿下来，林初语问苏莞："到底怎么了嘛你今天，明明出门还很高兴的，跟他视频了一下，就变成这个样子。"

苏莞心里窝着一股子火气说："暑假都过了半了，我每天都想着他，他倒好，陪女孩子出去游山玩水，开心得不得了。"

霍烟从题库书里抬起头，望向苏莞："和尚不是那种人。"

她与他以前共事过一段时间，许明意绝对属于那种不沾女色的男孩，不对，在他色即是空的眼睛里，这个世界上就压根没有男人和女人之分，只有苏莞这种能让他忽悠赚钱的人和霍烟这种……不管怎么巧舌如簧都绝对一毛不拔讨不了半点好处的人。

这时候，苏莞的微信铃响，许明意的视频钻了进来，苏莞看到他的空白头像，整个心情都雀跃了起来，不过仍旧故作姿态，淡定地独自一人走到阳台边，接了视频。

"干吗？"

视频里面的许明意好像正在骑摩托车，路边尽是山野田园的景色，飞速地后退，远处一轮夕阳日暮。

他也没戴护头盔，卷卷的刘海整个往后飞扬，风兜得他眼睛半眯半阖着。

以前的卷毛刘海总是遮着他的眼睛，让人看不清楚他的脸究竟长什么样，有种淡淡的高深莫测之感。

此刻整张脸倒是全然显露出来，狭长的一双丹凤眼，清秀俊逸。

苏莞感觉他的单眼皮，还真是丑帅丑帅的。

"哎，听说你不开心了？"

听筒里传来他大声的呼喊，还有风的呼啸声。

"你疯了吗？骑车还开视频！"苏莞这下子是真的来气了，"我挂了！"

说完也不等他反应，挂掉了视频，赌气地在阳台上走了两圈，骂了声："大猪蹄子！"

第十三章

没两分钟，许明意短信进来："我停车了，重新接。"

苏莞于心不忍，还是重接了视频："你的时间就那么宝贵，一分一秒都不能浪费是吗？"

视频那边，许明意站在道旁，身边搁着他的摩托车，他薅了薅头发，无奈说道："天快黑了，还有十多公里路，我还得回去给奶奶做饭。"

苏莞的气消了些，咕哝道："那几个女孩呢，不陪她们了？"

"时间过了，当然不陪了，现在是我的私人时间。"

苏莞没好气地说："你今天到底在干吗？"

"带团啊。"

"带团？"

"别人介绍过来露营的游客，我带她们到地方去。"

苏莞这才恍然大悟："你……你一学软件的，怎么跑去给人当导游啊？"

"赚钱还分专业吗？"

苏莞心情好多了，笑着问道："那你一下午赚了多少？"

"你猜？"

苏莞故意说道："这么辛苦，得有两百吧。"

许明意脸上难得露出一抹清爽的笑意，手指比了个六："这个数。"

"不错嘛。"

他看起来似乎开心极了："是吧。"

"嗯，真厉害。"

许明意走到摩托边上，又问道："沈遇然说你不开心了，怎么回事？"

"有吗？"苏莞翻了个大白眼，"我心情好得很呢。"

"咦，他骗我！"许明意颇为遗憾道，"本来还想给你做心理辅导，算个友情价，不过既然没有，那就算了。"

苏莞撇撇嘴："大忙人，太阳快落山了，你快回去吧。"

"嗯，我走了。"许明意跨腿重新坐上摩托车。

"你小心一点，慢些开，到家之后给我发个信息。"

许明意略有些困惑，不明白苏莞这样的举动是何意，不过眼看着太阳就要西沉了，再不赶紧回去就要走夜路了，于是他不做多想，点点头，关掉了视频。

苏莞看着这一段结束的通话视频，嘴角漫起甜甜的笑意，一回头便撞见霍烟和林初语俩人，站在门边，一脸无语地望着她。

"看什么看。"苏莞心虚地回了房间。

林初语摇头："你完蛋了，彻底中了那和尚的毒。"

霍烟也正色道："苏莞，你比一般的女孩都聪明，不会看不出来他只是想赚钱，心里根本没有……"

苏莞淡淡一笑:"你俩小傻瓜都能看出来的事,我能看不出来?"

"那你还……"

苏莞靠在阳台上,伸了个长长的懒腰:"谁说我喜欢一个人,人家就一定得喜欢我。"

林初语说:"那你这不就是单恋吗?"

"单恋又怎么样?"苏莞坦诚地说,"不努力就没有希望,努力的话,说不定将来有一天,他会看得见我呢。"

霍烟看着苏莞,她那一张饱满的小脸上洋溢着自信的光彩,如此美丽。她很欣赏她这样的态度,不纠缠也不放弃,更不会让对方感觉为难。

苏莞一直都是一个心里特明白的女孩。

三个女孩站在阳台上,望着江畔波光粼粼的夜景,晚风凉爽,霍烟情不自禁地问道:"喜欢一个人是什么感觉呀?"

苏莞想了想,说道:"不管是相约还是偶遇,只要一看见他,心脏会像被天使之箭射中,眼前开始冒小星星,嗯……就像可乐罐冒汽水,会觉得特别开心。如果遇到有趣的事,会第一时间想要与他分享,每天都会想各种各样的理由去和他聊天,若有人一个劲儿向你汇报他的生活,时不时要来招惹你一下,不用想,肯定是喜欢你啦。"

林初语叹息一声:"那完蛋了,没有人这样子找过我。"

苏莞戳了戳她的小脑袋:"慢慢来呗。"

一直没说话的霍烟默默地打开了自己的微信,傅时寒的对话框永远在第一个。

他的头像是一个卡通小机器人,站在深蓝的夜空之下,抬头凝望星空,不知所想。

霍烟将聊天记录往上拉了几行。

7月26日

傅时寒:"【图片】妈妈做的点心,太甜,不喜欢。"

霍烟:"请全部留给我!"

傅时寒:"好。"

7月27日

傅时寒:"读书报告。【图片】"

霍烟:"哇,你写了好长好长呀,我还没开动呢。"

傅时寒:"快开学了。"

霍烟:"知道啦知道啦,不要催,我会写的。【撇嘴】"

第十三章

7月28日
傅时寒:"新衣服。【图片】"
霍烟:"你在……试衣间?"
傅时寒:"好看吗?"
霍烟:"好看,衣服挺别致。"
傅时寒:"我是问,我好看吗?"
霍烟:……

7月29日
傅时寒:"困。【图片】"
霍烟:"我发现你最近很喜欢自拍。"
傅时寒:"哦。"
霍烟:"……"
两分钟后
霍烟:"不需要解释什么?"
傅时寒:"抱歉,帅到你了。"
霍烟:"……"

晚上,霍烟躺在床上,辗转反侧难以入眠。
傅时寒喜欢她吗?
怎么可能啊,一定是自己想太多了,他那样优秀的男生,怎么可能喜欢她这样平凡普通的女孩。
她平日里在学校都不太敢主动去傅时寒的班级找他,就是怕别人指指点点,畏惧别人的目光。
说到底就是不自信。
她觉得自己是不够格和傅时寒这样优秀的男孩子当朋友的,更遑论是别的什么关系,她想都不敢想的。
傅时寒不可能喜欢她,这里面肯定别有误会。
就在她胡思乱想之际,傅时寒的消息进来:"月色很美。【图片】"
他发来一张月亮的照片,角度应是他站在阳台上随手拍摄的。照片里的月亮被朦朦胧胧的云团簇笼着,分外明亮。
傅时寒的心有没有被天使之箭射中她不知道,但是现在……她的心跳得好快!
看着那张月亮的照片,回复的信息编辑了又删掉,犹豫了好久,终于心

一横，回复道："傅时寒，你喜欢我吗？"

啊啊啊！她问完这个问题之后，立刻将脸埋进枕头里使劲儿捶打。

太难为情了！

但是信息发出去不过二十秒，胆小如鼠的她又立马暗搓搓地撤了回来。

霍烟用脚捶床，纠结得简直快要窒息了。

然而半个小时之后，傅时寒没有回她消息，霍烟试探性地发了一个【忐忑】的表情过去。

傅时寒："刚刚在洗澡，你撤回了什么？"

"没什么，晚安！"

第二天一大早，霍烟便跟苏莞林初语她们一块儿出去瞎溜达，苏莞疑惑地问她："我还以为你今天会留在酒店跟傅时寒一起对题呢。"

今天本来是计划要和他对题，但是……经过昨天那事后，霍烟突然有些害怕和傅时寒独处了。

"好不容易来一次B城，当然要好好逛逛了。"霍烟心虚地说。

"真的是因为这个吗？"苏莞有些不相信，"还是有别的什么原因？"

"没有，绝对没有！"

"好吧。"

三个女孩在B城几处很有名的景点打了卡，又去吃了当地的特色美食，还拍了照发了朋友圈。

当霍烟看到傅时寒给她点的赞，手机都差点飞出去。

"你搞什么啊，一惊一乍的。"

"没……没什么。"霍烟看着傅时寒的头像，感觉心底升起一股凉意，有种不好的预感。

果不其然，女孩们晚上回酒店，霍烟给傅时寒发去信息："我们回酒店了哦。"

傅时寒没有回她。

霍烟拿出题库开始复习，不过心不在焉，时不时要拿出手机瞄一眼，一直没有他的消息进来。

果然不对劲。

晚上十点，霍烟终于披了件外套起身出门，在酒店走廊拐了几个弯，叩响了傅时寒房间的门。

房间是套房的户型，沈遇然跷着脚丫子在客厅玩游戏，傅时寒在房间看书。

霍烟悄悄钻进他的房间，他坐在书桌前，厚厚的专业书摆在桌上，他指尖捻着书页，翻动的时候动作极其轻微。

即便听见身后的动静，他头也没抬一下。

第十三章

侧脸的轮廓在台灯的映照下，笼出一圈柔和的光泽，沉静而温柔。

霍烟不敢打扰他，只好坐在他身后的床上，兀自玩了会儿手机。

一个呵欠，又是一个呵欠。

半个小时过去了，他还是没有搭理她。

霍烟跳下床，悄悄走到他身边，看看他，又看看他的书。

傅时寒没看她，张开修长的五指按在她的小脸上，直接将她推开了。

霍烟："……"

好不容易推开他的手，霍烟又扯了扯他的衣角，似蚊子叫一般唤他："寒哥哥，你是不是生气了？"

傅时寒这才将目光从书里抽出来，睨她一眼，起身走到床边，淡淡道："我要睡了。"

"哦。"

见她呆立不动，傅时寒直接脱掉了上衣。

霍烟睁大眼睛，目光一下子就被他腹部整齐的板块肌肉给吸附住了。

傅时寒微微抬起下颌，对她说："你是想看着我睡觉，还是想和我一起睡？"

"对……对不起！"

霍烟这才反应过来，赶紧跑出了房间，只听"砰"的一声，房间门被他重重关上，吓得她小心脏跟着跳了跳。

窝在沙发里的沈遇然伸长了脖子望向她："怎么了这是？"

"我好像惹恼他了。"

沈遇然挑挑眉："意料之外，情理之中。"

霍烟转向沈遇然："你知道他为什么生气吗？"

沈遇然放下了手机，坐直了身子："今天你一声招呼不打，跟闺蜜们跑出去玩，把寒总一个人扔在酒店，人家一大早还巴巴出去帮你买早餐，回来吃个闭门羹，你觉得他不应该生气吗？"

霍烟心下愧疚不已，搅动着睡衣的衣角："果然是因为这个。"

沈遇然无奈地说道："傅时寒那种冷心冷性的男人，能这样贴心贴意地对你，可知足吧。"

霍烟突然凑近了沈遇然，神秘兮兮地说："问你个事，但你千万不要跟别人说。"

沈遇然来劲了："你还不相信我吗？我可是出了名的口风严实。"

"你说……你是说他喜欢我吗？"

沈遇然眼角绽开了笑："笨蛋，他当然……"

就在这时，"咔嚓"一声，傅时寒房间的门打开，他走出来冷声道："谁

同意你大晚上在这里和陌生男人聊天，滚回去睡觉了。"

差点忘了傅时寒是狗耳朵啊，他俩絮絮叨叨的话他肯定能听见。

霍烟尖叫一声，抓起身边的抱枕捂住脸。

这下子换她难为情了。

边上的沈遇然一脸蒙圈："我是陌……陌生男人？"

傅时寒翻了个白眼，走到沙发边揪住霍烟的衣领，拎着她朝门边走去。

霍烟挣扎着踏上自己的拖鞋，手上还抓着大抱枕，跟个瑟瑟发抖的小兔子似的，刚走到门边，脚一着地赶紧拔腿开溜，看都不敢看他。

目送她落荒而逃，傅时寒关上了房间门，回头警告沈遇然："以后不准乱说话。"

沈遇然讪讪道："好了好了，我知道了，这是你傅时寒的小秘密，我不说。"

傅时寒轻哼一声，回了房间。

晚上，霍烟还是给傅时寒发了一条短信，向他诚挚道歉，并且解释今天是苏莞哭着喊着要拉她一块儿出去玩的，她要不去就是不够义气。

"你不要生气了。【可怜】"

傅时寒只给她回了三个字：……快睡觉！

这男人很难得地加了个感叹号，于是霍烟赶紧放下手机，听话地钻进了被窝，闹腾这一遭，她很快便进入了梦乡，睡得甚是香甜。

《头脑风暴》节目组在总决赛开赛之前，组织了一个茶话会，让各大高校的参赛者坐在一起，相互认识彼此熟悉，这样有利于在比赛中的互动交流。

茶话会在电视台的一个会客厅展开，十名参赛选手陆陆续续到场，男生女生都有，他们来自于国内外的知名院校，能够从千万人中脱颖而出，相当优秀。

坐下来之后，便立刻有选手牵头组织，让大家进行自我介绍。

自我介绍的环节，霍烟大概了解到了自己的对手的水平，譬如前面组织大家自我介绍的男生，他叫董思博，戴着黑框眼镜，看上去斯斯文文，是来自美国的一所常青藤大学，念的是机械相关专业，在校期间拿过许多奖项，风头不小。

又譬如霍烟身边名叫齐筠的女孩，她来自 A 大，与霍烟的学校相邻，是一所文科类重点高校，齐筠才华横溢，诗词歌赋张口即来，美丽自信，落落大方，在茶话会上和选手们交谈甚欢，可见各领域的知识储备量相当丰富。

十名参赛选手在交谈中，不露声色地展示着自己的才华。

而霍烟独自坐在偏东南角的沙发上，端着陶瓷茶杯，一口一口地抿着茶，不知道说什么才好。

她性格内敛，不大习惯和不熟悉的人愉快畅聊，于是只是介绍了名字和

| 第十三章 |

兴趣，便坐下来，专心听大家聊天。

虽然只是一个相互认识的茶话会，这些选手却是个顶个的人尖，通过各自的言谈举止，也分分钟摸清了对手的路数和家底。

因为比赛的规则是擂台站，需要互选对手，所以知道对手底细和实力这一点相当重要。

毫无疑问，霍烟的含蓄收敛也使得她被众人当作了最弱的那一个。

这种要上电视的比赛，每一个选手都要尽可能地张扬，使出浑身解数把自己优秀的一面展示出来，让观众记住。

谦虚有时候往往会被认为是肚子里没有干货。

霍烟并不在意对手们怎么想，她只要保持最好的状态参加比赛就可以了，连日来熬夜通宵地复习，她拼尽自己最大的努力，为了不辜负自己，也不辜负陪她来参加比赛的朋友们。

交流的时候，董思博作为半个主导者，展现出了相当卓越的领导才能。他注意到霍烟一直没有讲话，也会问她一些问题，让她有参与感。

霍烟打心眼里很感激他。

齐筠就坐在霍烟的身边，和她交流得也最多，她压低声音问她："我经常来S大做活动，没有见过你呀。"

霍烟心想，S大学生那么多，她怎么可能见过自己，即便有一面之缘，肯定也没印象吧。

"我是S大新生。"她礼貌地解释。

"傅时寒，你应该听说过吧？"齐筠道，"他是你们学校的风云人物。"

霍烟面露讶异之色："你认识他吗？"

齐筠嘴角浅浅地牵起来："嗯，我们是朋友。"

傅时寒自小到大的好朋友霍烟都认识，可没听说有这样一位人物啊。再看齐筠，提到傅时寒的时候，她眼眸透明亮，发着光。

"他是你们学校的学生会主席，你应该知道他吧？"

"知道知道。"霍烟连连点头，这也太知道了。

"我还纳闷，本来以为这次入围的选手里会有他。"齐筠礼貌地笑了笑，扫了霍烟一眼，"你的运气可真好。"

霍烟知道齐筠是有些看不起她，毕竟她的简历一片空白，没有能够拿得出手的比赛荣誉，被人小觑很正常。

她不知道说什么好，只能尴尬地笑笑。

齐筠与霍烟聊天的话题总牵在傅时寒的身上，还聊到了他的未婚妻，她问霍烟有没有见过她，霍烟只好说见过，是很优秀的女孩。

却见齐筠淡淡一笑，反问："有多优秀啊？"

"呃,跳舞蛮厉害的。"

齐筠眼神里流露轻蔑之色:"只是多才多艺,或者长相漂亮,恐怕配不上傅时寒吧?"

霍烟这算是看出来了,齐筠真的很欣赏傅时寒。

她没有反驳齐筠的话,只是说:"他怎么想的,我也不知道。"

齐筠说:"傅时寒这样优秀的男生,目空一切,能让他看进眼里的女孩,一定与他势均力敌,旗鼓相当。"

边上立刻有女生笑着开玩笑道:"齐筠,你该不会是说你自己吧?"

齐筠大方一笑:"我只是在陈述事实。"

看得出来她们中有些人还是旧相识了,也对,优秀的人本来就是自成一派的。

不知道为什么,霍烟的心里涩涩的。

她看出来了,齐筠骨子里很是骄傲,不只是她,在座的其他选手,都是各自领域的天之骄子,有一股浑然天成的傲气,表面上待人礼貌,可谁也不服谁。

霍烟缄默噤声,莫名不大喜欢现场的氛围。

茶话会很快结束,出门的时候选手们各自加了微信。霍烟也加了齐筠,她的朋友圈大都是转发的学校的一些活动,这里面也有不少她参与的事项,看得出来她能力很强。

最近的一条朋友圈便是她拿着《头脑风暴》总决赛邀请函的自拍照,附的文字内容是:不忘初心,砥砺前行!

霍烟随手给她点了个赞,出门便望见一道熟悉的身影。

傅时寒站在电视台大厅的落地窗边,身形颀长,明媚的阳光透过玻璃窗漫入,将他乌黑的头发染成了淡金色。

他的手边还提着一杯热奶茶。

沈遇然冲霍烟招了招手:"终于出来了。"

霍烟有些惊讶,本来以为傅时寒生气不理她,今天肯定也不会过来,她都用叫车软件打车了。

没想到,他还是来了。

霍烟心情雀跃,三两步跑到傅时寒的身边,要接他手里的奶茶口袋。

却不想落了个空,傅时寒将奶茶放在桌上,面无表情地对沈遇然道:"你要接的人接到了,走吧。"

说完他错开霍烟,径直转身离开。

沈遇然:"???"

第十四章

霍烟手捧着温奶茶,乖巧地跟在傅时寒的身后,亦步亦趋往前走。

她压低声音问沈遇然:"他还在生气呀?"

"你自己觉得呢?"

霍烟叹息,看来是很明显了。

"他一直不理我,这样下去,不会是要跟我绝交吧?"霍烟脸上写满了沮丧。

沈遇然幸灾乐祸地笑道:"有可能哟,你知道,寒总这人很记仇,轻易招惹不得。"

"那可怎么办,要不你给我支支招?"

"你俩青梅竹马都认识十多年了,让我一外人支什么招,该怎么讨好他,还能有人比你更清楚吗?"

霍烟转念一想,也对,这个世界上不会有人比她更了解傅时寒了,可正因为了解,她才沮丧啊,傅时寒不会轻易生气,一旦被惹恼,铁定是十头牛都拉不回来。

特别不好哄。

霍烟加快步伐走到傅时寒身边,小心翼翼地拉了拉他的衣袖。

傅时寒眼皮都没有掀一下。

"寒哥哥,你还在生我的气呀?"

"没有。"他淡淡道,"你有什么值得我生气的?"

他面无表情的样子,分明就是还在恼,嘴上却死不承认。

"那我今晚请你吃饭好不好?"

"不吃。"

霍烟唉声叹气,踢开脚下的一块碎石子,撇嘴道:"你要是再生气的话,我也要生气了!"

傅时寒加快了步伐,没理她。

"傅时寒,你小气鬼!"

霍烟追着他,大声说道:"你这么小气,将来娶不到媳妇!"

然而她话音未落,脚下突然一个趔趄,跟跟跄跄径直朝前面扑过去,重重撞在傅时寒的屁股上。

霍烟眼疾手快，用力抱住他的腰，避免摔跤。

腰肢劲瘦，很够硬度。

傅时寒这才回过身来，垂着眼睑看她，稳住了她的身子，温柔而又无奈。

"唐阡陌有没有告诉你，不要试图说我坏话？"

霍烟这才想起来，他那活泼的小表妹唐阡陌好像说过，千万千万不要在背后讲大哥的坏话，更不要诅咒他，连算命先生都说了，他命贵，任何诅咒的坏话都会孽力回馈，尽数反弹，他们几个兄弟姊妹从小可吃了不少的这方面的亏。

霍烟惊魂未定地拍拍胸口，连着"呸呸呸"了好几声："找得到找得到，寒哥哥怎么会找不到媳妇呢，我刚刚都是胡说八道，老天爷千万不要见怪。"

傅时寒气定神闲道："覆水难收，说出来的话便没有收回去的理，我要真找不到称心合意的媳妇儿，你就等着倒霉吧。"

霍烟一下子着急了："没这种事！"

沈遇然在后面听着俩人说话，觉得挺有惠恩，插嘴道："干脆你俩凑一块儿得了，热热闹闹，省得祸害别人。"

霍烟脸颊羞得通红，回头狠狠瞪他："胡说什么，狗嘴里吐不出象牙。"

沈遇然笑道："我还真就是胡说，两位千万别放在心上，该找媳妇找媳妇，该找老公找老公，嘿，我还拜拜了您哪。"

他说完甩给傅时寒一个坏笑的眼神，加快步伐走到前面去了。

傅时寒漫不经心地牵起了霍烟的手腕，平静地说："走路仔细些，这么大的人了，摔跟头丢人我只当不认识你。"

霍烟低头看着被他被紧攥的手腕，他还像小时候那般，一步一步牵着她走。他掌腹温暖，将她的小手包裹着，特别安心。

"对了，刚刚的茶话会上，我认识了一个女生，名叫齐筠。"

她小心翼翼打量傅时寒的脸色，傅时寒视线平视前方，眼廓深沉，没有任何表情。

"咦？没反应吗？"

"你想说什么？"傅时寒漫不经心地问。

"她说是你的好朋友呀。"霍烟撇嘴道，"我都不知道，你还有这么漂亮又优秀的女性朋友呢。"

"听你这话里的意思，我有什么朋友，都需要向你汇报吗？"他眼角勾起一抹疏淡的笑意，低头看她，"还是你不喜欢我有女性朋友？"

霍烟矢口否认："你交往朋友是你的事，我才管不着。"

"你说她叫什么？"

第十四章

"齐筠。"

傅时寒思忖片刻,摇了摇头:"没印象。"

见他神情不似作伪,也没有撒谎的必要,霍烟略微有些安心了,只说道:"刚刚在茶话会,人家还总是提到你呢,你居然把人忘了,真没良心。"

"霍烟。"他唤了她的全名,这两个字从他那富有磁性的嗓音里溜出来,让人心生战栗。

"男人若是对所有女人都有良心,那才是最大的没良心,懂不懂?"

霍烟眨巴着乌黑幽亮的大眼睛,摇了摇头。

傅时寒握紧了她纤细的手腕,柔声说道:"你会明白的。"

接下来,节目组开展了几场类似于彩排的热身赛,让选手们熟悉赛制,无论胜负的结果都不影响最后总决赛。

选手们心高气傲,即便不是最后总决赛,他们也拼尽了全力,把自己最卓越优秀的一面展现出来。

战况激烈,尤其是齐筠和董思博这几人,紧追不舍、胜负难分。

这几场比赛下来,各位选手大概也摸清了对手的底细。

霍烟在比赛中一直表现平平,胜局不多,有好几次都是擦着最后几秒钟回答出正确的答案。

在所有选手中,她的气场算得上最薄弱的那一个。这年头,谦虚的同义词就是弱者。

所以到最后一场比赛,互选的时候,大家也都不爱选她了,毕竟这些来自各大名校的佼佼者,心高气傲,不屑于和弱者较量。

最后一场彩排,离场的时候,齐筠安慰霍烟:"没关系,重在参与,等到了总决赛那天,如果我抽到擂主,肯定不会先选你的,放心吧。"

霍烟感激地看了她一眼:"谢谢,其实没关系,顺其自然吧,走到哪里我都不遗憾。"

等霍烟离开以后,身边有朋友走过来,对齐筠说道:"这么弱,怎么杀进总决赛的?"

齐筠耸耸肩:"毕竟这种比赛,还是要讲一定的运气的。"

"到了总决赛可就不是讲运气的时候了,得拼实力,像她这种浑水摸鱼的家伙,活不过五分钟就会被干下去啦。"

齐筠睨了朋友一眼:"话可别说那么满。"

"本来就是嘛,《头脑风暴》总决赛的舞台是留给像齐筠姐你这样有实力的人的,这些人啊,顶多上台让观众看个笑话逗逗乐子,说不定节目组就是为了考虑戏剧性,才让她通过比赛的呢。"

齐筠展眉一笑："我劝你善良，嘴别那么损。"

"不过你干吗对她这么好啊？"朋友嘻嘻一笑，"该不会是爱屋及乌吧？"

"讲什么呢。"

"不是因为她来自 S 大，而某个人也在 S 大？"

"越说越离谱了。"

齐筠虽是这样说，但眼角还是勾起一丝舒心的笑意。

霍烟并没有走远，她们的话被她全都听到了耳朵里，不过她并不会在意这些龃龉。

齐筠这样的女孩可能会受不了别人的低估，每分每刻都想要表现自己的卓越与优秀，但是霍烟不一样，自小她便被人忽视，早已经习惯了。

一开始，她并不是很懂傅时寒给她制定的示弱策略。比赛里所有的选手都在针尖麦芒地对峙，为什么她要反其道行之，故意将自己的弱势这样毫无保留地展现出来呢？

直到几场彩排赛打下来，几乎没有擂主愿意选霍烟作为挑战对象。她每次都能顺利地活到最后，看着那些强势的选手一个接着一个被淘汰掉，她只需要打败最后的擂主，就可以获得冠军。

所以，这才是傅时寒的意图所在！

他告诫她，彩排赛不能赢只能输，便是利用这些选手的骄傲和虚荣心，帮霍烟一路稳稳走到最后。

但凡她有一点争强好胜的念头，计划便会失败，可偏偏这丫头心性沉稳，不在意别人轻蔑的目光，竟然真的一路输到底，没人将她视为威胁，甚至没人愿意挑战她。

这样弱势的选手，赢了也没什么好骄傲的。

这样一来，在群雄环伺的总决赛上，她的处境便好了很多，只要没那么坏的运气率先抽到擂主，应该就能一直站到最后，甚至赢得总决赛的冠军。

历年来的高校联盟挑战赛的总冠军，都能成为家喻户晓的知名人物。

过去霍烟想都不敢想，有朝一日自己会有这样的机会，站在那个灯光璀璨的舞台之上，接受万众瞩目的喝彩。

她摩拳擦掌，跃跃欲试，等待最后的一鸣惊人。

总决赛开赛前的几个小时，后台，选手们正为节目开播做着最后的准备。

化妆的时候，霍烟手里还拿着题库小本，默默地识记着。

齐筠和董思博几人正在聊天，时不时有笑声传来，状态似乎非常轻松，丝毫没有上电视前的紧张感。

霍烟扪心自问，她肯定做不到这样泰然自若，她都快紧张死了，她最担

第十四章

心的是因为紧张而影响发挥,那可就得不偿失了。

当傅时寒进来的时候,周遭的氛围明显发生了变化,周围人说话的声音,也小了许多。

霍烟全然没有注意到身后站了人,直到一双修长的手将她的题库书拎走,这才回过神来。

一抬头,便迎上他弧度锋锐的下颌。

他垂着眸子,浓密而纤长的睫毛轻覆着眼睑,无奈地看着她:"你的准备已经很充分了,不要看书了。"

霍烟乖乖点了点头,她只是因为太紧张了,避免被别人看出来,这才拿着书不肯松手,也不在乎旁人觉得她是死记硬背的书呆子。

"你不在观众席好好坐着,来这儿干什么?"她压低声音问。

"过来看看你,有没有紧张得抠墙角。"

霍烟傻傻地笑了起来:"你还当我是小朋友。"

她笑的时候,会露出两颗虎虎的小门牙,看起来憨态可爱。

傅时寒情不自禁伸手挠了挠她的头发:"别怕,沈遇然说了,要是你第一个被淘汰,他请我们大家吃火锅。"

霍烟当然知道,他是为了缓解她的紧张,故意这样说。

她眨巴着眼睛望向傅时寒:"寒哥哥,如果我真的第一个就被淘汰,你会不会很失望?"

"为什么这样问?"

"当初你把参加总决赛的机会让给我,我觉得,我应该代你拿下总冠军,才不算辜负你的退出。"

小丫头明亮的眼眸宛如一潭清澈的水,没有丝毫作伪。

傅时寒的心被她单纯的话给猛戳了一下子,他轻轻拍了拍她的手背,说道:"霍烟你且记住,你走到今天这一步,所有的一切都是你自己努力得来的,不是谁让给你的。"

霍烟似懂非懂地点了点头,鼓着劲儿说道:"你陪我来参加比赛,还帮我出谋划策,总之我是不会辜负你的!"

傅时寒那双勾人的桃花眼微微上挑,调子极其温柔地喃了声:"傻瓜。"

霍烟继续看书,傅时寒便坐在边上陪着她,这画面引得在场不少女生侧目。

霍烟小时候总听唐阡陌说,大表哥身上自带偶像光环,以前她不明白什么意思,现在明白了。

无论在什么环境里,傅时寒总是引人注意的。

这与模样无关,优秀的人磁场相近。即便他什么也不说什么也不做,举手投足间的锋芒气质,便足以让周围这些自诩天之骄子的选手产生威胁之感。

齐筠惊得假睫毛都掉下来了。

她眼睁睁看着傅时寒陪坐在霍烟身边,与她低声絮语,亲近的模样宛若一对爱侣。

朋友走过来,齐筠抽回目光,立刻重新贴上假睫毛。

"奇怪啊,他们居然认识,看上去关系还不错。"

齐筠平静地说道:"都是一个学校的,认识很正常。"

"是啊,挺正常的。"朋友笑了笑,又说道,"你猜我刚刚听到一个什么八卦?"

齐筠漫不经心地说:"什么?"

"我听 S 大的同学说,是霍烟在校决赛把傅时寒给 pk 了下去,本来我还不相信,现在看着这俩人这么要好,我信了。"

齐筠秀眉微蹙:"你是说,傅时寒是故意输给她的?"

朋友清淡一笑:"这我可就不知道了。"

"我还以为她仅仅是因为运气好,才进了总决赛。"齐筠面上露出一丝轻蔑,"没想到还有这样的事。"

"对呀,傅时寒是什么水平,会输给霍烟?"朋友说道,"那你觉得,他们会是什么关系?"

齐筠的心像是被毒蛇给咬了一口,毒液渐渐透进了血液里,让她感觉憋闷委屈,像是快要透不过气似的。

比赛开始,选手们来到演播间,按照各自指定的位置站好,排成了一个圆弧形。

聚光灯从头顶倾洒而下,主持人站在台上,调试着话筒设备,为比赛开始做准备。

霍烟抬眼望向观众席,她的朋友们坐在第一排,苏莞和林初语使劲儿冲她挥手:"加油啊!"

"烟烟加油!"

"拿第一,拿第一!"

傅时寒那清俊的侧颜在演播室的强灯光照射下,显得越发光彩动人。他垂着漆黑的瞳眸,平静地睨着她,被他这样注视着,霍烟心头激荡着一股子劲儿,想要努力走到最后,想要拿下总冠军的头衔给他看到,要让他知道,比起在场这些所谓的天之骄子,她霍烟也丝毫不差。

一定可以做到!

比赛以擂台赛的形式进行,开赛前,选手会各自抽签,决出一名选手站在擂台中间,轮番挑战其他选手。

如若胜出,赢得的奖品翻倍;如若失败,将会由胜过他的选手站在擂主

第十四章

的位置上，继续进行比赛。

按照傅时寒的计划，只要霍烟不会抽到擂主的位置，应该就能一直站到后面。

最后抽签结束，霍烟果然没有抽到擂主，巧合的是，齐筠抽中了头彩，成了打擂的擂主，由她依次挑战其他九名选手。

其他选手见到这种情况，有些忐忑了，齐筠水平处于数一数二的级别，前面几场彩排预赛，她的排名从没有落出过前三，现在成了擂主，恐怕会一路势如破竹拼杀到最后啊。

齐筠站在舞台正中间，婀娜的浅杏色旗袍，勾勒着她高挑修长的身姿，很有古典韵味。

正式比赛前，主持人会通过有趣的聊天，让观众了解选手们的性格和过去的经历，齐筠一开口便是连串的诗词歌赋，自诩为古典才女。

接下来言归正传，由齐筠选择第一个要挑战的选手。

齐筠微笑的目光一一扫过了对面的九名选手，选手们心里打着鼓，希望她一定不要选自己，谁都不想第一个离开舞台。

兜了一圈之后，齐筠的目光落在了霍烟的身上。

霍烟敏锐地感觉到，她眼神中蕴含的某种轻蔑与敌意。

"我第一个要挑战的选手，是霍烟。"

此言一出，沈遇然"腾"的一下从座位上站起来，满脸诧异望向傅时寒："寒总，怎么会这样，不是说不会被第一个选中……"

"坐下。"

傅时寒声音平静，望着霍烟，眸子里隐隐含着担忧。

现场的选手同样惊诧不已，没有想到齐筠第一个会选择挑战霍烟。

这个分明就是全场最弱的选手。

难不成齐筠是害怕被淘汰，所以要选个弱的保全自己，但是也不对呀，齐筠这样骄傲的女孩子，怎么会因为胆怯而退缩？

此刻，齐筠挑起下颌，睨向霍烟，眸子里充满了不屑。

霍烟虽然心里同样惊讶，但也很快就平静了下来。虽然一开始齐筠说过不会选她，但是现场情况变幻莫测，她对齐筠的脾性也不甚了解，临时改主意也是有可能的。

既来之，则安之。

霍烟缓缓走下了自己的位置，来到守擂台上，与齐筠对面而立。

齐筠虽然脸上带着笑，可是眸子里却丝毫看不见半点笑意，朗声道："霍烟同学跟我私底下是最好的朋友，我也很期待能和她对战，所以选择了她。"

霍烟对她礼貌地笑了笑："和齐筠姐姐对战，我也很高兴。"

"我一直很佩服霍烟同学，平时不声不响，看起来柔柔弱弱，竟然也能从千万人中脱颖而出，走上总决赛的舞台。她一定是有着深不可测的实力，所以霍烟同学，你可千万要手下留情呀，别让我输得太惨。"

这番话让选手们嗤之以鼻，而霍烟自然也听得出来她话语里的讽刺之意。

不过面对摄像机，齐筠的表面工作还是要做足的，毕竟电视机前面坐着无数观众呢。

主持人说齐筠女神真是太谦虚了。

林初语愤愤不平道："虚伪。"

苏莞："跟某人的亲姐能凑一朵并蒂莲了。"

霍烟并不太擅长在台上打这种拐弯抹角的嘴巴仗，索性坦率直言："我会手下留情的。"

周围好几个选手没忍住，扑哧一声笑出来。

比起齐筠的假谦虚，霍烟表情一本正经，语调也相当沉稳，毫无骄矜之感，更没有丝毫做作之态，瞬间赢得了在场不少观众的好感。

"看不出来，她还有些冷幽默嘛。"

"我一直都觉得这位小朋友可爱炸了。"

"唉，希望她不要被吊打了。"

"齐筠表面谦虚，实际上强势得很，担忧。"

……

霍烟丝毫不按常理出牌，齐筠被她给堵得说不出话来，心里憋着一股子闷气，只希望比赛快些开始，她要狠狠地吊打她一番，出了心头这股恶气。

靠男人出头上位一路走到现在，霍烟这样的女孩，根本没有资格站在这个舞台之上，这是对她齐筠的侮辱。

一想到傅时寒，齐筠心头更是憋闷得难受，他怎么就眼瞎成这样呢，难道现在的男生，都喜欢这种没什么能力、柔柔弱弱的女孩子？优秀的女孩就站在他面前，他压根看不到。

无论如何，今天齐筠是打定了主意，要好好教训霍烟一番。

比赛正式开始，依旧是采取的轮答赛制，每人一道题，拥有一次求助现场亲友的机会。

题目难度由浅入深，刚开始两人都比较轻松便能回答出问题，可是越到后面，难度增加之后，气氛渐渐地也紧张起来。

有时候需要思索好几秒才能作答，两人都是如此，境况一度险象环生。

渐渐地，齐筠开始有些急躁了，霍烟就像一块狗皮膏药似的，紧追不舍，丝毫不给她喘息的余地。

不对劲啊，她不应该这样强势，她明明……很弱的！

第十四章

齐筠这才抬头打量霍烟,她目光平视前方,眉心微蹙,全神贯注地倾听着主持人念出的题目,生怕漏掉一个字。

这般凝神专注的模样,与平日里看起来软弱可欺的样子,判若两人。

现在的她,全身上下散发着一种强大的气场。

齐筠却有些慌了。

"最早进入青铜器时代的国家是?"

霍烟不假思索:"阿拉伯叙利亚。"

"梅妻鹤子是谁的家庭状况?"

齐筠:"林和靖。"

"圣诞颂歌《平安夜》的诞生地是?"

霍烟:"奥地利。"

……

转眼间,两个人已经拼了二十多道题目,还没有分出胜负,齐筠心头越来越焦躁,而霍烟却反倒越来越平静,没有了刚刚上台时的紧张之感。

在答题的间隙,她不忘抬头朝傅时寒投去一个安心的眼神。

没有问题。

傅时寒嘴角淡淡地扬了起来,此时此刻,他满心满眼,都是她。

明晃晃的聚光灯下,少女的肌肤嫩白光滑,只是上了一点淡妆,让她整个人显得精神气十足。

她那漆黑的眸子里闪烁着光芒,前所未见。

那样自信,那样笃定。

美得让人心悸。

傅时寒突然轻松地笑了起来,他之前果然还是……低估这小丫头了,苦心人天不负,她付出过的每一滴汗水,每一分努力,都不会付之东流。

不需要靠任何战略策略,霍烟本身便有夺得冠军的实力水平!

而场上的霍烟自然不会知道傅时寒内心的悸动,她全部注意力都投入在答题上。

"第一个飞出太阳系的航天器是?"

霍烟:"先驱者10号。"

"电池上的"R、S、F"三个字母代表什么?"

齐筠突然卡壳了。

她被称为是古典才女,对于历史文化类题目有十足的把握,可是遇到工科类的题目,显然就要费劲许多。

"是电池的形……形状?"

主持人:"回答正确。"

齐筠重重松了口气,而在场的选手却感觉捏了把汗,齐筠显然已经是强弩之末,可是看霍烟,镇定自若,额头汗滴都没有掉一颗,很是轻松啊。

看来之前所有的示弱,都是扮猪吃老虎。

"东山再起这个典故出自?"

霍烟:"谢安。"

"在微型计算机的汉字系统中,一个汉字的内码占多少字节?"

霍烟突然手攥紧了拳头,文科类题目是她的弱项,可是这道题却偏偏撞在了她的枪口上,是每一个计算机的学生都应该知道的常识。

要是由她来回答,该有多好。

然而偏偏问的是齐筠。

齐筠却皱起了眉头。

时间一分一秒地过去了,她陷入了长久的思考中,似乎难以作答。

霍烟的心脏开始鼓噪起来,砰砰,砰砰砰……

齐筠面色酱紫,其实她手上还有一次求助现场观众的机会,可是她硬撑到最后一刻也没有用。

如她这般骄傲的女孩,不会轻易求助别人,尤其她的对手,偏偏还是被所有人轻视的霍烟。

随着冗长的"滴——"声响起,齐筠的作答时间结束。

现场选手一片静寂,这样的结果实在太过出人意料,任谁都无法想象,彩排预赛那样强势的齐筠,居然会被大家公认最弱的选手打败。

齐筠恨恨地看着霍烟,脸上写满了屈辱与不甘,然而这场比赛,输了就是输了,双方的题目都已经答了三四十道,显然并不是因为运气不好或者别的什么缘故,就是她齐筠技不如人。

齐筠很难接受这个结果,下场的时候沉着脸没讲一句话,似乎已经不在意在电视机前的形象了。

第一局就被淘汰的结果,够她在朋友面前沦为笑柄很长一段时间了。

毕竟她可是信誓旦旦说过要拿冠军的人。

现场激越的音乐响起来,现在应该由霍烟站在擂主的位置上,挨个挑战别的选手。

这样的结果与之前傅时寒为她规划的策略大相径庭。

此刻站在舞台最中间的位置,所有的聚光灯和摄像头全部落在她一个人身上,虽然心里也会忐忑,不过她已经不害怕了。

她知道,傅时寒就在她的身后,那双灼灼的眼睛正目不转睛地看着她。

有他在的地方,便是心安之处。

| 第十四章 |

接下来，由霍烟轮番挑战剩下的选手。

她在彩排预赛的时候，曾不动声色地观察过这些选手，他们有的人性急，有的人沉稳，还有的因为过于紧张，始终无法发挥出最佳状态。

所谓知己知彼，百战不殆。霍烟在选择自己的对手的时候，由弱到强，一点一点进阶难度，稳打稳扎，闯到了最后。

奖品现在已经累积如山，有智能手机、平板电脑、VR 眼镜、按摩椅和冰箱……比赛进行到最后还剩三名选手的时候，主持人询问霍烟，是否要结束比赛。

因为这个时候结束比赛，她就可以带着已经赢取的奖品离开了，如若继续比赛，输给了后面的选手，她所累计的奖品就要全部拱手让人。

一般而言，拿到这么多奖品，聪明的选手都会选择放弃。

在这里放弃其实并不丢脸，既挣得了奖品，又赢得了荣誉。

霍烟当然也犹豫了一下，再度回头望向傅时寒，想从他的目光里得到些许信息。

傅时寒勾起眼角，对她淡淡笑了笑，眸子里沉着某种深邃的光芒。

霍烟明白，无论她做出什么决定，傅时寒都是支持并且相信她的。

"我选择继续。"

在场的观众都情不自禁为她鼓掌，剩下的几名选手也感觉到了沉重的压力。

自从茶话会以来，这个柔柔弱弱不爱讲话的女孩，对于他们而言就谈不上威胁，她的过往简历一片空白，没有荣誉也没有奖项，讨论问题的时候甚至连话都插不上来。

若说优秀，她绝对算不上。

可是此刻站在他们面前的霍烟，那一双沉稳又淡定的黑色眸子，却无端让人心底生寒，实在看不透她究竟还隐藏了多少实力。

又有两名选手被霍烟给 pk 下去，霍烟把董思博留在了最后，一来是因为他的确很强，是能够夺冠的热门人选，二来也是因为……他是这些选手里面为数不多的对霍烟表示出善意的人。

霍烟把他留在最后，可以理解。

董思博戴着一款薄薄的黑框眼镜，穿着得体的白衬衣黑西服，看上去清秀又斯文，言谈举止礼貌而不失风趣，见识广博，话语得体，是极讨女孩子喜欢的那类男孩。

"原来你是一匹黑马。"他毫不隐晦地打量她，"还是一匹美丽的黑马。"

霍烟低头看了看自己的黑色连衣裙，这条裙子还是傅时寒帮她选的呢，贴身的线条勾勒出她流畅的腰身，身后系着一个蓬松的蝴蝶结，直观体现了某

人的直男品位。

"谢谢。"她不知道说什么，只好如此回应。

董思博自信地笑道："我不会因为你是漂亮的女孩子，就手下留情。"

霍烟目光单纯，语态诚恳："我也不会因为你是聪明的男孩子，就故意让着你。"

此言一出，现场的观众跟着都会心一笑，董思博夸霍烟漂亮，霍烟回敬他一句聪明，一则体现了她的气度和自信，二则也间接暗示所有男生，看女孩子不要只看外表。

沈遇然挑挑眉，说道："平日里没看出来，小丫头片子挺厉害的呀。"

傅时寒嘴角微扬，淡淡一嗤："不看看是谁调教出来的人。"

他这么一说，沈遇然回想方才的几番鏖战，霍烟在台上临危不惧，神佛通杀的样子，倒还真有几分傅时寒的冷冽气质。

他们是一起长大的一双人，霍烟还是一张白纸的时候，会跟着傅时寒有样学样。

随着急促而紧张的音乐声响起，霍烟和董思博最后的对决拉开帷幕。

林初语和苏莞同时为霍烟捏了一把汗，只要打败了董思博，她就能成为今年《头脑风暴》比赛的总冠军，随之而来的名气和荣誉，想都不敢想啊！

林初语捏着苏莞的手："好紧张好紧张，你说，烟烟会赢吗？"

苏莞故作镇静道："我看行，前面几场比赛她表现一直很稳定。"

林初语回头看了看傅时寒："我看寒总好像一点都不担心的样子。"

苏莞瞅了瞅傅时寒，他那张万年的冰山脸永远这般霁月清风，仿佛天塌下来都与他无关似的。

然而没人知道，傅时寒的掌心已经渗了一层薄汗。

过去大大小小的比赛，他经历过不少，却从来没有这般紧张过。

关心则乱。

台上的轮答已经消耗了二十多道题目，目前两个人都比较稳，没有出现停顿或者犹豫的局面。

看来两个人的确是棋逢对手，杠上了。

而越往后，题目的难度递增，两个人答题的速度也逐渐缓了下来，有好几道题目霍烟都顿了几秒，险象环生。当然董思博状况也好不到哪里去，他开始有些焦躁了，脸色也不似之前那般自信笃定。

"世界上最长的山脉是？"

董思博："安第斯山脉。"

"国际歌的曲作者是？"

霍烟："皮埃尔·狄盖特。"

第十四章

"移动通信设备与 Internet 相连接的应用协议是?"

董思博:"……"

他突然卡住了。

沈遇然低声对傅时寒说:"不是吧,这么简单的题目他都不会啊!"

傅时寒淡淡道:"术业有专攻,不是他本专业又刚好漏记,会很正常。"

董思博似乎是真的不知道这道题的答案,眼看着倒计时的十五秒就要过去,林初语都已经做好为霍烟欢呼的准备了,可是董思博却突然说道:"我想要动用求助现场观众的权利。"

林初语瞬间泄气:"本来以为烟烟就要赢了呢。"

苏莞说:"每个人都有一次求助的机会,他这次用了就没了,烟烟的还没用,稳着呢。"

林初语:"只希望现场观众答不对就好了。"

比赛暂停,主持人让董思博选择一位现场观众来回答这个问题。

董思博目光在现场环扫了一整圈,最终竟然落在了霍烟身后,所有人都在猜测,难不成他要求助的是霍烟阵营的亲友吗?

果不其然,只见董思博直指了坐在第一排的男人。

傅时寒。

这下子连沈遇然都张大了嘴,不可置信。

董思博所要求助的现场观众竟然是傅时寒,刚刚在后台他又不是没有看见,傅时寒和霍烟的关系……

傅时寒缓缓地站起了身,眉宇平整,目光深邃,倒是没有显出任何惊讶之色。

主持人提醒董思博:"坐在这排位置的观众都是霍烟的同学,是陪她一起来参加比赛的,你确定……要选他?"

董思博盯着傅时寒的眼睛,露出一丝微笑:"非常确定,霍烟同学的专业是计算机信息,我相信这道题对于她的同学而言,应该是轻而易举的。"

此言一出,周围观众才算恍然大悟,原来真是知己知彼啊,这道题别人不一定能答出来,但是霍烟和她的同学肯定能答出来。

"早就听闻 S 大的学生会主席傅时寒,为人秉直,刚正不阿,应该不会帮我答错这道题吧?"董思博故意这样问。

"为人秉直,刚正不阿……"

傅时寒淡淡一笑,调子里带了些许戏谑和玩笑的意味:"你这么了解我,难道没有听说,傅时寒本人极端护短,并非你口中所谓的正人君子。"

"听你的意思,是要帮她不帮我,这题答不出来了?"

傅时寒挑挑眉:"抱歉了,这小丫头是我从小带大的,她想要的东西我

必然竭尽全力……"

"寒哥哥。"霍烟突然打断了傅时寒的话,"如果你知道,就请帮他回答吧。"

傅时寒凝望着霍烟,她那双漂亮的杏眼清澈而干净,闪烁着自信的光芒。自小便是如此,这丫头骨子里有一股倔强的劲儿。

傅时寒似伤脑筋一般摇了摇头,她想要赢得堂堂正正、光明磊落,傅时寒自然要成全她。

他声音沉稳地说道:"移动通信设备与Internet相连接的应用协议是WAP。"

主持人说道:"回答正确,董思博暂时安全,轮答继续。"

霍烟和董思博再度陷入了鏖战之中。

"哪个器官制造了血液?"

霍烟:"红骨髓。"

"被称为'第七艺术'的是?"

董思博:"电影。"

"园艺上常根据什么原理进行果树整枝修建?"

霍烟:"……"

分明答案呼之欲出,可是不知道为什么,她就是想不起来。

这道题她一定是看过的,应该是在准备初赛,跟傅时寒互问互答的时候看过,因为时间太长,一时间脑子卡住了。

霍烟回头望向了傅时寒。

两人的目光在空气中相接,傅时寒握着护栏的手不由得攥紧了许多。

"顶端优势。"他在心里默念,"顶端优势。"

霍烟闭上了眼睛,紧皱着眉头,陷入了深沉的思索中。

随着倒计时一秒一秒地流逝,董思博的血液开始沸腾,就要赢了!只要霍烟不选择使用最后一次求助的机会,他就要赢了!

然而就在十五秒倒计时的最后一秒"滴"声响起来的时候,霍烟猛然睁开眼,脆声道:"顶端优势。"

"回答正确。"

主持人说道:"答题继续。"

霍烟松了一口气,重新恢复战斗状态。

而董思博经历了这一段起伏之后,显然已经有些后继乏力,精神恹恹。

"1970年,霍金博士意识到并且成功证明了?"

董思博:"黑洞边界定理。"

"哪一种维生素经太阳照射后可转化为钙?"

霍烟:"VD。"

第十四章

"宫殿大门外面一般有一对狮子,按照建筑的方位来看,古代宫殿外的狮子性别一般都是?"

董思博嘴角微扬,颇为自信地说道:"刚刚上场前正好看到了这道题,所以答案应该是左雌右雄。"

他刚刚回答完,霍烟便重重地松了一口气。

见她骤然的轻松,董思博不明所以,直到主持人说道:"董思博,很遗憾,你回答错误。"

"怎……怎么可能?"董思博满脸惊愕的表情,"左雌右雄,没毛病啊!"

霍烟朗声说道:"古代宫殿石狮的摆放,须得符合中国传统男左女右的阴阳哲学,左侧的雄狮右爪玩弄绣球,为雄狮。门口右侧雌狮前爪抚摸幼狮,你大概是记反了。"

董思博这才回过神来,好像的确是有这么一回事,他记岔了。

他身后的亲友们扼腕叹息,而演播厅里,恢宏的胜利进行曲响了起来,主持人朗声宣布,今年《头脑风暴》高校联盟的总冠军得主,就是来自S大的霍烟。

而且她不仅仅是今年的总冠军,还是《头脑风暴》自开播以来,唯一一个站在擂主台上,一连打败了九名参赛选手的冠军。

之前的冠军能有打败五人的战绩,就已经相当了不起了,霍烟竟然以一人之力,将来自全世界各大名校的佼佼者给全部吊打了一遍。

这可绝对不是靠运气,没有过硬的实力,没有人能做到这样的程度。

霍烟开创了一个全新的纪录。

林初语和苏莞疯了似的尖叫起来,拿出手机一个劲儿给霍烟拍照。

后台被她打败的那几名选手相当不可置信,分明就是实力最弱的选手,怎么一下子,就成了总冠军了?

"董思博,怎么回事啊,你怎么输给她了呀。"

刚刚下台的董思博,脑子还有些发蒙,摘下自己的眼镜擦了擦,重新望向场上的霍烟。

舞台之上,聚光灯的照射之下,她那张精致的小脸绷得严肃,即便是拿了冠军也没有欣喜若狂,而是保持着一贯沉稳的风度。

年轻人能有这样的心性,很不容易。

董思博说:"她的实力很强,是我技不如人,今天输得心服口服。"

既然董思博都这样讲了,其他人自然也不好说什么。

第一个下台的齐筠,脸上流露出不忿,手紧紧攥着裙角,十分不甘心,却也无可奈何。

今天的胜负已定,她败得十分彻底。

　　主持人显然也非常激动，将金灿灿的冠军奖杯递到了霍烟的手里，请她讲几句话。

　　看着摄像镜头慢慢推进，霍烟之前准备好的譬如感谢父母的那些话，此刻全都说不出来了，在众人的欢呼沸腾声中，她缓缓扭头，望向了人群之中的傅时寒。

　　他一动不动站在原地，深深地凝望着她，一丝笑意慢慢爬上了眼角，那颗泪痣沉在他的桃花眼尾，灼灼动人。

　　他抬起那双修长漂亮的手，为她鼓掌，一下又一下。

　　耳边尽是嘈杂的音乐和众人的欢呼声，可是霍烟的心脏的节奏却从始至终跟随着傅时寒的掌声，跳动着。

　　那一刻，满天银河星辰似乎都扑朔在他那漆黑的眼眸里。

　　拿着话筒的霍烟，情不自禁地唤出第一句话是——

　　"傅时寒。"

　　节目录制结束，霍烟在化妆师的帮助下卸掉了舞台妆，换上日常的衣服，穿上自己的小白鞋，鞋带都来不及系，就迫不及待跑出了后台。

　　不远处，傅时寒倚靠在窗台边，阳光倾洒而入，落在他发梢间，衬出淡淡的金辉。

　　此刻，他静静地站在那里，不染尘埃，背后的阳光与他相比似乎也黯然失色。

　　霍烟的呼吸顿了两秒，然后开始心跳加速，本想狂奔向他，可是不知道为什么，竟然也有些怯生生的。

　　直到傅时寒望见她，那双修长漂亮的手指尖，对她扬了扬，示意她过来。

　　霍烟这才迈步朝他跑过去，刚刚走近，手机突然不合时宜地响了起来。

　　"烟烟啊！妈妈刚刚看到节目了！烟烟真棒啊！真是太厉害了，妈妈为你感到骄傲。"

　　"妈妈，我这才出来呢……"

　　这场比赛是直播的形式，霍烟刚从演播厅出来，还不知道外面是什么状况，但是刚刚卸妆的时候听林初语说，现在网络上她的粉丝正在以光速飞涨，热门的话题都在讨论她。

　　"烟烟，妈妈真的太激动了，不知道该怎么说。"

　　听母亲的声音，似激动得有些哽咽了：" 你真是妈妈的骄傲，妈妈以前忽视你了，是妈妈不好，你永远是我的好女儿。"

　　霍烟安慰了母亲几句，又抬头望向傅时寒，傅时寒耐心地等着她，并没有任何的不耐烦。

　　五分钟后，霍烟匆匆挂掉了电话，冲傅时寒抱歉一笑："我妈妈有些唠叨。"

　　傅时寒嘴角扬了扬，道："当总冠军的感觉如何？"

| 第十四章 |

"唔。"霍烟低头思忖了一下,说道,"其实没什么感觉,越到后面,反而平静了,脑子里全是该如何答题,都没有想过赢冠军的事。"

傅时寒目光下移,见她鞋带散乱,于是蹲下身,帮她系好了鞋带,起身点了点她的额头:"小心摔了。"

霍烟将手里金灿灿的奖杯递到傅时寒面前:"这个送给你。"

"送给我?"

"这是我人生中拿到的第一个奖杯,我想把它送给寒哥哥。"

女孩那一双乌黑明澈的眸子里闪烁着纯粹的光芒。

傅时寒接过沉甸甸的奖杯,心尖像是可乐罐鼓起了清凉的气泡。

奖杯在他手中小心翼翼地捧着,未曾发觉,霍烟轻轻抱住了他的劲腰。

傅时寒感觉全身肌肉猛地绷紧。

怀中的女孩,额头轻轻抵在他坚实的胸膛之上,浅淡的眉毛平展,闭着眼睛,勾出一条平平的眼睫线。

她深深地呼吸了一下,牵动着傅时寒的心,不知此刻已经跑了几百码。

幸而手捧着奖杯,否则还真不知道该往哪里搁。

"霍烟。"他薄唇间念出的这两个字,声线略有些不稳,"你……"

"谢谢你。"霍烟只是轻轻拥抱了一下,便松开了他,"谢谢你一直陪着我,帮助我。"

如果没有傅时寒,她的童年、她的青春,定然平凡而简陋,或许以后的人生就这样平平淡淡地过去了。

是傅时寒的参与,让这一切都有了意义,也让她第一次有了想要努力往前冲的劲儿。

她真心地感谢他。

傅时寒对于这一个拥抱,似还有些意犹未尽,于是又将她重新揽入怀中。

"咦?"

"感谢别人要有感谢的样子。"他腾出一只手,按住了霍烟的肩膀,将她按进自己的怀中。

"诚意呢?"

霍烟后知后觉地"哦"了声,捏紧了她腰间的衣褶:"那就多抱一会儿吧。"

两分钟后,霍烟松开了傅时寒。

"我便罢了,换别的男生,不准这样。"他仔细地叮嘱她,很是不放心。

"我当然知道。"霍烟撇撇嘴,"你当我傻吗?"

傅时寒弹了弹她的脑门顶,带着她走出了电视台大楼。

暑假还剩了最后几天,几位小伙伴索性在B城兜了一圈,权当逮着暑假最后的尾巴旅行,去各处知名的景点打卡,好吃的美食也都没有放过。

　　临走的时候，董思博来找过霍烟一次，两个人站在酒店大门口，低声说话。
　　沈遇然陪着傅时寒坐在二楼回廊边的咖啡桌边，看着门口的俩人。
　　沈遇然皱着眉头说："这人来找霍烟，有什么事？"
　　傅时寒拎着手里的咖啡杯，余烟袅袅："我怎么知道？"
　　"俩人拿手机了。"
　　傅时寒平静淡漠的目光朝俩人望去，果然他们已经拿出手机开始相互加微信了。
　　"霍烟同学，以后回了学校，我们还是可以微信联系，多交流交流，我觉得我还有很多地方需要向你学习。"董思博笑着对霍烟说。
　　"你真谦虚，其实应该是我向你学习才是。"
　　"你扫我吧。"董思博将二维码递到霍烟面前，霍烟打开了扫一扫。
　　却不承想，这时候电话突然打进来，正是傅时寒。
　　霍烟按下接听，电话却被骤然挂断，她重新扫董思博的时候，电话再度打进来，中断了扫码的画面。
　　霍烟微微蹙眉，不明所以。
　　第三次，电话重新打进来。
　　这下连董思博都纳闷了："霍烟同学，怎么回事啊？"
　　霍烟看着手机屏幕上连着三个傅时寒的未接来电，像是明白了什么似的，抱歉地对董思博说："那……我们下次有机会，再加微信吧。"
　　董思博难掩脸上的失望之色："霍烟同学，我明天就要离开B城了，下次见面不知道是什么时候。"
　　"唔，那就有缘再见吧，我还有点事，就先回去了。"霍烟说完错开他，朝着酒店走去。
　　董思博还是不甘心，冲她的背影说道："那你留一个电话给我吧。"
　　霍烟假装没有听见，脚底抹油，溜之大吉。
　　回头在酒店寻了一圈，最后在咖啡厅找到了傅时寒，傅时寒气定神闲地端着咖啡杯，似什么都没有发生。
　　霍烟坐到他对面的椅子上，拧着眉头疑惑地问："寒哥哥是想怎样？"
　　傅时寒掀起眼皮，淡淡睨她一眼："怎么，朋友交得不开心？"
　　"你还说，一个电话接着一个电话，打来又挂，害我刚刚差点丢人。"霍烟嘟囔着说，"你不想让我加他微信。"
　　沈遇然笑说道："你寒哥哥是怕你随便轻信了人，让人家给拐走喽。"
　　"哼，我又不是小孩子。"
　　霍烟说完，抱着傅时寒的咖啡杯，咕噜咕噜喝了一大口，似乎渴得不行了。
　　沈遇然眼瞅着傅时寒那杯昂贵的咖啡就让她这样子喝白开水一般给喝掉

第十四章

了,他还温柔地伸手拍着她的背,给她顺气:"慢些。"

霍烟喝完之后,站起身说:"我回去帮苏莞收拾东西了,今天这件事就算了,下不为例。"

看着霍烟这装腔作势的模样,傅时寒没忍住嘴角漫起的笑意。

"寒总,你刚刚的行为非常不酷,该不会是吃醋了吧?"

傅时寒笑意顿收,冷淡地睨他一眼:"呵呵。"

他起身离开。

沈遇然还挺不甘心,冲他喊道:"吃醋就吃醋呗,嘴硬什么呀!"

/ 第十五章 /

开学以后,霍烟从大一什么都不懂的新生,变成了大二的学姐。

她在《头脑风暴》总决赛上的精彩表现,也让她在学校名气大增,S大特意将她斩获冠军的视频挂在了校园官网首页,滚动播放,赞扬她为母校增光。

几乎每一个要加入学生会的新生,都会提到霍烟的名字,迫不及待地想要见见这位一口气打败九名选手的冠军学姐。

初见霍烟,她坐在实践部办公室处理新生的档案资料,举止温柔、容颜静好,丝毫没有"名人"的乖戾感,显得平易近人。

有时候新生会战战兢兢地问霍烟要签名,霍烟微笑着接过了笔记本,不仅给他们签了名,还写下了一段祝福的话语。

很快,霍烟在学校里赢得了大部分同学的好感,甚至还有好事的学生,在校园论坛上重新弄了个校园女神的投票排行,霍烟当之无愧票数第一,稳居高位持续不下,将第二名远远甩出去一大截。

而霍思暖则从校花的宝座上掉了下去,被甩到了十名开外的地方去了。

上半年舞蹈比赛的失利使她一蹶不振,后面好几场比赛都没能打出好成绩来。

母亲在电话里虽然安慰她,可是言词间不经意提霍烟的次数也开始多了起来,尤其是霍烟拿到了《头脑风暴》的总冠军,在电视上风头大盛,被全家人引为骄傲。

甚至还有不少远房亲戚打电话过来询问,纷纷夸赞霍烟的聪明伶俐。

霍思暖渐渐成了被父母忽视的那一个。

巨大的落差让她的心态有些绷不住,晚上也渐渐开始外出,去酒吧买醉。

以前她跟着崔佳琪这些小姐妹打扮得花枝招展去泡酒吧夜店,也从来没遇到任何问题。

红字酒吧,非常典型的夜店式酒吧,里面有浓妆艳抹的女人独自坐在吧台,等着男人的搭讪,同时也有男人一双双猎艳的目光,无时无刻逡巡在这些女人身上。

霍思暖化着精致的妆容,穿着小皮裙,上身是紧身吊带背心配坎肩,将她的身形曲线完美地勾勒出来。

很多男人都在注视她,而她浑然不觉,趴在吧台边,一杯一杯地喝着红酒。

第十五章

有男人坐到她身边,为她又倒了一杯酒,猩红的液体漫灌了高脚杯。

霍思暖接过酒杯,一饮而尽,眼眸是一片迷离之色。

"我请这位小姐喝一杯,再拿瓶酒来。"那男人对吧台侍者说道。

侍者又开了一瓶红酒递过来,那男人再度为霍思暖斟满。

"你算什么东西?"霍思暖一把推开了男人手里的酒杯,含混不清地说道,"就凭你,也敢跟我抢。"

男人毫不生气,笑的时候脸上堆砌着横肉。

"来,乖乖,把这杯酒喝下去,你就会很开心。"

他扶着霍思暖的背,将酒杯递到她嘴边,硬生生地将满满一杯红酒给她灌了下去。

"你现在很风光、很得意?"霍思暖醉意更甚,浑身上下散发着酒气,嘴里说着胡话,"你忘了以前,以前是什么样子,现在长本事了,就踩到我头上了,我告诉你……我不会让你得逞的,不会……"

男人在她说胡话之际,手已经落到了她的腰间,想要带她离开酒吧。

霍思暖步履跟跟跄跄,大马路上,她挣开那个男人:"我要回去了。"

"宝贝,别走啊,哥哥带你玩。"男人在路边招了一辆出租车,粗暴地将霍思暖塞进了车里。

出租车启动,离开了酒吧一条街。

灯下,霍烟处理完学生会新干事的档案资料,已经是晚上十点。

苏莞匆匆走进寝室:"你猜,刚刚我朋友给我来电,说什么?"

霍烟忙着填写信息表格,头也没抬,淡淡道:"又有什么八卦新闻?"

一听有八卦新闻,林初语连忙从上铺探出脑袋:"有瓜吃?"

苏莞说道:"我朋友在酒吧玩,看到霍思暖一个人喝酒来着,没多久便跟男人出去了。"

霍烟立刻放下了笔:"去哪了?"

"谁知道啊,我朋友也没跟出去。"苏莞提醒霍烟,"要不你还是给她打个电话?"

不等苏莞说完,霍烟的电话已经拨了出去,可是响了很久没人接听。

她锲而不舍,又打了好几次,最后一次电话被人接过,霍思暖迷迷糊糊的声音传来:"谁啊?"

"霍思暖,你现在在哪里?"

霍烟已经不叫她姐了,而是直呼其名,语气分外严肃。

"你谁啊?"霍思暖还是口齿不清地说着醉话,"你走开,别碰我……"

很快,电话就被人挂断了。

林初语和苏莞面面相觑,心知今晚她恐怕是凶多吉少了。

霍烟立刻站起身来,急声问:"你的朋友电话是多少?!"

苏莞可以预见这件事的严重性,立刻说道:"你别慌,我马上给我朋友打电话问清楚。"

苏莞拨通了朋友的电话,从那边得知霍思暖和陌生男人上了一辆出租车,因为霍思暖是学校的知名人物,所以他留了个心眼,把出租车司机的车牌号记了下来。

苏莞家里有背景,手里自然有资源,即便现在夜深了,依旧通过出租车公司要到了司机的电话,打了过去,问清楚了情况,这前后不超过二十分钟的时间。

"他们去了一家宾馆,就在平南路的路口。"

说话间霍烟已经穿上了小白鞋,走出了寝室门:"我现在去找她。"

林初语和苏莞见势不对,也连忙追了上去:"等等,我们一块儿,人多好办事。"

学校门口,许明意已经叫好了车等在路边。

"你叫了他?"霍烟望向苏莞,惊讶不已,"那傅时寒……"

坐在副驾驶的许明意说:"放心,收钱办事的好生意,我谁都不会讲,只跟老四说我出去约会,虽然他并不相信。"

苏莞说:"这种事,总得叫上一个男生才安心些。"

平南宾馆位于平南路32号,距离学校约莫一刻钟车程。车厢里,霍烟不停地给霍思暖打电话,手颤抖不已。

一开始,拨出去的电话还能接通,只是无人接听,到后面电话索性就关机了。

林初语于心不忍,安慰霍烟道:"一定没事的,你别太担心了。"

苏莞安慰道:"都到这份上了,平安无事的概率很小,只能怪她自作自受,与人无尤。"

林初语皱眉道:"烟烟都这么担心了,你还说风凉话。"

"她说得没错!"霍烟的手紧紧攥着手机,咬着牙狠声道,"不管待会儿是什么结果,都是她自己自作自受,与人无尤!"

苏莞目光下移,看见霍烟紧握的手骨节都发白了。

不担心是不可能的吧,即便已经反目,但终究是血脉相连的亲姐妹。

很快,出租车在平南宾馆门前停下来。

"几位,需要几间房?"前台的小姐问道。

"刚刚有没有一个男人扶着醉醺醺的女孩过来?"苏莞急切问道,"那女孩,嗯……跟她长得很像。"

| 第十五章 |

前台小姐打量着霍烟,皱起眉头为难道:"是有一个,但……这是客人的隐私,我们也不好透露什么。"

"那女孩是我姐姐,是被那男人骗过来的。"霍烟语气很焦急,"请你把房间钥匙给我们,救人要紧!"

前台小姐摇头:"这是不可能的,我们是正规经营的宾馆,为了客人的安全着想,我不可能给你房间钥匙。"

眼看着僵持不下,许明意突然冷笑一声道:"正规经营的酒店,住宿都需要两人登记,我就赌五毛钱好了,刚刚进来的一男一女,女的没有进行身份登记。"

苏莞直接将一把红票子砸在桌上:"那我再压一千块好了,把钥匙给我们。"

前台看着那一沓红红的票子,也有些动摇,伸手去拿钱:"那个……钥匙是不可能给你们的,不过房间号……"

却不想,许明意一巴掌拍在红票子上,重新将钱兜了回来,揣进自己的口袋里,薄淡的唇掀起一丝冷笑:"不赌了,直接打电话报警,方便快捷,两人来只登记一人的身份证,这算是违规操作了吧,报警一拿一个准。"

说完他摸出了手机。

前台小姐见状,慌了神:"别……别报警,这样吧,我让保安跟你们上楼看看,如果真的有情况,也好应对。"

说完她立刻招来了门边的保安,递给他一张房间总卡:"你跟这几个同学去313房间看看。"

霍烟和朋友们匆匆上楼,老远就能听到女人的哭喊声,霍烟心头一颤,这声音太熟悉了,这是霍思暖的声音。

她顾不得多想,跑到313房间门前,用力拍打房门。

房间里传来男人不耐的声音:"谁啊?"

保安连忙说道:"客房服务。"

男人很粗暴地喊道:"不需要,滚!"

几人面面相觑,心里都有数了,许明意对保安说:"叫成这样都不开门,你们这宾馆明天就该关门大吉了。"

"这……"保安很为难,"大家都是成年人,有些事声音大些,也可以理解。"

苏莞厉声质问:"你脑子是被浆糊糊上了吗,这是什么声音,心里没点数吗?"

她声音很大,几乎是用吼的,把身边许明意的耳膜给震了震,许明意偏着脑袋望向她,心说平日里看起来温温柔柔的小女孩,也是个不能得罪的主儿啊。

保安连忙刷了房间总卡,将房门打开。

霍烟连忙冲进去,却见霍思暖衣不蔽体坐在床的最角落,抱着大腿,脸上哭得是梨花带雨,妆都花了,甚是狼狈。

不过霍烟瞥见她底裤还穿在身上,黑色丝袜被抓坏了,但还穿着。

她松了口气。

而那男人半赤着身子,从床上滚下来。突然闯进来这么多人,他还没反应过来,愣了愣,随即嚷嚷着问道:"你们谁啊,干什么的?"

苏莞一把将保安拉到前面来,指着他的工作服喊道:"警察,查房的,接到举报,这里有犯罪活动。"

闻言,那男人吓了一大跳,连忙道:"犯什么罪,我什么都没做!"

他想要转身开溜,而许明意漫不经心拎起了他的外裤,从里面摸出钱夹,钱夹里正好有他的身份证。

"嗯,跑吧,跑得了和尚跑不了庙。"

那男人脚步顿住,看向许明意,威胁地问:"你想怎样?"

许明意看向他的黑色裤衩,悠悠扬扬地说道:"在你脱裤子之前,就应该想到后果。"

霍思暖此刻的酒早已经醒了一大半,整个人蜷缩在床角,吓得魂不附体,嘴唇打战,瑟瑟发抖。

霍烟瞥了她一眼,对苏莞说道:"报警吧。"

"不要报警!"霍思暖突然说道,"不能报警,否则……否则我就完蛋了。"

形象崩塌,声名狼藉。

"不报警,你要让这个流氓逍遥法外吗?!"霍烟指着男人厉声质问她。

"我不管,你不能报警!"霍思暖情绪激动了起来,"绝对不能报警!"

"霍思暖,你要真这么在意自己的形象,大晚上就不会跑出去喝得烂醉如泥!"

霍思暖看向霍烟,脸上的泪痕还没有被风干:"你是来看我笑话的吗?我知道了,你巴不得我赶紧玩儿完,你就是要闹得满城风雨所有人都知道,对不对?"

林初语走过来,激愤地说:"你不要不识好人心,烟烟知道你可能会出事,急坏了。"

霍烟低头睨着霍思暖,心里头对她抱有的唯——丝希望也寂灭了:"我来这里不是因为什么姐妹之情,你我之间,姐妹之情早已经不存在了,我救你是道义,但只此一次,从今以后你的所有事情与我无关。"

说完她转身离开,苏莞回头看了许明意一眼,许明意指尖一弹,那男人的身份证便从窗口飞了出去。

第十五章

晚上,苏莞从自己的床铺爬到了对面霍烟的床铺,钻进了她的被窝,搂着她的腰,脑袋搁在她的颈窝边。

"闹什么?"霍烟的声音有些喑哑了。

苏莞嘻嘻一笑,说道:"没了亲姐姐,还有我这个野妹妹嘛,别难过了。"

她声音闷闷的:"我才没有难过呢,今天把话说清楚,我很开心,对我好的人我一定会珍惜,对我不好的人,我不会留恋。"

"你能想明白就好啦。"苏莞抱紧了霍烟的腰,"睡觉吧。"

"哎,回你自己的床上去。"

"我就要跟你睡,你软软的,抱着特别舒服。"

"我……我不喜欢跟别人睡觉。"

"不习惯也得习惯。"苏莞理直气壮地说,"难不成以后结婚了,你老公要抱着你,你也要把他赶下床吗?"

霍烟:"……"

第二天早上,霍烟收到许明意的短信:"对不住了,昨晚老四连夜刑讯逼供,我没扛住,溜了溜了。"

霍烟:"……"

霍烟:"做人基本的诚信呢?"

许明意:"金钱诚可贵,信用价更高,若为尊严故,两者皆可抛。昨晚老四把我衣服扒光了,用皮带捆在板凳上,不让我睡觉还说要把我放在女宿楼下供人收费参观,我……我只能出卖你们了……【捂脸】"

霍烟:"好暴力。【汗】"

傅时寒知道了这件事,却按兵不动,甚至都不提一句,这让霍烟感觉到不安,上午的课都没听进去,下课之后在教务系统查到傅时寒的课程表,匆匆找了过去。

课程还没有结束,老师似乎在拖堂。

霍烟站在门口等了会儿,因为昨晚睡得太晚,现在困意上涌,她索性靠着墙壁眯了会儿眼睛。

一刻钟后,老师总算收了尾,教室里有同学拿着课本说说笑笑走出来。

沈遇然第一眼瞧见霍烟,招呼着许明意走到她身边。

她脑袋抵在墙面,咕噜咕噜睡得正香呢。

沈遇然起了坏心思,冲许明意甩了个眼神,拿出自己的马克笔,在霍烟的脸颊处画了几杠花猫胡须。

傅时寒不声不响地出现在他们身后:"昨天晚上老二的惩罚,你似乎也很想体验一遍?"

沈遇然连忙将马克笔扔到向南的手中："全是他的坏主意，我们就是被当枪使的，哈哈，肚子饿了，老二，走走走，吃饭去！"

说完他拉着许明意，一溜烟跑没了影。

向南无奈地笑了笑，将马克笔夹在了傅时寒领口的位置，然后转身离开。

霍烟被这一阵动静吵醒了。

睁眼便是傅时寒那张挺直的鼻梁，勾勒出整张脸庞的立体感。

他修长葱玉的指尖把玩着那只黑色马克笔。

霍烟连忙掏出随身的小镜子，照了照自己的脸蛋，发出一声惊叫——

"傅时寒！"

傅时寒愣了愣，看向自己手里的笔，又看了看她被画得花里胡哨的小脸蛋。

"……这里面，可能有误会。"

霍烟皱起眉头，怨怼地看向他："傅时寒，你能不能成熟一点！"

傅时寒："……"

洗手台边，霍烟使劲儿擦拭着脸蛋，时不时朝边上的傅时寒投来愤懑的目光。

傅时寒看着她被擦得红红的一张小脸，无奈地叹了声，脱了自己的外套，在水龙头底下润湿，掰过霍烟的下巴，用柔软的衣服布料替她轻轻擦拭脸上的痕迹。

"脸部皮肤表层质地薄，平时洗脸不要太用力。"他一边擦拭，一边细声叮嘱，"否则会伤皮肤。"

他那双深邃幽黑的眸子此刻专注地凝望着她，长睫毛扇动着眼睑，他轻柔的呼吸拍打在她的脸畔，带着轻微薄荷草的气息。

霍烟的心跳开始不受控制地加速跳动，砰砰，砰砰砰砰。

傅时寒指尖捏着她尖尖的下颌，左边看看，又往右边挪挪。

"好了。"

这下子花猫脸干净了。

"找我什么事？"傅时寒问。

刚刚折腾着一下子，霍烟都差点忘了，她是过来试探口风的。

"昨天晚上……"

傅时寒鼻息间发出一声轻哼，霍烟到嘴边的话又让他给吓了回去。

"你还知道昨天晚上？"傅时寒将外套抖了抖，搭在手边，转身离开。

霍烟连忙追上去，解释道："不告诉你是有原因的，一则是因为太晚了，你生活向来规律，我想你都已经睡下了。"

傅时寒淡淡道："你倒是自以为了解我，连我什么时候睡觉都知道。"

第十五章

"我当然知道。"

傅时寒似惩罚般,顺手拍了拍她的后脑勺:"那么你叫上许明意,就不嫌晚了?"

霍烟低声咕哝说:"那是苏莞叫的,跟我没关系。"

"这个理由说服不了我。"

虽然这丫头有时候看上去笨笨的,但绝对不是会干蠢事的人,她有自己心思缜密的地方。

"昨天晚上那种情况,潜在的危险性有多高,你不应该没有考虑。"

傅时寒回身凝望着她,眸里泛起薄怒,声线也沉了许多:"你第一时间想到要求助的人,应该是我。"

"其实,其实我也有一点小私心。"霍烟低下头,向他坦白,"我是不想让你过多接触到姐姐的事。"

傅时寒眼神柔和了许多,凑近她,柔声问道:"为什么?"

她脑袋垂得更低了:"姐姐喜欢你,大家都知道,这么说可能不大合适,但我还是想要告诉你,她喜欢的可能不是寒哥哥你这个人,而是跟你攀扯关系之后能带来的某些虚荣利益。"

她咬着牙,知道在背后说这些话,的确是非常不坦荡、不磊落的行为,可是她没办法憋在心里。

"我不想让你与她有过多牵扯。"

霍烟突然抬起头,目光坚定而执着:"你是我的寒哥哥,我不会让任何人利用你,或许我这样有点自私,但是我……"

她话音未落,突然被他揽入怀中,脑袋撞在他坚硬的胸膛之上。

她听见他灼烫的心跳,也听见他说——

"我喜欢你对我自私。"

那天晚上,霍思暧夜店买醉险些失身的传闻,虽然霍烟这边守口如瓶,但还是有不少风言风语在学校里流传开来。

许明意赌咒发誓,拿人钱财与人消灾,不该说的绝对不会说,他是有职业操守的。

后来方才得知,谣言的源头来自于苏莞的朋友,是从那几个在酒吧撞见霍思暧买醉的男孩中传出来的。

但也正是因为他们及时通风报信,才救了霍思暧,所以苏莞没有责备他们。

这个世界上,本来纸就包不住火,若要人不知,除非己莫为。

霍思暧在学校的玉女人设骤然崩塌,一时间声名狼藉。

这一波打击对她的影响非常大,几次在学生会例会上看见她,都是容颜憔悴,精神不济,办完事就走,不怎么与人交流,完全没了往日风光神气的模样。

　　平日里与霍思暖交好的小姐妹，没一个去安慰她，她们见到她便宛如见到洪水猛兽似的，避之不及，生怕那些肮脏的流言蜚语牵扯到她们身上。

　　当然，霍思暖也不需要什么安慰，语言在这种时候是最苍白的。

　　霍烟心里虽对她存有芥蒂，但见她这般狼狈，也丝毫没有感受到快意。

　　没有动静的霍思暖，在某个深夜，突然发了一条朋友圈。

　　这条朋友圈第一时间让夜猫子林初语刷新了出来。

　　"啊啊啊！"

　　她的叫声吵醒了整个寝室的人。

　　"干吗呀？"苏莞嘟哝道，"这都几点了。"

　　洛以南："信不信我现在就把你丢出去。"

　　霍烟打了个呵欠："请立刻行动。"

　　"不是……"林初语急切地说，"霍思暖刚刚发了一条朋友圈。"

　　苏莞抱着被单，懒懒地说："发就发呗，她总喜欢大晚上的无病呻吟，有什么好奇怪的。"

　　"你们自己看……"

　　霍烟拿出手机，刷新了朋友圈，果然，霍思暖的朋友圈更新于两分钟以前。

　　"今天，我想正式澄清一下关于我和傅时寒婚约的传言，所谓的婚约，其实是两家大人很早以前订下的约定，但是这么多年，我只是把傅时寒当成普通朋友，现代社会，恋爱自由，希望大家不要再以讹传讹了，谢谢。"

　　这条文字下面还配了一个相当可爱的卖萌表情包，以表达她轻松和淡然的心情。

　　但是霍烟知道，霍思暖发这条朋友圈时的心情，绝对不可能轻松。

　　她曾经说过，嫁给傅时寒是她的梦想。她努力学习跳舞，穿名牌背名包，和圈子里的小姐妹打成一片，提升自己的身价……她所做的一切，都是为了实现这个梦想，现在说放弃就放弃，怎么可能轻松？

　　"你姐居然发布这样的声明，她到底想怎样？"林初语望向霍烟，"又在预谋什么新计划吗？"

　　"哪还能有什么新计划。"苏莞打了个呵欠，悠悠地说道，"夜店那一波，估计霍思暖已经是元气大伤，这不，忙着回血呢，闹不出什么幺蛾子了。"

　　林初语讶异地问："你说她彻底凉凉了？"

　　苏莞冷笑："这一年来她的骚操作还少吗？这叫孽力回馈，自从上半年舞蹈比赛她输给咱们家南南，就一直在走下坡路了。"

　　"谁是你家南南。"洛以南重新躺了下来，顺口问道，"既然你姐都主动退出了，霍烟，你和傅时寒什么时候领证？"

　　霍烟："？？？"

第十五章

苏莞、林初语："？？？"

这问得也太直接了吧。

"领什么证？"霍烟愣愣地问。

苏莞立刻笑了起来："领什么证，总不能是学生会工作证吧。"

几位姐妹都哈哈笑了起来。

霍烟当然也听懂了她们笑语里更深的意思，脸颊微微泛红，但是因为夜色太浓，没人注意到。

"大晚上的就别瞎胡闹了，快睡觉吧。"

"这怎么是瞎胡闹呢。"苏莞宛如慈母般，老气横秋地说道，"这都大二了，不小了，是时候考虑谈恋爱了。"

"你要谈恋爱，自己去找你的和尚哥哥呗，扯我做什么。"

"我跟和尚那是八字没一撇，你跟傅时寒是板上钉钉，能一样吗？"

"谁跟他板上钉钉。"霍烟连忙说道，"你可别出去乱说呀，他一直把我当妹妹的。"

洛以南突然问："那你把他当哥哥吗？"

"我……"霍烟话音突然滞住。

你有把他当哥哥吗，他如果一辈子是你的哥哥，你会开心吗？

霍烟也曾在心里反复问自己这个问题，然而总是得不出一个完整的答案。

"其实喜欢一个人，很好判断的。"苏莞趴到霍烟的床畔，凑近她的耳朵，意味深长地说道，"只要看你想不想和他那个，就知道了。"

霍烟的脸瞬间涨红不已，脑子里出现了傅时寒赤着的上身。

小时候她见过他不穿衣服的样子，白白的，皮肤紧致。长大之后也曾见过几次，皮肤颜色更深了些，健康的小麦色，腹部肌肉格外明显，一等一的好身材。

一阵激灵从霍烟的脊梁窜上天灵顶，脑袋炸开几簇烟花，噼里啪啦。

"你在幻想了！"苏莞像是抓住她的小把柄似的大喊。

"我没有！"霍烟反驳。

"明明就有！你肯定在胡思乱想了！"

"没有没有没有！"

……

女孩们玩笑闹腾了一阵，倦了很快便沉入梦想，那晚霍烟的梦境格外不安分，她能确定就是因为傅时寒。

那天下午学生会例会上，霍烟见到傅时寒走进来的时候，莫名的脸上便起了红晕。

他拿着文件走进来，坐在会议室长桌尽头，穿着规整的白衬衣，皮肤细

腻且白皙，沉默的时候，就像一幅漂亮的画。

他正安静地整理着开会要发言的稿子。

霍烟看了他一眼，便立刻垂下头去，假装玩手机，不一会儿，又情不自禁抬头看他。

不知道为什么，心跳得好快呀。

没一会儿，等到所有部门的成员到齐，傅时寒整理了手中文件，准备开会。

"秋季运动会将于下星期进行，现在各个部门手里都应该已经拿到了策划部分派的任务表格。"

运动会的事情，早几个星期前，学生会就已经开始筹划忙碌了，今天只是下达任务。

"抱歉我迟到了。"

一道细而清朗的声音自门外传来。

霍烟抬眼望去，只见一个蓄着长披肩发的女孩子走进来，她穿着白色斜肩T恤，下身是大印花半身雪纺长裙，高腰的设计让她看起来身形线条流畅，带了一点轻熟感。

霍烟认得她，她与傅时寒一样，都是学生会主席团成员，名叫姚薇安。

姚薇安虽然是学生会主席团成员，但很多事情都是亲力亲为，远远看她，会觉得很高冷，可是与她接触以后，就知道她性格非常平易近人。新干事遇到不懂的问题，不敢问傅时寒的，都会去找她，所以她在学生会里声望颇高。

譬如这一次复印秋季运动会资料表，因为担心新干事出错，她亲自去打印店帮忙复制了好几十份带过来，所以才迟到。

她进来之后，径直坐到了傅时寒身边的空位，让身边的干事将表格分发下去。

"秋运会期间，第一、第二、第三运动场都会搭建学生服务棚，全权负责运动员和学生的诸多事宜，每天都需要安排干事值班，值班表我已经发下来了，大家看一下。"

姚薇安绷着严肃的表情，看上去颇有几分领导范儿："我希望大家团结协力，把运动会的事情办好。"

霍烟拿到自己值班表，淡淡的眉毛皱了起来，她发现自己报名的三千米长跑和值班表上安排的时间刚好冲突。

这……

她举手问道："学姐，如果自己参加的运动项目和值班时间冲突了怎么办呢？"

姚薇安说道："那就需要你们自己权衡了，是学生会工作更重要，还是参加的运动项目更重要，进了大学，很多时候都要自己做选择。"

| 226 |

第十五章

众人小声议论。

虽然说要自己做选择，可是为了运动项目而翘班，怎么样都说不过去，如果想在学生会长期地好好干下去，恐怕就必须有所牺牲。

姚薇安看向霍烟："作为副部长，应该知道孰轻孰重。"

霍烟今年大二，已经升为了实践部的副部长，开始带新生了。

姚薇安的话，带了那么点儿深意。如果霍烟不能以身作则带个好头，还怎么调动下面的新干事。

见她踟蹰，姚薇安继续说道："大一的新干事，我知道有些学院是要求都要参赛的，但是大二生并没有做要求，所以新干事如果排班和运动会冲突，可以跟没有排班的干事调班，现在需要调班的干事举个手。"

有几个大一的干事举了手，姚薇安让人记下了他们的名字。

"大二的部长，你们的值班时间有和比赛冲突的吗？"姚薇安目光扫了几位部长一眼。

除了霍烟以外，没人举手，即便有冲突的也碍于姚薇安的面子，不敢举手。

林初语低声对霍烟说："这话的意思，就是说大二的部长不能调班，只能把运动会翘掉喽？"

霍烟点点头，姚薇安应该就是这个意思。

"那你的三千米怎么办啊？"林初语问。

"待会儿问问体育委员，看能不能取消吧。"

其实还挺难说，因为学院里几乎没有女生愿意跑三千米，霍烟因为经常运动，耐力还不错，体育委员是哭着抱着霍烟的大腿，跪求她参加三千米的。

既然都已经答应人家了，这时候反悔，话很难说出口。

就在这时，一道浅淡的声音突然响起来："大二的部长和大一的新干事都是学生会的一员，没理由区别对待。"

霍烟抬头，却见傅时寒那双深邃的眸子扫向她——

"既然报了名就去跑。"

他声线柔和，并非以学生会主席的身份，而是以哥哥的身份对她说话。

姚薇安难以置信，没想到傅时寒居然会当众将她的决议给堵回来，以前从来没有发生这样的事情。

干事们议论纷纷，这让姚薇安很没面子。

姚薇安说道："她去参加运动会，那值班的事情怎么办，新干事便算了，部长总得要以身作则。"

"并非没有转圜的余地，规矩是死的，人是活的。"

傅时寒寡淡的目光扫了会议室一圈，说道："现在大二的部长副部里，有想要相互协调时间的吗？"

之前姚薇安问的时候，没人敢举手，但是既然傅时寒开口了，好几个时间冲突的部长也都弱弱地举了手。

姚薇安的脸色变得有些难看了，但是碍于傅时寒的面子，也只好说道："既然如此，你们几个自己商量协调值班时间吧。"

霍烟感激地看了傅时寒一眼，傅时寒没理会她，不过却收到一条他刚刚发来的消息——

"散会后等我，一起吃晚饭。【爱心】"

/ 第 十 六 章 /

例会全程,姚薇安坐在椅子上,没有再开口多说一个字。

傅时寒的出言反驳,驳的是她作为主席团成员的面子,让她心里感觉特别不好过。

谁驳她都没关系,偏偏是傅时寒……

八卦女王林初语突然凑近了霍烟,低声对她说道:"姚薇安啊,老早就听人说,她暗恋傅时寒。"

霍烟惊了惊:"你又是哪里吃来的瓜?"

"情报准确,姚薇安一直喜欢傅时寒,学生会的人都知道。"

"我就不知道。"

"那是因为你跟傅时寒走得近,没人告诉你这事,再加上前面还有霍思暖挡着呢,这事儿就更隐晦了。"林初语低声说,"现在霍思暖都发朋友圈澄清未婚妻的事了,姚薇安也该有所行动了。"

霍烟抬头望向姚薇安,碰巧她也在看自己,两个人的目光在空气中短兵相接,擦出一道"嗞拉"的火花。

姚薇安对她笑了笑,有点皮笑肉不笑的意思。

霍烟赶紧抽回目光,相信了林初语的瓜十有八九是真的,毕竟学校里从来不缺暗恋傅时寒的女生。

例会结束,霍烟跟另外一位策划部的部长换了值班时间,回头准备等着傅时寒吃晚饭。

人都散了以后,会议室里剩下姚薇安和傅时寒,姚薇安拿着资料问傅时寒:"开幕式组织各学院运动员代表入场的时候,排序的问题还需要重新安排一下,这样吧,咱们一起去食堂,路上边走边聊……"

她话未说完,突然抬起头望向霍烟:"你还有什么事吗?"

"哦,没有。"

"没有的话就散了吧。"

霍烟踟蹰了一下,准备到外面去等傅时寒,却不想傅时寒淡淡开口:"她等我吃饭,不影响,你继续说。"

姚薇安脸色略有些沉。

刚刚邀约傅时寒吃晚饭的话都说出去了,她可不想再多带一个人。

"那待会儿就一块儿去吃饭吧,讨论讨论工作的安排。"

尽管十万分不愿意,姚薇安也只能对霍烟这么说。

霍烟正要点头说好,傅时寒拿着文件,一边看,一边漫不经心道:"不用了,我待会儿还有事情要单独和她讲,你要说什么,现在说吧。"

姚薇安眉头皱了一下,语调如常:"那行,我就三言两语说了,不耽误你们吃饭。"

姚薇安离开的时候望了霍烟一眼,脸色明显冷了许多。

傅时寒和霍烟出现在三食堂,许明意端着菜盘,穿着工作服坐到他俩身边,专心致志地啃着烧鸭腿。

霍烟时不时抬头偷瞥对面的傅时寒,他吃饭的时候从来不急不缓,修长漂亮的手拿着筷子,一口菜一口饭,吃得认真,也吃得稳重。

和他相比,身边的许明意,吃得那叫一个稀里哗啦。

许明意边吃饭,边优哉游哉地说:"你俩坐在一块儿,一会儿你瞥瞥我,一会儿我瞄瞄你,有劲没劲?"

傅时寒回敬:"你不请自来坐在这里,有劲没劲?"

"作为一名合格的情报员,需要眼观六路耳听八方。"许明意眯起眼睛望向他们,"我瞅着你俩有猫腻。"

"有猫腻也是跟你没关系的猫腻。"傅时寒将一块牛肉夹到霍烟的盘子里,"长身体,多吃些。"

许明意翻了个大白眼:"就她这年纪还长身体呢。"

霍烟反驳:"逆生长,不服气?"

许明意:"还真不服。"

霍烟:"不服憋着。"

许明意笑了笑:"好的不学,一张不饶人的利嘴倒是跟老四学得有模有样。"

傅时寒:"知道就好。"

见俩人不待见自己,许明意端起盘子站起身,悠悠扬扬道:"行行行,你俩聊,二爷我还不陪了,有这时间关心人还落不到好,我还不如去多洗几个盘子挣点钱。"

"二爷您走好。"

霍烟对他挥了挥手,她笑起来的时候露出两颗虎虎的门牙,分外可爱。

傅时寒敲了敲她的脑袋:"认真吃饭。"

"唔。"霍烟发现她的盘子里,傅时寒夹来的肉都堆成了山。

"你不喜欢就别打呀,打了又不吃。"霍烟嘟哝着说,"浪费。"

傅时寒淡笑一声:"不是要跑三千米,不多吃点肉,没力气怎么跑?"

第十六章

霍烟点点头,决定多吃一些。

"今天谢谢你帮我说话。"

傅时寒用纸巾擦了擦嘴,说道:"也并不是全然帮你,我不想让学生会变成所谓的官僚组织,说什么做什么,都要看上面的脸色。"

霍烟也放下了筷子,望向他。

"大二的部长和副部长虽然多了个官衔,但本质的身份还是学生,只要做好本质的工作自然会有更好的发展,而不是为着这个官衔,放弃别的东西来换取上级的青睐。"

霍烟听懂了他的话,连连点头。

很多时候,霍烟都特别喜欢傅时寒这一身正气的样子,他对很多事情都有自己独到的看法,也会将这种道德标尺用于约束自身。

或许,这就是和他在一起的时候总感觉心安的原因。

今年的秋季运动会如火如荼地展开了,从第一天的开幕式开始,学生会各部门在傅时寒的领导之下,有条不紊地开展活动。

运动会期间,每个运动场的学生会服务台都有干事值班,无论是运动员或者学生有什么诉求,都可以在服务台得到解决。

霍烟跟另外一位部长换班的时间,正好赶上傅时寒参加短跑。

听见操场跑道那边传来女孩们一阵阵的呐喊声。

"学长加油!"

"好帅啊!"

"拿第一名哦!"

霍烟的心里像是有猫儿在挠似的,给学生接水的时候,水满了溢出来也没有发觉。

听女孩子们的呼喊声,他应该已经上场了吧。

霍烟心不在焉地坐下来,拾起桌边的一只中性笔,在指尖转动着。

焦躁不安的神情,就连身边的小干事都看出来了。

"霍烟学姐,你是不是有事情啊,如果有事的话,这边服务台我们也可以帮忙顾着,你先去忙。"

霍烟摇了摇头,本来她就已经跟人换了班,值班期间如果再摸鱼开溜,影响实在不好,这还是在大一的新干事面前,她就更应该以身作则了。

跑道那边传来阵阵高昂的欢呼呐喊声,他好像已经冲破了终点线!

霍烟再度站起身,朝着人群张望,不过跑道那边拥堵着密密麻麻的人群,她依旧什么都看不见。

只能从众人的呼唤声中,猜测一二。

应该是拿了冠军吧。

就在这时候,霍烟瞥见人群中一道靓丽的身影走过,是姚薇安。

她穿着一件淡黄色的针织开衫,配了一条韩版的牛仔裤,扎着清爽的马尾辫子,看上去青春靓丽。

她的手里拿着一瓶百事,步履匆匆朝着跑道终点走去。

身边两个女生干事立刻八卦地窃窃私语起来。

"她去给傅时寒送水了吗?"

"肯定啊。"

"她暗恋傅时寒也不是一天两天了吧。"

"一直隐忍不发,好像是碍于霍思暖。"

"前段时间霍思暖不是都已经澄清了吗,想来姚薇安学姐肯定是要有所行动了。"

"她会跟傅时寒表白吗?"

"应该会吧,表现得很明显了啊。"

霍烟趴在小桌板上,心不在焉地写着今天的值班汇报,耳边两个小干事的八卦听得心里毛躁躁的。

噔噔噔,有人敲了敲桌板。

霍烟抬起头,却见苏莞笑吟吟地看着她:"看你没精打采的样,丧什么呢?"

"没什么,你在这儿干吗?"霍烟站起身来,给她接了杯水。

"待会儿和尚要参加跳远,我来给他加油。"

"和尚要跳远?"

苏莞笑了笑:"不止呢,跳高、四百、八百,还有掷铅球,他的日程表都排满了。"

霍烟难以置信道:"他疯了吗,报这么多?"

苏莞无奈地说道:"第一名现金五百,第二名、第三名,都有实物奖励。"

"难怪。"

其实想想,许明意过得也挺不容易的,霍烟曾听沈遇然说起过,许明意父母在他很小的时候外出打工,出了意外,老家只有一个年迈的奶奶,他是吃百家饭长大的,后来念书是靠城里的一位好心富商资助,这才能一直念到大学。

"跳远那边要开始了,不聊了。"苏莞说完摸出手机来,给霍烟发了一段视频,"送你的小礼物。"

霍烟摸出手机,好奇地点开苏莞发来的视频,竟然是她刚刚录的傅时寒短跑画面。

霍烟欣喜不已,连忙坐下来,将手机的声音开到最大。

画面里的少年穿着黑色的运动衫和短裤,露出结实的臂膀,白皙的皮肤下,

第十六章

肌肉线条流畅，带了某种张力感。

额间几缕碎发掩住了他幽黑的瞳眸，清俊的脸庞被上午的阳光照耀修饰得很是漂亮。

他站在跑道第三位，蹲下身做起跑的姿势好看极了。

随着一声哨响，他猛然弹跑出去，不稍片刻间便将周围的选手远远甩在了身后，直奔终点线而去。

转瞬之间，他已经冲破了终点线，周围女生的欢呼叫喊声简直要把人的耳膜都震破了。

肉眼可见的好体能。

过了终点的傅时寒，呼吸有些急促，脸上略泛起了浅淡的潮红。

边上有好些女孩子走了上去，羞涩地给他递水和递纸巾，其中也包括了姚薇安，她拿着那瓶百事，大方地微笑着，递给他。

霍烟一颗心都跳到嗓子眼了，摇晃的镜头里，却听傅时寒礼貌回绝："我不喝饮料。"

霍烟松了一口气，嘴角不觉露出了笑意，便在这时，听到耳边一道熟悉的嗓音道："谁这么帅啊？"

恍然抬头，傅时寒手撑在她的桌边，俯身随她一道看着手机视频，低垂的眉眼让他显得格外温柔。

霍烟尖叫一声，手机飞了出去，傅时寒扬手接住。

他声音低醇而性感，温热的呼吸拍打在她耳畔："嗯，在偷看谁？"

霍烟："反正没看你。"

傅时寒点开视频，在霍烟面前晃了晃："那删了。"

"不准！"霍烟挺身上前，要夺回手机，傅时寒扬着手，没让她够到。

"不给就抢，这么不讲道理？"

霍烟踮着脚一个劲儿够他的手臂，气喘吁吁道："不夸你帅就删人家视频，谁不讲道理？"

傅时寒垂眸望着她，嘴角挑笑："霍烟，你是不是在偷偷喜欢我啊？"

他的鼻尖都要碰到她烧红的耳廓了，痒痒的感觉让霍烟脊梁骨窜起一阵激灵，她连忙松手，离他稍稍远了一些。

心跳像是踩在了高音的鼓点之上，惊起了一阵汹涌澎湃的浪花。

"乱……乱讲。"

怎么会这样，她到底是怎么了？怎么紧张得连话都说不清楚了，就算之前录制《头脑风暴》的直播节目都没有紧张成这样的。

傅时寒丝毫没有发觉，自己随口的玩笑在少女心里掀起何等的惊涛骇浪。

"渴了，过来你这里讨杯水喝。"他斜倚在桌边，轻松地说。

霍烟连忙起身，拿了干净的纸杯，在饮水机边给他接了满满一杯矿泉水，递给他的时候，手禁不住地颤抖。

傅时寒看着杯子里晃动的水面："你紧张什么？"

"傅时寒，你喝了水就快走吧。"霍烟目光挪向别处，不敢再看他。

"怎么，影响你工作了？"

"没。"

傅时寒端起水杯一饮而尽，随后修长的手指扣紧，纸杯瞬间变作一团皱纸，扬手一掷，稳稳地命中了垃圾桶。

"你今天有点奇怪，怎么了？"他问她。

"感觉有些热，这边也很吵，脑子很乱。"

温热的手背覆在了她的额头，傅时寒探了探自己，又探了探她。

兴许是刚刚运动过的缘故，手探不出什么问题，他索性俯下身，将前额抵在她的额头上，闭上眼睛，试了试体温。

少年闭眼，浓密而修长的睫毛扫到了她的眼皮，她甚至能感受到他轻柔而湿热的呼吸。

英俊的容颜近在咫尺，霍烟脸上腾起一片热霭，心脏变成了蒸汽火车发动机，轰隆隆往外冒着热气。

"好烫，你发烧了。"傅时寒脸色变得严肃起来，"我带你去校医院。"

他拉了拉霍烟的手，霍烟没有动。

"没有发烧。"

"霍烟。"傅时寒不再与她玩笑，整个人便换了一种气场，"不要任性，你生病了。"

"我没有生病。"霍烟使劲挣开他的手，"你快走吧，你走了我就好了。"

傅时寒脸上露出疑惑的神情。

"我真的没事，真的！"霍烟也不知道该如何解释，只对他说道，"你快去忙，别在这儿跟我瞎聊了！"

"我后面没项目了。"

话未说尽，但意思是很明显了，他想留在这儿陪陪她。

"许明意待会儿跳远呢，你不去给他加油吗？"

"那家伙跟打了鸡血似的，每项运动必冲前三，需要我给他加什么油。"

霍烟无言以对，心说许明意还真是……平时看上去懒懒散散没精打采，只要一跟金钱利益沾边，他体内的小宇宙就能爆发无穷的能量。

"那你也去看看他呀。"

傅时寒这才警觉地看向霍烟，微微蹙眉："你不想和我待在一起？"

霍烟不敢看他，移开目光："我这是服务台呢，你站着这儿，待会儿给

第十六章

我兜一帮女孩过来,我肯定忙不过来。"

傅时寒何等老练的眼光,已经看出了她在闪烁其词。

"到底怎么回事?"

"我也不知道,有点烦,你让我一个人待会儿好不好?"

傅时寒没有寻根究底,拍了拍她的脑袋:"我先走了,待会儿再来看你,如果还烧着,就去医院。"

"你别来了,我马上就换班了。"

傅时寒脚步顿了顿,还是离开了,霍烟心里莫名又升起了一阵酸涩之感。

她摸出手机,在409塑料美少女的群里发了一条消息:"我发现自己好矫情呀。"

林初语秒回:"端板凳,等瓜。"

霍烟:"你有没有过这样一种感觉,没见到一个人的时候,心里七上八下,见到了又很紧张,害怕自己说错话,害怕他盯着我看,希望他赶快离开,可是离开之后,又觉得心里空落落的。"

林初语:"嗯……没有。@苏莞 @洛以南"

苏莞一直没回,应该是正在看许明意的跳远比赛,没空搭理手机。

洛以南却回了一条信息:"有。"

霍烟和林初语立刻来劲儿了,霍烟打了一个可爱的小熊表情:"求解释。"

洛以南:"没什么好困扰的,你喜欢这个人,见到他自然会紧张,见不到自然会想念,这很正常。"

林初语:"总结到位,给南总鼓掌!"

洛以南:"【抱拳】"

洛以南的话让霍烟心里的种子开始破土发芽。

她喜欢傅时寒吗?

每时每刻都想见到他,见到之后又害怕自己表现笨拙而忐忑不安,享受与他近距离说悄悄话,享受他轻拍自己脑袋的感觉,也享受与他的亲昵……

没错啊,她喜欢傅时寒。

手机再度震动了起来,苏莞的消息传来:"我就离开了一小会儿,你们居然背着我讨论这么有料的事儿!"

林初语:"瓜还没坏,能吃!哈哈哈。"

霍烟:"我自己都还没想明白呢。【捂脸】"

苏莞:"所以呢,有没有下一步的行动?"

霍烟:"什么行动?【呆住】"

苏莞:"表白呀!上呀!攻下S大第一男神你就人生赢家了呀!"

林初语:"小姐姐冲呀!我们支持你!"

霍烟:"啥?【呆住】"

苏莞:"你可抓紧时间吧,霍思暖那条辟谣的朋友圈消息一出来,学校多的是女生蠢蠢欲动要跟傅时寒表白了,我身边就有几个。"

林初语:"学生会也有。"

霍烟:"表什么白呀我没有这个打算。"

这也太尴尬了吧,万一……万一他像拒绝其他女生那样把她给拒绝了,以后连朋友都没得当。

苏莞一听急了:"霍烟,我压十包辣条赌你马到成功。"

林初语:"我再压十包!妥妥的!"

洛以南:"行了,别瞎怂恿了,让她自己想吧,左右跟你俩没多大关系。"

群里安静下来,霍烟的脑子却乱如麻。

喜欢这两个字,就像是不能触碰的禁忌。以前她并非对他没有感觉,只是从来不敢去想这样的事情,傅时寒那样的男孩子,她是不敢奢望的啊。

后来一步一步,她努力让自己变得更加优秀,潜意识里也是为了向他靠得更近,站在他身边的时候,不至于无措和心虚。

她所做的一切,潜移默化中,都是想要更靠近他一点点啊。

晚上,很难得洛以南来找霍烟一块儿吃晚饭。

霍烟看着她从容不迫地一筷一筷吃着东西,似乎也没有要开口的意思,于是也闷闷地扫了扫盘子里的东西。

专注吃饭的洛以南淡淡说道:"你是个心里有主意的女孩,旁人无论说什么,都不能左右你的想法。"

霍烟轻轻叹了一声:"我不知道该怎么办,我总觉得自己没那么好。"

"觉得自己配不上他?"洛以南言简意赅地指出。

"也不是配不配得上的问题,我知道傅时寒不会在意这么多,可是……"霍烟揉了揉眉心,"很多事情搅在一起,我爸妈那边,还有霍思暖……"

洛以南放下了筷子,淡淡说道:"喜欢其实是很简单的一件事,不看过去,不看未来,只看当下,这一刻他喜欢你,而你也喜欢他,这就是最幸福的事了,世界末日沧海桑田都跟你们没关系。"

"不看过去,不看未来,只看当下。"霍烟喃喃地念着洛以南的话,"这样真的可以吗?"

洛以南笑着拍了拍她的肩膀:"可以不可以,别问我,问你自己的心啊。"

临睡前,霍烟给傅时寒发了一条微信:"为什么今天这样安静?"

从上午她让他快些离开以后,傅时寒几乎一整天都没有音信了,霍烟这一整天心心念念的,时不时看看手机。

半分钟后,傅时寒给她发了一个翻白眼的表情图。

第十六章

霍烟:"怎么了?"

傅时寒:"【白眼】【白眼】【白眼】"

苏莞见霍烟盯着手机屏幕发呆,凑过来盯着她的手机屏幕看了看,笑说道:"翻译过来,就是宝宝不高兴,要亲亲抱抱举高高。"

霍烟诧异:"他?不会吧?"

傅时寒可不像是会这样子撒娇卖萌的男人啊。

苏莞耸耸肩:"自己领会呗。"

于是霍烟给傅时寒发了一个【抱抱】的表情,试探试探。

傅时寒几乎是秒回她:"哼。"

哼?

他居然对她"哼"?

霍烟很难想象,这样一个大男人,在她面前跟个受委屈的小女孩似的,这是闹哪样?

"你……生气啦?"霍烟不解地问。

傅时寒:"你说呢?"

霍烟猜测是今天各种找借口让他离开的事情,惹恼了他。

"我今天的状态真的很不好,你原谅我,不要生气了。"

"怎么回事?"

"可能因为明天要跑三千,有些紧张吧。"霍烟胡乱诌了一个理由。

过了会儿,傅时寒发来一个【摸头】的表情:"尽力而为不要勉强。"

他的安抚总是能让她感到心安,于是霍烟发了一个【乖巧】的表情过去。

"有一件事我想了很久。"他说道,"等运动会结束以后,我们需要好好聊聊。"

"咦,什么事呀?"

"很重要的事。"

隔着屏幕,她甚至都能感觉出他认真讲话的表情和腔调。

"为什么要等到运动会以后呀,现在不可以说吗?"霍烟好奇地问。

傅时寒发来一个【微笑】的表情:"就这么等不及?"

霍烟的心脏突然漏跳了半拍,心慌意乱说道:"哪有等不及,只是好奇而已,我又不知道你要说什么,睡了睡了。"

"晚安。"

霍烟锁上屏幕,寝室陷入一片漆黑寂静中,她闭上眼睛。

一夜无梦。

第二天下午,三千米跑,霍烟换上了红白色的紧身运动衫,胸前贴着选手的号码簿。

　　女子三千米算得上是所有运动项目里，最艰难的一项，很少有女生愿意报名参加，但是每个学院必须得出名额。体育委员知道霍烟心肠最好，苦苦哀求她好久，让她参加三千米比赛。

　　霍烟在学院里人缘极好，也不是没有缘故，同学有困难她能帮就会帮上一把，这样的女孩，任谁都会喜欢的。

　　距离比赛开始还有半个小时，傅时寒一直陪在霍烟身边，担心她身体吃不消，只说道："慢慢跑，别逞强。"

　　霍烟乖巧地点点头，又问他："你会一直在这边等我跑完吗？"

　　傅时寒淡淡一笑："我会在一直在终点等你。"

　　就在这时，一个学生会干事走过来，对傅时寒说道："主席，第二运动场那边出了一点问题，姚学姐请你过去看看。"

　　傅时寒微微蹙眉："现在？"

　　"说是有急事，那边解决不了。"

　　傅时寒看了看腕表，对霍烟说道："我过去看看，比赛开始之前赶回来。"

　　霍烟点点头："把问题处理好，我这边没关系。"

　　傅时寒跟着那个干事离开了三运，霍烟独自在操场边压腿，做着热身运动。

　　很快，洛以南和苏莞也匆匆赶了过来："还没跑吧，差点以为要迟到了！"

　　"还没跑呢。"霍烟说道，"也不知道能不能跑下来。"

　　"三千米啊，太变态了。"苏莞哆嗦一下，"没关系，重在参与，就算跑了最后一名也不丢人。"

　　霍烟摇了摇头："我绝不会跑最后一名的。"

　　洛以南欣赏地看着霍烟："好样的，我就知道，你不是轻言放弃的人。"

　　"所以我的目标是倒数第二。"霍烟诚挚地说。

　　洛以南："……"

　　苏莞笑得前合后仰，拍着洛以南的肩膀："很少有人能打到南总的脸啊，烟烟，好样的。"

　　霍烟和苏莞击掌，洛以南也没生气，只放狠话道："现在我不跟你这个要跑三千的残废计较，有什么话留着今晚床上说！"

　　霍烟连忙躲到苏莞背后："害怕。"

　　苏莞摸摸她的头："别怕，正面刚！"

　　就在这时，林初语匆匆跑来，上气不接下气："最新情报！你们听不听？"

　　"不管有什么情报都给我憋着，霍烟马上就要跑三千了，乖乖待在这儿给她加油。"

　　"再晚就来不及了！"林初语急忙道，"烟烟，傅时寒刚刚是不是被人叫到二运去了？"

第十六章

霍烟点头,好奇地问道:"怎么了?"

"我刚刚听部门另外一个女生说,姚薇安学姐现在在二运跑八百,如果拿了第一名,她要跟傅时寒表白的!"

霍烟心头一惊。

苏莞说道:"这人也真够作的,什么时候表白不行,非得拿了第一名才表白,怎么,是想爱情名誉双丰收吗?"

林初语道:"姚薇安学姐很要强,什么都要争第一的,可能觉得拿了冠军,向他表白会比较有面子,而且好像还是当众表白呢。"

就在这时,裁判吹响了预备的哨声,霍烟脱下外套递给苏莞:"我先过去了。"

"好好跑,别被影响了。"

霍烟点点头,心不在焉地上了跑道。

三千米不需要起跑的冲劲儿,但霍烟还是一马当先跑到了最前面,每一圈到终点的位置,她都要朝入口方向望一望,傅时寒说过,会在终点线等她。

他还没有来。

霍烟从来没有任何时候,如现在这般惴惴不安,从小到大,傅时寒给了她无与伦比的安全感,无论出了什么事,他总能够第一时间出现在她身边,陪她一起度过。

他安慰她、疼她、照顾她,以至于她从来没有想过,若是将来有朝一日,傅时寒不能再当他的哥哥,不能随时陪伴在她身边,要怎么办?

如果他真的和其他女孩在一起了,她要怎么办?

霍烟的心乱得没有章法,呼吸也紊乱急促起来。

这些年,总是他主动留在她身边。是不是有那么一刻,她也应该主动向他狂奔而去,表明心迹。

正如洛以南所说,不管世界末日沧海桑田,只在当下两个人相互喜欢,就是最幸福的事。

这边苏莞还在责备林初语,非得在人家比赛的时候过来说这事,霍烟明显是被影响了啊。

林初语说:"我这也是担心傅时寒被抢走了嘛,万一他脑抽答应了人家,那我们烟烟怎么办?"

苏莞摇摇头:"我押上全部身家性命,赌傅时寒对霍烟真心。"

就在俩人聊天的时候,令所有人猝不及防的事情发生了。

原本一直领先的霍烟,突然偏离了跑道,径直朝着距离二运最近的出口的方向跑去!

苏莞几人连忙站起身,大喊道:"你去哪儿?"

霍烟回头看了她们一眼，脸蛋浮着红晕，好像是说了什么，只是周围喧嚣，她们听不见。

洛以南重新坐下来，嘴角不觉扬起了微笑，她读出了她的嘴形："我去找他了。"

傅时寒步履匆匆走到第二运动场的学生会服务台，那边站着两名学生会干事，见他过来，她们连忙站起身迎候。

"出了什么事？"

"呃，就是……"两名女生手足无措，慌慌张张地将一份资料表递给傅时寒，"跳远运动项目里，运动员的号码簿和名字好像对不上。"

傅时寒接过来看了看，然后说："可能是打印错误。"他捡起桌上的中性笔将错误的地方抹掉，"改一下就好了。"

放下资料表，他又问："还有别的事？"

两名女生支支吾吾地说不出来，傅时寒脸色冷了冷："你们的部长呢？这样的小事她是可以解决的。"

也不至于大老远把他从三运叫过来。

"呃，部长她……她去给姚薇安学姐的比赛加油去了。"

傅时寒鼻息间发出一声冷嗤，看了看手表，转身便要离开，干事立刻叫住了他："主席，您……不去看姚薇安学姐的比赛吗？"

"我为什么要去看她的比赛？"

傅时寒声音冷硬，一开口便堵得那女生无话可说。

就在这时，操场跑道边传来了欢呼声，八百米第一名姚薇安的名字从广播里传出来。

两名女干事兴奋地说："薇安学姐拿了第一名呢！"

"真厉害啊！"

"学长，你去看看薇安学姐吧。"

傅时寒没有理会她们，转身欲走，就在这时，跑道边传来姚薇安的声音："傅时寒，你等一等。"

她呼吸还有些不能平静，脸颊泛着运动之后特有的潮红，紧身的运动装勾勒着她凹凸有致的美好身形。

策划部的部长是她的闺蜜，此刻就跟在她的身边，笑吟吟地看着傅时寒，眼神别有深意。

就像是商量好似的。

不过傅时寒并没有多想，对姚薇安礼貌地说道："第一名，恭喜。"

姚薇安此刻不知是太累还是太过于紧张，连呼吸都在颤抖，急匆匆跑过来："傅时寒，我现在有一件很重要的事情要告诉你。"

第十六章

傅时寒看了看手表，显然有些着急："我还有事，晚点再说吧。"

他说完转身欲走，姚薇安连忙叫住他，大声说道："傅时寒，我想告诉你，我喜欢你！"

傅时寒脚步一顿。

第二运动场和第三运动场之间，隔着大半个校园，距离不近。因为运动会期间，搭乘校车的同学实在太多，每一个站点都排着长队，霍烟赶不上校车，心里着急，索性便从小树林那边绕过去。

来到第二运动场的时候，广播里传来了长跑比赛姚薇安夺冠的喜讯。

学生会服务台设置在东南角，她一路穿过拥挤的人群，气喘吁吁跑过去的时候，恰好撞见扎着马尾辫的姚薇安站在傅时寒的面前，大声喊出了："我喜欢你。"

她红扑扑的脸颊含着少女的羞涩，可是清澈的眼眸却又是那样自信。

霍烟的心像是被针刺了一下似的，耳边嗡嗡响，什么都听不见了。

她惶恐地看向傅时寒。

傅时寒似乎没有料到姚薇安会突然来这么一招，漆黑的眸子里溢满了讶异之色。

姚薇安鼓足了勇气，朝他走近了两步，羞涩地说道："傅时寒，我从大一在学生会见到你的第一眼起，就被你吸引了，可是我总觉得，一见钟情这种事，是很不成熟的表现啦，所以我隐忍不说。然而通过这两年的接触和相处，我发现自己是真的很喜欢你，你那样优秀，那样正直，我努力让自己变得更好，可以配得上你。"

一番真挚而动人的表白引来了不少女生的围观，大家起哄道："答应她，快答应她呀！"

"两个人都这么优秀，一定能成的！"

傅时寒眼角微微下垂，面上平静如水，只说道："我现在就可以给你一个答案。"

姚薇安立刻摆摆手："不是的，你误会了，我不是现在就要你答应跟我交往什么的，只是希望你能明白我的心意，在以后的相处中，慢慢发现我的好，我知道我现在还不够优秀，配不上你，但是我一定会努力的，请你相信我！"

霍烟太阳穴突突的，感觉全身的血液似乎都在回流，耳边有女生感叹道："天啊，姚薇安学姐还不够优秀的话，那这个世界上恐怕只有仙女才配得上傅时寒了吧。"

另一个女生道："当然是谦虚的说法啦。"

"她比霍思暖不知道要强多少倍呢。"

"成绩好,家世好,而且性格也好。俗话不是说嘛,女追男隔层纱,傅时寒没有理由拒绝的吧?"

"是啊,姚薇安这样的条件都不答应,难不成真的要找仙女吗?"

……

耳边的声音渐渐远去,霍烟没有勇气再听下去,更没有勇气面对傅时寒的选择。

她跟跟跄跄跑出了第二运动场,一口气冲进没有人的小树林,找了个僻静的地方躲了起来。

这一年来,她以为自己成长了很多、勇敢了很多,然而事实上,骨子里带出来的软弱和怯懦还是没有办法改变。

她真没用啊!

霍烟背靠着树干,抱着自己的膝盖蹲下来,不争气的眼泪使劲儿在眼眶里打转,她深深地吸气,强忍着想将它们咽回去。

"霍烟,不准哭。"

她这样告诉自己,就算傅时寒和其他女孩子在一起了,他依旧是你的寒哥哥,你们还可以像以前一样,有什么好难过的。

然而心里另外一个声音却告诉她,你们再也不可能像过去一样了。傅时寒那样认真的男孩,一旦交往了女朋友,全部的爱与关心都会倾注在那个女孩身上,根本分不出一丝半缕给其他人。

这也是这么多年他未曾交往一个女生的原因,霍烟知道,他在寻找那个可以终身相伴的人。

而那个人,注定不会是这般软弱而平凡的自己。

念及至此,酸涩和委屈之感宛如潮水一般将她吞噬挟裹,豆大的眼珠抑制不住地滚落。

霍烟越想越伤心,终于放开了声音,痛痛快快地哭了出来。

然而就在这时,似乎听到身后传来窸窸窣窣的脚步声,霍烟连忙用衣袖擦干净眼泪,她不想被任何人撞见自己掉眼泪的模样。

她低着头,站起身便要离开,却不想一张温厚的手牵住了她的手腕,将她拉了回来。

霍烟讶异地抬起头,迎上了傅时寒那张冷峻而漂亮的脸。

他微微蹙着眉心,垂压着细密的睫毛,望着霍烟,幽黑的眸子里泛起波澜。

"你……你怎么来了?"霍烟带了厚厚的鼻音,惊恐地看着他,使劲儿擦自己的眼角。

傅时寒没有说话,只是将她的手按下来,然后用温润的指尖抚了抚她泛红的眼角。

第十六章

满眼心疼之色。

"你怎么不讲话?"霍烟心头不安,低声询问,"刚刚……"

然而她话音未落,傅时寒突然吻住了她的眼睛。

没错,是一个亲吻,在她本能地闭上的左眼眼角边,他温热的唇覆了上来,那样柔软的触感……是她梦里尝过的。

霍烟的心跳彻底漏拍了,思绪宛如被打散的萤火虫,四下里乱开来,星星点点,绕得她眼花缭乱。

傅时寒的吻绵长而深情,吻过了她的眼睛,又挪到了她的鼻翼之上。

情动的感觉让霍烟全身软了下来,她的手扯住了他的衣角,不知所措地攥紧了。

在他的吻即将挪到她唇角的刹那间,她慌忙避开了。

他垂压着黑漆漆的眼睛,凝望着她,包含着汹涌澎湃的感情。霍烟只感觉,两个人之间的空气越发稀薄。

他似乎意犹未尽,薄薄的唇附到她的耳畔,柔声问道:"为什么哭?"

霍烟紧紧握着他紧致的手臂肌肤,低声说道:"傅时寒,你不要答应姚薇安。"

"嗯?"

霍烟心一横,沉声说道:"一定不要答应她。"

他嘴角扬了扬:"理由?"

"你那么聪明,会不知道理由吗?"霍烟脸上泛着红晕,已经不是刚刚哭泣之后留下的红,而是少女的羞敛。

"我想听你亲口说。"他灼烫的呼吸拍在她鬓间,弄得她心痒痒的。

"傅时寒,我喜欢你呀。"霍烟伸手抱住了他的腰,沙哑的声音饱含委屈,"我那么喜欢你,难道你看不出来吗?"

傅时寒的心里像是有什么东西炸开了似的,女孩蜷在他的怀里,那样温顺而乖巧,这让他全身都绷紧了。

晕晕乎乎。

"这些话,原本不应该由你来说。"傅时寒将她搂在怀里,笑了笑,"谁知道你这样等不及。"

"谁知道姚薇安学姐会突然……"霍烟下巴靠在他胸膛边,抬起头,蹙眉望向他,"你没有答应吧?"

"答应了。"

霍烟心一沉,猛然甩开手,却被傅时寒拉住,兜过来抱得更紧:"答应了还能跟你在小树林做这些事,我成什么人了?"

霍烟:"……"

话能一次说完吗?

"那我呢?"霍烟索性鼓起勇气,把想问的话通通问出来:"你答应我的告白吗?"

傅时寒拧起眉头,故作思考地说:"吻也吻过了,抱也抱过了,如果这个时候说需要考虑考虑,会不会显得很渣?"

"会!"霍烟严肃地点头,"很渣!"

傅时寒挑挑眉,捧着她的脸蛋仔细凝望片刻,在她的眉宇间印下一个深深的吻。霍烟能感受到,这个吻倾注了他全部的感情。

"答应你了。"

霍烟抬起头看着他,严肃地说道:"我不要你勉为其难,好像我胁迫你似的。"

傅时寒用食指轻轻触了触她小巧的鼻尖,笑道:"你这三千米几乎环了半个校园,跑到我面前哭了鼻子,这还不算胁迫?"

霍烟自小循规蹈矩,从来没有做过任何出格的事情,但是这一次真的冲动了。

但是她真的没有办法,在明知自己喜欢的男人被另外的女生告白,还能淡定自若地跑完三千。

虽然冲动,但她并不后悔。

"霍烟,你听着。"傅时寒双手放在她的肩膀上,俯下身与她平视,认认真真地告诉她,"从今天起,我们开始正式交往,你是我傅时寒的女朋友,我会比以前更疼你、爱你、保护你、照顾你,不会让你受委屈。"

那一刻,大概是霍烟二十年来,最幸福的时刻,眼泪情不自禁渗满眼眶,她觉得自己真矫情,低着头想笑,跟着滚落一滴眼泪。

好幸福,幸福得想哭。

傅时寒的手轻轻擦过她微红的眼角,沉声继续说道:"虽然没有和女生交往过,但我会努力做好男朋友应该做的每一件事,如果我有做得不好的地方,也请你多指教,好吗?"

她用力地攥住了傅时寒的衣角,抽泣地说:"好。"

"那不要哭了。"

霍烟一边哭又一边笑:"忍不住,哭完这一阵,就不哭了。"

傅时寒笑了笑,伸手摸着她的头,喃了声:"傻瓜。"

霍烟重新回到三运的时候,三千米跑已经结束了。

手机屏幕上,她看着那突兀横出来的十多个未接来电,全是体育委员打来的,可以想见,他该有多么气急败坏。

霍烟不敢进去,战战兢兢地对傅时寒说:"完蛋了,我肯定会被狠批

第十六章

一顿。"

傅时寒神情坦然，表情也很稳重："自己做错了事，应该要有承担后果的勇气，知道吗？"

自小到大，在严肃的问题上，他一贯以严师的姿态来引导她，倒真像是她的长辈似的。

霍烟知道，傅时寒心性远比同龄人要成熟许多，不管做任何事，他都力求尽善尽美。

这样一个完美无缺的男人，现在成了她的男朋友，霍烟觉得自己也应该要努力变得更好，不能给他丢脸。

霍烟鼓起勇气，进了运动场。

女子三千米，因为计信的选手中途退场，现在成绩为零，体育委员看到霍烟的时候，脸都绿了。

霍烟低着头，宛如鹌鹑似的，一个劲儿跟他道歉："我知道现在说对不起也没用了，真的特别特别抱歉，我的确是有不得已的苦衷才中途退场的。"

体育委员是个高个子的男孩，性子比较直，有话直说："霍烟，你以前不会这样莫名其妙地放大家鸽子，这次我真的很意外，如果你不想跑三千，提前告诉我，我可以安排人顶替，但是你这样中途退场是几个意思？"

"我真的不是故意不想跑，是有事情耽搁了，我保证以后不会有这样的事情发生了……"

"没有以后了，女子三千米就这一场，我们学院今年挂了空白档，全拜你所赐，你自己看着办！"

体育委员的话说得很重，的确也是因为他刚刚着急坏了，霍烟又不肯接电话，还以为出了什么事。

霍烟紧皱着眉头，满心歉疚，不知道该怎么办才好。这时，在边上候了许久的傅时寒终于走上前来，将霍烟往身后揽了揽，说道："有什么办法可以补救，哪怕是做一些力所能及的事情，请尽管开口。"

体育委员惊讶地看着傅时寒，没想到他会出面替霍烟解围："傅学长，你怎么……"

"她是因为我才耽误了比赛，所以如果有什么需要，请你尽管开口。"

旁人的面子或许可以不给，但是傅时寒的面子，他不敢不给，既然他都出面为霍烟求情了，体育委员只好顺着这个台阶下来，卖给傅时寒一个人情："既然这样，今天晚上三运操场的卫生本来应该是分给我们学院负责，霍烟你就留下来帮忙打扫卫生好了。"

夕阳斜照，运动场上学生陆陆续续散去，霍烟一手拎着小口袋，另一只

手拿着小木叉,将地上遗落的矿泉水瓶和纸巾拾起来,放入口袋中。

身边似乎多了一个人,霍烟不用看也知道,傅时寒来了。

他手里也拎着一个白色的塑料口袋,替她捡拾了身边的垃圾。

"你怎么来了,这会儿学生会不是还有工作汇报吗?"

"做完了。"

"这么快?"

"我加快了速度,让他们交了报告就走。"

霍烟知道,傅时寒这是着急赶着要过来帮她,所以才这么快完成了工作。

她嘴角抿起一丝清甜的微笑,心里也是甜丝丝的:"你真好。"

"是吗?"傅时寒耸耸肩,"我是过来盯着你有没有偷懒。"

"以前怎么没发现,你这样嘴硬呢。"

霍烟踮起脚,想要拍拍傅时寒的脑袋,却被傅时寒握住了手腕:"男人的头,女人的腰,轻易碰不得。"

"你以前也让我摸头发的。"

傅时寒松开她,一边帮她捡拾垃圾,一边说道:"以前是你哥哥,现在我是你的男朋友,不一样。"

"当了男朋友,反而不能摸头发了吗?"霍烟颇有些可惜,"哥哥和男朋友,有什么不一样?"

傅时寒垂首望着她,意味深长地勾起眼角,笑了笑:"想知道?"

霍烟点头:"想。"

傅时寒凑近了霍烟的耳朵,低声说道:"当你哥哥的时候,你想玩我的头发,随时随地都可以。现在以男朋友的身份,只能在一个地方,我给你碰。"

"什么地方?"

他凑近霍烟耳边,小声说了什么。

当他说完的时候,霍烟都惊呆了,脸色瞬间涨红,拎着口袋的手开始颤抖,却还要故作镇定。

"你怎么……怎么说这样的话?"

傅时寒却丝毫不以为意:"霍烟,你是第一天认识我吗?"

她自小就知道,他不是什么好人,可是对她总归还算规矩,从来没有在她跟前讲过这些……让人脸红的话。

果然,身份不一样之后,他们的相处模式也会发生改变吗?

霍烟有些害怕,但隐隐的,又含着某种期待。

"我等了这么多年,等你慢慢长大,我不急。"傅时寒心平气和地对她说,"我不急,你也不需要害怕,一切顺其自然。"

她呼吸都有些不顺了,结结巴巴地说:"我……我不怕你,寒哥哥。"

第十六章

傅时寒轻拍了拍她后脑勺："现在是不是应该改口了？"

"唔？"

"不要再叫我哥哥了。"

"那……我该叫你什么呀？"

傅时寒眼角微挑："随你的喜欢。"

霍烟也觉得，要和他培养更加亲密的关系，称呼的确是应该改一改了。

她想了想，说道："那我叫你阿寒，好不好？"

听到她嘴里念出这两个字，傅时寒感觉自己的心就像被放在火上炙烤的冰淇淋，顷刻间融化成了甜水。

他喜欢从她嘴里听到这两个字。

霍烟和傅时寒在一起的事情，舍友们并没有感到惊讶，反而觉得两个人磨磨蹭蹭到现在才挑明，进展相当慢了。

运动会在黄叶翩飞的秋末圆满结束，这一次运动会得奖数最多的人，是许明意。

几乎每个能报的项目，只要时间不冲突，他都报了名，并且拿到了名次和奖品。

阴沉沉的下午，潮湿的学生会档案室。

霍烟整理好了资料，放在最后排靠墙的架子边，正准备出去，突然听到前两个架子的隔间里，传来了女生的声音。

听声音，像是策划部的部长和副部，她们一贯跟在姚薇安身边，以她马首是瞻。

"上次薇安被傅时寒当众拒绝，还表现得若无其事的样子，看着真让人心疼。"

"拒绝倒没什么，主要是这边刚拒绝她，那边就跟霍烟在一起了，这也太不给薇安面子了吧……"

"听说傅时寒前面拒绝薇安，后面霍烟就跟他告白了，这不是明摆着的示威吗？"

"如果我是薇安，早就跟她撕破脸皮了，不过人家还若无其事的样子，真难得。"

"这就叫修养。"

"我真的很想知道，霍烟到底使了什么手段，竟然能哄得傅时寒答应她。"

"是啊，她各方面比起薇安都差太远了，我也很好奇。"

……

霍烟待会儿还有事，并不想躲在书架后面，等她们窃窃私语地八卦完。

两位部长看见霍烟走出来,立刻住了嘴,彼此对视一眼,不知道该说什么好,只能尴尬地笑了笑。

"霍烟,刚刚我们说的你都听到了吗?"

霍烟在前台交了号码牌,回头对她们春风和煦地微笑道:"咦,你们在背后说我的坏话了吗?"

两个女生连忙摆手:"哪有,我们在八卦呢。"

"以后有什么八卦,也说给我听听。"

"好呀。"

"那我先走了。"

两个女生尴尬至极,等霍烟出了资料室,这才松了一口气。

"资料室这么小,她肯定听见了。"

"幸好她假装什么都不知道,不然真的尴尬了,以前她帮我做了不少活儿呢。"

"突然感觉愧疚是怎么回事?"

"好像有点理解傅时寒为什么喜欢她了,她人其实挺不错的,如果不是因为和薇安关系好,我就站她了。"

"算了算了,以后咱们不要八卦这种事了,被人听见还真尴尬呢。"

霍烟的好心情并没有被她们俩人影响,将心比心,在寝室里也没少听苏莞和林初语八卦这个八卦那个,有时候她们说话也不饶人,这都很正常。

每个人都有自己的立场和观点,霍烟并不强求自己被每个人喜欢,她又不是人民币。

只要傅时寒对她一心一意,她觉得就很满足了,谁的话她都不会放在心上。

恋爱中的人儿啊,眼里看什么都是美好的。

霍烟刚走出大楼,迎面便遇上了姚薇安,她本来在和边上的人说话,一看见霍烟,脸色立刻变了。

狭路相逢。

霍烟这时候退无可退,只能硬着头皮往前走,像以前一样,对姚薇安笑了笑,算是打过招呼。

姚薇安对身边的朋友低声说了几句话,便让她们先行离开了。

霍烟停下脚步,知道姚薇安肯定是有事要找她的。

果不其然,姚薇安走到霍烟身边,对她说道:"那天的事情,不需要一个解释吗?"

霍烟看向她,不解地问:"什么解释?"

"你早不说晚不说,偏偏赶在我告白之后才说,难道不是为了向我示威,

第十六章

让别人看我的笑话？"

姚薇安话说得很重，可是脸色却没有丝毫变化，仿佛在说一件与自身无关的事情。

相比于霍思暖，她更会控制自己的情绪。

"我不是为了向你示威，我只是……"

她只是很害怕，担心现在不说，以后便没有机会了。像傅时寒那样优秀的男孩，除了姚薇安，还有好多女孩子惦记着呢。

不管傅时寒会不会和她在一起，她都要让他知道自己的心意。

姚薇安只是一剂催化剂而已。

霍烟顿了顿，说道："总之跟你没关系，不是你想的那样。"

"你真厉害。"姚薇安挑着眼看向霍烟，"把自己伪装成小白兔一样无辜，让男人心疼怜悯，你比你姐姐厉害多了。"

霍烟眸子清澈，坦坦荡荡："我问心无愧，也没有伪装。"

只是比起那些自小什么都有，满身光环围绕的女孩而言，她更加懂得珍惜现在拥有的一切。

姚薇安被她单纯无害的眼神激怒了："出了那样的事，你害我丢脸，难道不需要跟我道歉吗？"

霍烟摇了摇头，不紧不慢地说道："第一，在你告白的时候，我没有打断你，而是离开了。第二，是傅时寒找到的我，这意味着什么你应该清楚。第三，我承认，你的告白让我有了危机感，但是你并非因为我而失败的。傅时寒知道自己想要什么，即使没有我，你也不一定会成功，所以……我想我没什么需要道歉的。"

和傅时寒在一起久了，她严肃正经说话的模样，逻辑清晰，拿腔拿调，倒真和他有了几分相似的味道。

这一席话让姚薇安更加感觉气急败坏："霍烟，你好样的，等着。"

霍烟无话可说，摇摇头离开了。

去图书馆的路上她给苏莞去了一条微信："为什么这些优秀的女孩子，戾气都这么重？"

苏莞用脚丫子想，就知道是怎么回事，回道："因为她们从小就是被捧在手心里长大的小公主，样样都好，没有经历过失败，却在你这么个乳臭未干的小丫头身上尝到了挫折的滋味，能不暴走？恐怕撕了你的心都有呢。"

霍烟发了一个"瑟瑟发抖"的表情图："刚刚姚薇安还跟我放狠话呢，很生气的样子。"

"她生气的不是傅时寒拒绝了她的告白，而是傅时寒和你在一起了，哪怕是霍思暖，她都不会这样生气，因为霍思暖优秀，而你平凡又普通，她不甘

心被你打败。"

霍烟不服气:"【叉手】我也是很优秀的好吗?"

苏莞:"那就别怂,正面刚。"

霍烟:"那我还是抱紧我家寒哥哥的大腿吧。【忐忑】"

苏莞:"猝不及防被糊一嘴狗粮,溜了溜了。"

第十七章

当天晚上，姚薇安发了一条朋友圈——

"亲爱的们，我要告诉大家一个消息。我可能要暂时离开学生会了，做出这个决定，我真的非常痛苦。这段时间，连着好几天晚上，我都失眠睡不着。失眠的原因想必大家应该也知道吧。最近发生的一系列事情让我感觉……很难承受。昨天晚上一个人藏在被窝里，哭到深夜两点，我的压力真的很大，去看过医生，医生说我有抑郁症倾向。现在的我，可能没有办法承担学生会的工作，但是大家放心，我会把手里的工作做完再离开，尽可能不给别人添麻烦，谢谢你们的理解【比心】。"

这条朋友圈获得了很多人的赞，很多学生会的干事在下面留言。

"呜呜呜，学姐你不要走，我们舍不得你。"

"好难过，为什么学姐要走？"

"当然是因为那件事了。"

"哎，就算要走，那个人也不应该是学姐吧，学生会可不能没有学姐。"

姚薇安统一的回复是："大家不要乱猜不要误伤，真的是因为我自己心态不好，有些事情很难承受，跟其他人无关。"

坐在床上的林初语气呼呼地将手机一扔，说道："她也太能装了吧，虽然明面上是在解释，但说这些模棱两可的话，正好可以祸水东引，让大家觉得是烟烟逼走了她嘛。"

苏莞将一张薄薄的面膜拍在脸上，拉长调子道："好一朵清白纯洁不做作的盛世白莲花啊，烟烟，这一次的对手，比你那傻姐姐难对付多了。"

霍烟看完每一条评论，然后面无表情地给姚薇安点了个赞。

林初语凑过来："哇，你干吗赞她呀？"

霍烟淡淡道："她不是想让我看见吗，我点赞告诉她，我看见了。"

林初语嘟嘟嘴："她显然是想逼你离开，霍烟，如果你不在学生会干了，那我也跟着你，不干了。"

"我不走。"霍烟平静地说道，"得抑郁症的是她，我为什么要走？"

苏莞赞道："好样的，就喜欢你战斗欲满满的样子。"

第二天，霍烟去学生会财务处报账的时候，大家看她的表情，明显变得有些奇怪了。

　　首先是办公室的工作人员，一个与霍烟同级的女孩，平日里最喜欢围着姚薇安转悠，一口一个薇安姐，叫得甚是亲热。

　　霍烟找她报账的时候，她借口工作忙，一个电话接着一个电话，让霍烟站在门口等了很久。

　　最后交材料，她又说缺了宣传部部长的签名，这账报不了。

　　宣传部部长，霍思暖。

　　现在人人都知道，霍思暖不再是傅时寒的未婚妻，而她的妹妹却顺利上位，成了傅时寒名正言顺的女朋友。

　　种种缘由众人不得而知，唯一清楚的一件事，是霍思暖和霍烟的关系，非常不好。

　　办公室的工作人员让霍烟去找霍思暖签字，目的也是要为难她。

　　本来以为霍烟会直接推拒或者干脆发怒，这样她就有机会好好刁难霍烟，说她仗着傅时寒是主席的缘故，耍脾气拿架子。

　　却没想到，霍烟什么也没说，只点了点头，心平气和地走出了办公室。

　　这样不动声色，反倒让为难她的工作人员感到些许不安。

　　霍烟拿着报账单来到霍思暖练舞的教室。

　　阳光透过窗花玻璃斜射进来，整个教室笼着一层昏惑暗黄的色调。霍思暖穿着紧身的黑色舞裙，独自一人翩翩起舞。

　　起跳、落地、旋转。

　　柔软中又带着些许凌厉的力量感。

　　霍烟坐在边上的长椅上，玩了会儿手机。

　　二十分钟后，霍思暖练完了舞，走到霍烟面前，淡淡问道："来找我干什么？"

　　"报账单需要你的签字。"霍烟将单子递过去。

　　霍思暖也没有多为难她，接了笔靠在墙边快速签了名。

　　多日不见，她看上去似乎精神了不少，脸上挂着些许汗珠，热腾腾的，与那日在酒店见面时的落魄模样，判若两人。

　　因为林初语同在宣传部，霍烟听她提起过。霍思暖自从发了那条澄清的朋友圈以后，崔佳琪那帮小姐妹便再也不来找她玩了，而她似乎也收敛了很多，每天除了上课和学生会事务，就是去舞蹈教室练舞。

　　没了社交，没了虚与委蛇，没了奢靡和浮华，她的生活变得乏善可陈，却也简单了许多。

　　霍烟收了表，起身离开，霍思暖叫住她："你和傅时寒在一起了？"

　　霍烟没有回避，点了点头。

　　霍思暖嘴角勾起一抹淡淡的冷笑："很早以前，我就看出来了，他对你

第十七章

与别人格外不同,从来没有一个女生能让他这个样子关照和疼爱,就连看你的眼神,都跟别人是不一样的。"

霍烟坐在她身边,不知道姐姐说这话是何用意。

"我看出来了,却不愿意承认,总觉得好像不承认,就能够欺骗自己,环绕着这一圈美丽的泡沫,继续编织着我的公主梦。"

霍烟说:"人总有长大的时候。"

"是啊,美梦破碎,人醒过来就应该是长大的时候。"霍思暖拉长了调子,懒洋洋地说道,"虽然你比我小,但是很多事情,你看得比我清楚。"

霍烟从舞蹈教室出来的时候,艺术大楼两边道旁的银杏树叶被风一吹,干黄的叶片纷纷下落,带来深秋的讯息。

霍思暖说比起自己来,霍烟更加成熟懂事,可正是天真烂漫的年纪,有哪一个女孩子不愿意躲在父母为自己营造的公主房里,编织童话般的美梦。

她也不想这么早就懂事的啊。

今年的秋天来得迟,风带了飕飕的凉意,她捻了捻衣领,加快步伐离开。

晚上,傅时寒约了霍烟去私人影院看电影。霍烟匆匆赶来,傅时寒已经候在了电梯边,等了半个多小时。

他穿着一件呢子质地的浅灰色单衫,黑色的九分裤干净利落,勾出他两条颀长而匀称的大长腿。

他站在电梯边等候,时而看看手表,却并没有露出不耐烦的神情。

身边有女生按下电梯上行按钮,和他一块儿等电梯,时不时地捋捋头发,补补妆,然后用眼睛偷瞥他。

进电梯,女生见他不进来,开口问道:"帅哥,要上楼吗?"

傅时寒礼貌地回道:"不用,我等我女朋友。"

电梯门缓缓阖上,他甚至都没有看见女孩们失望的眼神。

霍烟已经一路小跑着,朝他奔了过来。

傅时寒面无表情的脸上终于绽开一抹克制的微笑,伸手将她兜住,摸了摸她热腾腾的额头,柔声说道:"跑什么?"

"第一次约会就迟到,真是太不好了。"霍烟愧疚地说,"学生会那边报账耽搁了一点时间,你等了多久了?"

"不多不少,整半个小时。"

"啊,对不起!"

傅时寒捏了捏她白皙的脸蛋:"走吧。"

他搭着她的肩膀,俩人走进了电梯里,同时不知从哪里涌来一大帮人,都跟着挤进了电梯。

傅时寒环着霍烟站在最里边的角落,手臂撑在墙边,用身体给她圈出了

一方小小的空间，避免被边上的人挤到。

霍烟抬头，目光平视他颈窝处，锁骨流畅而漂亮。

深呼吸，她收敛了心神。

电梯里都是年轻男女，数傅时寒的个子最高，身边的女生故作漫不经心，目光一个劲儿往他身上粘。

这样的身材和颜值的男孩子，走在路上也是很少见的。

霍烟不喜欢自己的男朋友被别人这般觊觎，于是伸手攥住了他腰间的衣角，宛如宣誓主权一般。

傅时寒一眼便看穿了小丫头的心思，于是手搭在她的肩膀上，将她兜进自己的怀里。

边上女生这才讪讪地收回了目光。

"叮"的一声，楼层到了，他牵着霍烟走出电梯。

电影院门前有饮品店，傅时寒牵着她走过去，点了一杯红枣热茶。

霍烟咕哝着说想喝冰百事。

"碳酸饮料。"傅时寒说出这四个字的时候，脸色是显而易见的嫌弃。

"我跟你讲，你不要瞧不起碳酸饮料噢，人家卖了这么多年，喝的人多着呢，饮料嘛，好喝就行了，管什么碳酸不碳……"

霍烟跟鸽子似的咕咕咕了一通，结果让傅时寒一个严厉的眼神甩过来，她立刻改口："其实红枣热茶也不错，暖胃什么的……"

年轻的女店员看着这一幕，忍不住笑了，这女孩还真是秒怂啊，俨然一副"夫管严"的模样，只能低着头嘟嘴，不服气又不敢说，可爱至极。

进电影院的时候，霍烟手里端着红枣热茶，咬牙切齿地看着傅时寒手里的冰百事，十分不服气："你……你不是讨厌喝碳酸饮料吗？"

"是啊。"傅时寒坦率承认，"我买来看，不行吗？"

"浪费！"

傅时寒似乎特别喜欢看她气鼓鼓的样子，笑道："本少爷乐意。"

知道来硬的不行，于是霍烟转变策略，凑上去，讨好地问道："你不喝，能不能让我喝一口？"

傅时寒立刻叼住了吸管："嗯，真好喝。"

霍烟："……"

讨厌。

傅时寒见她不吭声，独自站在边上生闷气，于是将吸管放到她嘴边："喝吧。"

霍烟怀疑地看着他，生怕他又捉弄自己似的，不能相信："真的？"

傅时寒坦坦荡荡说："只要你不嫌弃。"

第十七章

"不嫌弃。"

于是霍烟开心地叼住吸管，猛吸了一大口，碳酸饮料兴奋的粒子在舌尖跳跃着，冰冰凉凉的感觉，真是太令人幸福啦。

"霍烟，跟你商量个事情。"

"你说。"

他嘴角噙着一抹轻佻的微笑："喝一口，让我亲一下。"

霍烟愣了半响，看着他嘴角的微笑，终于明白了某人的套路，扭头哼道："不喝了！"

"这么有骨气？"

傅时寒淡淡一笑，将易拉罐递到了霍烟手里："喝吧，我开玩笑的。"

霍烟疑惑地接过了易拉罐，傅时寒顺势捏了捏她的鼻尖。

私人影院的每一个房间都是比较独特的主题房，傅时寒开的龙猫房，约莫十来平，中间放着龙猫样式的灰色榻榻米，前面是一张方方正正的小桌，桌上摆放着零食饮料。

工作人员帮他们调了一部名叫《昆池岩》的韩国恐怖片，出去的时候将门带上，灯也关上了。

周遭瞬间黯淡了下来，只有投影屏幕笼出的一圈微光。

霍烟光着脚丫子，站在榻榻米的床边，突然感觉有些局促难安。

难道待会儿，要和他坐在床上看电影吗？

这也……太尴尬了吧。

傅时寒倒是无所谓，爬到床头，用靠枕给自己垫在背后，挑眉睨向她："你预备杵在那里看完电影吗？"

霍烟"哦"了声，规规矩矩地盘腿坐在了榻榻米的边缘，与他保持一段安全距离。

抬头挺胸，宛如观看爱国教育片，一张小脸绷得十分严肃。

这样狭小的空间，这样黑暗的环境，安静的时候仿佛都能听见两个人的呼吸声。

霍烟真是感觉如坐针毡，小心脏扑通扑通跳个没完。

幸而，很快电影便走入了剧情，她迫使自己将所有的注意力全部转移到对面四四方方的屏幕上。

"霍烟。"傅时寒那充满磁性的嗓音自身后响起来，这两个字，被他舌尖捻出些许暧昧的情味。

"怎……怎么了？"

他没再出声，于是霍烟回头看他。

屏幕的光亮将他英俊的脸庞轮廓衬得越发分明，高挺的额下，狭长的一

双桃花眼底，蕴着微光。他斜倚着，带着某种疏懒的意味。

倒像是在勾引她似的！

"怎么了？"霍烟红着脸，再度开口询问。

傅时寒修长白皙的手，有一搭没一搭地拍在自己身边的粉色猪头靠枕上。

意思很明显，让她坐过来。

霍烟真的是不好意思坐过去，她假装不懂，扭过头继续看电影。

小小的身影坐在床榻边，手紧紧攥着床单，连呼吸都克制着，紧张又害怕地弓着身子。

"霍烟，坐过来。"

他终于开口了，调子里带着平日学生会主席的严肃和正经，仿佛是在安排工作一般。

霍烟说："你专心看电影吧，别闹了。"

傅时寒眼角上扬。

这丫头……还真当他是来看电影的吗。

傅时寒深呼吸，语重心长地说道："霍烟，我们是男女朋友，比旁人更亲密的关系，明白吗？"

霍烟乖巧地点点头："我知道，我就……有些不大好意思，毕竟我们才刚刚交往不久。"

才刚交往不久，所以她还要跟他矜持一下？

"小时候你来我们家，不敢一个人睡觉，晚上总往我被窝里钻，忘了吗？"

"哎！"霍烟连忙说道，"这种糗事能不能别提了！"

而且也没有真的睡在一起，傅时寒总是把她哄睡着以后，自己去沙发的。

傅时寒笑了笑，主动过去，将她慢慢拉到自己身边，塞给她一个猪头抱枕。

霍烟乖乖地抱住，渐渐卸下了防备，傅时寒便将她娇小的身躯拉进了自己的怀中，从后面环抱着她，两个人一起看电影。

这样才像情侣嘛。

傅时寒能感觉到怀中的女孩，真是紧张又害羞，全身僵硬，一动也不敢动，像只假死的小仓鼠一样。

他牵起了霍烟柔软的小手，发现她的掌心起了一层薄汗。

傅时寒缓缓凑近她的耳畔，低声耳语："还在担心啊？"

湿热的耳语让霍烟浑身起了一个激灵，她强装镇定，回头看他："我……我才不担心呢，你又不能对我怎么样。"

傅时寒淡淡一笑："你想让我对你怎么样？"

霍烟连忙回过头，说："看电影吧，前面演的什么我都不知道。"

于是傅时寒环紧了她，两个人一块儿看电影。

第十七章

　　他一度发现，霍烟真的是有恐怖片免疫症，无论怎样惊悚骇人的场景，她都睁大眼睛，看得津津有味，半点不带害怕的。
　　"真的一点都不怕？"傅时寒问他。
　　霍烟扭过头，眨巴眨巴眼睛，一脸呆萌地说："我好害怕。"
　　傅时寒有些无奈，就连装，都装得这样不走心，想让她被吓得尖叫，然后一个劲儿往自己怀里钻的难度系数，很高。
　　霍烟继续看电影，赖在他怀里也感觉没那么紧张了，他安分守己，并没有任何逾矩的行为，这给了她很强的安全感。
　　于是霍烟伸手，抓起一缕傅时寒的头发。
　　"又来了。"
　　"嘻。"
　　"看来现在要立规矩了。"傅时寒垂眸，温柔地看着她。
　　"什么规矩呀？不会又是让你亲一下吧？"
　　傅时寒笑了笑："摸了我，还想被我亲，怎么都感觉是我被占便宜了。"
　　霍烟："……"
　　是是是，你帅你有理，怎么都是你被占便宜。
　　"不开玩笑了。"傅时寒扯了扯衣领，解开几颗纽扣，然后认真地说道，"我想吻你，同意吗？"
　　霍烟攥着他头发的手微微一顿，脸颊红透了，低着头考虑了很久，终于点了点头。
　　她将自己的侧脸递过去，低声说："那就……亲在脸上吧。"
　　她羞得白里透红的脸蛋，近在咫尺，宛如鲜嫩欲滴的红樱桃。
　　傅时寒轻轻拿住了她的下颌，在即将吻住她脸庞的一瞬间，突然扭过了她的脸颊，一口叼住了她的唇。
　　霍烟猛地睁大眼睛，看着他放大的英俊五官，感觉整个世界都寂静了。
　　两瓣唇轻轻地贴在一起，都是初次尝试，虽然没有技巧，仅仅只是碰到一起，脑子里便已经绽开一簇簇的烟花，神魂颠倒。
　　这种前所未有的感觉，使霍烟一阵阵地晕眩，她紧张得一动也不敢动，可是身体还是忍不住地瘫软，仿佛被抽空了全身的力量和意志。
　　"你这个……骗子。"她紧紧抿着唇，发出这一声低低的呢喃。
　　"刚刚那样，喜欢吗？"他笑着问她。
　　霍烟赌气地说："不喜欢。"
　　"不喜欢，就推开我了。"他看出了她的口是心非，"我感觉你似乎很享受。"
　　"哪……哪有。"
　　"霍烟……"

"什么?"霍烟抬头问他。

傅时寒在她白皙的颈边印下一记亲吻。

"我等你。"

"这也太快了吧!"

晚上,409宿舍里,林初语使劲儿摇着霍烟的肩膀,土拨鼠尖叫:"啊啊啊啊啊啊!"

"没有没有!"霍烟挣脱她的魔爪,躲到了洛以南的身后,"没这么快!只是……"

"只是怎样?"连苏莞都扔下了时尚杂事,好奇地问道,"除了亲亲,还做了别的吗,快点老实地一一招来。"

"就……亲了一下。"

"亲了一下,还是使劲儿亲了很多下?"林初语兴奋地说苏莞戳了戳林初语的脑袋,"你一单身狗儿童,懂的还挺多。"她转向霍烟,"有没有别的?"

霍烟脸红了:"没有没有,就正常的接吻。"

"正常,有多正常,是这样吗?"

林初语撅起嘴去亲洛以南,被洛以南张开的五指按住了脑门顶:"姑娘,自重。"

苏莞问霍烟:"傅时寒吻技怎么样?"

"我……我怎么知道,就那样啊。"

霍烟暴风哭泣:"你们能不能不要这么SQ啊!!"

洛以南说:"就我的观察来看,傅时寒属于闷骚型,背地里应该做了不少功课,以他超强的学习能力,我对他有信心。"

霍烟崩溃抱头:"你们太不纯洁啦!"

苏莞说:"害什么羞,大家都是成年人。"

霍烟:"什么成年人,明明都是宝宝,你们脑子里成天想什么呢!"

洛以南漫不经心地举手:"排除我。"

霍烟继续义正词严地教育道:"你们都纯洁一点,不要整天想那些有的没……"

她话音未落,像是意识到什么似的,寝室三人同时睁大眼睛望向洛以南!

仿佛听到什么惊天大秘密似的,一窝蜂围上去。

"除了你是什么意思?"

"以南,难道你……"

"啊啊啊啊啊你不是宝宝啊!"

洛以南微微蹙眉,对她们的大惊小怪很是不屑一顾。

第十七章

"有过。"她平静道，似乎并没有什么可遮掩的。

"和谁？"

"大学你不是没交男朋友吗？"

"还是背着我们偷偷的……"

洛以南垂下眸子，眼底掠过一丝感伤。

"以前有过男朋友，是在高中毕业那年，别的就无可奉告了。"

几人知道这是她的隐私，所以也就不再多问。

熄灯以后，几人被这个消息兴奋着，无论如何都睡不着，最后，苏莞弱弱地开口，问洛以南："最后一个问题……"

洛以南望着黑漆漆的天花板，平静地说："跟网上相传的差不多。"

"哦。"几人失望地叹息。

"但是……"

她沙哑的烟嗓淡淡道："就像坠入悬崖的鹰，触底的那一刹那，张开翅膀，飞向无边无际的天空。"

/ 第十八章 /

深夜，傅时寒出其意外地发了一条朋友圈，内容如下——
"和老婆一起看电影。【开心】"
配图是龙猫房里的小抱枕，抱枕上方一大一小的两只手交握紧扣，傅时寒的手臂线条流畅，皮下泛着淡青的脉络，而霍烟的手臂纤细白皙，小巧玲珑，明显能见是一男一女。
傅时寒鲜少会发这样带有明显情绪的朋友圈。
不，他基本不会在朋友圈发动态消息，最近的一条还是在半年以前，转发邀请人一起玩游戏的推荐，是沈遇然让他转的，据说转了能拿装备。
所以这条秀恩爱的消息，可以说是破天荒，甜齁了他的整个朋友圈。
因为工作的缘故，他的微信加了很多人，早上起来的时候，点赞和评论的消息密密麻麻，根本浏览不过来。
沈遇然："啊啊啊啊，我到底做错了什么要在大晚上被糊这一嘴狗粮！"
向南："什么鬼！这还是我认识的高冷主席吗？"
许明意："我看你俩这手相不合，私我破解之道，保你们长长久久、百年好合。"
林初语："哟，老婆都叫上了，甜甜甜！"
苏莞："显然，霍烟的手比寒总的手要黑一圈。"
霍烟忍不住回复苏莞："你走开！"
傅时寒的手臂色泽看起来的确比霍烟要稍稍白那么一丢丢。教室里，霍烟放大了图仔细对比之后，发出一声崩溃的号叫："怎么会这样啊！"
坐在边上的苏莞笑说道："你们家寒总那是陌上人如玉，公子世无双的气质，别说他手上皮肤比你白，就是那张男神冰山脸，都比你白一圈呢。"
林初语继续推波助澜："谁让你平时不好好做防晒工作，现在知道差距了吧。"
霍烟又将苏莞和林初语的手掰扯过来，仔细对比之后，撇撇嘴："说我呢，你们还不是一样。"
恰逢洛以南抱着书走进来，坐在了几人的身边，苏莞看了看她，说道："恐怕只有洛以南的皮肤能跟你们家寒总媲美了，都是冷美人。"
霍烟心说，还真是，洛以南的皮肤青白青白的，跟月色一般，宛如冰窖

第十八章

里走出来似的,也不像苏莞和林初语,脸颊泛红血丝,她纤瘦的瓜子脸全无血色。

"以南,你这皮肤怎么保养的呀?"

洛以南淡淡道:"没保养。"

"没保养怎么这么白呀!"

"天生的。"

"喊……"

老师进了教室,众人便噤了声,各自拿出了课本,不再讲话。

霍烟又忍不住拿起手机,看着傅时寒发的这条朋友圈,浏览着底下共同好友的留言,心里甜甜蜜蜜。

"老婆"两个字臊得她脸蛋红扑扑的。

瞎叫什么呢,谁是她老婆了。

林初语用笔头戳了戳苏莞的手肘,示意她看霍烟,这家伙趴在桌上,嘴角漫着傻了吧唧地笑,一个人不知道在乐呵什么。

苏莞摇摇头,无奈地说道:"坠入爱河的女人哦。"

学生会周四例会开始之前,傅时寒等几位主席团成员还没有过来,姚薇安先到,不出意外地再度宣布要离开学生会的消息,下面一片惋惜的声音,几个大一的女生还在拼命挽留她。

"薇安学姐,你不要走好不好,我们都不想让你走。"

"是呀,有什么事大家一起商量解决,为什么要离开呢?"

"求你了,你别走,舍不得你。"

"你要是走了,我觉得继续待在这里也没劲了。"

……

霍烟坐在左侧靠前的位置上,正埋头奋笔疾书,写着这周的工作汇报,并没有理会姚薇安刚刚会前的一番慷慨陈词的"临别赠言"。

"我必须要走了。"姚薇安叹息一声,哀怨地看了霍烟一眼,"这里已经没有我的位置了。"

立刻便有人会过意来,知道了姚薇安话里的意思。

办公室的杜颖咕哝着说道:"就算要走,那个人也不应该是你呀。"

此言一出,周遭的氛围便发生了变化,众人心知肚明地你看看我,我看看你,坐得近的交头接耳,低声议论。

林初语用手肘碰了碰霍烟,示意她,她已经成了话题旋涡中心的人物。

霍烟不明所以地抬起头,见众人的目光都在有意无意地偷瞥她,她索性搁下笔,出言问道:"怎么了?"

杜颖气急败坏地说:"都是因为你,薇安学姐要离开学生会了。"

"我怎么了？"

姚薇安连忙说道："杜颖，你别这样，跟霍烟没关系的，这件事也不是她的错，是我自己心态不好。"

都到了这个时候，姚薇安还在帮霍烟说话，再看霍烟，一副无辜者的样子，显然完全没有意识到自己的错误在哪里。

这让杜颖更加生气了。

"霍烟，如果不是你抢了薇安学姐的男朋友，她怎么会离开学生会呢！"

霍烟惊愕："我抢她男朋友？"

这话，从何说起啊。

林初语站出来为霍烟说话："别乱讲话啊，咱们守身如玉的傅主席什么时候成了姚薇安的男朋友了？"

"难道不是吗？如果不是霍烟出来横插一脚，傅主席现在已经是薇安学姐的男朋友了，薇安学姐这么优秀，难道还比不上她吗？"杜颖的手指向霍烟，激愤不已。

众人纷纷向霍烟投来谴责的目光，低声议论她。

霍烟感觉自己这一波躺枪躺得很无奈。

她望向姚薇安，姚薇安坐在长桌尽头，身为当事人的她，并没有打算要解释什么，反而眼眶微红，做出一番楚楚可怜的模样来，倒真像是单纯美好的女主被恶毒女配抢了男朋友似的。

"你们……你们讲不讲道理！"林初语急切地解释，"烟烟没有抢别人的男朋友！你们不要乱讲！你们再胡说八道，我就……我就生气了！"

霍烟按了按眉心，觉得有些头疼。

林初语这战斗力也太弱了吧，跟苏莞比起来简直差了八十级，这话说出来，就好像跟人对骂爆粗的时候大喊"你是小猫你是小狗"一样，毫无杀伤力。

杜颖咄咄逼人："那你怎么解释在薇安学姐表白的第二天，她就和傅主席在一起的事情？"

林初语说："那……那是因为……"

"说不出来了吧？"杜颖冷笑，"抢了人家的男朋友，还要把人家逼走，仗着有傅主席撑腰，霍烟，你未免欺人太甚了！"

枪口既然已经怼上来了，霍烟捡起笔，在手里转了一圈，从容不迫地说道："第一，从始至终，我没有逼迫任何人离开学生会，每个人都有自己的选择，为什么不能尊重你们的薇安学姐呢，她现在已经大三了，忙工作、忙考研、忙实习，各种事情，怎么就一定是因为我离开的？"

姚薇安眼神冷了冷。

杜颖说："强词夺理，你虽然表面上没有逼迫她，但她就是因为你，待

第十八章

不下去了。"

霍烟并没有理会她,而是睨着姚薇安,继续说道:"第二,傅时寒如果是你的男朋友,因为我而与你分手,这叫挖墙脚。可是大家有目共睹,他是拒绝了你的告白,然后答应了我的,这不是抢!而且你们的傅主席是什么人,谁能把他抢得走?"

这话说得铿锵有力,掷地有声。

众人交头接耳,窃窃私语,好像她说的……也有那么几分道理啊。

"第三,加入学生会一年半来,我兢兢业业做好手头的每一件工作,没出过任何纰漏,谁爱走谁走,反正我不走。"

她说完这句话,笔被她按在桌上,发出清脆的一声"啪"。

门外,傅时寒听完了霍烟的一席话,嘴角微微扬了起来,鲜少能见她这般锋芒毕露地为自己辩护。

一反常态。

而他又怎么会不明白她的心思。

话说得这样快,这样急,显然是想要赶在他来之前,把问题解决掉,省得他帮她收拾残局,傅时寒是怎样护短的一个人,她是怕自己影响他,落人话柄。

不过这番针尖麦芒的反击,的确漂亮,毫不拖泥带水。

所以,当他从容不迫地走进办公室的时候,众人已经偃旗息鼓,无话可说。

傅时寒冷冷地望了身边姚薇安一眼,说道:"辞职吗,同意了,下周……哦,不,现在你就可以走了。"

姚薇安愣了一下,她没想真的离开学生会啊,只不过是想借众人舆论的力量,让霍烟在学生会待不下去,自行辞职离开。

她才不想走呢,她在学生会干了两年多,再干一个学期就能拿下优秀主席团的荣誉奖状,这个时候离开,她亏大了!

然而傅时寒话都已经说出来了,丝毫不给她留情面,她如果现在反口,面子上过不去。

一桌人此刻的目光都落在她的身上,姚薇安此刻感觉如坐针毡。

要面子还是要荣誉,走还是不走……

姚薇安陷入了纠结之中,心里更加愤恨,狠狠地瞪了霍烟一眼。

霍烟压根没接她的眼神,自顾自地埋头继续写她的报告。

傅时寒坐下来,随手翻开今天的会议报告,稍做标记,再度瞥向姚薇安:"怎么,还不走?"

姚薇安嘴角扯开一抹勉强的微笑,说道:"既然是最后一次开会,我想还是有始有终比较好,顺便也交代一下后面的工作。"

傅时寒轻哼一声,不再理会她,开会过程中也不再与她商讨,全程就当

她已经不是学生会成员了。

众人汇报工作的时候也不再征询姚薇安的意见。

散会以后,霍烟坐在椅子上乖乖等傅时寒整理报告。

傅时寒抬眸望向她,她便立刻坐直身体,双手臂交叠放在桌上,冲他傻笑。

见到她的笑容,傅时寒心下觉得舒畅痛快,含笑说道:"走吧,晚上去逛街。"

"你要买什么呀?"霍烟背着小书包跟上了她。

傅时寒顺势取下她的白色帆布包挂在自己肩头,揽着她走出了会议室大门:"买衣服,今年学校有六十周年校庆,我作为学生代表,要上台演讲,需要穿得正式一点。"

霍烟立刻说道:"好呀,那我帮你参考。"

"正是此意。"

然而,俩人在市中心商圈逛了许久,霍烟才发现他压根就是在骗人,什么穿得正式一点,全程他带她逛的都是女装店,自己挑选出来衣服裙子就全扔给她试穿,觉得漂亮的,等她去换衣间的时候,直接刷卡买下来。

连商量都不带的。

霍烟准备严正抗议,这也太霸道了吧!但是看着他手上拎的大包小包,抗议的话怎么都说不出口。

花了人家的钱,这叫拿人手短诶。

憋了半天,心虚气短的霍烟憋出一句:"以后……以后不准这样乱花钱了。"

傅时寒一边满口答应,一边又拎着她走进首饰店。

傅时寒将一条璀璨的水晶项链戴在她纤细修长的脖颈上。

项链修饰着她漂亮小巧的锁骨,中间一颗切割得当的淡蓝水晶作为点缀,外圈镶着一圈碎钻,更衬得她颈部肌肤白皙。

珠宝并不适合她,她还年轻,这种极具设计感又时尚的水晶反倒相得益彰,价格也不贵。

傅时寒毫不犹豫拿出卡,递给了店员。

"是要小姐颈上这一条吗?那就不取下来了。"

傅时寒道:"不取了,前面试过的几条,也全部装起来。"

店员或许是没见过这么大方的男朋友,惊讶地问:"前面的几条,都要?手链也要?"

"嗯。"

霍烟连忙道:"就……就这一条,不要别的了!哎哎!你别走。"

店员已经到前台刷卡去了。

第十八章

"你疯了吗?"

傅时寒云淡风轻地笑了笑:"给我女朋友花钱,特别开心。"

"这些都是叔叔阿姨给你的零花钱,你……"

"是我自己挣的。"傅时寒说,"在一起这么长时间,我没给你买过什么,因为花父母的钱,心里难安。这次研究室组设计的一组机器人被公司买走,赚了不少,我也拿到了奖励金。"

难怪,今天一定要拉着她各种疯狂买买买,原来是自己赚钱了啊。

霍烟语气缓和了下来:"那……那也不能这样浪费了呀。"

"给女朋友花钱,怎么能叫浪费。"

傅时寒接过了店员递来的刷卡机,快速输入密码。

店员连连称是:"给女朋友花钱,绝对不浪费,这是应该的。小姑娘,你男朋友疼你,这些年我见过太多情侣来买项链了,舍得给女朋友使劲花钱的男生,可是比熊猫还珍稀呢。"

离开这家店,霍烟讪讪地问傅时寒:"你挣了多少钱呀?"

傅时寒想了想,说道:"大概能有五六万吧。"

她连忙又问:"那今天……花了多少?"

"大概……五六万吧。"

霍烟:"……"

两天后,姚薇安发了一条朋友圈——

"亲爱的们,今天去医院复查,医生说我的抑郁症倾向有所减轻,不会影响正常的工作和学习,我考虑了很久,还是决定继续在学生会做下去,毕竟这是我热爱的岗位,不能半途而废,所以,以后还要继续请大家多指教啦。"

霍烟看到在这一条朋友圈下面,共同好友似乎少了很多,几乎没什么评论,点赞寥寥无几。

她知道姚薇安是不会甘心就这样离开学生会的,她还没有拿到优秀主席团的称号,就这样离开,之前所有的努力都付诸东流了。

显然,姚薇安这一出戏是演砸了,学生会底下的干事们也都看明白到底是怎么回事了,不再买她的账了。

霍思暧在年底的时候辞掉了宣传部部长的职位,听母亲提到过,说她要准备考研了,志向是首都的艺术学院,而她又因为挂科,错失了保研的机会,所以必须要提前准备,参加普招的考试。

姐妹俩偶尔在学校里撞见,彼此也没有说过话,目光在空中对接,然后迅速移开。

两人的关系并没有缓和。

　　那天在酒店，霍思暖险些被玷污，却还坚持不报警，霍烟恨铁不成钢，话说得很绝，说要与她一刀两断，以后不再是姐妹。
　　既然已经走到了山穷水尽的绝处，谁都没有拉下脸来率先开口说话，就算是在家里，也是各做各的事。
　　那天下午，傅时寒约了霍烟去吃饭，提及了让霍烟加入他们项目组的事情。
　　"机器人研究项目组？"
　　霍烟知道，傅时寒从大一开始，就跟着学院人工智能项目的丁沛教授做项目，所在的研究小组也多次参加国内外的机器人大赛，取得名次。
　　只是霍烟没想到，傅时寒会提议让她加入项目组。
　　"我现在可以吗？"
　　感觉自己好像什么都不会。
　　傅时寒气定神闲地说："只是先跟组学习，等到你的专业水平达标了，才会让你接触项目核心，路一步一步走，没问题。"
　　霍烟知道，丁老师的项目组是整个学院最走俏的课题小组，拿过不少奖，而且每个项目的分红也特别让人眼红，好多同学想要加入都没有门路，丁老师选人极其严苛。
　　"丁老师，会要我吗？"她忐忑地问。
　　"你以为，我让你参加《头脑风暴》是平白出风头的吗？"
　　看着傅时寒云淡风轻的微笑，霍烟突然明白过来，傅时寒鼓励她报名参加比赛，一路保驾护航，然后在校园总决赛将最后的名额让给她，送她杀入全国总决赛，并非仅仅只是为了让她扬名出风头。
　　因为拿下《头脑风暴》总冠军，霍烟在学校的知名度大大提升，校园官网都点名表扬了。
　　有这项荣耀加身，加入丁教授的项目组，应该是不成问题的。
　　"快些吃，吃完了我带你去见见丁教授。"
　　听他这样说，霍烟一下子便紧张了起来："现……现在吗？"
　　一点准备都没有啊。
　　傅时寒柔声安慰道："不需要准备，老师问什么，你如实回答便是了。"
　　丁教授年逾花甲，双鬓染霜，身子骨还算健朗，整天笑呵呵的，心态非常好，还会时不时到篮球场上跟学生们打球运动。
　　虽然已经到了要退休的年纪，却依然坚守在教师的岗位上，他自己曾说过，喜欢教书带学生，不想那么早退休。
　　丁教授家住得不远，就在学校外面的教师职工小区，家里宽敞，是比较老式的木质家具，显得分外质朴而低调。
　　教授坐在前方的深褐色皮沙发上，戴着老花眼镜，手里拿着一份晚报。

第十八章

"臭小子,开学这么久,现在才知道过来看老师?"

"刚开学,时寒忙着呢。"丁夫人接过了傅时寒手里的水果,满目慈爱地问,"吃过饭了吗?"

"谢谢师母,已经吃过了。"傅时寒牵着霍烟进了屋。

"进去陪你老师讲讲话吧。"

丁夫人注意到了傅时寒身后的小丫头:"这位学生是?"

还不等傅时寒说话,丁沛教授扶了扶眼镜,望向霍烟:"我认得这位同学,上学期我开的选修课上,她总坐在第一排。"

霍烟礼貌地说道:"丁老师好,我叫霍烟。"

"好好,我喜欢多些学生来家里玩。"丁沛教授似乎很高兴,望着傅时寒,"谈女朋友了?"

霍烟紧张地望了望傅时寒,他捏了捏她的掌心肉,说道,"霍烟是我女朋友,今天带她来见见您。"

"嘿嘿!难得啊,你这臭小子居然谈女朋友了。"

丁夫人陪坐在边上,将削好的苹果递给霍烟:"人家小寒一表人才,怎么不能谈女朋友了,你这老思想,得改改了。"

"我又没说不让他谈。"丁沛教授似乎很高兴,说道:"别的老师我不清楚,但是他傅时寒选过我几门选修课,每次上课,教室里挤满了人,全是女孩子,我还在想呢,老头子我的课什么时候变得这样吃香了,学校得给我涨工资啊。"

丁夫人也笑对霍烟说道:"结果没有小寒的课,听课人数就直线下降喽。"

丁沛在烟灰缸里磕了磕烟斗,说道:"得,敢情都是冲着他来的,不过就这样,他都没找到女朋友,我还以为这臭小子没开窍呢。"

丁夫人说:"人家小寒那是要求高,不会轻易谈恋爱。"

丁沛笑了笑,打量着霍烟:"这小丫头面熟啊,对了,我想起来了。"他对丁夫人说,"你每周六中午都看的那个什么风暴的电视节目,叫什么来着?"

丁夫人说:"《头脑风暴》,你还真是老糊涂了。"

"对对,我听同事说,咱们学院有个女生今年拿了高校比赛的总冠军。"

"你别说。"丁夫人仔细打量着霍烟,"还真挺像的啊。"

只是时间有些久了,她也记得不是很清楚了。

傅时寒道:"老师、师母,霍烟的确就是今年高校赛的总冠军。"

丁夫人面露惊喜之色:"不错啊!你看,我就说小寒是要求高,女朋友多优秀啊。"

丁沛教授也赞许地点了点头,又问傅时寒道:"说正事吧,你今天过来,不是单纯来看看老师这样简单的吧?"

傅时寒顺势便说道:"丁老师,我带她来,是想争取您的同意,让她加

入项目组。"

丁沛教授笑说道:"能劳动你傅时寒,把人都带到家里来了,我若不同意,岂不是让你傅大主席没有面子?"

丁教授的话,虽然是笑着说,可是里面还是有些严肃的成分。

霍烟立刻就紧张了起来:"丁老师,加入项目组需要什么测试还是考试,我都可以按流程来。"

傅时寒按了按她的手背,以示安慰。

这时候丁夫人责怪地说道:"不就是个机器人项目组吗,又不是研究火箭宇宙飞船,上纲上线,瞧把女同学给吓的。"

她递了一个苹果到霍烟的手上:"别紧张,既然是时寒的女朋友,师母给你做主了,没问题。"

看得出来,丁夫人非常喜欢傅时寒。

霍烟正要开口,却听丁教授说道:"你还真别看不起我这AI机器人小组,现在是人工智能时代,我的学生将来都是走在时代最前沿的国家栋梁。"

"丁老师,我真的很想加入您的项目组。"霍烟看着丁沛教授,用前所未有的认真态度说道,"如果您能同意,我一定会跟着师兄师姐好好学习。"

从始至终都是傅时寒在帮她说话,她也要表明态度为自己争取才可以。

"说说,你为什么要想加入?"丁沛问道。

霍烟知道,像丁沛这样的老教授,见多了各式各样的学生,她必须要拿出诚意来。

"过去我习惯了躲在人后面,好像不管出了什么事,都跟自己没有关系,以为永远默默无闻就会很安全。但是如您所说,现在是人工智能时代,科技的改变日新月异,有的时候睁开眼醒来,看见这个世界,心里便有一份不甘,我也想要参与进来,一点一点改变世界、改变人类的生存方式。"

霍烟眼眸清澈如水,不染尘埃。

听完她的一席话,丁沛长长地舒了一口气:"我时常说,现在的学生,比起我们那个年代的学生,还真少了点东西。"

丁夫人看着霍烟,慈爱地笑着。

"少的就是这样一份不问名利的赤子之心。"丁沛那满布皱纹的脸上也挂了笑意,欣赏地看着霍烟,"科技研究者先要学会修身立人,这很好,这小丫头我很喜欢。"

傅时寒的手轻轻落在霍烟的背上,拍了拍,安抚她紧张的情绪。

他知道,丁教授一定会喜欢霍烟。

在丁沛老师同意之后的第三天,傅时寒便带霍烟去了位于逸夫楼五楼的

第十八章

机器人研究室。

研究室占了五楼的四间办公室,有单独的实验研究室,里面规整有序地摆放着多台电脑和精密仪器和设备。

讨论区和茶水间没有隔开,里面有冷温热的自动饮水机,还有小黑板和投影设备。

休息室摆放着几张单桌,另外还有一间完全空旷的教室。

傅时寒带着霍烟边参观边介绍道:"需要进行深度计算和查阅文献资料的时候,会在较为安静的办公室进行,办公室的电脑可以通过内网进入国内外各大资源数据库,免费查阅相关资料。"

"茶水间和讨论区一般就是大家坐在一起,聊聊自己的想法,或者利用投影仪展示自己的创意和点子。"

"另外这间完全空旷的教室是用于机器人的行为实验,一般在机器人投入试运行阶段之前,都会对其进行成百上千次的行为控制实验,谨防出现差错。"

"以后你跟组,空余时间都可以过来这边学习,这边的电脑可以查阅的数据库比图书馆的多很多,另外有不懂的问题,也可以向这边的学长学姐请教。"

霍烟点点头,将傅时寒说的每一句话牢牢记在心里,并且向他保证:"我一定会加倍努力的!"

傅时寒面含微笑,宠爱地摸了摸霍烟的脑袋。

他的姑娘,真乖啊。

他又带着霍烟去办公室,打开电脑教她用数据库,没多久,小组的成员一一到齐。

其实很多人霍烟都认识,傅时寒的611寝室全员都进了研究组,男神寝室可不是浪得虚名,也不是仅仅只靠颜值支撑的。

按沈遇然的话来说,集美貌与智慧于一身,才算得上是真正的男神。

另外还有几名男生,其中有一个名叫李湛,他戴着黑框眼镜,个子不高,看上去瘦瘦小小的,眼睛里时不时泛着锐利的光,有时候看上去很精明,有时候又懒洋洋的,摆出一副事不关己高高挂起的模样。

霍烟跟他打招呼的时候,他也只是淡淡地应了一声。

不知道是不是霍烟想多了,她总觉得李湛的目光里,隐隐透出些许蔑视之意。

沈遇然拍拍霍烟的肩膀,告诉她:"你别介意,李湛平时就不怎么爱搭理人,清高得很。"

霍烟点点头,并没有在意,只要自己做到礼貌待人就好了,不去管别人。

本来计信学院就女少男多,整个研究组一溜全是男生,突然加入一个女孩,尽管名花有主是傅时寒的女朋友,但是大家依旧很兴奋,平时在研究室不修边

幅的模样得以改观。霍烟有什么问题，他们也很耐心地解答。

唯独这个李湛，几乎不怎么搭理她，在路上看见了也当作没有看见。

后来有一次，在食堂里，李湛和朋友吐槽，说起他们的研究组来了一个女生，是傅时寒的女朋友，靠关系进来的，什么都不懂，这让他感觉特别不爽。

"我们都是凭实力赢得丁老师的青睐，偏偏她特殊，因为关系就可以进来。"

"还不是因为傅时寒是丁老师的得意门生，爱屋及乌，连女朋友都放进来了。"

"开玩笑，女生懂什么，只会惹麻烦，娇气又难缠，她们玩得了机器人吗？"

"……"

当时霍烟就坐在他的背后，这话苏莞也听见了，当场就要起身去找这个直男癌理论，就事论事，扯什么性别，男生能做的女生一样能做，已经21世纪了好吗。

不过霍烟拉住了她。

现在过去和他骂战，实在不高明，真正的打脸，是要让他心服口服，把自己说出来的话给咽回去。

苏莞当时压下了心头的火气，不过惹着了她可不是开玩笑的，没两天，她便将李湛其人给扒了个底朝天。

"他不是江城本地人，家境不是很好，跟你们家寒总同班，平时勤奋刻苦，经常晚上熬夜看书，惹来寝室其他同学怨声载道，大家说他很自私，只顾自己，很少考虑其他人。"

"他自视甚高，觉得寒门出贵子，'莫欺少年穷'是他挂在嘴边的口头禅。后来丁沛老师见他这样用功，便同意他加入研究组，他更是要上天了，觉得自己很了不起，越发努力学习。不过不管他怎么努力，学习上总是比不过傅时寒，每次考试也让傅时寒压了一头，励志奖学金他拿得也比傅时寒少。"

"但最重要的是，明德奖学金，学院每个年级只有一个名额，傅时寒年年都拿，而李湛总觉得傅时寒抢了他的明德奖学金，对他积怨已久。不过因为两个人都在同一个研究小组，平时还要共事，不好撕破脸皮。"苏莞拍了拍霍烟的肩膀，"所以就只能摆臭脸给你看啦。"

霍烟对于苏莞的调查能力真是心服口服："你到底是从哪里知道这么多隐秘内情的？连人家想什么都能摸得一清二楚。"

"这个世界上本就没有不透风的墙。"苏莞轻松地说道，"更何况，李湛这人虽然心思重，但缺心眼，说好听了叫单纯，说难听了就是傻，有什么不满都会跟自以为信赖的人吐槽，就像上次在食堂让我们听见一样，这种人可守不住自己的小秘密。"

第十八章

霍烟无言以对，既然知道了李湛的为人，自然就要离他远一点。

今年正好是学校整六十周年的校庆，校领导极为重视，所以早几个月就开始筹备了，要求每位学生都要参加。校庆的地点也定在了学校最大的贝壳体育馆进行。

在校领导的一番演讲之后，傅时寒作为学生代表，也是需要上台演讲的。

当他一身西装革履，精神饱满地出现在礼台之上时，整个贝壳体育馆响起了热烈的掌声。

这套价值不菲的西服是唐婉芝女士提前了两个月，特意去国外的名店订制的，她知道这次校庆的重要性，更知道自家儿子能够从各大学院脱颖而出成为学生代表，是多么荣耀的一件事情，这意味着她的儿子是何等的优秀。

傅时寒觉得这套衣服太过昂贵和高调，奈何唐婉芝女士十分坚持，一定要他穿这一套，人靠衣装，这次她要儿子在万众瞩目的礼台之上，展现最完美的一面。

贵当然有贵的好处，这套质感流畅的订制西装十分妥帖地修饰着傅时寒匀称的身形，恰如其分地衬托着他沉稳的气质。

他那充满磁性的低醇嗓音，以最标准的普通话，掷地有声地发言演讲，掀起了场内一阵又一阵的热烈掌声，与之前校领导讲话时昏昏欲睡的气氛截然不同。

傅时寒的稿子是他自己写的，写过一遍几乎不需要识记，他便已经能够背出来。

他不喜欢说套话，也讨厌听别人的空话和大话，所以在他的演讲稿里，充满了少年意气，挥斥方道，每一句都能真正戳进台下那些热血青年的心里。

霍烟坐在较远的观众席看台，认真地凝望着傅时寒。从小学到高中，再到大学，傅时寒经常被选为学生代表上台发言，她一年一年地见证着，玉树临风的翩翩少年逐渐长大，长成真正能够独当一面的男人。

青春年少，家国情怀。

霍烟一直记得，约莫是十四岁那年，她藏了少女漫画害怕被妈妈发现，于是溜去傅时寒的家里，靠在他房间一角偷偷看。

后来家里好像接到一通电话，傅时寒的父亲在边境公路救援人质，与恐怖组织成员生死搏斗，不甚落入澜沧江，生死未卜。

那一晚傅家阴云密布。

十五岁的傅时寒安慰母亲入睡以后，回到自己的房间。霍烟看见他眼睛里布满了血丝，方才坚强的模样全然不在，他身形颓丧，仿佛半边天都塌陷了下来。

于是霍烟走到他身边，想要安慰他几句，却不想他的整个身体压了上来，

跪在地上紧紧地抱着她，那样地用力，疼得她全身骨头都要散架了似的，以至于印象深刻至今。

她感受到他身体的颤抖，于是没有挣扎，任由他紧紧地抱着自己，她心想，能让他发泄一下，也是好的。

那时候她感觉到一股热流从自己的颈项滑入，痒痒的。

"烟烟，我真没用。"

那是第一次，霍烟听到傅时寒这样说，一贯自信且骄傲的傅时寒，在她面前剥开了坚强的外衣，露出了最脆弱的一面。

无力保护至爱之人的绝望，是那样痛彻心扉。

后来父亲获救，虽然受了伤，幸好伤势并不严重，然而被劫持的人质就没有那么幸运了，人质被穷凶极恶的歹徒割喉以后，直接从疾驰的车里扔下悬崖，找到的时候，满身血肉已经辨不出模样了。

电视新闻里，人质的家属痛苦地哭喊着，情绪激动地质问驻防军人，为什么你们没有死，而你们要保护的人却死了，这是为什么？！

这是为什么，傅时寒在父亲长夜里一根接着一根的闷烟中，找不出答案。

后来，傅时寒心中便藏了一个山河梦。

投笔从戎，铁马山河，以一腔热血报效祖国。

霍烟这一段漫长的回忆结束，傅时寒的演讲也即将进入尾声。

在向父母和老师致谢以后，傅时寒的目光突然变得温柔起来，穿过重重人群，轻而易举便锁定了坐在东南角的霍烟。

苏莞用手肘戳戳霍烟："他好像……在看你呢！"

他的确是在看她，那样柔情似水的眼神，涌动着某种深挚的热忱。

两个人目光在空中对接，他翩然一笑，温润似玉。

"最后，感谢我生命中最重要的女孩，谢谢你的陪伴。"

从豆蔻年华至青春及笄，她从始至终，一直陪伴着他，虽然两个人经常吵架，霍烟也总是嘟嘟囔囔说讨厌他，一辈子都不会再理他。

但也一路磕磕绊绊走到了现在，她见过他最意气风发光芒四射的时候，也见过他落寞无措的一面。

"烟烟，往后余生，也请多指教了。"

图书在版编目（CIP）数据

小温柔. 1 / 春风榴火著. -- 北京：中国广播影视出版社，2020.9
ISBN 978-7-5043-8479-9

Ⅰ. ①小… Ⅱ. ①春… Ⅲ. ①长篇小说－中国－当代 Ⅳ. ①I247.5

中国版本图书馆CIP数据核字(2020)第142035号

小温柔1

春风榴火/著

责任编辑	宋蕾佳
特约策划	紫 总　林贝贝
责任校对	张 哲
装帧设计	何嘉莹

出版发行	中国广播影视出版社
电　　话	010-86093580　010-8609358
社　　址	北京市西城区真武庙二条9号
邮　　编	100045
网　　址	www.crtp.com.c
电子信箱	crtp8@sina.com

经　　销	全国各地新华书店
印　　刷	三河市嘉科万达彩色印刷有限公司

开　　本	880毫米×1230毫米　1／32
字　　数	324（千）字
印　　张	8.75
版　　次	2020年9月第1版　2020年9月第1次印刷

书　　号	ISBN 978-7-5043-8479-9
定　　价	39.80元

（版权所有　翻印必究·印装有误　负责调换）